蘭陵春色 1

目次

壹之章 屈死重生掩風華

望著前方巍峨華麗的宮城，張綺素白如玉的手，緊緊絞著衣裙。吸了一口氣，她轉過頭看向她的夫君。

好幾年過去了，她的夫君仍然如初見時那般俊偉。挺秀的眉毛，瞇起來有點陰有點冷，神光深邃的眼睛，還有那高高的鼻樑。在夏日白晃晃的陽光下，她甚至可以看到夫君鼻頭上那淺淺的黯色印痕。

見她盯著自己，夫君回過頭來唇角揚起，溫柔一笑，低沉好聽的聲音如流水一樣在馬車上響起：「綺娘，妳看我做甚？」

張綺嫣然一笑，搖了搖頭，她收回目光，繼續看向那巍峨華麗的宮城。她只是覺得，今日的他，與往時都不同，似乎格外緊張不安，特別是他看向她的目光，總有種說不出的意味。

夫君沒有說出來，張綺也不好追問，只是不由自主的，她也跟著緊張起來。

宮城越來越近。

這裡的宮城，論華麗自是比不上故國的宮城，不過極其高大，城牆足比故國高了一丈。是了，故國有長江天險，舉國上下都相信北方過不了長江，因此修葺宮城時，便顯得漫不經心。

念到故國，張綺再次轉頭看向她的夫君。她與夫君少年時相識，他為了她得罪權貴，叛出家族。來到這裡後，經過夫婦兩人幾年的努力，倒也仕途順利，算得上步步高升。這不，新帝剛繼位，夫君便得到了帶著家眷前往皇城的機會。

想到夫君對她的深情厚誼，張綺抿唇一笑，目光溫柔得掬得出水來。她側過頭，愛戀地看著夫君。見到他鼻尖微濕，忍不住掏出手帕，輕輕拭了拭。溫香拂過，軟玉輕移時，男人緊緊地閉上了雙眼。

手指眷戀地拂過夫君緊抿的唇角，張綺那江南特有的，軟而糯，溫柔動聽至極的聲音在馬車中響起：「夫君。」
夫君睜眸看向她。
對上他的目光，張綺再次嫣然一笑，她嬌噥道：「無事，只是喚喚你。」這個男人呵，對她如珍似寶，這一生能與他結為夫婦，她真是值了。
想到這裡，張綺抓住他的手，手指拂過他濕濡的掌心，她櫻唇輕曼，低低地，軟軟地說道：「不管夫君如何，妾願共生死。」明明很有氣勢的話，從她天生靡軟的嗓子說出，卻像是嬌嗔。
她想，夫君今日這麼不對勁，定然是害怕新帝會處罰他。
夫君嘴角一扯，算是笑了笑。他沒有回答，而是抬頭說道：「宮城到了。」
宮城到了。
兩人下了馬車，亦步亦趨地走向皇宮。
張綺一直低眉順目的，她不再抬頭，只是跟在夫君身後，數著自己的腳步。夫君停她就停，夫君走她就走。似乎過了一歲那麼久，一個尖哨的聲音響過，而夫君，已提步踏入那華貴逼人的紫金殿。
張綺素手成拳，僵硬地放在腿側。在夫君跪下時，她跟著跪了下來。
堪堪跪下，她便感覺到，四下似乎安靜了些，似乎有很多雙目光都向她盯來。
她天生美麗動人，這般被眾人盯視，實是尋常之事。要不是地方不對，她甚至不會有感覺。
不知不覺中，張綺頭更低了，精緻的指甲更是深深掐入她自己的掌心。
這時，一個年輕輕浮的聲音響起：「妳就是張氏綺妹？抬起頭來。」
綺妹，華豔美麗的女子，這本是私下裡男人們對她的稱呼，這種稱呼怎麼能在紫金殿上響起？
張綺一顫，混沌的頭腦不由泛出一個念頭：難怪時人都說，新帝荒唐，果然如此！
慢慢的，張綺抬起頭來。

面容一露，大殿中便響起了一陣嗡嗡聲，而四面八方投來的目光，又火熱了幾分。

帝座上，那個年輕輕浮的聲音再次響起：「抬起頭，直視朕。」

這個命令一出，張綺的櫻唇顫抖了下，她右手小小地虛抓了下，直過了一會兒，才鼓起勇氣，抬起白淨如玉的下頷，向帝座上的九五之尊看去。

她對上了一張因為縱慾過度，而青白虛腫的年輕的臉。

這張臉的主人，正用一雙淫邪的眼，直辣辣地朝她上下打量。

把她從臉到頸再到胸乳，從頭髮到外露的肌膚，細細地盯了一遍後，新帝滿意地一笑。

就在這時，張綺聽到一個膝蓋移動的聲音傳來，卻是她的夫君以膝就地，挪上幾步，跪到了她旁邊。然後，她聽到她的夫君，以她熟悉至極的低沉嗓音，諂媚而充滿熱情地說道：「拙荊肌膚瑩潤，冬軟如棉，夏涼如玉，可抱可枕，內媚動人，實乃世間之絕色也。如此絕色，小臣不敢獨受，願奉於吾皇！」

他特意提高的聲音，在這大殿的回音中，那是鏗鏗作響。

許久許久，回音還在，混在眾人的嗡嗡聲中，震耳欲聾。

張綺只覺得腦中嗡嗡大作，似乎什麼都聽到了，也似乎什麼也沒有聽見。

她只是，慢慢地，慢慢地，轉過頭來看向夫君。

她沒有看到夫君的眼睛，他還在恭敬地看著陛下，他的臉上帶著燦爛的笑，他臉上的每一個紋路都在告訴陛下，他很樂意，他很願意！

猛然的，張綺身軀晃了晃，臉色淒白如雪。

帝座上，傳來新帝滿意的大笑聲，他盯向她的夫君，懶洋洋地問道：「聽聞你夫婦恩愛，兩無疑猜，當真願意？」

在張綺怔怔的盯視中，她的夫君朝著新帝重重磕了一個頭，朗聲應道：「臣願意！」

臣願意這三個字，格外響亮，激起的回音，直震得張綺喉頭腥甜。

新帝哈哈大笑起來。

他轉過頭來看向張綺，渾暗的眼睛得意地微眯，打量著張綺，新帝微笑道：「張氏綺姝，過來！」他朝她招了招手，伸手在自己大腿上一拍，因帶著慾望，聲音於溫柔中有著暗啞：「美人兒，到朕的身邊來。」

四周的笑聲還在迴盪。

明明是昏沉的，明明心臟跳得彷彿要衝出胸腔，明明那口腥甜隨時會噴薄而出，可張綺居然還能看到她的夫君正用哀求的目光看著她。如果她的感覺還能作數的話，她甚至感覺到，他看向自己的目光，依然是深情的。他是想說，她不用急，他遲早有一天，還會把她要回去吧？

張綺慢慢地，慢慢地站了起來。

她微微低頭，任由額側一縷吹散了的秀髮披垂在眼前。

她慢慢地，慢慢地向新帝走去。

四周還是笑聲不斷。眾臣都在看向她，也在看向她的夫君。

這些目光中，沒有鄙夷，只有習慣。

是的，習慣。這種事，在這個時代時有發生。更何況，新帝的荒唐好色是出了名的，把嬪妃召出來，與侍衛大臣們裸身相戲交媾，他再令畫工畫下，然後把畫高價賣給權貴富豪以博一笑的事他都做過不少，這種取人之妻算得了什麼？

張綺慢慢地，慢慢地走向新帝。

張綺步姿緩慢而優美。她微微低頭，這一瞬間，無數被平時忽略了的事都湧出心頭，無數關於新帝的傳聞，也一一在腦中迴盪。

這時，她聽到新帝親密戲謔的聲音：「美人兒，何必羞臊？抬頭看著朕。」

張綺果真抬起頭來。

新帝朝她細細打量了一眼，突然哈哈笑道：「果然是個讓人愛嬌的，離了舊夫，都沒有半點淚！妳能跟著朕，心中極是歡喜吧？」

他目光灼灼地盯著張綺，一臉的志得意滿，一臉的不容違逆。

張綺看著他，看著他，突然的，她嫣然一笑。

在夫君身邊時，她這樣的笑，是清亮的、幸福的，也是嫵媚的。現在面對新帝，她這一笑，只有無邊妖媚。妖媚地笑著，張綺那細小的，不盈一握的腰肢，以一種不見刻意的韻律，極誘人心魄地扭動起來。

大殿中突然安靜下來，笑聲不再，取而代之的，是種種加粗的呼吸聲。

這一刻，他們突然發現，那個剛才還顯得嫻靜的美婦人，一轉眼便變得煙視媚行起來。那隨著行走扭動的腰肢，那豐臀、那白嫩的小手，那美妙身軀上的每一個角落，都在浮日陽光下折射出一種勾人心魄的豔光。

果然是張氏綺姝！

美目流轉中，張綺巧笑倩兮地扭向新帝。

這是與生俱來的。似乎從長大成人，她的面容和身體如鮮花般綻放開始，她便每一個眼波流轉，每一次揮手頓足，都可以輕而易舉地做到風姿撩人。不過，她畢竟出自名門，又是個良家婦人，平素裡，她的一言一行都百般注意著。只有與夫君在床笫嬉戲時，這種種惑人風情，才不由自主地流露出來。

不然，他怎麼會說她「肌膚瑩潤，內媚動人」？
他怎麼會想到刻意帶她前來，再把她獻給新帝，以媚好於上？
隨著張綺的走近，新帝的呼吸越來越急促，瞳孔也越來越擴大。
她堪堪靠近，還不曾攏身，他已迫不及待伸出手，抓著她的手臂一扯，便帶入自己懷中。
新帝摟著她的細腰，在她胸前深深一嗅，然後閉上雙眼，陶醉地，欣悅地感嘆道：「果然是絕代佳人！」
他睜眼打量著懷中肌膚如玉，饒是這炎炎夏日，卻觸手冰涼，讓人心悅神怡的美人兒，心下一酥，摟著她坐在大腿上，灌了一口酒給她哺下，再低頭看向把美人兒獻出來的臣子，新帝滿意地說道：「愛卿獻妻之功，朕記住了。」
新帝在「獻妻」兩個字上加重了音。
不出所料，大殿中眾人同時哄堂大笑。
似是不知道眾人在笑什麼，她的夫君也陪著笑，那笑容很燦爛。
新帝見他不以為意，便點了點頭，溫聲說道：「愛卿心意拳拳，朕很滿意。這樣吧，朕升你為光祿大夫。」
居然一次提升了三級！從一個六品的司馬一舉升為三品大員，成為國之重臣！
她的夫君，終於一步登天了！
在眾大臣羨慕妒忌的眼神中，她的夫君大喜，他深深一拜，顫聲叫道：「臣謝陛下隆恩！」再抬頭時，他滿臉紅光，顧盼間志得意滿。
張綺垂眸，小巧的唇角勾起一個媚笑來：果然賣了一個高價啊！
新帝再次哈哈大笑，笑聲中，他低頭看向懷中的張綺，冰冷如蛇的手，輕輕撫上張綺的頸。那手撫著撫著，便慢慢滑入衣領下。慢慢地，那蛇一樣的大手伸入她的肚兜中，然後，他大手一張，一把抓住那一掌罩不住的玉乳。

新帝揉著張綺軟綿的右乳，因他動作有點大，外裳和肚兜便在新帝的揉搓中慢慢褪下一角，露出裡面養尊處優的，從來不曾見過陽光的瑩潤如玉的肌膚。

殿中笑聲再次一頓，眾男人同時向這個方向看來。一雙雙目光如狼似虎，頻頻的吞嚥聲在殿中不時響起。

年輕的皇帝最喜歡看到這一幕了，因此，他的動作又加劇了幾分。

張綺唇角的笑容，再次妖媚了幾分：終是按捺不住，當著眾人也淫戲起來了？

她眼波如煙，瞟向那個站在殿中的男人。

那男人也在含笑看著這一幕，不過他臉上的笑容似有點僵硬，那眼神中，隱隱地帶著一絲不忍、一絲痛苦。只是很快，他的笑容便變得燦爛如故。

張綺笑得更妖豔了。慢慢地，她向後一傾，嬌軀如蛇一樣深深倒入新帝的懷中。然後，她把櫻唇湊到新帝的耳邊，吐了一口氣，聲音帶著正被滋潤著的嬌喘：「陛下！」

年輕的皇帝被她如此迎合，已是滿心歡喜，他笑問道：「愛妃想說什麼？」

張綺眼波流轉，嬌笑道：「妾想與您的新大夫說一句話。」她舌尖輕吐，如蛇吐信一樣在年輕皇帝的耳洞裡舔了一下。在激得他呼吸加促，眼神轉深時，張綺格格一笑，以一個曼妙無比的姿勢從他的膝上走下。

她攏了攏被扯亂的衣裳，曼步朝殿中走去。

新帝沒有拿住她。他十一歲近女人，對美色實是經慣。張綺的勾引，並沒有讓他獸性大發。

他微微後仰，滿意地盯著那扭著蠻腰，越去越遠的美人兒，忖道：真真是個尤物！我後宮美人一千三，竟是無一人比得上她！有她這種美色的，沒有她這種風情的！

在新帝的眼神中，張綺一步一步走向大殿，一步一步走向她的夫君。

她墨髮紅顏，眼如春波，皓腕映輝，玉頸修長。

她美目顧盼，笑容如花。

如此的美麗，如此的綺豔，便如新婚之夜，他揭開她的蓋頭時。

她的夫君怔怔地看著越來越近的張綺，薄唇張了張，終是沒有喚出她的名字。

走到離夫君只有五步處時，張綺停下了腳步。

她微微側頭，然後回眸，那一縷墨髮如洩，擋住了她的明眸，「陛下。」

她嬌喚著。

年輕的皇帝新得如此絕色，正是最歡喜時，他笑著應道：「愛妃想要什麼？」

張綺笑靨如花，嬌俏地說道：「妾想要那個！」她素手一指，指向掛在新帝身後的一柄寶劍。

眾人一怔中，新帝蹙眉問道：「愛妃要劍做什麼？」

張綺聲音一糯，嗔道：「陛下問這麼多幹麼？妾就是想要嘛！」吳儂軟語，把那兩個「嘛」字拖得又脆又長，直直讓人酥到心尖上。

年輕的皇帝哈哈一笑，道：「好好，給妳給妳！」

劍給她又怎麼樣？反正她離自己甚遠，總不可能刺駕。

皇帝的話一出口，一個高大的太監便凜然應諾，捧著那柄劍，大步走向張綺。

他來到張綺面前，雙手剛剛奉上，張綺卻是白嫩的食指一指，嬌笑道：「幫我拔出劍，殺了那人！」聲音又軟又綿，用詞卻是帶著血。

殿中大靜。刷刷刷，無數人同時轉頭，無數雙目光，同時看向張綺手指的那人。

那人，孤零零地站在殿中，正是張綺曾經的夫君！

她的夫君萬萬沒有想到會是這樣，俊臉雪白，他驚愕地瞪著張綺，顫聲道：「娘娘，這玩笑不好笑！」

看，多鎮定，這個時候了，都還記得叫她娘娘，而不是他喚了那麼多年的綺兒！

安靜中，張綺格格一笑，她媚眼如波地瞟向新帝，嬌糯地，慢悠悠地說道：「陛下，這人今日能賣妻求榮，焉知他日不會賣主求榮？你讓我殺了唄！」這個唄字被她拖得長長的，綿綿的，嬌嗔般動人。

新帝還在怔忡中。

張綺嘟起小嘴，高聲嬌嗔道：「陛下，你便依了妾，殺了這個人，讓妾開心一下嘛！」

這聲音，恁地讓人酥到骨頭裡！

年輕的皇帝一醉，便不在意地撫掌笑道：「愛妃既然喜歡，那就殺了吧！」

那就殺了吧！

如此輕飄，如此容易。

剛剛升了三級，一舉跳上權臣之位的男人，臉白如紙，他大叫一聲，撲通一聲跪在地上，愴然求道：「陛下，饒命！陛下，饒命！」

他還在叫著饒命，五步處，張綺已朝著那太監眼一瞪，嘴一呶。

她現在可是陛下心尖尖上的人，那太監一凜，哪敢遲疑？

當下，他大步走了過去。就在男人一連串的求饒聲中，嗖地一聲，拔出長劍，寒光如雪中，劍尖猛然一落，向下重重一斬。

「噗」的一聲，利器入肉的聲音傳來，男人求饒的聲音戛然而止，一柄長劍把他從背心到胸口刺了個對穿。血流如注，在白玉大殿中匯流成溪。

所有的聲音都消失了。

連心跳都可以聽到的絕對安靜中，張綺嘴角噙笑，曼步走向搖搖晃晃，還沒有倒斃的男人。

她來到了他的身前，慢慢蹲下。張綺素白如玉的手，像撫摸最珍寶的寶玉一樣，撫過男人的臉，然後，微微抬起他的下巴。

嬌笑如花的她，直視著放大的瞳孔中帶著不甘不信的男人。

她紅唇緩緩湊近，湊到他的唇邊。她溫熱的唇在他冰冷的唇上如蜻蜓點水般一觸而過，然後，紅唇移到他的耳邊，他聽得她溫柔如昔的聲音低綿地響起：「夫君。」

她輕輕喚道：「夫君，妾不是說過嗎？願與夫君共生死。」她低低一笑，如同新婚之夜那般，嬌嬌地，綿綿地說道：「妾知道，夫君現在還不想死，可是，妾都想死了，怎麼能放任夫君在這世間快快活活地升官發財，坐擁嬌妻美妾，我自己卻孤零零地一個人奔赴黃泉呢？」

說到這裡，她又是格格一笑，然後，她伸出素白的食指，從他的唇角抹下一縷溢下的鮮血，含笑放入小嘴裡，吮了幾下，慢慢嚥入。

看到這一幕，新帝蹙起眉頭，他不耐煩地喝道：「愛妃，可以了！」

張綺沒有回頭，也沒有回應皇帝。

她只是嬌笑著站起，曼步走到男人身後，微微前傾，右手一伸，然後，她握住劍柄，突然向外一抽。

隨著一股鮮血噴射而出，男人嚥下最後一口氣。張綺右手一反，乾脆俐落地將那血淋淋的劍尖，刺入自己的胸口。在倒地的那一刻，她依然是笑容嬌豔如春花，燦爛而美好。

「姑子，到了！」一個疲憊暗啞的婦人聲音驚醒了張綺，令她生生一驚。

見狀，那四十來歲，圓臉白膚的婦人關切地問道：「姑子，妳是不是又不舒服了？」

十三歲的張綺搖了搖頭，她伸出因營養不良而略顯青白的小手，一邊掀開車簾，一邊看向外面，「還有多久到達建康？」

「快了快了，約莫兩天功夫。」

「嗯。」張綺點了點頭，對於回到建康，她並不期待。這一個月來，她陸陸續續記起了一些事。從那不知是夢還是幻覺，零零碎碎的記憶中，她看到了她並不美好的一生。

雙手相握，一邊輕輕絞動，張綺一邊尋思著：那個夫君，怎地不管我如何想來，都記不起他的面容、他的名字？那破碎的記憶，似乎出了問題。很多關健的東西都給遺落，記得清楚的，反而是一些無關緊要的場面。

輕呼了一口氣，張綺不再糾結於回憶。她低頭看著自己青白幼嫩的手，暗暗想道：不管如何，我只須小心一點，儘量不要重蹈覆轍才是。

虛歲十三的張綺，還沒有長開，青白的小臉上，五官雖然姣好，卻遠遠談不上驚豔。現在的她，還是一個剛被父親派人從老家接來的私生女。

魏晉以來，民風開放，《子夜歌》唱道：「寒鳥依高枝，枯林鳴悲風。為歡憔悴盡，哪得好顏容？」情竇初開的少女們，不管品性如何，都願意追隨心愛的丈夫，求一夕之歡。張綺便是這一夕之歡下的產物。

她的母族原本也是家境殷實，便因為那幾日放縱，母親付出了她的一生。得了她的身子後，那個男人拍拍屁股就走了。可她的母親卻從此背負著未婚先孕的名聲。少不更事的小姑子，直到這時才明白過來，原來生活就是生活，她既然懷了孕，便無法嫁人，出去冶遊，少不了被他人指指點點，而待在家裡，也被兄嫂們不喜。

到了快臨盆時，不說別的，光是請奶媽婆子等的花銷，她母親便受了不少白眼。

這些實實在在的難處，再與風花雪月扯不到一塊。不但不唯美有趣，反而是沉重瑣碎無比。她自恃美貌的母親，從此後身邊再也不會出現那些青春張揚的少年郎，上門求娶的，多是一些鰥夫老漢。

也許，歷史上是有做了皇后的寡婦，也有生了孩子卻得到完美婚姻的婦人，可那些畢竟是鳳毛麟角，根本輪不到她母親身上。

於是，生下張綺幾年後，她母親便鬱鬱而終。而給了她生命的那個父親，前不久無意中知道了張綺的存在後，便讓人把她接回建康老宅，她現在就在回老宅途中。

胡思亂想了一會兒，張綺再次昏昏睡去。

也不知過了多久，她輕叫一聲，掙扎著坐了起來。

聽到她的叫聲，那白胖婦人再次湊上前來問道：「姑子，妳怎麼啦？」語氣仍然是關切的，可眼神中多多少少透著不耐煩。自她趕到那鄉下地方，接了這個姑子上路後，這小姑子就老是一驚一乍的，來多了幾次，饒是她這個自認為脾氣軟和的人也煩躁起來。

聽到白胖婦人的詢問，張綺搖了搖頭，輕聲道：「我無事。」她伸出頭去，瞟向車外。

車外，除了這個白胖婦人外，還有一個中年漢子、一個精瘦的三十來歲的漢子。這三人都是她父親派來接她回去的，她的外祖家可挑不出多餘的人來送她這個私生女。

望著這三人，張綺雙手再次緊緊絞在了一起。

如果她的回憶都是真實的話，這三人中，已有一人聯繫了盜賊，準備把她劫去賣到青樓裡——

這個時代，貴族耽好享樂，富人以蓄養美妾歌妓為榮。一些青樓負責從各地收集資質好的少女，教會她們琴棋書畫，梳妝打扮後，便作為禮物送到那些貴族豪富之家。因需要的量太大，各大青樓的爪牙只得四處擄人。張綺一看就是個美人胚子，足能賣個高價。

她父親的家族雖然是大家族，可她一個身分低微的私生女，沒了也就沒了，那家僕才敢放肆。回憶中，她落入盜賊手中後，雖然很快就被一個北方來的騎士救出，也回到了家族，卻是汙了名聲。從那以後，她私生女的身分加上清白有失，便是當一個禮物也上不了檔次，令得她經受了無數青白眼，受盡了折磨。

不行，不管如何她得防著，她承擔不起那種可能！

想到這裡，張綺聲音微提，清脆地喚道：「溫媼。」她喚的是中年白胖婦人，這三個僕人都是張家的家僕，跟著主人姓張。

中年白胖婦人回頭看向張綺。不等她靠近，張綺便提著聲音，脆脆地說道：「媼，聽人說有些大家族的家僕，喜與盜賊勾結，不知有沒有這個事？」她的聲音不低，三人都可以聽個明白。一時之間，幾人都是一怔，同時看向張綺。

張綺一派天真，她不等這幾個沉下臉的家僕訓斥，擔憂地咬著唇說道：「我聽說過，他們最喜歡對我這種年紀的小姑下手，我、我害怕！」她睜大水靈靈的雙眼，又緊張又惶惑地看著溫媼。

這樣的張綺，稚嫩中有種讓人心疼的可憐，溫媼心下一軟，也不忍責怪。她蹙著眉訓道：「誰跟妳說這些胡話的？我張家也是建康一大家族，斷斷不會有此膽大包天之徒！」

「那太好了！」張綺天真地笑了起來，雙眼瞇成了月牙兒。笑著笑著，她瞟過那精瘦的三十多歲的漢子。

剛才她說這番話時，那漢子明顯有點慌亂，張綺暗暗心驚：看這漢子的模樣，明顯是心虛啊，就是他要對自己下手？

哼！這漢子只是張府的家僕，他的身家性命都在張府主子手中。這種人沒人追究也就罷了，若惹得人懷疑，他就討不了好去！

那漢子明顯不想張綺繼續這個話題，他皺著眉頭，大聲喝道：「好了好了，前方便有一寺，我們先歇一歇再起程吧！」

精瘦漢子這麼一叫，另外兩人便都轉移了注意力，專心趕起路來。

張綺慢慢拉下車簾，在她低下頭的那一瞬，她的眼角瞟到那精瘦漢子向她瞟來，目光中滿是驚疑。拉下車簾，張綺咬了咬唇，忖道：不知被我這麼打草驚蛇一番，他會不會改變主意？

她探身上前，信手從馬車車壁間拿起一本薄薄的帛書，帛書上寫著「初學啟蒙」。張姓乃大家族，她身上流著他們高貴的血脈，因此識字是必須的。而她的母族只是鄉下的土地主，那樣的寒族，是沒有資格，也沒有機會識字的。

因此，雖然這些字她早就識得，這一路上還得裝作不識字的樣子，從頭來過。

雙眼盯著帛書，張綺繼續尋思著。

也不知過了多久，溫媼的聲音從外面傳來：「寺廟到了，小姑準備一下。」

張綺低低地應了一聲，拿起帷帽戴在頭上，再整理了一下衣服。馬車一停下，便在溫媼的扶持中步下馬車。映入眼中的，是一處破舊的寺廟，顯然是荒廢了兩年的。

一夥人會在這裡用過晚餐，再找地方借宿。

記不清那些盜匪是在哪裡對她下手的，張綺只能警戒地四下打量了一番。這地方因行人很少，幾條田間小道雜草叢生。視野盡頭有一大片農居，正是用餐時，那裡炊煙點點。

張綺心神一動，與這三個從建康大家族來的僕人同行這麼久，她對他們的心性有所了解。當下，她眼望著那些農居，抬著下巴，清脆而愉悅地說道：「媪，也不知阿花姊姊現在是在餵雞還是在用餐了呢？嘻嘻，我家鄉那些夥伴，要是知道我也成了錦衣玉食的士族，不知有多羨慕呢！」

她的聲音清脆，如泉水叮咚，雖然說的話幾不可耐，卻也讓人無法厭惡。

負責教育她的溫媪責道：「姑子，妳得記著妳姓張，以後這種小家子氣的話不可再說！」

面對她的教育，張綺紅著臉，慌忙應道：「是！」

她悄悄抬眸，只見溫媪和那中年漢子同時抬頭看向那村落——他們從小便在張家長大，在建康城中，偶爾碰到幾個鄉下庶民，哪個看他們不是畢恭畢敬，一臉嚮往羨慕？想想那種感覺，可真是美啊！這次好不容易出來了，倒不妨去那村落顯擺顯擺。

於是，中年漢子開口道：「小姑既然想念家鄉，我們就到前方村子用餐吧，順便也可找家農戶歇歇。」

他的聲音一落，精瘦漢子急道：「還有那麼遠呢，我肚子餓了，便在這裡用餐吧。」一雙三角眼四下搜尋著，莫非，他與盜賊們約好的地方便是這裡？

張綺一凜間，卻聽得溫媪笑道：「太陽還沒有下山呢，用餐不急。再說，用了餐後也得找地方借宿，就聽老方的，去前方村落吧。」

她居然也同意了！

精瘦漢子急得大聲說道：「便在這裡用餐吧。那些賤民一個個鼻涕直流，臭味熏天的，到那裡哪吃得下？」

他這話一出，溫媪和中年漢子同時遲疑起來。

這人果然有鬼！

張綺暗道不好，當下脆生生地，微帶惱意地說道：「說什麼呢？他們哪裡臭了？雖然身上衣著舊了些，可一個個乾淨著呢！」她相信，這些人看過的農戶，不是特意到建康城裡幹活的百姓，便是她外祖家附近的人，而那些人，都是經過特意整理，十分乾淨的。

那中年漢子點了點頭，溫嫿也道：「說的也是，我們平素在建康看到的賤民，可乾淨著呢。便是小姑的外祖家裡，也是整潔舒適的。」

溫嫿說到這裡，轉頭看向那精瘦漢子，奇道：「老中，你今兒怎麼了？這般挑剔？」

她話說到這分上，精瘦漢子不好再阻。他咬了咬牙，暗暗瞟了一眼張綺，恨道：這小賤人已放出那樣的風聲，我倒真是不能強求……罷了罷了，且隨機而動！

這邊溫嫿見他不再堅持，已與中年人有說有笑地把東西重新抬上馬車，然後趕著馬，向前方的村落駛去。兩刻鐘後，馬車駛入村落。

村落不小，少說也有五六百戶人家。看到他們到來，村裡玩耍的孩童一哄而上。不遠處，那些村民也跑出不少，一個個朝著他們指指點點著。

這些村民敬畏的眼神著實讓溫嫿等人頗為舒服，可那些孩童，還真如精瘦漢子所說的那般，鼻涕老長，臭味與汗味交雜。

不過，這時人都來了，自沒有避開的道理。當下，那中年漢子便湊了過去，跟一戶看起來乾淨些的農戶打了招呼後，便把兩輛馬車趕到農戶的籬笆圈內，把鍋灶拿下，就在地坪裡煮起飯菜來。

農戶的主人知道他們嫌棄，也不敢開口讓他們在自己的鍋裡煮食，只躲在偏房裡悄悄看著。

幾僕都在忙活，張綺作為主子，自是戴著帷帽，端端正正地坐在騰出來的堂房裡。

張綺注意到，在三人忙碌時，那精瘦漢子藉口去旁邊井裡打點水，一去便是大半個時辰。當他回來時，飯菜已經煮熟，碗筷都上了几。

瞟過那看不出表情的精瘦漢子，張綺雙手絞了絞，暗暗忖道：他定是去聯繫那些盜賊了！也不知他們是放棄了，還是另有陰謀？

張綺吃過晚餐，識了會兒字便上榻了，這一晚平安無事。

第二天，幾人起了個大早。順利的話，他們今天便可以進入建康。

馬車重新上了官道，在溫媼的監督下，張綺又識了兩個字，並把昨日識的字大聲讀了幾遍。聽著她朗朗的識字音，溫媼忍不住對那中年漢子說道：「老方，阿綺這個孩子挺聰慧的，可惜出身還不夠好。」如果她是張府正經的姑子，不說是嫡出的，便是個庶出，憑她現在這份聰慧，也能有個前程，真是可惜了。

中年漢子點了點頭，「這是沒法子的事。不過她如果真的聰慧，以後跟了哪個達官貴人，再生個貴子，未必沒有出頭的機會。」

他說到這裡，向那精瘦漢子問道：「老中，你怎麼看？」

這一路來，老中有點心不在焉，他開口時，老中正在東張西望著。

精瘦漢子連忙回頭，擠出一個笑容應道：「是這麼回事！」

他剛說出這幾個字，只聽得右側後方一陣急促而凌亂的馬蹄傳來。緊接著，一個粗厲的喝聲傳出：「站住！全部給我站住！」

四人一驚，齊刷刷回頭，不等他們驚叫出聲，只聽得前方兩側各衝出兩匹馬，接著，一個嘶啞的聲音喝道：「停下馬車，速速停下馬車！」

這喝聲一出，溫媼尖叫一聲，嘶聲道：「是山匪！」已是一派淒然絕望。

此時此刻，後有追兵，前有強敵，靠四個人有什麼用？不敢惹惱這些人，駕車的老方和老中同時把馬一勒，驅車停了下來。

兩輛馬車剛一停下，前後左右十個騎馬的盜賊同時圍上了眾人。

齊刷刷的，他們同時目光一眺，看向張綺所在的馬車。

其中一人把破舊的戟尖朝著馬車一指，喝道：「掀開車簾！」

這時刻，溫媼等人縮成一團，哆哆嗦嗦的。馬車中，張綺也是臉白如紙。

她雙手緊絞，暗中急道：那個前世救我的北方騎士明明是這時候出現的啊，他不會不來了吧？

這時，外面馬蹄聲靠近，一個細聲細氣的聲音說道：「讓某來看看這馬車中到底是何人！」說到這裡，一隻青筋直露的手伸了進來。

突然的，後面一陣馬蹄聲傳來。

那馬蹄聲只有一個，卻強健有力，清脆而響，一聽便讓人知道，來的是上等名駒。

眾盜賊齊刷刷回頭，馬車中的張綺，這時也顧不得那麼多，掀開反方向的車簾回頭看去。

從後面官道上趕來的，是一匹紅色的高大駿馬，那馬渾身無一縷雜色，端的神駿。

馬背上，端坐著一個身量修長的年輕人。

這年輕人一襲月白色錦衣，腰纏玉帶。玉帶上，別著一柄鑲滿了珠寶的長劍。

他雖然是策馬而來，可這年輕人的身姿，特別的隨意，也特別的風姿過人。彷彿他從小便在馬背上長大，也彷彿他天生俊美過人，隨便做出什麼動作，也可讓人心馳神往。

明明風塵滿天，明明日頭高照，他卻片塵不染，飄逸清爽。

這年輕人戴了一頂厚實的帷帽，完全遮住了他的臉。只從那隻握著韁繩的，如玉般修長的手，可以看出他不是普通人。

噠噠噠的馬蹄聲中，年輕人離他們越來越近了。

眾盜賊只是一愣，便收回目光，其中一人咧嘴罵道：「他大人的，一個養尊處優的小白臉兒，管他做甚？」

他的聲音不大，可話音一落，那騎士便騰地抬頭看來。

明明隔著厚厚的帷帽，可所有人都是一凜，直覺得他目光如電。

沒有想到這年輕人只是一眼，便把自己震住，眾盜賊又是難堪又是沒臉。

另一人咧嘴罵道：「哪來的娘兒們……」

五字堪堪吐出！

那年輕人右手一揚，五指虛彈。張綺只來得及看清他的動作，便聽到幾聲慘叫傳來。她急急轉頭，卻差點尖叫出聲。

只見兩個剛才開口的盜賊同時捂著臉，縷縷鮮血正從他們的手縫中流出。這一片刻間，那鮮血已是流了他們一頭一臉。

兩個盜賊顯是痛極，慘叫著，竟是翻落馬背，在地上滾來滾去。到得這時，張綺終於看清，那血是從兩人的眼眶中流出，卻是那年輕人不知彈出何物，竟同時射瞎了兩人的眼。

隔上這麼三十步的距離，輕飄飄一揮手，便射瞎了兩人四隻眼睛，這是何等腕力？

眾盜賊都是聚集在這附近的烏合之眾，哪裡經過真正的陣仗。這麼一嚇，剩下的八人同時冷汗涔涔而下。他們相互看了一眼，突然呼嘯一聲，同伴也不顧了，策著馬轉身就跑。

地上的兩人還在翻滾慘叫，眾盜賊已跑得不見蹤影。而這時，那年輕騎士才悠然近前。

張綺把車簾大大地掀開。

眼前這人，救了她兩世，她想看清他。

也許是她的目光太專注，也許是她的表情太認真，那年輕騎士瞟了一眼後，回過頭朝她認真打量而來。

四目相對，鬼使神差的，張綺脆聲叫道：「我知道你是誰！」

一句簡單的話，那年輕人卻是大凜。

他騰地一聲，拉停了坐騎。

直直地盯了張綺半晌，突然間，他朝著馬腹一踢，竟是驅著馬朝著張綺狂奔而來。

不過十步的距離，他策馬這般急衝，實是一副要把馬車衝翻的模樣。想到他的身手，三僕同時尖叫，想道：小姑子這回性命難保！

駿馬狂衝而來，牠奔行時帶起的風沙，騰騰地撲上張綺的眼睛。

就在張綺睜大水靈靈的雙眸，瞬也不瞬地看向來人時，急衝到離她僅有一臂的年輕人，突然把馬一勒。

那馬也是神駿，這麼高難度的動作，牠居然也是說停就停，生生地前腳虛踢，人立起來。

與此同時，年輕人右手一伸，迅速地，閃電般的握住張綺的下巴，然後，他向前一探，將唇湊到了張綺的耳邊。

他朝著她的耳洞吐了一口溫熱的氣息，低低說道：「小姑子，禍從口出，妳沒有聽過嗎？」

他微微側頭，卻對上一雙驚豔的眼。

張綺確實呆住了。

剛才他衝勢太急，風吹起了他的帷帽，讓她看到了他的臉，看到了他的眸子。

這是一張俊美到了極致的臉，那雙眼角略略上挑，含著幾分情意和嘲意，幾分說不出的孤寂和冰冷的眸子，更是讓人一望便心神被懾。

只有一眼，她只來得及驚豔。

不過，自身便曾美得妖孽的張綺，也只是驚豔，她的眼神始終清亮明澈，沒有癡迷。

年輕人一怔，他很少見到這樣的眼神。

慢慢的，他勾唇一笑，右手下移，他扣著她的頸，令得張綺與自己臉貼著臉。肌膚相觸，呼吸相聞間，張綺聽他低低地笑道：「小姑媚色內鮮，長大後定是一尤物。不久後，我會來建康做客，到時令妳侍寢，如何？」

薄唇有意無意間，在張綺的臉上輕輕一觸，年輕人推開了她，策馬後移。

他瞟向還沒有回過神來的溫嫗等人，以一種高高在上的，貴族氣十足的口吻，清潤地問道：「你們主子是？」

溫嫗三人不由自主恭敬地回道：「奴等乃建康張氏之僕。」

年輕人倨傲地點了點頭，又問道：「此姝何名？」他指的，自然是張綺。

溫嫗連忙回道：「回貴人的話，她乃張氏之女，名綺。」

年輕人不再多言，瞟了幾人一眼，策馬離去。

目送著他遠去的背影，溫嫗轉向張綺，責道：「小姑，妳，哎！」她氣得說不出話來。恨恨地想道：也不知這人是個什麼來頭？罷了罷了，不管如何，終究是我們接她前來的路上出的事，待會兒得與他們兩人商量一下，最好見到主子什麼也不要說。

此時，張綺也滿是委屈。

她剛才看到這人，搜了搜記憶後，終於記起他的身分。記憶中的這個人，潔身自好，寬容清明，備受世人敬重。便是建康這等敵國重城，也不時可以聽到他的溢美之詞。數月後，他會來到建康，自己剛才故意那麼一說，便是想結識他，博得他的注意。若能得到他的看重或保護，她這一生會順遂很多。哪裡料到，卻實實惹怒了他？

三僕湊過頭商量時，張綺看著那倒在地上兀自翻滾的盜賊和兩匹馬，暗暗心疼：兩匹馬呢，要是賣出去也能得不少錢，可惜，我不能開這個口！

三僕也看到了那兩匹馬，不過他們可不敢拿起這種盜賊的東西，焉知他們不會因此追上來？略略說了幾句後，馬車連忙驅動。

溫媼坐在張綺的旁邊，問道：「小姑，恩公跟妳說了什麼？」當時兩人是臉貼著臉低語，旁人根本沒有聽清。

張綺雙手相互絞著，低聲說道：「他怪我胡言亂語。」

說到這個，溫媼不由惱怒起來，她厲聲說道：「小姑，妳是從鄉下來的，不知世事不懂禮數，這次媼不怪妳，不過妳從此得記住，在大宅裡生存，只張耳不張嘴。剛才那位恩公，他既然厚幃遮面，定是不喜歡別人知道他是誰。妳冒冒然開口，遇到個心狠的，說不定便被殺了滅口。」

說到這裡，想起兀自疼得在地上翻滾的兩個盜匪，溫媼打了一個寒顫，沉默起來。

張綺低頭恭順地應著是，心中想道：那人之所以厚幃遮面，實是他長得太過俊美，又不耐煩別人看他，便習慣性地把自己的臉擋起來。至於他出手傷人，是因為那兩個盜匪，一個說他小白臉，一個說他娘兒們。他平生最恨別人拿他的長相說事，自是出手不容人。

坐在馬車中，溫媼又跟張綺說了一些大宅門的生存技能。

到得下午時，中年漢子鬆了一口氣的聲音從外面傳來：「總算到了！」

張綺連忙伸頭，只見前方出現一座高大的城池，城池外面的護城河流水潺潺，吊橋兩側行人如流，熱鬧至極。

到了建康了！

終於，再一次來到建康了！

馬車駛入城門，重新回到這車水馬龍，一派繁華的所在，三僕都鬆了一口氣，高聲談論起來。連一直沉默著的精瘦漢子，這時也開朗了不少。

溫媼坐在張綺旁邊，低聲說道：「小姑，如今進了城了，待會兒我們會把妳先安置在客棧，等府裡準備好了，再接妳進去。」

「嗯。」

「在客棧裡不要亂跑。」

「嗯。」

三僕把張綺送到客棧時，天色已晚，太陽已沉入地平線。目送著他們離去的背影，張綺輕呼了一口氣。她的出身，註定了前路艱難，比起外祖家，待在建康張宅裡還是好些。因此一路上，她從沒有想過掙扎。

回到房中，張綺把記憶細細地回想了一遍。經過盜賊之事，她對自己的記憶再無懷疑。

一夜轉眼就過去了，天一亮，一輛馬車便停在了客棧外頭，溫媼帶著兩個婢女走了進來，在迎過梳洗一新的張綺後，溫媼笑道：「恭喜小姑，這就隨老奴回家吧。」

家？張府哪裡算是她的家？

張綺靦腆一笑，小心地應了一聲是，跟在她們身邊上了馬車。

馬車向前駛過，走了大半個時辰後，轉入一條巷道，然後馬車停下。

溫媼站在車外，笑道：「小姑，我們進府吧。」

張綺走了下來，出現在她面前的是一個僅容一人進出的小門。是啊，堂堂張府，怎麼會讓她這個不起眼的私生女光明正大地進府呢？便是那別人看不上的側門，她也是沒資格的。只有這種供奴僕出入的小門，才能容得下她。

張綺好奇地四下張望著，做出一副鄉下人不知世事的模樣。在溫媼三人的帶領下，信步跨入了張府。一入小門便是一排的矮小木房，木房裡出出入入的，都是一些奴僕。看到張綺進來，她們好奇地打量著。

溫媼快走幾步，與一個二十四五歲的婦人低語幾句後，回頭牽著張綺的手，溫言說道：「小姑，這是涼嫂子，她給妳準備好了住處，妳跟著去吧。」

說到這裡，溫媼望著一派天真的張綺，終是心下一軟，忍不住又低低地說道：「小姑，妳就安心待在這裡等妳父親回來。」

這個張綺還是懂的，不就是她父親的正妻瞧不上自己這種私生女，把她當奴僕使喚嗎？上一世她也是這樣過來的。

說起來，上一世的張綺便是極聰明的，不然她也不會闖過那麼多磨難，當上了那人的正室。

當下，張綺按照溫媼一路教授的禮儀，屈膝行了一禮，低應道：「是。」應罷，她抬起小臉，孺慕地看著溫媼，含淚說道：「可是媼，阿綺捨不得妳！」在這府中，溫媼是個正派心善的，與她打好關係有利無害。

溫媼與她同行一月，也是有感情的。她看著眼前姣好的小姑子，伸手撫著她的頭髮，低聲說道：「去吧去吧。」

溫媼一走，張綺便低眉順目地走到涼嫂子旁邊。涼嫂子朝她上下打量了幾眼，心下有了底。轉過身，領著張綺進入左側第三間木屋裡，涼嫂子一邊走一邊說道：「妳叫阿綺吧？阿綺啊，妳的身分與僕人們還是不同的。以後上午妳就把院子打掃一下，下午就去學堂識些字，晚飯後再幫著廚房搭把手。」

張綺低眉順目地應道：「是。」

看到她嫻靜的樣子，涼嫂子滿意地點了點頭，道：「很好。」一邊吩咐兩個小婢女幫張綺拿來鋪蓋用品，涼嫂子一邊說道：「小姑子，嫂子有一句話妳得放在心裡。」

張綺連忙躬身受教。

涼嫂子笑道：「妳生得一副好胚子，這點與那些粗魯的鄉下人是不同的，說不定以後還得靠它過上好日子。」她意味深長地一笑。

張綺自是明白她的意思。剛才她安排的都是些輕鬆活計，與其說是她顧念自己所謂的主子身分，還不如說她是想讓自己養著，趁長身體的時候，養得如花似玉的。將來上面有需要了，她也能得個肯定。

涼嫂子安排給張綺的房間，只有一個榻，看來不需要與他人合住。見張綺目光掃過那榻，涼嫂子笑道：「阿綺，妳暫時在這裡安頓下來。如果十二郎見了妳，定會安置個更好的。」十二郎，便是她的生身之父。

張綺連忙應道：「嫂子安排的，阿綺就很滿意。」

她好歹也是張家的骨血，是一個姑子，住在下人的地方，哪有可能真滿意？她能說這話，不是來自鄉下沒什麼見識，就是個知情識趣的。

涼嫂子看著她，點了點頭，道：「滿意就好。妳若有什麼需要的，儘管來告訴涼嫂子。」見張綺說沒有，她又交代了兩句，便轉身離去。

張綺坐在榻上，靜靜地看著房中的布置。

休息了一會兒，她才走出房門。

掃帚就放在雜房裡，張綺只須拿出來清掃就是。院子也不大，掃淨它前後不需要一個時辰。

張綺低著頭清掃時，不遠處，傳來嘰嘰喳喳的指點議論聲，隱隱的，還夾著竊笑聲。

現在，張綺還沒有想到要去結識什麼人。她的記憶太模糊，周圍這些出現的人，便是有兩個面熟的，她也記不起她們的名字，更記不起她們與自己來往的經歷和品性。所以，她現在還是安安靜靜地幹著活，一步一步走著。

打帚完，在大廚房裡拿過早餐吃了。張綺又休息了一下，然後下午到了。

下午，她的任務是識字。

張氏大宅裡，有大大小小的學堂三四個。張綺所在的這個學堂，除了她，還有四個衣著樸素的小姑。這些小姑不但年紀與她相仿，還五官都生得不錯。從旁邊的語氣中可以聽出，她們都是家族中不受重視的偏旁庶子的女兒，在這張氏大宅中，與她一樣身分尷尬。

教她們識字的，是一個二十七八歲的女子。這女子年紀不小了，卻還梳著小姑髮髻。她是宮中出來的御史（女官），放出宮時年紀太大，加上自己薄有資產，又能自食其力，便不再嫁人，而是在各大家族中擔任教習一職。

看到張綺走來，四個小姑子同時回頭，小腦袋湊在一塊，指指點點地笑了起來。她們雖然出身不好，可比起張綺這個私生女，還是光彩得多。

張綺低眉斂目，安安靜靜地坐在一角，等著教習授課。

「聽說是個鄉下來的。」

「一看就是個賤民。」

「她母親真不要臉！」

……

最後一句聲音入耳，張綺眉心跳了一下。她回過頭去，朝著那個開口的，比她還高了一個頭的小姑張涔看了一下。

她畢竟不是真的小姑，這一眼目光沉沉，含威不露，張涔陡然見到，不由哆嗦了一下。

轉眼，她便像受了巨大的羞辱一般，騰地站了起來，尖聲叫道：「妳看什麼看？難道我說錯了？妳母親就是個賤的！」

張綺一怒，正要發作，卻聽得前方傳來教習不耐煩的喝罵聲：「吵什麼？張綺、張涔，妳們把這個字寫上十遍！」

張綺回頭看去，只見教習輕蔑地瞟向自己。

張綺站了起來，她知道，這是自己入府後的第一場仗，如果自己表現懦弱了，以後會是永無止境的欺凌。但是，如果自己表現得太粗魯，傳揚出去，也不會有好日子過。

她抬起頭，目光靜靜地盯著教習，聲音清脆地問道：「明明是張涔侮我母親，我連回話都不曾，怎地趙教習便要處罰我？莫不是教習學習詩禮多年，卻打心裡就認為，侮人父母的行為值得推崇？」

她堪堪說到這點，那趙教習一張容長臉卻是沉了下來，她瞪著張綺怒道：「誰推崇了？妳這小姑子恁地多事！坐下，給我把這個字寫一百遍！」聲音嚴厲至極。

另外三個小姑被她這麼一喝，臉色直是一白，瑟縮著坐在榻上都不敢動了。

不過，張綺不是尋常小姑。

聞言，她不怒反笑，提起裙角，便大步向外走去。

趙教習一怔，大聲叫道：「妳敢走？出了這個門，妳就別再想學字！」

張綺回過頭來，她在趙教習的臉上看到了一臉得意。也是，識字是上等人的特權，能學字那是何等殊榮？她在這裡經營多年，對上面說句什麼話，還真有可能斷了自己識字的路。

張綺停下了腳步。此刻，她站在門檻處，在門的外面，是一條林蔭小道。

張綺瞟了一眼外面的小路，以及小路上不時可以看到的行人，再回過頭來看向趙教習，平靜地說道：「教習錯了，阿綺走到這裡，不是想離開學堂。」在趙教習昂頭冷笑中，張綺安靜清脆地說道：「這裡來往人多，阿綺只是想與大夥兒評評理，也想讓整個張氏一族評評理：教習教習，那是只教人識幾個字，還是要連同『孝』和『禮』字一併教了？如果一個教習鼓勵她的弟子侮罵別人的父母，這種行為，該不該當？」

聽著聽著，趙教習臉色一白，手心不由汗水直冒。

她也是個見過世面的，自是知道，便是兩晉那等以放蕩隨性為美的時代，對孝字也是看重的，何況這個時代？

這小姑子的此番話，不傳出去也罷，一旦傳出去，不說她的教習職位保不住，便是她的名聲，都會一掃於地。

白著臉看著張綺，趙教習臉頰上的肌肉頻頻跳動著。她勉強笑了笑，向張綺溫聲說道：「小姑子言重了，侮人父母是大錯，本教習怎麼可能贊同這種行為？」

說到這裡，她轉向張涔，臉色一青，厲聲喝道：「糊塗！好好一個小姑子，怎麼如個潑皮無賴般口無遮擋？去！在外面站一個時辰！再把這本《孝經》抄寫一遍，五日後交給我！」

在喝罵得張涔淚水汪汪後，趙教習轉過頭來，討好地看著張綺，笑道：「阿綺，得學字了，回榻吧。」

張綺見好就收，她點頭道：「是我錯了，趙教習原不是那種人。幸好剛才我不曾大聲，沒有驚動旁人。」這卻是提醒趙教習，要她對另外三個小姑封封口。

趙教習剛才還對張綺又是惱怒又是警戒，此刻，卻湧出了一絲淡淡的感激。她盯了張綺一眼，心驚地想道：聽說她本是鄉下來的，識字不過一個月，可憑她現在使出的手段，宮中的娘娘也不過如此，還真是個不可小看的！

經過這麼一事，幾人都不敢得罪張綺了。學了五個字後，已到了晚餐時分。

用過晚餐，張綺來到涼嫂子指定的廚房裡，幫著整理柴火和清洗打掃。幹了小半個時辰，她便可以回房。

這時，太陽剛剛西沉，宅子裡到處都掛滿了燈籠。不遠處，笙音混合著脂粉香四處飄蕩，笑聲不時可聞，又到了建康貴族一天最喜歡的時辰了。

張綺打開房間的紗窗，看著浮綴在幢幢樹影中的點點燈火，看向笙音傳來的地方。那地方，她是熟悉的，那是張府收藏侍妾和歌姬的地方，也是她這種地位不高的美貌姑子最可能的去處。

張綺抬起頭來，天空明月高照，隔著瀰漫在天空中的夜霧，她看不到更遠的地方。可是不用看，她也知道，所有如張氏這樣的世家，所有的權貴豪富府第，此刻都是這般笙音飄蕩，脂粉留香。

在這個世間，府裡沒有幾個拿得出手的美貌侍妾和婢女，那是上不得臺面的。記得那天下第一首富石崇炫富，便是拿美貌婢妾們開刀……凡是來了貴客，他便會指使婢妾們勸酒。如果那貴客不飲，他就會砍下婢妾的人頭。

有一次，他甚至一連砍了十幾個美貌婢妾。

這件事直到現在還廣為流傳，甚至不少貴族效仿。世人喜歡提起這件事，不是因為石崇視人命如糞土，而是因為他豪闊。想那些美貌婢妾，從各地收集來，再到教她們琴棋書畫、詩詞禮儀、梳妝打扮，哪一個身上不是花費了百金千金的？可他說砍就砍了，一點也不心疼，那豪爽，與他一錘打碎國丈的無價珊瑚樹何其相似？

當然，比起那些婢妾，有著建康張氏血脈的張綺，身分更高貴。可越是高貴，貴族豪富越喜歡收藏。

張綺吸了一口氣，把思緒收回。回過頭時，她稚嫩的面容倒映在青瓷花瓶上。

伸手撫著臉，張綺想道：還有一些時間。

離她的容顏綻放，還有一些時間。

回到房中，就著外面的浮光，張綺拿出今天學堂裡發放的毛筆，深吸了一口氣，開始在空中虛寫起來。

這個時代，紙是珍貴稀罕的。張氏也是大富之家，可這樣的富貴人家，拿出大量珍貴的紙墨給張綺這等沒地位的小姑子練字，也是不可能的。為了避免浪費毛筆，她甚至不能沾了水在几上練習。

凝著神，一筆一筆地在空中練著。

練了一個時辰，張綺早早便睡了。

❖　❖　❖

一轉眼，張綺回到張宅已有三個月了。她來的時候是深秋，如今冬天過去，都進入初春了。

這三個月吃得好睡得好，張綺的身高像嬌嫩的樹苗一樣拔高了許多。而且，臉上身上營養不良的青白色，漸漸被白皙紅潤所取代。

還有幾個月便是十四虛歲的張綺，如果是張府正經的姑子，都已開始相看，準備訂下婚約了。

房中，張綺按下銅鏡，伸手拿著剪子，把擋著眼睛的頭髮再剪短一點……她的髮式，經過她精心地打量，恰到好處地遮去了她三分姿色。以她現在僅有五分姿色的面容，這一擋，也只能說得上清秀不刺眼了。

剛剛站起，外面便傳來一個婢女清亮的聲音：「阿綺阿綺，聽說妳父親回來了，妳知道嗎？」

說著說著，一個圓臉大眼，十四五歲的婢女推門而入。

張綺抬頭，見到婢女薄施脂粉，不由抿唇笑道：「除了他，還有美貌小郎也回來了吧？」

她臉上的促狹，令得婢女阿綠臉一紅，她嘟起嘴輕哼一聲，轉眼又笑顏逐開，「妳平素悶在房裡，當然什麼也不知道了。告訴妳，蕭氏莫郎也來了。」

一說到這個蕭莫，阿綠便是臉孔暈紅，眼睛幾乎要滴出水來。

蕭氏莫郎，張綺這三個月聽得耳朵都生繭了，據說，他長得玉樹臨風，清俊得很，而且，他小小年紀便頗有才名，大江南北都傳誦著他作的詩賦。

阿綠說到這裡，見張綺一副不以為然的模樣，不由嘟著嘴說道：「我跟妳說，阿綺，妳是沒有見過莫郎，妳見了他之後，保准也會喜歡上他。」

說到這裡，阿綠眼珠子一轉，突然衝上前來，把張綺重重一扯，拖著她便向門外衝去。

張綺被她拖了個猝不及防，不由一個踉蹌，等她回過神時，人已經被阿綠拖出了房門。

不等張綺開口，阿綠已經笑嘻嘻地說道：「阿綺，妳父親不是回來了嗎？妳這麼悶在這裡，要猴年馬月他才記得起妳這個女兒？我說啊，咱們現在就到前院去，說不定妳父親無意中一瞟，便認出妳這個女兒來。然後呢，他嘴一張，妳就過上了張府正經姑子才能過的好日子。」

張綺啼笑皆非，她清脆地說道：「明明是要妳去看什麼蕭郎，卻找了個這樣的藉口。」說是這樣說，她終是跟上了阿綠的腳步。

從這裡到前院，少說也有小半個時辰的路程。阿綠扯著張綺連奔帶跑，當趕到前院時，也是氣喘吁吁，而她臉上特意施上的脂粉，更是花了好些。

伸手在臉上一抹，阿綠悔得直叫：「都是妳啦，住得那麼偏，害我光找妳便耽誤那麼久！」

聽到她的埋怨，看到阿綠眼中的懊惱，張綺不由抿唇一笑。她低聲道：「不過是妝花了，有什麼好氣的？」

阿綠正待反駁，卻見張綺從懷中掏出手帕，在自己的臉上輕輕沾了沾。

張綺的動作輕柔而有規律，拭了一會兒後，阿綠奇道：「妳在我眼角耳前抹這麼久幹麼？」

張綺沒有回話，收回沾了胭指的手指，又把她吹亂的頭髮重新攏了攏。

不一會兒，張綺收起手帕，阿綠又扯著她向前走去。走著走著，阿綠看到旁邊的池塘，便悶悶說道：「我且看看還能不能見人。」

跑到池塘邊頭一伸，阿綠便是一聲驚叫。她愕然地指著池塘中，臉頰明顯小了些，眉眼更明秀深邃動人的自己，剛要說什麼，卻是在自個兒後腦一拍，叫道：「主子們住的地方就是不一樣，連池塘的水照起人來，也比我們那兒的好看些！」

這話一出，張綺噗哧一笑。與她的笑聲同時傳出的，還有一個少年男子清朗的大笑聲。

一行人分花拂柳而來。

走在最前面的，是一個寬袍大袖的少年郎。那少年郎腿長而腰細，肌膚白淨，挺鼻薄唇，目光明澈含情。他腳踩木屐，施施然而來。隨著他走動，那寬袍大袖迎著初春的風飄然而動，頗有一種乘風而來的飄逸之感。真真是骨骼清奇，玉樹臨風！

在少年郎身後，還有三個年紀與他相仿的少年。那些少年雖然也是長袍廣袖，也是衣帶當風，有一個甚至臉上還敷了粉，可不管是神韻還是五官，都與走在最前面的少年相去甚遠。

看到那少年靠近，阿綠一張臉直是紅透了。她剛剛低下頭，卻又迅速抬起頭，一雙大眼不時瞟向那走在最前面的少年，每看一眼，她的眼睛就亮上一分。

見到她癡癡呆呆，頗有點不知今夕何夕的癡呆樣，張綺伸肘朝她捅了捅，然後屈膝一福，輕聲喚道：「見過郎君。」她的聲音一落，阿綠也回過神來，當下慌慌張張地行禮道：「婢子見過郎君。」

那走在最前面的少年，饒有興趣地瞟了一眼阿綠，眼睛一轉，瞟過張綺。

剛剛一眼瞟過，不知怎地，他又向張綺細細盯來。

這時的張綺，低眉斂目，厚厚的額髮覆住了半邊臉，哪有半點可觀之處？可那少年郎，直是盯了又盯，瞧了又瞧。

見他盯著張綺發呆，一個皮膚微黑的少年走上前來，他朝著張綺看了一眼，嘻笑道：「怎地，傾倒建康的蕭郎喜歡這個小姑子？」說出這句話，他自已覺得頗為滑稽，當下哈哈大笑起來。

那蕭郎回頭瞟了他一眼，搖了搖頭，不知怎麼的，又忍不住向張綺看來。對上依然低眉斂目的她，他不禁有些失望。

剛才他從樹林中走出時，恰好看到這個小姑子展顏一笑，明明只是很普通的小姑，可不知怎麼的，那一笑，頗有明月流輝，山水清幽之美。只是一轉眼那笑容便消失了，而他現在看了又看，她也只是一個極為尋常的小姑子，彷彿剛才所見，是他的一個錯覺。

另一個少年也朗朗笑道：「這等小姑子怎麼了？二十七弟，你還太小，怎麼會明白這種月上梢頭，豆蔻初發之美？再說，那個小婢也是個逗趣的憨貨。」說到這裡，他朝蕭郎好一陣擠眉弄眼，「阿莫，你說是不是？」

蕭莫苦笑著，他正準備回話，只聽得一陣腳步聲從身後傳來。緊接著，一個中年人爽朗的笑聲傳來：「這一轉眼你們便失去了蹤影，害得我一頓好找，卻原來聚在這裡！」

中年人的聲音一傳來，兩個少年同時回頭行禮，「見過十二叔。」

聽到這裡，阿綠終於從美色中清醒過來，她捅了捅張綺，低聲說道：「阿綺，這就是妳父親呢，快叫他！」

想到好友認親的重要，阿綠已完全把蕭莫拋到了一旁，「妳還愣著幹什麼？上前啊！」說到後面，阿綠的聲音都帶上了幾分緊張和焦急。

她比自己還要急呢！

張綺好笑地瞟了阿綠一眼，終於抬起頭，認真地看向她的父親。

在她曾經的記憶中，似乎有這麼一個父親，可關於他的長相和性格，也已模糊。眼前這個男人，看起來三十出頭，長方臉型，皮膚白皙，五官俊秀得有點女氣。他笑起來很溫厚，目光也很溫和。

看著看著，張綺有點恍惚起來。明明都是兩世為人了，可此時此刻，看著自己這副軀殼的生身之父，她竟然湧出一種隱隱的期盼。

就在張綺看著她父親發呆時，張十二郎已走了過來，他目光掃過眾少年，便向張綺和阿綠兩人看來。看了一眼，他便笑道：「便是這麼兩個婢子，居然逗停了張蕭兩府的琳瑯美玉？」

眾少年一笑中，他右手一擺，「諸君，府中眾人候之久矣，走罷。」說罷，他率先轉身，準備離去。

阿綠站在張綺的旁邊，急得直頓足。眼看張綺只顧衝著自己的父親發呆，她再也按捺不住了，當下大聲叫道：「你、你是十二郎吧？」張十二郎腳步一頓，與眾少年同時轉頭。

不等他們開口，害怕自己的話會被打斷的阿綠，已結結巴巴地指著張綺叫道：「她、她是你女兒，你不記得了？」

眾人齊刷刷看來。

面對眾人的目光，阿綠臉孔紅得要滴出血來，唇哆嗦著，想說什麼，卻一個字也吐不出了。

張綺見狀，連忙伸手握著她的手。

把阿綠的手心捏了捏，令得她平靜下來後，張綺鬆開她，碎步上前，朝著張十二郎屈膝一福，脆生生地喚道：「女兒張綺，見過父親。」

「張綺？」張十二郎有點訝異，轉眼，他恍然說道：「是了，妳是阿綺，是我的女兒。」

他終於記起了，自己三個月前曾經派人接回這個女兒的。

一明白過來，他便是一笑，轉頭向著幾位少年說道：「這孩子的母親是鄉下的，我前不久知道有她後，便把這孩子接來了。」

一句話，便點明了張綺私生女的身分。

眾少年嘴皮扯了扯，對張綺沒有半點興趣：不過是個私生女！

張十二郎的興致也只有這麼高，他朝著張綺點了點頭，溫和地說道：「來了就好，這樣吧，老利。」回過頭，他對著一個佝僂著身子的黑瘦漢子說道：「這孩子是我的骨血，你給安排一下。」

「是。」

「把此事告知夫人。」

「是。」

交代到這裡，張十二郎轉向張綺，漫不經心地問道：「綺兒，妳可有什麼要求？」

張綺屈膝應道：「稟父親，女兒想帶上阿綠。」

這個時候，她已經想好了，一直這麼沉寂無聲的，她只會被所有人忽視，婚配時，說不定連個像樣子的管事都不能配，她要適當地出出頭。

見張十二郎無可無不可地應著，張綺抬起小臉，一臉孺慕地看向他，脆生生的，偏又小心得讓人心疼地喚道：「父親，您，真是阿綺的父親？」她的眸中含淚，小巧的唇顫抖著，一副無比渴望，卻又不敢相信自己能夠擁有的模樣。

這個樣子的張綺，令得眾人注目。一黑皮少年叫道：「哇，十二叔，你這個小姑子生得還順眼！」一仰起臉的張綺，姣好明透的五官顯露無遺，很容易讓人產生好感。

張十二郎本是個溫厚之人，見到張綺這個樣子，心下一軟，他溫柔地看著張綺，低聲道：「我自然是你的父親。」

這一次，他的話音剛落，張綺已經碎步向他跑去。她跑到他面前，依然仰起小臉孺慕地看去。慢慢的，她試探地伸出小手來。終於，小手牽上了他的衣袖，牽得甚緊，那手指因用力過大，都指節青白著，可她臉上的表情，偏那麼小心翼翼，似乎正在害怕著，害怕自己的父親一個不滿，便把她斷然拂開。

張十二郎心中發酸，他右手揉著張綺的頭髮，左手撫向她的肩背，輕輕在張綺的背上拍了拍，低啞地說道：「好孩子，是父親不是，讓妳受苦了。」低下頭，他打量著一身婢子打扮，衣著陳舊，卻漿洗得乾乾淨淨的張綺，聲音更溫柔了，「來，阿綺，跟上父親。」

「嗯。」張綺像隻小貓一樣偎向張十二郎的臂膀，在抱著他時，她甚至還像個孩子一樣蹭了蹭，在張十二郎滿眼的憐笑中，張綺向阿綠伸出手。

阿綠早就處於呆怔中，見狀，她連忙快走一步。張綺緊緊地握了她一下，才輕輕放開，示意她跟上後，張綺又專心專意地抱著自己父親的手臂，瞇成了月牙兒的眼眸中明明還有淚水，卻笑得一派天真和滿足。

張十二郎兒女也有好幾個，可哪曾有個女兒這麼對他？當下心頭都軟成了一團水。他一邊任由張綺抱著臂膀，一邊向眾少年笑道：「我這個癡兒讓諸君見笑了。」

一少年嘆道：「這世間誰人不癡？十二叔父女團圓，實是幸事。」

「是啊，此姑也是性情中人，對十二叔的孺慕之思，實讓人羨慕。」

感慨聲中，蕭莫突然說道：「妳叫阿綺？張綺？」聲音很低，只有張綺能夠聽到。

張綺害羞地避開他的目光，低低嗯了一聲。

見她似是怕著自己，蕭莫露出雪白的牙齒灑然一笑。他不再看向張綺，而是腳步加速，步入眾少年當中。

這時，眼前一亮，卻是走出了樹叢。

前方傳來一陣清脆快樂的嘻笑聲。遠遠看到那一幕，張綺便把摟著張十二郎的手臂輕輕抽出。

這個時候，張十二郎早把注意力從她的身上移開了。她抽出時，他也沒有發現。

這時，一個與張綺年齡相仿的美麗少女蹦蹦跳跳地跑來。她一眼看到蕭莫，臉孔便是一紅，含羞帶怯地瞟了他一眼，少女向張十二郎福了福，喚道：「父親。」

張十二郎點了點頭，道：「是阿錦啊？給妳介紹一下，她是妳……」說到這裡，他陡然發現張綺已不再偎在身邊，便回過頭去，朝落後自己兩步遠的張綺一指，繼續說道：「這是妳妹妹，叫阿綺。阿錦，妳帶她去見過妳母親。」

張錦抬起頭來，她姣好精緻的面容上，一雙時下最喜歡的細而長的眸子，骨碌碌地瞟向張綺。只是一眼，她便收回了目光，扁了扁嘴，有點不高興地應道：「知道了。」

她伸手招了招，喚道：「阿藍，妳過來，領著她去見我母親。」順手解決這件事後，她跑向蕭莫，仰起小臉，眸光含情地看著蕭莫。她咬著唇，輕細溫柔地喚道：「蕭郎，你也來啦？」

蕭莫笑了笑，不曾回話。倒是張十二郎瞪了這個女兒一眼，卻也沒有責怪，只是朝著張綺點了點頭，溫聲說道：「孩子，妳隨這個婢子去吧，過後父親再來找妳。」

張綺乖巧地屈膝行禮，輕聲應道：「是。」她的臉上沒有委屈，她如這裡的每一個人一樣，十分熟悉自己的身分。如她這樣的身分，沒有委屈的權利。事實上，張十二郎說過後會來找她的話，她也不抱指望。

如他張府嫡次子的身分，只怕一轉身便把自己這個小小的私生女扔到了腦後。無媒苟合下生出來的兒女，不管放在哪個朝代，都是上不得臺面，被人輕賤的。這種輕賤根深蒂固，便是生身父母也難以避免。更何況，現在還是門第森嚴，嫡庶之分如天地之別的年代？

不過，自己今天一番作為還是有作用的。也許在有需要的時候，向這個父親提起自己，他還是會記著，會憐惜。

張綺悄步退後，帶著阿綠，跟上那個長相嬌俏，下巴抬得高高的阿藍，轉身就走。

就在她轉身時，不知怎麼的，她回過頭，向那蕭莫看去。

這個蕭莫，似乎有點眼熟……

就在張綺看向蕭莫時，張錦也向這裡看來。瞟到張綺的目光，張錦俏臉一沉，噘著唇，嬌俏地哼道：「蕭郎，那個賤丫頭在看你呢！被這種人歡喜，阿莫心下犯堵吧？」

蕭莫一怔，他回頭看向張綺。對上低眉斂目，安靜得乖巧的張綺，不由自主的，他的心中生出一股憐惜。當下，他再也不看張錦一眼，大步走了開來。

婢女阿藍十六七歲，正是如花盛放的年華，她長相嬌俏，衣著精緻，看起來倒比普通人家的姑子還要嬌貴。她輕蔑地瞟了張綺一眼，昂著頭說道：「跟我來吧。」說罷，甩手向前走去。

張綺牽著阿綠的手，安靜地跟在她身後。

阿綠有點緊張，她朝前後看了看，忍不住湊到張綺的面前，低聲說道：「阿綺，要不要緊？」與張綺來往以來，對比自己沉靜的張綺，阿綠一直有點依賴。雖然她本性直爽仗義，喜歡替人出頭。

張綺搖了搖頭，低聲道：「不要緊。」

「可是，妳要見妳母親呢，我這腳都打起顫了……」

張綺安撫地拍了拍她手背，低聲說道：「真不要緊。」

她說這話時格外沉靜，阿綠不由自主跟著平靜下來。她低聲格格一笑，歡快地說道：「阿綺說不要緊，便是不要緊。」她朝前面的阿藍看了一眼，見她離兩人有十幾步遠，一副不耐煩理會兩人的模樣，便又嘰嘰喳喳地說起話來，「阿綺，我怎麼覺得那蕭郎好似一直有看妳，他不會是歡喜妳吧？」

張綺卻是一笑，她低低回道：「現在的我，要人歡喜做甚？白白送上去做侍妾嗎？」

阿綠一聽，頓時沒有氣力。她喃喃說道：「我也不喜歡做人侍妾……」因這個時代，聯姻非常看重家族血脈，特別講究門當戶對。這種講究，甚至只關門第，不關官職。便如當今的皇族，雖然他們修改了族譜，自稱系出東漢陳寔之後，可所有權貴心裡都有數，高祖就是長興陳族出身。而長興陳族，便是有了一個當皇帝的族人，也依然是寒門。各大世家對與皇室結親，從骨子裡便不那麼樂意——不過是寒門子弟，哪裡配得上他們高貴的血脈？

在這樣的情形下，如她們這樣的人，便是做心上人的侍妾，這一生也斷斷沒有出頭的機會——主母的地位必定是高貴的，背景也是雄厚的。做侍妾的無心無肺也就罷了，真真是動了心，動了情的，那主母容不容得下，還是一個問題。

兩人的竊竊私語，終於讓前面的阿藍不滿了，她頭也不回，頗有點皮笑肉不笑地說道：「到了夫人那裡，還是安靜些好。」

聲音一落，張綺兩人同時安靜下來。

又走了一刻鐘，阿藍停下腳步，「到了。」

丟下這兩個字後，她臉上擠滿笑容，搶上兩步，朝著一個掀簾而出，站在臺階上向下望來的大婢女福了福，脆脆地說道：「香姊姊，這一個是郎主令婢子帶來的，說是郎主的血脈，來自鄉下。」

聲音一出，附近的幾個婢女，齊刷刷向張綺看來。

這時的張綺已經鬆開了阿綠的手，她與阿綠再怎麼交好，阿綠也只是一個婢女，而她是主子。主子與婢女手握著握，這般沒有尊卑，被上面的人看了，她也許只是挨一頓罵，阿綠卻免不了挨餓挨打。這種沒有必要的事，她不會做。

站在臺階上的大婢女阿香，盯著張綺打量了一眼，道：「等一下。」說罷，她掀簾入內。

不一會兒功夫，阿香的聲音傳來：「叫她進來。」

「是。」

「喚妳呢，進去吧。」

張綺低下頭，安安靜靜地跨入房中。

步入房內，她也不東張西望，只是老實地跪了下來，喚道：「阿綺見過主母。」在房中主人沒有允許前，她沒有喚母親。

坐在榻上的，是一個三十來歲，白淨中略顯豐腴的婦人張蕭氏。蕭氏長相只是端莊，眉目端凝，整個人有點不苟言笑。就外表而言，她比她的夫君還顯老了幾歲。

蕭氏低下頭來，漫不經心地朝著跪在地上的張綺瞟了一眼，說道：「起來吧。」

「是。」

把手中的茶水遞給婢女，蕭氏淡淡地說道：「去找文媽，讓她給妳安排一下。」說罷，她揮了揮手，示意張綺出去——連對張綺長什麼樣，她都不感興趣。

這便是階級分明的好處了。張綺暗暗想道：便是她夫君讓自己來的又怎麼樣？自己一個私生女，根本引不了她的注意。當然，最重要的是，張綺在她的眼皮底下待了三個月，到現在為止，婦人還沒有找到這個小姑子值得自己關注的地方。

這也正是張綺想要的。在退下時，她懦懦地說道：「我有一個交好的婢女，叫阿綠……」

蕭氏不等她把話說完，揮手說道：「知道了，跟在妳身邊便是。」

居然說一個婢女是自己交好的，鄉下來的就是鄉下來的，一點身為主子的意識也沒有！

蕭氏可沒那個心情去教育這個私生女，只是輕蔑地示意她趕緊走人。

張綺一走出來，阿綠便連忙上前握著她的手，壓低聲音問道：「怎麼樣？」

這前後左右都是主母的人，張綺自不會與她多說。

她笑了笑，也沒有開口，帶著阿綠便去找文媽。

文媽得了消息，當下給張綺安排了一個住處。那住處介於眾姑子與婢僕之間，地方很偏，院子裡雜草長得膝蓋深。不過，比起張綺原來住的地方，這住處不但有三個房間，還房子結實，房頂也蓋得嚴嚴的，便是紗窗，也糊得比原來的結實。

往原來住的地方跑了兩趟，把東西都搬回來後，張綺和阿綠正式住了進來。

如張綺所料的那樣，一天過去了，張十二郎不曾派人來喚她。

傍晚到了，張綺和阿綠忙了一天，終於把房子整理一新。兩人這時已經累極，便縮在榻上有一下沒一下地聊著天。說著說著，兩人都打起瞌睡來。張綺小睡一陣，睜開眼，卻看不到阿綠。

她連忙走出房間，正要尋找，只見阿綠提著半桶熱氣騰騰的水，正從走廊的那一邊走來。

張綺抬頭一看，只見在阿綠的身後，有幾個小婢子正聚在一起，朝著阿綠指指點點著。

張綺緊走幾步，對上扁著嘴，悶悶不樂，也不知在想些什麼的阿綠，張綺連忙問道：「發生了什麼事？」

聽到張綺的聲音，阿綠抬起微紅的眼眶，扁著嘴，悶悶地說道：「剛才去大廚房打水，她們不肯給，還說了我一頓。」又咬著牙，恨恨地說道：「那蕭氏莫郎不過是看了阿綺幾眼，憑什麼她們要不平？」

張綺搖了搖頭，伸出手，抬起水桶的另一邊，說道：「不僅是為了蕭郎。」在阿綠不解的目光中，張綺說道：「也是為了我的自作主張。」自作主張認了父親，這樣的行為，肯定有人看不慣。白天她面對那個張錦時，便曾感覺到她對自己的敵意。

她看向阿綠，「那妳這水？」

聽她問起，阿綠嘻嘻一笑，道：「這是我回原來的廚房弄來的。」轉眼她又不高興起來，「本來很滿的，可路太遠，都給灑了。」

從原來的住處到這裡，何止是遠？提這麼重的一桶水，那一定很辛苦吧？

張綺感激地說道：「妳呀，也不與我商量一下。」笑了笑，她語帶歡樂地說道：「水還有不少，咱們不洗只抹，兩人剛剛夠用。」

阿綠也不推辭，伸手拭了一把額頭上的汗，沒心沒肺地笑了起來，「好啊好啊，阿綺，那我們快些，我都出了好幾身臭汗。」

兩人草草抹了一個澡後，在阿綠提著兩人的衣服去井邊清洗時，張綺一邊在院落裡逛著，一邊慢慢尋思。她知道，今天的洗澡水只是一個開端，到了明天，不管是飯菜飲水，方方種種，都會有人出來為難。

這又是一次下馬威。

如果她忍讓下去，說不定這種為難便會由試探變成慣例。不過她也得謹記其中的方寸，不能激起更多人的敵意。

在張綺的尋思中，一天轉眼過去了。

第二天，張綺兩人起了個大早。東方太陽剛升，鳥鳴啾啾聲便爭先恐後而來。望著點綴在樹枝上的一塊塊新綠，張綺眉眼帶笑。

在不遠處，不時可以看到幾個婢女。她們正在看著坪裡清理著雜草的阿綠，不時交頭接耳一番，然後捂嘴偷笑。偶爾也有人向她望來，對上她的目光時，一個兩個閃過嘲弄和憐憫的目光。

這麼一大早，身邊便有這麼多閒人，看來那些人挺關注她的呀！

張綺歡笑著走出了房門，她碎步來到阿綠身邊，忙得滿頭大汗的阿綠感覺到她的到來，不由抬起頭來咧嘴一笑，沾了泥土的臉上，盡是沒心沒肺的快樂。

張綺回她一笑，與阿綠胡亂扯了兩句後，張綺突然說道：「阿綠，妳說那蕭莫的詩賦，真的做得很好？」

雖然詫異張綺突然提到蕭莫，可阿綠還是由衷地高興起來。她連連點頭，「是啊是啊，江東蕭郎，詩賦名揚。阿綺，妳聽，大夥兒都這樣叫了，他的詩賦還寫得差嗎？」

張綺的聲音雖然溫柔輕細，阿綠卻是個大嗓門的。她的聲音，清清亮亮地傳了個老遠。不知不覺中，那些看好戲一樣關注著她們主僕的婢女們，都尖起了耳朵。

果然！

張綺歪著頭笑得歡，她一派天真地說道：「當真？那太好了！阿綠，說不定我們都可以被他寫在賦裡喔！」

「我們會在他的賦裡？」阿綠又驚又喜，忍不住尖著聲音重複起來。

「是啊是啊，我昨天聽到他與旁人說，要寫一個什麼『美人賦』，還說什麼真正的美人自是蕙質蘭心，澄澈如玉，純善動人。我還聽他說啊，我們張府美人眾多，上到嫡出庶出的諸位姑子，下到我這種人，都值得一寫。」

「當真當真？」阿綠歡喜地尖叫起來，「蕭郎不止是把姑子們寫到美人賦裡，連阿綺妳他也要寫？怪不得昨天他老盯著妳看呢，原來是要在琢磨著寫美人賦啊！」轉眼她又叫道：「阿綺，什麼叫蕙質蘭心、澄澈如玉？嘻嘻，純善動人我是知道的！」

果然是阿綠，便如她所料的那般，把她的話直愣愣地重複了一遍。那語氣中的歡喜，那眉飛色舞的表情，便是她這個當事人，也忍不住被感染。

見自己要說的話，被阿綠完美地重述出去，張綺笑得眼睛都彎成了一線。她用手捂著嘴，愉悅地說道：「是啊，他說他要寫內外俱美的姑子。」似是不知道不遠處有人湊近了聽，張綺歪著頭，嘆息起來，「他還問我過得好不好，在張府中，有沒有哪個姊妹喜歡欺負我呢，蕭郎真是一個有心人。」

她嚮往地看著天邊，一臉的悠然神往，「江東蕭郎，詩賦名揚。那是不是說，他寫出了那篇美人賦後，我們這些姑子也會跟著出了名？」

阿綠連連點頭，激動了一會兒後，她鬱悶地說道：「可惜他不會寫我。」說到這裡，她鬱悶地伸手在臉上一摸，結果一大塊泥漬印在臉上，把自己糊成了一隻小花貓。

張綺又好氣又好笑，完成任務的她，當下伸手扯著阿綠，嗔道：「看妳！還不進去洗乾淨！」

隨著主僕兩人進房，那兩三個閒人也跟著散去。

順手接過阿綠遞來的毛巾，張綺轉頭瞟過她們的背影，嘴角一揚，忖道：這些人不會是蕭夫人的人，她不會做這種無聊又沒有必要的動作。關注了我，又能影響大廚房的人，只能是我的那些姊妹，便如張錦。想來她們聽了我這番話後，會有所觸動吧？至少這陣子，便是想對付我，也會停一停吧？畢竟，誰也不想讓蕭郎覺得自己惡毒不是？更何況，才名遠揚的蕭郎，還很有可能把她的所作所為寫在賦中，傳遍天下。大士族的姑子，又何必冒著名聲盡毀的危險，對付我這個沒有威脅的人？

貳之章　妙手藏拙忍踐踏

收到婢子們的傳話後，張錦蹙著眉，塗著蘭蔻的指甲在几上輕輕一劃，「美人賦？」她左手撐著下巴，呆呆看著前方，喃喃說道：「他是要寫美人賦？」她不由回想起昨天，蕭郎看向那賤丫頭的眼神來。那樣的眼神，好似真的尋常。也是，那賤丫頭有什麼好的？長得遠不如自己，出身更是不堪，她有什麼好的？

想著想著，她對昨天被蕭莫的冷淡激起的火氣，消退了不少。很多沉浸在情愛中的女子，喜歡替對方找藉口，喜歡自我安慰。現在的張綿便在想著，蕭郎昨天的冷淡，只是因為他一門心思在琢磨尋思著怎麼寫那美人賦。

轉眼，她又想到他要寫張府的諸般女子，還要寫什麼蘭心蕙質之人，當下咬了咬唇，說道「罷了。」一見婢女們沒有回過神來，她回頭認真地說道：「我說了『罷了』，妳們沒有聽到嗎？」

她的聲音一落，一個年長的，約莫十七八歲的秀麗婢女馬上接口道：「去告訴那些人，便說是姑子說的，那賤丫頭不值得她在意。」

眾婢馬上應道：「是，婢子這就去傳話。」

眾婢這裡剛退下，那一邊，張錦又左手撐著下巴，嫩白的手指有氣無力地在几上反反覆覆寫著二個字：「蕭莫」。

阿綠端著食盒，興沖沖地跑了進來，「阿綺阿綺！」

對上張綺含笑的眼，阿綠笑嘻嘻地把食盒放在她面前，又脆又快地說道：「女郎，那廚房裡的人好生奇怪呢！昨天還一個個對我要理不理的，今天居然還有人湊上前跟我說話！嘻嘻，這是我打來的飯菜，很快吧？」
張綺一本正經地說道：「嗯，很快，妳真是個能幹的孩兒！」
阿綠一怔，轉眼哇哇叫道：「好啊，妳敢取笑我！」她縱身朝著張綺撲了過去。張綺身嬌力小的，被她撲了個正著，主僕兩人頓時同時滾落在地，笑聲更是遠遠地傳了開去。
笑著笑著，阿綠突然盯著張綺發起呆來，愣愣地望著她，叫道：「阿綺，我現在發現妳笑起來甚是好看。」生怕張綺不信，她說完後還用力地點著頭。
張綺不由噗哧一笑，她坐直身子，五指撫平扯亂的頭髮，淡淡說道：「好看有什麼用？」
「好看當然有用！」阿綠立馬瞪圓了臉，響亮地說道：「好看了，就會招人喜歡，中意的人也會喜歡！」
張綺伸手撫上她的頭髮，忍著笑說道：「好了，我知道了，好看了，我們阿綠中意的人，就會歡喜她。」
阿綠伸手拍開她的手，正要回話，外面一陣腳步聲傳來。
不一會兒，一個清脆的聲音傳來：「張氏阿綺可在？」是個陌生的聲音。
阿綠最先反應過來，她響亮地應道：「在呢在呢！」
那聲音說道：「十二郎說要見她。」
她的父親說要見她？張綺一怔間，阿綠已歡喜得跳了起來，「當真當真？那太好了，阿綺，妳快點梳洗一下。」說著，她用力地把張綺扯了起來。
是要打扮一下。
張綺細聲細氣地應道：「知道了，請稍候。」應罷，她就著銅鏡，細細地把剛才玩亂的頭髮梳平，再把額髮向下梳好。她的額髮長得快，這一梳，便密麻麻地向下遮著擋著，連眉毛也看不見了，更襯得她沒有長開的臉扁扁的。

張綺又從箱裡拿出一件陳舊的春裳穿了，轉向阿綠低聲交代：「我一個人去就行。」阿綠有點擔心，正要說什麼，卻見張綺一臉的不容置疑，便悶悶地退後一步。

候在門外的，是一個長相清秀，十五六歲，穿著精緻的婢子。光看打扮，比張綺還要像姑子。婢子站在臺階下，朝著張綺上上下下打量一番後，點頭道：「跟我來吧。」

張十二郎的住處，位於整個張府的正中間。這個位置，是嫡子和張氏長輩們的住處。張綺亦步亦趨地跟著那婢子，兩刻鐘後，便來到了一個院落的書房外。

「讓她進來吧。」

「是。」

在那婢女的帶領下，張綺低著頭跨入書房。她一進去，那婢女便悄悄地退了出去。張十二郎正在案上練字，聽到張綺進來的腳步聲，頭也不回地叫道：「坐吧。」

按照張綺扮演的角色，她這個時候應該快快樂樂地撲上去，與他撒著歡。不過張綺見他表情嚴肅，正專心致志地練字，便安安靜靜地站在一側候著，並不坐下。

好一會兒，張十二郎才輕輕把毛筆放好，抬起頭來看向張綺。

他定定地看著張綺，認真地打量了一會兒，眉心微蹙，道：「太瘦了。」

說她太瘦，是怪她分明還只是一個小女孩，根本沒有少女那花蕊初放的美吧？

見到張綺怯生生地瞅著自己，張十二郎心下一軟，溫和地說道：「妳這孩子！」頓了頓，他嘆息道：「妳母親說要送一個姑子給阿莫，我便想到了妳……妳這孩子是個招人疼的，昨天看那阿莫，對妳也不嫌棄，我便想著把妳送過去。」他的妻子是蕭氏的女兒，剛才跟他說，慶秀公主看中了蕭莫，執意要嫁給他。

蕭氏不想與皇室聯姻，便想著，先給兒子納一個妾。這樣一來，向來高傲的慶秀公主和剛剛繼位的陛下，自會感到打了臉，便不會再提這門親。

說起來，蕭氏門戶比張氏還高些，蕭莫又才名在外，本人更是個聰明知禮的，可謂一時毓秀。自己這個私生女兒跟了他，那是福氣。

可今天仔細看來，阿綺還是太稚嫩了，根本就沒有長開，她要是容色再好一點就好了。

張十二郎搖了搖頭，嘆道：「罷了罷了，妳出去吧。」

他的聲音一落，張綺已朝他屈膝一福，安靜的，溫馴得如同木頭人一樣退了出去。

這樣的她，哪裡還有昨日初見他時那般可愛？

略略有點失望的張十二郎，又搖了搖頭。他哪裡知道，此刻的張綺根本不敢與他親近。萬一他父性大發，非要把她送給蕭莫作妾，那豈不是虧大了？

張綺退出門外，悄悄伸手掩上房門，剛剛轉頭，便對上在二婢的簇擁下，碎步急來的張錦。

一見張錦，張綺便瑟縮了一下，低眉斂目中，帶著幾分怯懦幾分懼怕幾分鄉下來的小家子氣。

這樣的她，讓張綿下巴抬得更高了。她曼步走來，在走到張綺身邊時停了停，也不向她看上一眼地問道：「賤丫頭，父親挺看重妳的啊！」說到這裡，她寒森森地道：「妳真是不錯，連父親也覺得蕭郎看重妳！」

張綺頭也不敢抬，十指絞動著，喃喃說道：「阿綺再好，最多也是做人侍妾……錦姊姊才是真正的貴氣人兒。」

這話一出，張錦滿臉的怒火和氣恨，一下子都煙消雲散了。她回過頭來瞟了張綺一眼，嗤聲道：「算妳還有自知之明！」說罷，她下巴抬得高高的，嬌嬌脆脆地喚道：「父親，阿錦要見你。」

裡面的張十二郎清朗的聲音傳來：「進來吧。」

在張錦跨入房門時，一直低著頭的張綺恭敬地朝她福了福，這才輕步退下。

回頭瞟了張綺一眼，一個婢女想道：這個鄉下來的姑子，還挺識趣！

張綺走下臺階時，裡面張錦的聲音傳了出來，隱隱可以聽到，她提到了「蕭莫」兩字。

張綺搖了搖頭，快步向住處走去。

她所走的是一條主道，不時有婢僕和士人經過。這些人似乎有點激動，不停地說著什麼。張綺一聽，他們說的每一句話，都離不開新帝。

是了，現在是陳蒨繼位，剛剛定下年號……新帝英俊而睿智，漢家兒郎都把希冀的目光投向他。大家族的姑子，這時也把目光投向他了吧？

新帝繼位，建康還有一陣清明日子可以過，她得盤算盤算了。

沒有人明白，現在的張綺有多難。剛從鄉下外祖家來的她，身上沒有一分閒錢，也沒有帶半個可用之人。便是阿綠，還是她入府後自己結識的。

無人無錢無地位無自由，她便有一些想法，也無實施之處。

不過現在好些了，她認了父親，成了正經姑子，不會再有人安排她做事了。她的時間，變得自由了，但是還不夠。她這種自由，只在她那小小的房間裡。要做些什麼，還需要時機——也不知張錦什麼時候能遇上蕭莫，問他那寫作「美人賦」的事？

張錦與很多姑子一樣，腹中沒有幾兩才氣。因此，她不會知道，蕭莫就算要寫美人賦，也不會寫好幾種不同身分地位的美人，更不會寫什麼內外俱美的美人。有賦以來，男人寫的美人，哪一次不是寫一些穿著打扮，再重點描寫一些她們的美貌和風情的？至於她們心裡在想什麼，那是斷斷無人理會的。

美人美人，只是等同於珍寶器皿一樣的玩物罷了。她們心中便是有苦，又干卿底事？自己那番話，漏洞如此明顯，卻也能騙住這種大家姑子。不過，那話騙不了蕭莫。只希望蕭莫聽到後，會想起問自己一問。

回到房裡，阿綠纏著張綺問了好久，在她語焉不詳，胡亂回答幾句後，才嘟著嘴忙活去了。笑看著在坪裡清理雜草的阿綠，張綺搖了搖頭，她從一側拿起針線，低頭繡起一幅畫來。

這畫，她已繡了三個月了，再過幾天便可以收尾。等收尾後，她會在旁邊題上一首詩，這詩，是她用毛筆沾著特製的粉末寫的。繼承自前一世，秀麗飄逸的字體，再配上繼承自記憶的，極其出色的繡功，加上格外貼切陛下心理的畫卷，一定能賣個高價——前一世，便有一個鄉下繡女憑著同樣的畫卷，得了一大筆錢財。

轉眼，又是一天過去了。

第三天一大早，一個中年婦人便來到張綺的房子外面，喚道：「阿綺可在？」

在阿綠清脆的應答聲中，那中年婦人道：「夫人交代了，阿綺也可以跟著姑子們去學堂了，現在就去吧。」

學堂？張綺連忙走出，朝著那婦人行了一禮。

不等她開口，婦人已不耐煩地說道：「走吧，諸位姑子都到了，妳去遲了不妥。」

「是。」

張綺這次去的學堂，與上次的完全不同。上次僅僅只是學著認幾個字，這一次，卻是連同琴棋書畫刺繡、詩賦禮儀、玄學和譜牒——譜牒，也就是族譜，是區分庶族和士族的依據，也是各大家族防止有人冒充族人的依據，是當時的顯學——都要學，乃大家族中正經姑子才有的教育。

張綺到來時，學堂中低語聲不斷，笑聲隱隱。遠遠望去，學堂裡坐著二三十個少女。

這些少女，都是張氏一族的女兒。坐在左側前面貴位，有楊有几，几上還擺滿了各種糕點，左右都有婢女侍候的，自是嫡出的女兒，而遠遠隔上三米，只有几不曾有楊，更不曾有婢女候著的，都是張氏庶出的女兒。

張綺在婦人的帶領下，走了過去。

她一出現，四下嗡嗡聲便是一止，眾女同時轉頭看來。

在又是一陣嗡嗡低語後，知道了她身分的眾姑子，臉上同時閃過一抹被羞辱的憤怒：這種身分的賤民，也配與自己同席？

學堂正中，一個三十來歲的婦人輕輕敲了敲案几，在令得眾女一靜後，她抬頭盯向張綺，以一種平平正正，聽不出任何情緒的口吻說道：「妳是張綺？」

「是。」

「以妳的身分，本不該出現在這個學堂裡，不過家族長者有此建議，我等也不得不從。這樣吧，妳站在那裡上課。」她指的是學堂的一個角落，那裡空空蕩蕩的，什麼也沒有。

這話一出，學堂中的憤憤不平聲頓時消失。

張綺低眉斂目，安靜地應道：「是。」

「妳既然知道自己的身分，那就很好，去站著吧。記得好好用功，能學這些東西，對妳這樣的人來說，實是天大的福氣。」

張綺再次恭敬地應了一聲，心下卻暗暗冷笑：還不是性格強硬而又睿智的新帝上了位，族中的那些老頭，既想討好新帝，又不想被別的士族笑話，便把這個學堂的標準放低。只待從中找到一些身分低，又有著張氏血脈的好苗子送到宮裡去？

不過，便是羞辱，她此時也不會拒絕。她的記憶不完整，這一生要走得好，還得靠現在。眼前要學的東西，對她以後，不一定沒有好處。

轉眼，張綺又惆悵起來，那北方的齊國和周國都不是這樣的。那裡女子的地位很高，有些地方，女子的地位甚至高過丈夫。如果能帶著這裡的所學和所得到那裡去生活，那可多好？

剛尋思到這裡，張綺便苦笑起來：前一世，她也是這樣想，這樣做的。

這一節課講的是禮儀一節中，如何通過服裝來分辨來人的身分高低。

在這個等級制度無處不在的年代，士族們為了彰顯自己的身分，為了表達自己的特殊，在服裝上可謂絞盡腦汁。經過幾百年的努力，現在達到了最高峰。種種服裝繁瑣而講究，無不與地位、身分息息相關。

這教習教得甚是仔細，講了半個時辰，才講了一個貴人喜歡穿的服飾。等到她宣布休息時，張綺的雙腳都麻了，整個人也感覺到疲憊，

這還是好的，張綺暗暗忖道：到了書畫和刺繡課，這般站著能做什麼？幸好，在那些方面，她似乎天賦不差，上一世的記憶都刻在她骨子裡。

側過頭，張綺看著休息時，湊在一起嘰嘰喳喳說笑著的眾女。只是一眼，她便收回目光，轉身朝外走去。

學堂外，是一大片花園，花園中樹木林立，現在是初春，樹葉早就凋零一淨。張綺漫無目的走著，無意間，幾個聲音傳入她的耳中。

「聽說十二郎準備挑個姑子送給蕭莫為妾？」

「噓！妳不知道吧？昨天大夫人把十二郎和張蕭氏罵了一頓呢，說是這種話再也不許提起！」頓了頓，這聲音壓得低低的，認真地說道：「聽說大夫人惱怒非常，當時還令張蕭氏跪了兩個時辰，好些人求情，她都不理……有人說，大夫人不喜歡蕭氏莫郎。」

「怎麼可能！」先前的聲音驚叫道：「大夫人明明對他看重得很！」

「是啊，大夥兒都想不明白，這麼一點小事，大夫人怎麼動了這麼大的火。」

大夫人不許啊？真好！張綺呼了一口氣。

第二堂課是繪畫課。自高祖上位後，皇室和貴族們便對書法繪畫音樂，特別的關注和喜歡。高祖本人和現在上位的新帝，更有這方面的天分。因此，這繪畫課教的是：就算你繪畫上不曾有天分，畫出來的東西匠氣十足，可你還是要具備相當的鑒賞水準。

站在後面，張綺歪著頭，聽得津津有味。在教習指派功課時，沒有几的她，右手在虛空輕描。

這次的教習姓袁，是個二十五六歲的男子，他皮膚白淨，有著剪水雙眸，看起來雖然類似婦人，卻是時下喜歡的綺貌玉顏，眼如春度。張綺看得出，學堂裡好些姑子都對他有好感。

教了一會兒，他瞟向還在空中輕描的張綺，淡淡地說道：「張綺？」

張綺連忙站直，應道：「是。」

「沒有几，如何學畫？來人，給阿綺搬一張几，便擺在她那角落裡。」

他話音一落，庶出的那一堆中站出一個姑子，尖叫道：「這不行，她張綺的身分，怎能與我等一樣有几可用？」

那姑子話音沒落，袁教習便是淡淡一瞟。他這一瞟也不如何威嚴，可不知怎地，那姑子馬上低下了頭，不敢吭聲了。

袁教習目光瞟過她，又瞟向學堂裡的眾姑子，語調淡淡地說道：「在我的課上，她必須有几。至於其他教習那裡如何，與我無關。張綺，過來拿紙筆墨硯。」

在一陣嗡嗡聲中，張綺低著頭，安安靜靜地向教習走去。

不過走了三步，前方的過道處，便出現了一條伸出來的小腿，攔在張綺必經的過道上。

這不是重點，重點是，它擱得光明正大。按照慣例，張綺如果識趣，就當在碰到它之前摔倒就地。也就是說，她得乖乖地被它絆倒，還不能碰了磕了擱她的那條高貴的腿……

這依然是一次下馬威。

張綺瞟了那腳一眼，暗暗想道：如果我現在絆一下，妳們不會再找我的麻煩，那我忍一次也就罷了。可惜，據這一上午觀察所得，這些庶女們平素被嫡女們欺凌得太多，早有一些沒心氣的，想把怒火發作在她身上。而她又是這張氏大宅中，唯一一個被接回來的私生女，是唯一一個可以正大光明欺負的對象。她現在忍住了，只怕光那幾個庶女，便可以把她生生整死。

她低著頭，眉目溫婉，嘴角輕揚，裙袂飄逸，在經過那條橫著的小腿時，張綺蓮步輕移，輕飄飄的，毫不在意地——跨了過去。

嗡嗡聲一止，所有的人同時回頭看向張綺。

袁教習也在向她看來。

數十目光中，張綺依然低眉斂目，安靜得乖巧。這一瞬間，眾人同時想道：她應是無意的，她自己也不知道，這樣的行為對那個身分高於她的庶女來說，是一種挑釁。

當張綺飄然走在袁教習身前時，那氣得臉孔通紅的姑子騰地站了起來。

而這時，張綺正低著頭，本分老實地接過文房四寶。

張綺沒有看到，袁教習卻是對上了那姑子的怒火。當下，他嘴角扯了扯，冷冷地，嚴肅地說道：「張縹？」

盯著依然怒瞪著張綺，正準備發作的張縹，袁教習淡淡地說道：「我說了，在我的課業上，張綺必須有几！妳本應明白這意思，卻依然做出無理之事！此事，妳說怎麼辦？」

話音一落，本來覺得沒了面子，怒火中燒的張縹便大聲叫道：「你不過是個教習，憑什麼對我大呼小叫？」

她剛說到這裡，嫡女圈中發出一陣低笑聲。

張錦回過頭來，好心地提醒道：「阿縹，袁郎可是建康袁氏的嫡子……他來當教習，是迷上了我張氏特製的美酒！」他當教習，要的不是財帛，只是美酒！

聲音一落，張縹一張漲紅的臉，便迅速轉青。她目瞪口呆地看著袁教習，很快便紅了眼圈。不等她結結巴巴地解釋，袁教習已揮了揮衣袖，淡淡說道：「罷了，坐下吧。」

「是！是！」

袁教習轉過頭來，看向張綺。

站在他面前的張綺，依然低眉斂目，可那眉眼間卻太過嫻靜，竟似剛才這一幕，對她來說宛如春風拂過……不管是張縹的發作，還是他的身分！這份從容鎮定，竟是比她所有的姊妹都要出色！

自魏晉以來，風度已比才華重要。魏晉初期有幾個名士，既長相醜陋，又才華不顯，出身吧，雖然出身名門，也不過是庶子偏支。可他們僅憑著風度出眾，便能夠成為一代名士。

眼前這個身分尷尬的小姑，居然也有如此風度，實是難能……如果張氏捨得放下成見，把她當嫡女培養，未必不會出一名謝道蘊那樣的風流人物，然後再把她嫁給一個寒門出來的高官作正妻，亦會成為一樁美談。

可惜了，張氏怕是沒有那個心胸和眼光。

張綺轉過身，朝著自己的几走回。

看著她走來，眾庶女雖然不敢發作，卻也一個個目光不善地盯著她。

一堂課很快便結束了，此時，上午的課業已經結束，下午是眾女的自由活動時間，要在家練習書畫繡功，不必來學堂。

看到袁教習終於走了，張縹與另外三個庶女相互使了一個眼色，快步朝著一側樹林走去。

當張綺走過一條林蔭道時，四女突然鑽了出來，擋住了她的過路。

張綺抬起頭來，對上這四個臉色不善地瞪著自己的小姑，張綺安靜地退後半步，然後向她們福了福。不等眾女發作，張綺已清清脆脆地說道：「姊姊們可是為了剛才之事而來？」聲音一出，張縹怒道：「原來妳還是個有眼睛的啊？」都看到了，竟然不裝著絆倒，讓自己等人樂上一樂？

張綺沒有回答，只是靜靜地抬起頭，一雙黑白分明得宛如春光在流動的眸子，寧澈地看著四女，然後，再一次，在她們開口之前，輕輕柔柔地說道：「四位姊姊，袁教習深得府中各位叔伯的尊重……現在姊姊們與我在一起，若是有心人往袁教習那裡一說，教習說不定就惱了，他一惱，叔伯們就會知道的。若是因這等小事，因阿綺這個不起眼的人，傷了姊姊們與各房叔伯的感情，那阿綺真是罪過大了。」

她的聲音宛如春水，清秀的臉上也滿是溫柔和誠摯，很難不讓人產生好感。

四個少女被她說得一怔，同時看向張縹。

張縹咬了咬唇。

她想起了剛才袁教習在學堂上瞟向自己的目光，那眼神是如此高高在上，如此輕蔑。

想著想著，張縹恨恨地瞪了張綺一眼，咬唇道：「妳老實一些！」說罷，她轉身便衝了出去，另外三個少女連忙提步跟了上去。

望著她們遠去的背影，張綺笑了笑，她捧著文房四寶，繼續朝自己的房中走去。

回到房中，張綺繼續刺繡。阿綠忙活了一陣後，坐在榻上有一句沒一句地跟張綺聊起天來，「阿綺，妳知道嗎？五姑子房裡的阿秀，今天臉都被打腫了，阿雲更是被打得起不了榻。」阿綠嘀咕道：「五姑子只是心情不好，便這般發作下面的人！」

低著頭的張綺，用貝齒咬斷繡線，頭也不回地點頭說道：「嗯，所以比起她們來，妳跟的主子雖然地位差了點，吃用少了點，可那日子過得舒心，是也不是？」她眼睛眯成月牙兒地笑道：「每次妳一聽到各房姑子的事，都會來這麼一句，我都聽煩了。」

阿綠不滿了，她重重一哼，把臉扭過去說道：「我這是在誇讚妳人好，妳別不識相！」

張綺笑咪咪地點頭道：「好，我識相，我識相，妳繼續誇！」

「沒了！」

「真沒了？」

「哼！」

「既然真沒了，那妳講講別的，如府裡的郎主和夫人們都發生了什麼事。」

明晃晃的陽光照在草地上，主僕兩人清脆嬌嫩的聲音混合在春風中，是如此的安逸。

第二天轉眼便到了，今天上午學的是玄學和詩賦。

這是屬於丈夫們的課業，張氏給姑子們開這門課，只是讓她們聽得懂，並學會欣賞。當然，要是她們學了，能做得出精采的詩賦，能辯得清深奧的玄理，家族更是喜歡的。

如張氏這樣的大家族，特別注重傳承，注重從裡到外的學識修養。各大貴族之家，身分低賤的婢僕都要識幾個字，若是有客人到來時，有婢僕能說出很有修養的話，甚至作得出一句詩來，那主人會感到大有面子，而那婢僕，不但會被獎賞，說不定還能跟著主人姓，成為主人的義子或義女。義子和義女雖然不能一下子改變他們低賤的地位，但至少，能高出同等身分的婢僕一個頭。而隨著年深日久，他們的後代若是有了極出息的，說不定還可以冒充主人的血脈，說自己也是大氏族之後。

也許是昨天張綺的警告起了作用，張縹等女一個上午都沒有理會她。而張綺，也沒有遇到如袁教習這樣允她用几的人。

轉眼下午到了，張綺剛剛歸家，阿綠便衝了上前，高興地扯著她的袖子搖道：「阿綺阿綺，蕭郎又來了，他來了呢！」

她雙眼發光，臉孔暈紅，一臉癡慕地說道：「剛才我在路上看到他，他還向我看了一眼呢。」說到這裡，阿綠眨巴著眼，「阿綺，妳不歡喜嗎？」

張綺笑了笑，伸手幫阿綠撫平跑亂的額髮，低聲說道：「不是說了嗎？我們現在喜歡也沒用。不能喜歡！」

阿綠嘴一扁，轉眼振振有詞地說道：「我只是喜歡看到他而已。」

張綺一笑，回到房中，把自己這三個月精心繡出來的畫卷認真包好，然後對著圍著自己轉來轉去，大眼巴巴看來的阿綠嗔道：「好了，我知道妳的心情了。現在咱們也出去在園子裡逛逛，說不定逛著逛著，能再看妳的蕭郎一眼。」

阿綠聞言嘻嘻一笑，纏著張綺撒嬌道：「還是阿綺最好了！」

主僕兩人轉身朝外走去，張綺緊了緊腋下的畫卷，心裡一遍又一遍地尋思著，待會兒見了蕭莫，要怎麼說話，怎麼打動他。

林蔭道上，行人來來往往。

張綺和阿綠踱入林中，順著塘邊向前走動著。上一次，她們便是在這裡見到蕭莫的……雖然不清楚蕭莫是怎麼想的，可張綺總有一種感覺，他要想見自己，就會到這個地方來。

正當她如此想著時，一個剛過發育期，略有點清脆又有點低的少年聲音傳來：「張氏阿綺？」這四個字，他咬得很慢，配上他動聽的嗓音，彷彿在吟誦著一曲詩賦。剎那間，阿綠都替張綺酥到了骨子，臉孔漲了個通紅。

張綺似是一驚，連忙轉過頭來，紅著臉一福，「阿綺見過莫郎。」

喚她名字的，正是蕭莫。他從林中緩步而來，長袍大袖被春風吹得獵獵作響，白如冠玉的俊秀面龐上，一雙眼睛黝黑黝黑的，讓人一見，便打心裡覺得清爽愉悅。

蕭莫的確是一個動人的男子。

走到張綺身前，蕭莫低頭盯著張綺，低笑道：「張氏阿綺，我怎地不知我在寫什麼『美人賦』？」

在他這般盯視中，普通姑子只怕羞得手足無措了，張綺卻依然文靜地低著頭，依然紅著臉：那臉紅得恰到好處，把她的嬌弱襯得讓人憐惜，卻也僅此而已。蕭莫敢肯定，她面對著自己，不曾有羞意。

張綺紅著臉，微抿著唇，低聲說道：「我、我說錯了。」

蕭莫背著手，在她面前踱起步來，他慢騰騰地說道：「我不但要寫美人賦，還要以張家眾姑子為型，寫出各種嫡出的、庶出的，還有妳這樣的美人。這些美人共有一個特點，便是蕙質蘭心、純善可憐？」說到這裡，蕭莫低低一笑。

少年的笑聲，清脆悅耳，宛如琴音。阿綠站在一側，發現自己的心跳更快了。只是轉眼，她便擔憂地看著自家姑子，咬牙想道：蕭郎硬要追究，我就衝上去告訴他那些話都是我自己說的！她這時渾然忘了，自己識得的不過四五個字罷了。

轉過頭，蕭莫饒有興趣地打量著張綺，突然的，他微嘆道：「真看不出，妳是個如此狡猾的！」

張綺的臉，依然紅得恰到好處，她低著頭沒有吱聲。

蕭莫向她靠近少許，這一靠近，他便聞到她身上散發著一股幽香。這種幽香絕對不是香粉的味道，而是少女自身上的體香。它幽幽淡淡，於清淡之餘，另有一種說不出的靡麗。

他見過的小姑子不少，可聞過身上有體香的，不過一、二個。那一、二個，都是極美的姑子，可她們的體香，還遠沒有眼前這個姑子的好聞。

蕭莫專注的眼神，讓張綺有點不舒服，一側的阿綠也擔憂起來。她四下張望著，生怕府中的某個姑子看到這一幕。

蕭莫抬起頭來，笑了笑，輕聲問道：「是不是有人欺負妳？」

這人果然是個聰明的！

張綺的頭更低了，雙唇抿得緊緊的，沒應是，卻也沒說不是。

蕭莫憐惜地嘆了一口氣，道：「妳也不易。」轉眼，他認真地說道：「聽說妳現在在大學堂學習？妳要抓住這個機會，以後不要說出什麼寫各種地位的美人，還要寫什麼蕙質蘭心的美人這種傻話。妳當知道，歷代以來，寫美人的賦，都是寫美人兒的面容和動人之姿的。」

張綺抬起頭來，她看向蕭莫，秀麗的臉倒映在他烏黑的眸子中。

張綺看了他一眼，突然福了福，說道：「阿綺知道蕭郎是個心善的，我……」她咬了咬唇，從懷中掏出那幅繡出來的畫卷，求道：「蕭郎能不能把我這副畫拿去賣了？我知道外面的鋪子中有賣這個的，我、我沒錢用……」

看著咬著唇，一臉倔強又隱含無措的張綺，蕭莫不由低嘆一聲，心中憐惜更甚。

他接過她遞來的畫卷，慢慢打開。

這一看，他呆了眼。

蕭莫認認真真看了一陣，問道：「這是妳畫的？」張綺不能說不是，舉世都是會刺繡的人，那些人一過目，便知道它是這兩天才完工的。

張綺低低應道：「是。」

「妳——」蕭莫吸了一口氣，感慨地說道：「沒有想到，妳竟是聰慧到了這個地步！」他知道，她才識字四個月，刺繡也就罷了，鄉下還可以學。可這字體、這畫工，那般靈動飄逸，實實是個不可多見的！

想到這裡，蕭莫憐惜地說道：「以妳的聰慧，真是可惜了。」

他又低下頭看向那畫卷，一邊摩挲，一邊感慨道：「妳真真是聰慧過人。舉世之人，只知道繡些花鳥，誰又想過要繡一幅畫？還繡得如此靈動綺豔？阿綺，妳這幅畫，定可以賣個高價。」

他這是願意幫忙了？

張綺大喜過望，盈盈一福，愉快地說道：「多謝蕭郎。」

蕭莫看著她，看著看著，突然的，他伸手撫向她的額頭，那樣子，竟是想幫她把額髮撫起，好看清她的臉。

張綺一驚，連忙紅著臉退後半步。而這時蹬蹬蹬的腳步聲傳來，阿綠從一側衝了過來。她擋在張綺身前，圓眼怒瞪著她曾愛慕的蕭郎，不高興地說道：「蕭郎，大夫人下了令，說不許府裡的姑子嫁你作妾的……你這樣做會誤了我家阿綺！」

蕭莫一怔。

一側的張綺，感激而快樂地看著阿綠。

蕭莫連忙收回了手，不好意思地說道：「那個，我只是看不順眼。」

清咳一聲，他決定不再繼續這個話題，便認真地看著張綺，問道：「妳既然這般聰慧，要不要我去跟妳父親說一聲？」

張綺連忙搖頭，低聲說道：「阿綺才來……姊姊們不會喜歡的。」

蕭莫點了點頭，也是一聲嘆息。他的雙眼還放在張綺臉上，這時的他，自己也有點奇怪，這麼一個只是清秀的姑子，我怎麼就老注意上了？

自失地一笑，他把畫卷捲好，道：「我會拿去放在鋪裡寄賣。」

張綺歡喜得雙眼成了月牙兒，「那太好了，還請阿莫為我隱瞞一二。」

蕭莫呵呵一笑，道：「這個妳自是放心。妳竟是這般聰慧過人，不說妳的姊姊妹妹，便是我看了，也有點妒意呢！」他這話自然是說笑。

張綺靦腆一笑。

兩人這般面對面站著也有一陣了，再拖下去，只怕會被別人看到……便是大夫人發了話，府中姑子不許給他作妾，到時也會有人說自己不要臉，無視上令地想攀高枝。

見她不動聲色地向後退去，想要告辭。

蕭莫微笑道：「阿綺回去吧，再站下去，只怕別人看了閒話。」

張綺連忙應是，向他福了福，便告退離去。

目送著她的背影，蕭莫又打開畫卷看了看。慢慢收起畫卷時，他沉思著：居然不許府裡的姑子嫁我？發生了什麼事？

❖ ❖ ❖

一回到房中，張綺便長長地吐了一口氣，滿臉笑容綻放。她撲在榻上翻了一個滾，看著忙活的阿綠，突然說道：「阿綠，以後便是有人挑釁妳、害妳，妳也先忍著，回來告訴我。」她以後會有錢的，可不能讓阿綠沒享一天福，就先中了別人的暗箭。

阿綠知道，一向穩重的張綺這是不放心自己。

她扁了扁嘴，沒好氣地回道：「知道了，我有那麼傻嗎？」

張綺一笑。

阿綠接著說道：「反正我跟著妳就是了。」

張綺大點其頭，看著外面碧藍的天空，喃喃說道：「這個世道太亂了，沒有錢寸步難行，可有了錢，也只不過好一丁點。」因此，要過上她夢想中的生活，她要做的事情還很多，很多。

阿綠沒心沒肺地胡亂點頭，張綺沒有說完時，她已哼著歌到房外忙碌了。

第二天上午，張綺向學堂趕去。

一走到學堂外，她便怔了怔：怎麼這麼早那些姑子們就都來了？

一走近，張綺便聽到議論聲：「北齊和北周都派使者來了。」

「聽說北齊的使者是那個名揚天下的廣陵王高長恭。」

廣陵王三字一出，一陣倒抽氣的聲音此起彼伏地傳來。

這個廣陵王，是北齊王子，據說生母是個名字也沒有的低賤之人。

廣陵王現在不過十八九歲的年紀，也沒有建立過驚天動地的功業，讓眾姑子們提起他就興奮不已的，是因為傳說中，他俊美無雙，是真真正正的天下第一美男。

「當真？」

「自是當真。」

眾女壓低著聲音，小小地歡呼起來。

張錦叫道：「聽說他喜歡遮住面容，也不知這一次他會不會露出真容？」

「這可不知道。」

「要是他露出面容就好了。」

直過了一會兒，眾姑子還興奮至極。事實上，打從知道廣陵王要來建康後，她們便睡不著覺了。好不容易盼到天亮，她們馬上跑到學堂來，與眾姑子大肆議論一番，以抒解內心的期盼和興奮。

聲聲議論中，只有張綺不為所動。她安靜地從眾姑子中走過，走向學堂。

看到她渺小不起眼的背影，張錦扁了扁嘴，她身側的一個姑子冷笑道：「妳看她做甚嗎？以她的身分，能隔著人群看一眼廣陵王便是幸運了。」

張錦哼了一聲，道：「說的也是。」

熱鬧中，只有張綺一人安靜地站在她常站的角落裡，等著李教習開課。

今天的課程是樂器課，李教習示意婢僕們把古箏放妥後，蹙著眉，不高興地看著兀自聚在外面嘻笑不已的張氏眾姑子。

她只是一個樂師，雖說來自宮中，可也沒有資格對姑子們大呼小叫。因此，她們不進學堂，她是一點辦法也沒有。

暗嘆一聲，李教習轉頭看向張綺，搖了搖頭，清咳一聲，對著只有一個姑子的學堂說道：「那就，開學吧。」

一個教得有氣無力，一個卻學得認真無比，這堂課很快便結束了。在準備轉身離去時，李教習回頭看了一眼張綺。

這半個時辰的相處，她才發現這個很不起眼的姑子很是聰慧。最重要的是，她認真學習的態度讓她很開心，大大彌補了學堂中空空落落帶給她的無力感。

頓了頓，她溫柔地對張綺說道：「學曲時怎能無榻無几?阿綺，我會跟妳的叔伯們提一提。」

不等張綺表示感謝，李教習已走出了學堂。

第二堂課是教受弈道。自古以來，這棋弈兩字，可不僅僅只是一門技藝。它最重要的是，通過鍛鍊人走一步算五步，來培養合格的領導人。

這一堂課，依然是只有張綺一個人聽課。眾姑子雖然進了學堂，可她們的心思都不在學業上，依然三五成群地聚在那裡，談論著廣陵王的種種傳聞。

中午轉眼就來了，張綺走回老遠，還可以聽到姑子們的爭論聲和嘻笑聲。

剛剛回到房中，阿綠便衝了進來，興奮地叫道：「阿綺阿綺，聽說那個喜歡遮住面容的什麼廣陵王要來了，妳聽過這事嗎？」

張綺點了點頭，「聽到了。」

阿綠抬起頭看著外面，似乎正透著滿窗淡綠，遙想著廣陵王的模樣。過了一會兒，她愉快地說道：「聽說，我們府中也有幾位郎主出面接待使臣呢。」歪著頭，她裝模作樣地撫著自個兒的下巴，嘟囔道：「要是他能來咱們府中就好了。」

以她和張綺的身分，也不知有沒有那個自由，在廣陵王到來之時，到街道上一觀。

頓了頓，阿綠又說道：「天下人都說他很俊很俊，真不知道一個胡人能俊到哪裡去？哼，肯定是欺世盜名的！」

張綺聽了好笑，她低聲說道：「他是蘭陵王，不需要欺世盜名。」

此時的蘭陵王，剛剛封為廣陵王，年僅十八九歲，還沒有建立任何功業，更不曾讓世人注意到他除了美貌之外的驚世大才……

她的聲音太低，阿綠沒有聽清。她疑惑地看著張綺問道：「阿綺說什麼？我沒有聽清。」

張綺看了她一眼，笑著搖了搖頭，沒有回答。她低下頭，繼續忙著手中的繡活。

那幅畫如果真能順利賣掉，說不定這種類似的繡活會流行一段時間，她得多準備一些。

阿綠說了一陣，聽不到回話，便轉過頭來。

對上厚厚的額髮下，張綺白嫩的小臉，還有那長長的睫毛，阿綠悶悶地說道：「阿綺都不像一個年輕姑子。」

連廣陵王都打動不了她！

聽到阿綠的埋怨，張綺抬起頭來，露出雪白的牙齒莞爾一笑，「廣陵王啊？他可不是我們想見就能見的。」剛說到這裡，她不知想到了什麼，手下一顫，那繡花針便重重地扎中了中指。張綺連忙把冒血的指尖放在嘴裡吮吸著。

見她白嫩的手指放在紅唇間，那畫面竟是十分動人，阿綠不由看呆了去。好一會兒，她奇道：「阿綺，妳在想什麼？都呆住了。」

「啊？」張綺連忙把手指拿出，低頭說道：「沒想什麼。」

……

整整幾天，姑子們都處於激動當中，便是年輕的婢子，這時刻也是興奮的。

相比起她們，古井般毫無波瀾的張綺，那是平靜得過分。本來因蕭莫之事，對張綺一直耿耿於懷的張綿，看到她這副木訥的模樣，心裡莫名地放鬆下來。

在經歷了五六天的陰雨綿綿後，一個陽光燦爛的春日來了。

明晃晃的日頭掛在天邊，幾乎是一夜之間，樹梢上掛滿新綠，大地上鑽出了嫩綠的小草，吹在臉上的風，也綿綿的軟軟的，帶著春天特有的活力。

一堂課後，李教習在經過張綺時，不無慚愧地低聲說道：「給妳加几的事怕是不成了。」

張綺連忙低聲回道：「本就無妨，累得教習為阿綺費心了。」

李教習嗯了一聲，不再多說，轉身離去。

張綺也走了出去，就在她坐在林子中，等著下一堂課時，卻見眾姑子纏著那教習，也不知說了些什麼。教習手一揮，眾姑子暴發出一陣嘻笑聲，胡亂地向那教習福了福，一哄而散。

張綺慢騰騰地跟在後面，向自己的房間走去。剛才姑子們的閒話中可以聽出，有使者來建康了，她們擔心是廣陵王來了。

房間外的過道處，張綺遠遠便看到阿綠與幾個婢女湊在一塊，正眉飛色舞地說著什麼。看到自己到來，她興高采烈地揮了揮手，繼續閒聊，一點也沒有近前的意思。

這丫頭！

張綺一笑，轉身邁入房中。倒是與阿綠閒聊的幾個婢女看得目瞪口呆，不過一會兒她們便想道：這個姑子本就是個鄉下來的賤民，與自己的婢女不分尊卑地相處，原是這種人的行為。

張綺坐在房中，繼續繡著手中的活計，繡了不到半個時辰，外面突然傳來一陣歡呼聲。那歡呼聲開始還很遠，漸漸的，卻是越來越大，越來越響。到後來，那歡叫聲都令得張綺繡不下去了。

她把繡活放下，打開房門看向外面。

外面的天空蔚藍，澄澈無比，一如那一年，她與她那夫君攜手逃往北方時。

晃了晃頭，張綺暗道：這記憶也不知怎麼回事，老是這麼一個片段一個片段地出現。

外面，阿綠早就不見蹤影了。而外面的喧囂聲更加響亮了，直是滿城歡呼。突然的，張綺感覺到一種由衷的寂寞。

她鎖上房門，沿著林蔭道朝外走去。

走著走著，看到了不到兩百公尺外的側門。此刻，那側門外也堵了不少人。看著門口處四下張望的門房，張綺略略猶豫了一下，還是提步向前走去。

才走了五十步不到，突然間，一個傲慢的聲音傳來：「這是妳能來的地方嗎？」

聲音熟悉，不用回頭張綺也知道，那是張錦開口了。

張綺回過頭來，微笑地看著張錦，以及伴在張錦旁邊的兩個姑子，輕細卻又斯文有禮地說道：「阿錦姊姊，母親不曾說過我不可以來這裡的。」

好心好意地告訴她這件事，不等張錦發作，張綺朝她一福，溫婉說道：「不過阿錦是我姊姊，姊姊既然這樣說了，阿綺自是依從。」一說罷，張綺朝著張錦再次一禮，轉身向回走去。

張錦重重一哼，正要說些什麼，眼角一瞟，連忙閉上了嘴，湊上前歡喜地叫道：「蕭郎！」

蕭莫來了？

張綺一怔，連忙回過頭來。

面對喜笑顏開的張錦，蕭莫表情淡淡，瞟了一眼張錦，沒有理會她。而是頭一轉，看向回眸望來的張綺。

此刻，張綺雖然強自鎮定，可那眉眼間卻透著一種期待。那稚嫩的臉，在身後的淡綠濃雲掩映下，似又明亮了幾分……這個小姑子，明明只是清秀，可那張臉那雙眼，每次見了，都讓人感到更好看了。特別是某個時候看她，會覺得這個清秀的小姑子流露出一種極其誘人的魅光。

真是一種奇怪的感覺！

蕭莫漫不經心地收回目光，轉頭看向張錦等人，微笑道：「外面熱鬧得緊，我們一起去看看吧。」瞟過張綺，咦了一聲，道：「妳這姑子往回走做甚？熱鬧難得，也一道來看看吧。」

他的聲音一落，張錦便唇緊緊一抿。不過轉眼，她便微笑著，親切地朝張綺揮了揮手，喚道：「阿綺，我們一道去吧。」

張綺自是從善如流，低頭應了一聲是，快步上前，跟在他們身後朝門口走去。

張錦也有幾日沒有見到蕭莫了，正思念得緊，現在見到他，心下便是無盡的歡喜。她不動聲色地走到蕭莫身後，溫柔地說道：「蕭郎，你怎麼想到這個時候到我們府中來啊？」剛說到這裡，她馬上感覺到自己的話有不妥處，便又急急地說道：「我不是那個意思，我是說，你、你來得好……」陡然說到這裡，她又覺得自己說得太直，竟是不小說把自己的心思透露了出去。當下又羞又急，手足無措，不知如何是好。

蕭莫低下頭，淡淡地看了一眼張錦，然後抬頭看向外面，徐徐說道：「妳不喜歡阿綺吧？」在張錦的怔忡中，他繼續說道：「妳剛才為什麼要趕她走？」

張錦臉色一白。

蕭莫再次低頭看向她，對上她癡迷的眼神，突然的，他向她一湊，唇如春風般拂過她的耳朵，「妳是喜歡我，所以便看阿綺不順眼？傻孩子，將來要作人主母的，怎能這般小心眼？」低沉動聽的嗓音，如流泉一般沁入張錦的心脾。男性特有的清香氣息，更是如春風一般纏人心魄。不知不覺中，張錦已是臉紅過耳，癡癡與他對視的雙眸更是彷彿滴得出水來。

這時的她，一點也沒有注意到，他們所在的地方，豈止是大庭廣眾當中？府中的、府外的，有多少目光向這個方向看來？

蕭莫站直身子，英俊的臉上依然是笑容清爽如春風，明澈的眼睛依然是溫柔而誠摯。看著他，又看了一眼因蕭莫突然接近而羞喜不已的張錦，張綺怔道：可是、可是蕭莫現在是公主看上的人啊！而且大夫人剛剛說過那樣的話，張錦這麼高興做甚？她難道不知道，現在蕭莫是不可能輕易議親的，還有，她就不怕大夫人憤怒了發作她？

轉眼，她又想道：也不知蕭莫有沒有想到這一點？

就在張綺如此想來時，蕭莫眼一抬，目光如電地朝她看了一眼。

又是一陣歡呼聲驚天動地傳來。

站在側門處，只是位置很後很偏的張綺，連忙踮起腳抬頭看去。

前方處灰塵高舉，一支隊伍越來越近。

大夥兒這麼興奮，莫非真是高長恭來了？

張綺在這裡尋思，她的身前，一個姑子激動地說道：「是不是廣陵王來了？是他來了吧？」

蕭莫一笑，溫聲回道：「高長恭今日怕是不能到，現在來的，是周國的大將衛公直。」頓了頓，他好笑地看著一臉失望的眾姑子，補充道：「這衛公直與周國皇帝同母，也是極俊俏的，在周地，乃三大美男之一。」

果然，他聲音一落，眾姑子馬上雙眼放光。沒有想到，這一次不但能看到廣陵王，還可以看到別的美男？

蕭莫顯然心情甚好，他慢吞吞地說道：「前方的不止是衛公直，他的隨從中，還有另一個周地貴族宇文純，他是周地三大美男中的另一個！」

這一下，眾姑子不止是雙眼放光，有幾個還小小地歡呼出聲。要不是蕭莫在此，她們有所控制，只怕都要跳起來了。

這個時代，依然沿習魏晉時的崇尚美色。男子之美，最令世人所推崇。

站在後面的張綺，對什麼美男的興趣只有這般大，她喜歡的，也就是這個氣氛而已。站在歡喜喧囂的人群中，她會感覺到自己也是其中一員。

她的性格再沉靜，連續幾個月處於孤立排斥厭惡中，還是很讓人孤獨的。

仰著頭，與眾姑子一樣看了一陣後，張綺突然瞟到蕭莫看了她一眼後，提步朝門內走去。

略怔了怔，張綺想道：他那一眼分明是在示意我跟上他。

難道說，我那幅畫賣出去了？

想到畫卷賣出去了，張綺不由激動起來。可是她依然有點猶豫，不敢提步。剛才蕭莫與張錦的親近，看到的人不少，若是再有人看到自己也與他走得近，不知那閒言閒語……

咬了咬唇後，張綺忖道：我小心一點便是。

側頭看了一下左右，見到幾個姑子已纏著張錦，隨著人流湧向前方。那張錦頻頻回頭尋向蕭莫，可哪裡看得到他的人影？直到張錦不甘願地隨著人流消失了，張綺才回頭走向宅子裡。

走了一陣，她終於看到了蕭莫的背影。他走在春天樹木新發的林子中，腰背挺得筆直，長袍高冠，木履飄然，實是說不出的灑脫和自在。

張綺緊走幾步，忍不住又向四下張望著。

「沒有人的。」蕭莫低笑道：「不必緊張至斯。」

張綺靦腆一笑，低著頭向他靠近。離他五步處，她便停下腳步，盈盈一福。

蕭莫低頭看著她，見她嘴唇翕動，卻沒有發音，不由笑道：「妳便沒話跟我說？」

張綺扇動長長的睫毛，再次朝他一福，吞吞吐吐地說道：「蕭郎，不知那畫……」

蕭莫低啞的聲音如晨鐘暮鼓，動人心魄，「阿綺便只想問那畫？」

他的聲音似有情似無情，那般動聽，那麼讓人心酥……

張綺抬起頭來，她的眼，對上了他的眼。

她愣愣地看向他。

迎上她純淨得有點木然，又滿是不解詢問的眼，蕭莫忍不住苦笑了一下，他伸手在額頭上一拍，嘟囔道：「俏媚眼拋給瞎子看了！」

他的聲音含糊不清，見到張綺還傻呼呼，純真無比地看著自己，他咳嗽一聲，從懷中掏出一個薄薄的，用綢包起來的物事放在張綺手中。

見她還是一臉不解，蕭莫說道：「妳那幅繡畫賣掉了，共得金八十兩。我想妳一個姑子拿著那麼多的黃金，怎麼收都不安生，便幫妳在邊郊置了十畝地和一個二進的小院子。裡面的，便是那院子和田地的地契。」

對上眨巴著眼的張綺，他笑容如春風，說不出的溫暖，「妳不喜歡？」

她當然喜歡！

她以為，那畫最好也不值八十兩金的。此次若不是蕭莫出手，而是她自己和阿綠，能得到三分之一的金已是了不起。

更何況，她便是有了金，要置些什麼，在這人生地不熟的地方，也是大不易。

現在蕭莫一次替自己解決了。

這個世代雖然混亂，可建康一直安穩。因為安穩，它的地價和房價也是居高不下，八十兩金能得到十畝地和一個小莊子，也是蕭莫使了力的。

她看著他，一時之間，竟是無法用語言來形容自己的感激。

好一會兒，她盈盈一福，啞聲說道：「蕭郎之德，阿綺沒齒難忘。」

蕭莫輕聲道：「以後妳可以過得輕鬆些了。」瞟了一眼遠方漸漸出現的人影，他轉身便走。走了十幾步後，他低沉溫柔的聲音飄然而來：「以後張錦再欺負妳，且告訴我……」

蕭莫飄然遠去。

目送著他離去後，張綺急急朝回走去。走著走著，她已是小跑。

她無法掩飾自己的興奮，她要馬上回到房中，看一看裡面的地契和房契。

衝回房中，阿綠還沒有回來，張綺把房門一關，便把錦包打開。

裡面果然是一張房契、一張地契。兩張契紙上，張綺的名字清清楚楚地寫在那裡。

張綺拿過一張契紙，對著陽光照了照，又照了照，不知不覺中，已是淚流滿面。

她有家了！

她終於有家了！

她居然在建康這等風流之地有個院子，還有十畝地。

以後，便是被拋棄，便是被趕出家族，她也不會被餓死！

她不再是一無所有了！

伸手堵著嘴，無聲地哭泣著的張綺，忍不住笑了起來。

外面突然發出一陣震耳欲聾的歡呼聲，許是姑子們齊聲歡叫的緣故，那聲音特別尖亮。

張綺回過神來，掏出早就準備的木盒，把契紙收好後，再找到早就挖好的坑洞埋了起來。

做完這一切，張綺一屁股坐在榻上，直覺得一顆心總算落到了實處。縮在榻裡，她傻傻歡笑了一陣。

這時，房門砰砰砰地敲得老響，阿綠興奮的聲音傳來：「阿綺，大白天的妳把門關這麼緊做什麼？快點打開它！」

張綺應了一聲，動身拉開房門。

阿綠一看到她便撲了上來，雙手握著張綺的手，興奮地連連搖動，叫道：「女郎女郎，我看到了，我剛才看到了！」

見張綺含笑看著自己，聽得認真，阿綠喘了一口氣，歡叫道：「剛才我看到周國來的使者了，有兩個郎君生得很美貌呢！」說到這裡，她見張綺還是含笑聽著，不由瞪大眼睛問道：「阿綺，妳就不問一下我為什麼能夠出得府門？」

張綺笑道：「這還用問？定是妳見無人注意妳，便混在眾人中湊了一會兒熱鬧。」

對上阿綠嘟起唇，一臉鬱悶的模樣，張綺一笑，她抽出自己的雙手，轉身向房中走去，嘴裡則低聲說道：「阿綠，那幅繡品賣出去了。」

「哦！」阿綠漫不經心地應了一聲，又興奮起來，「阿綺，剛才外面真是很熱鬧呢！人好多，那些人穿的衣裳又有趣又好看！嘻嘻，要是天天有使者來建康就好了！」

張綺要說的話被她打斷，便閉了嘴。她坐回榻上，雙手抱著膝，心神又回到了自己的那兩張契紙上。其實，她也知道，十畝地請人耕種，上交給她的糧食，也僅能維持她與阿綠的正常消耗，至於兩進的院子更是不大。

那兩張契紙，真是僅僅讓她有片瓦遮身，有口糧進肚而已。可從張綺還是覺得很開心很開心。連帶的，她對蕭莫已是由衷地感激起來。

主僕兩人各自沉浸在各自的情緒中，都是嘿嘿直樂。時間倒也過得飛快，轉眼第二天到了。第二堂課，又是袁教習的課。張綺一進學堂，便有僕人搬著几放在她面前。

同樣的，這一堂課，也沒有人再向張綺挑釁。於安靜中過完半個時辰後，中午又到了。張綺才回到房間，便聽到一個清脆的婢女聲傳來：「阿綺小姑可在？主母喚妳。」

主母要見她？張綺站了起來，她這陣子好像沒有做出格的事啊，無緣無故的，那個應該把自己給忘記了的張蕭氏，怎麼會要見自己？

揮手示意阿綠不用在意，張綺拿過銅鏡，把頭髮向下拔拉幾下，口裡恭敬地應道：「是荷姊姊嗎？阿綺這就出來。」

荷姊姊是張蕭氏院子裡一個不起眼的婢女，張綺人都不看，光憑聲音便認出自己來。更何況，張綺不管如何不受待見，終究是流著建康張氏血脈的姑子。一個姑子能尊稱她為姊姊，雖是沒上沒下，卻敢是讓人愉悅的。不知不覺中，荷姊姊對張綺有了一些好感。

張綺走了出來，對上這個尖臉清瘦的十六歲婢女，張綺笑得甜甜的，「勞煩姊姊了，阿綺這就隨妳去。」

那荷姊姊收回打量她的目光，微笑道：「那走吧。」

兩人一邊走著，張綺一邊有一句沒一句地說道：「荷姊姊，母親為什麼想到傳喚我？」她一臉擔憂著，「也不知我會不會受罰？」她聲音嬌脆，語調中有著十二三歲小姑子的天真。

荷姊姊看了她一眼，忍不住說道：「好似提到了妳的姊姊張錦……」

張錦？為了張錦的事喚自己做甚？難道是昨天……

在張綺低頭沉思時，兩人已經一前一後來到了張蕭氏所在的院落。

張綺候在門外時，已有兩個姑子依次退出。這兩個姑子張綺在學堂裡見過，她們是與她共父的姊妹，與張錦不同，是庶出的姑子。

兩姑子見張綺候在外面，倨傲地把下巴一抬，正眼也不向她瞟來地擦肩而過。

這時，裡面傳來張蕭氏的聲音：「進來吧。」

「是。」

張綺低著頭，小心翼翼地跨入了堂房。

張蕭氏正在盯著她，直到張綺大氣也不敢喘地在她面前站定，張蕭氏還在盯著她打量。

一陣難堪的安靜中，張蕭氏終於開口了：「聽說妳與蕭莫很熟？」

張綺一驚，愕然抬頭，怔怔地說道：「主母是說蕭郎？他何等身分，怎會與阿綺很熟？」

她的話說完了，張蕭氏卻是很久都沒有吭聲。

就在低著頭的張綺，忍不住要揣測她的心思時，張蕭氏的聲音傳來：「妳這小姑子膽子不小，當著主母也敢胡言抵賴？」說到最後，已是聲音高提，表情冷厲。

撲通一聲，張綺跪在了地上。她白著小臉，慌亂地說道：「不是的！不是的！」連連搖頭，張綺淚水都出來了，「阿綺只是與蕭郎說過兩句話……阿綺這般地位相貌，哪有可能讓蕭郎另眼相看？便是他與阿綺說了話，那也是蕭郎心地仁善。」

張蕭氏盯了一眼涕淚橫飛的張綺，慢慢放下手中的茶杯。

直到張綺把頭磕得砰砰作響，她才淡淡地說道：「起來吧。」

張綺咬著唇，慢慢爬起。這時的她，已完全低著頭，連呼吸聲也小了許多。

看來還是個知道敬畏的！

張蕭氏又瞟了她一眼，慢騰騰地說道：「阿錦在祠堂裡……妳且去大夫人那裡一趟，便說阿錦是妳慫恿的。大夫人如果問起，妳便說是妳愛慕蕭莫。」

昨天的事發了！

低著頭的張綺，此刻唇抿得死緊。

張錦犯錯，卻要她去抵罪！

她一個私生女兒，本就處境艱難，如果再失去閨譽，那是生是死，是做侍妾還是做奴婢，豈不是別人一句話就可以決定的？到那時，便是她的父親十二郎對她心存憐憫，也無法干涉了吧？

再說，這抵罪的事有了第一次，便會有第二次！

這事無論如何不能應。

可是，眼前這個張蕭氏乃當家主母，掌握了她的生死，如果她不應，現在她便可找個藉口打殺了她，她竟是進退兩難！

當時蕭莫與張錦親近，目睹者甚眾，明明掩是掩不過的，找人抵罪也起不了多大作用。把張綺推出去，不過是讓大夫人的怒火有個出口，哪能真擋得住悠悠之口？

可張蕭氏偏偏這樣說，偏偏這樣做。

也許，她覺得張綺留著也沒多大用，更大的可能是，她想藉由這件事，把張綺的底細探出來。不管如何，這樣的事對張蕭氏只是一張嘴，對張綺來說，卻是生死攸關。

尋思了一會兒，張綺頭更低了。

她額頭點地，哽咽起來。

聽到她的哭聲，張蕭氏的臉上現出一抹不耐：也不看看自己什麼身分，難道還想在她的面前一哭二鬧三上吊不成？

張綺哽咽著，沒有如她想像的那般哭個不停，而是伏在地上，聲音沙啞，絕望地說道：「母親的話，阿綺聽命便是。」

說罷，她慢慢從地上爬起，以袖掩臉，饒是傷心絕望至極，依然規規矩矩地向張蕭氏福了福，這才低著頭，悲傷地，深一腳淺一腳地向外走去。

雖然來到張宅也有三四個月了，可現在的張綺依然是骨小肉少，從背影看來，分明是一個瘦弱稚嫩的孩子。她耷拉著頭，因強忍悲聲，雙肩有點一聳一聳的。走了幾步，她腳下一軟，整個人向下一栽，要不是扶著門，竟是差點摔倒在地。

張蕭氏冷冷地看著她。

張綺前腳出門，後腳一個婦人便湊近張蕭氏，低聲說道：「這丫頭不過是個無依無靠的下賤之人，夫人要處置她，伸伸手指隨時都可以……不如把她留下來，說不定以後會有用。」

張蕭氏沉默了一會兒，點了點頭，道：「錦兒跟我說這賤丫頭勾引了阿莫，幾個教習也喜歡她……現在看來，終究只是個鄉下來的，阿錦怕是有所誇大。」說到這裡，她揮了揮手，「妳去處理一下。」

「是。」

那婦人走出時，張綺已經走了百步遠。她依然低著頭，單薄至極的身軀似乎風一吹就會倒。饒是婦人已是個雙手沾過血的，看到她，也想到了自家的女兒。

她嘆息一聲，緊走幾步來到張綺身後，喚道：「張氏阿綺？」

喚住她，婦人淡淡地說道：「夫人憐惜妳，大夫人那裡，妳就不必去了。」

張綺不敢置信地回過頭來，對上婦人面無表情的臉，她感激涕零，竟是雙膝一軟，便要向她跪下。婦人駭了一跳，眉頭一豎時，張綺卻是想到了什麼，連忙扶著旁邊的樹幹穩住了身形，只是形狀甚為狼狽。

張綺抽噎著，一福不起，感動地說道：「阿綺謝夫人仁慈，謝嫂子相助之恩！」

這婦人雖然得勢，終究只是張府一下人。在這尊卑分明的時代，若是讓別人看到張綺向她下跪，婦人可就不好過了。

因此，張綺剛才的行為，著實讓她駭了一跳。

不過回過神來，她的心頭卻湧出一股得意：看看，傳承數百年的大士族張氏的姑子都要向我下跪了！

因著這份得意，她看著張綺的目光大是溫和，「不要怕，事情過去了。」破天荒地安慰一個人後，婦人深深地看了她一眼，道：「我姓謝，以後有事可以來找我。」說罷，她在張綺的感激歡喜中，昂著頭，欣欣然離去。

婦人一走，張綺便收回了目光，重新低下頭向回走去。

……不能這樣下去了，我得有些力量了！

依稀中，她記得前一世的她不是這樣處事的。她當時完全展露自己的容顏，努力地學習，抓住每一個機會向教習向她的父親展示她的聰慧。

那樣的她，讓府中的叔伯們都意識到，她是個有利用價值的，可以當棋子的。因此，同樣的這兩年中，她過得十分安逸和充實。如張蕭氏這樣的行為，根本不曾出現過。

這一次，她不想太出風頭，早早就被家族看中，重點培養著，只等時機一到，便送給哪個權貴或者皇室。可是，她也不能這般毫無價值的，誰逮著，都可以輕易地把她犧牲了，把她順手扔了。

不能太耀眼，也不能太無用，這中間的度，要怎麼把握才好？

一邊走著，張綺一邊不停地尋思。

她一回來，阿綠便衝了過來，握著她的手，擔憂地問道：「阿綺，阿綺，妳沒事吧？」

張綺搖了搖頭。

在阿綠鬆了一口氣，重新快活後，張綺坐在榻上，靜靜尋思起來。

在張綺的無精打采中，一天很快便過去了。

這一天，建康的人更興奮了。

因為，天下第一的美男子，齊國廣陵王高長恭會在下午時抵達建康。

張宅裡，到處都是議論聲。

張綺安安靜靜地聽教習講完課，便繼續躲在樹林中，等著下一堂課到來。

離她不遠處，便是一眾嘻笑著，議論著的眾姑子。在她的身後，是一條繞湖小路。

而張綺所在樹林，綠色已越來越深，站在樹後，人影難現。

就在張綺無聊得有點打瞌睡時，一個熟悉的名字傳入她的耳中。

「那高長恭在齊國也不是個受人待見的，如何動不得？」

什麼？張綺一凜，挺直了腰背，不動聲色地挪了挪，讓身後大樹完全擋住了身形。

另一個三十來歲的聲音傳來：「畢竟是一國王子，便是生母卑賤，身邊幾個忠僕還是有的。更何況，聽說他自幼便常被欺凌，早練就了一身功夫。」

「功夫？」先前一個嗤笑道：「他那細皮嫩肉的，練的不會是娘兒的掌上舞吧？」

說到這裡，他覺得自己的話甚是滑稽，當下放聲大笑起來。

才笑兩聲，他像想起什麼似的，連忙住了嘴，朝左右瞟了一眼，又說道：「不過他畢竟是齊地使者，不可妄動。大夥兒算好了，得在他回程時動手。」伸手拍了拍那三十來歲的郎君，他嘻嘻笑道：「你擔心什麼？周地的宇文護何等本事？那是連皇帝都想殺就殺的權臣。他的母親給齊人擄去，不也是一關好多年，早就被齊人玩得爛了厭了。這高長恭嘛，地位可是遠不及宇文護的母親。便是把他玩死，齊人也不會放半個屁。」

他得意地一拱手，「好了，我也得回去了。那幫混帳只怕都聚在我這裡，等我制定行動呢。」

腳步聲遠去。

剩下的那三十來歲的郎君長嘆一聲，搖了搖頭，也舉步離開。

他們一走，張綺便迅速走出了樹林。而這時，教習已到，學堂要開課了。

這一堂課，張綺上得有點心不在焉。

在她的坐立不安中，半個時辰又過去了。

一下學堂，張綺便低著頭往回走去。而她的身邊，也是急急忙忙的姑子們：今天下午，廣陵王要來，她們得抓緊時間梳妝打扮。

回到住處時，阿綠遠遠看到她，便歡喜地衝了過來。

抬起頭，看著阿綠笑得沒心沒肺，單純快樂的臉，由衷的，張綺的心情也是大好。

從第一眼看到阿綠起，她便喜歡阿綠的單純仗義。與她相處，常給張綺一種親人般的感覺。她自幼便是母不疼舅不愛的，到了張府，更沒有什麼人稱得上親人。

可她想，親人間應該就是這樣，彼此不需要刻意，在對方面前可以盡情表露出自己的個性，一看到對方，便感覺到溫暖和安心。有對方在的地方，環境最差最辛苦也不怕。

因著這種感覺，她從來不拘著阿綠。她想著，不管以後如何，現在，她只要有一天安生，那一天她便要保持阿綠這種性格，讓自己和她能享受著人與人之間的溫暖和熨貼——她實在太寂寞太孤單了。

阿綠氣喘吁吁地衝到張綺面前，叫道：「阿綺阿綺，廣陵王要來了，這一次他真的要來了！」

張綺一笑，朝她眨了眨眼，調皮地說道：「阿綠今日又想去看？」

阿綠毫不掩飾地大點其頭，「我當然要去。」頓了頓，她看向張綺，「阿綺，妳也去吧。我們想想法子，定能溜得出去的。」

張綺這次卻沒有推辭，而是微笑道：「好啊。」她的爽快，倒是把阿綠怔住了。

此刻的張宅，大批姑子婢女們都溜向門外，早有經驗的門房倒也不管，張綺兩人經過時，也是睜一隻眼閉一隻眼。

她們來得遲，門外的姑子婢僕早就聚成堆。

主僕兩人悄悄來到一個角落處，雖然位置不好，但踮起腳還是能看到前方。

在姑子們的歡呼聲中，前方煙塵高舉。

廣陵王要來了！

眾人的狂喜達到了一個臨界點，姑子們不由自主擠向前方，人群有點不受控制地向前湧去。

張綺兩人還好，處於人群前方的張錦等人，已經無法控制自己的腳步。

這樣下去，會出現推擠踐踏的場面。

張綺臉色微變，她朝後看去，扯了扯阿綠的衣袖，準備神不知鬼不覺地溜回府中，省得出了事把自己牽連進去。

就在這時，一個白衣少年站了出來，大聲吼道：「不許再擠！」

見現場雜音太大，沒人聽到他的問話。少年朝身後眾僕交代了一句，點了點頭。

隨著他一聲低喝，十數人同時扯著嗓子，中氣十足地喝道：「不許再擠——」

喝叫聲一個字一個字傳出，響亮至極。

眾姑子一驚，同時轉頭看來。這麼一看，倒也停止了擠動。

有了這麼片刻的停頓，眾人也回過神來。當下，姑子們開始很有秩序地向後退去。不過片刻，便恢復了一開始的隊形。

危機一解除，無數雙目光便向那大喝的白衣少年看去，幾個聲音同時傳來。

「這蕭家少郎，實是不凡！」

「文武雙全啊……」

議論中，張綺也回頭看向白衣少年蕭莫，暗暗想道：怪不得那麼多姑子喜歡他，他確是個有才幹的！

這時，前方煙塵揚得更近了。煙塵中，一面面旗幟若隱若現。

眼看那隊伍便要到來，眾姑子倒是壓抑了衝動，一個個顯得淑雅起來。其中有一些姑子還頻頻整理著裳服和頭髮，回過頭詢問著婢女自己的裝扮可還齊整。

煙塵中，齊地眾使出現在眾人眼前。

一陣沉默後，陡然的，難以抑制的歡呼聲，如炸雷一般驚天而起。

這歡呼，除了姑子們的，還有一些丈夫！

這也是尋常事。這個世間的權貴丈夫，除了喜歡美女外，還喜歡美男，而且一個個都喜歡得堂而皇之，不以為恥，反以為榮。

聽到這炸雷般的歡呼聲，張綺感覺到自己的心也跟著急跳起來。

她連忙踮起腳，期望地看向前方。

前方處，一隊高大的侍衛騎著一色黑色駿馬，轟隆隆而來。這些不同於建康漢人，有著高大的身軀、稜角分明的五官，格外有氣勢。

這些氣勢迫人的漢子一出現，眾人不由一靜。

幾百個侍衛噠噠噠過後，一個與侍衛們著同樣緊身服飾，騎黑色駿馬，只是身形略顯單薄，頭上戴著厚厚帷帽的少年，策馬走在眾使的中間，緩緩而來。

少年的身後，是有高有瘦，有老有俊的齊地眾使。

直過了一會兒，眾姑子才反應過來。那走在中間，像個普通侍衛的少年，應該便是廣陵王！都出使了，他居然還是戴著帷帽！

一時之間，失望的聲音此起彼伏地傳來，不遠處，甚至有姑子都氣得流出淚來了——她們興奮了這麼久，等了這麼久，他居然面容都不露，怎麼可以？

阿綠也滿是失望，嘀咕道：「看起來都沒有後面那個使者顯眼呢！」她悶悶地看向張綺，「阿綺，他怎麼連臉都不露？」

張綺一笑，沒有回答。她看著那黑馬勁服的軒昂少年，想道：以他的性格，從不耐煩被人像圍看婦人一樣地堵著，他不露出面容才正常。

齊使的隊伍越去越遠，目送著他們離去的身影，眾姑子也沒有那個興趣追上去。有幾個姑子在旁邊低聲說道：「也不知是不是真有那麼俊？」、「我看是盛名之下，其實難符。」

悶悶不樂的喧鬧聲中，張綺牽著阿綠，悄悄溜回了府中。

一直到了房中，阿綠還是一臉失望。她轉了幾圈後，便跑出去了。目送著她離去的背影，張綺拿起繡物，繼續工作起來。

高長恭來了！

也許，自己可以想個法子，把有人要擄他的消息悄悄告訴他。她記得，高長恭這個人，是極不願意欠人人情的。說不定，自己在告訴他這個消息的同時，可以一併提出自己的要求。

可是，提什麼要求最適宜呢？

整個下午，姑子們依然激動。最初的失望後，她們反而越來越想目睹廣陵王的真面目。在知道眾使會在建康待上大半個月後，她們開始盤算起來。

張綺也在盤算著。

第二天的第一堂課，依然是袁教習所教的繪畫課。

於繪畫一道，張綺實際根底頗厚。前幾堂課她有意藏拙，表現不上不下，倒不顯眼。

而今天，在兩刻鐘的教學後，袁教習要求眾人畫一幅仕女圖，完不成的，回家完成後再交上。

袁教習這人長得好看，又是比張氏門第還要高的袁氏嫡子，眾姑子願意上他的課。因此明明可以回家再畫，他不曾言退，眾姑子也就沒一個離開。

低語聲中，眾姑子鋪開帛紙，開始著墨定色。而張綺，也是低頭運筆。

袁教習負著雙手，慢慢地踱到眾姑子身側，看著她們作畫。

走著走著，他來到了張綺身邊。

無意中一瞟，他腳步微頓，凝神看來。

素白的帛紙上，張綺畫的美人，只有寥寥幾筆，其風貌卻已經躍然紙上。美人裙裾飄揚，笑容恬靜雍容，身形美好中透著空靈。

這份功力……

細細地盯了一眼畫上的美人，袁教習抬頭瞟了一眼張綺，然後，沒有說什麼便離開了。

張綺彷彿不知道他曾駐足，安安靜靜地把仕女圖畫完，在袁教習宣布可以走了時，圖畫墨汁已乾，她捲起放入懷中。

待她走出時，袁教習已走出老遠，張綺連忙抄小路向他跑去。

不一會兒，她便來到了袁教習身後。

感覺到她的到來，袁教習緩緩回頭，淡淡說道：「可是有事？」

張綺咬著唇，從懷中掏出畫卷，低聲說道：「阿綺這幅畫，想教習點評一二。」

這話一出，袁教習便向她深深望來。

他突然說道：「小姑子不是一直裝得很好嗎？怎麼，今日卻不想裝了？」

一句話落地，張綺愕然抬頭。

她對上了袁教習明亮清澈，卻又洞若觀火的眼睛。

這雙眼睛太明澈，太了然！

張綺一咬唇，朝著他盈盈一福，清聲說道：「是，不能再裝了，再裝下去，只怕那些人一個小小的理由，便可以取了阿綺的性命。」

她倒是坦白得痛快。

袁教習笑了笑，轉身正眼看向她。

他伸手接過張綺遞來的畫卷，打開看了看，問道：「妳想要做什麼？」

「我……」張綺咬著唇，低聲說道：「聽聞廣陵王來了，朝庭有意賜他美人……」這話一出，袁教習愕然抬頭，慢慢的，他嘴角一揚，明明也是笑，可此刻這笑，卻已經帶著幾分嘲諷和不屑。

張綺抬頭看著他，說道：「阿綺聽人說過，北齊婦人地位頗高，廣陵王身為王子，自身又美貌，在他身邊，阿綺許能平安喜樂。」

原來她是這樣打算的！

袁教習一怔，深深地看了她一眼，好一會兒，他搖了搖頭。

搖著頭，袁教習淡淡地說道：「不行。」

張綺低下頭來。

袁教習的聲音飄入她的耳中：「聽到我的拒絕，小姑子似乎並無失落？」

失落？

她當然不會太失落。高長恭雖好，卻也樹大招風。她告訴袁教習這番話，只是向他表明自己的擔憂和志向。她只是想通過這番話，在袁教習心中留下一個深刻的印象。也許有一天她真正相求時，他能出手相助。

在袁教習的盯視中，張綺苦笑道：「此事教習拒絕方是常情，若是應了，反是意外之喜。」

袁教習哈哈一笑，道：「妳這姑子，心眼賊多！」

丟下這句話，在張綺愕然看去時，他大袖一甩，轉身就走，「在這樣的世間，妳置身哪裡也不會平安喜樂……小姑子，還是安安分分的，活一天是一天吧！」說到後面，那聲音似歌似泣，聲音落下好久，餘音還嫋嫋未盡。

不過，他還是帶走了張綺的畫卷。

目送著他的背影，張綺微微一笑，回頭返向學堂。

第二堂課是背記族譜。講課的教習是個老頭，他口沫橫飛地數著自古以來，張氏一族所出的絕頂人物。講到驕傲處，已是臉孔通紅，激情昂揚。

被他的情緒所染，嫡出的姑子們都是神采飛揚，便是庶出的姑子，也牢牢記住老頭所說的每一個祖先。準備嫁出去後，若是夫家家族不顯，也好顯耀一二。

半個時辰一會兒就過去了，張綺快步朝屋子走去，她要趕回去刺繡。她這次繡的只是一條手帕，雖然精緻華美，繡的花鳥蔚然如畫，上面也有題詞。好在所需的功夫不多，現在回去，今晚繡到子時，應該能夠完工。

又是一天過去了。

第三天，張府再次變得到熱鬧起來。齊周兩國使者全部到達後，建康夜夜笙歌，權貴少年們紛紛出馬，與使者們一道交際綺遊。今天，張家和蕭家的幾位郎君合在一起，舉行了一個盛大的春遊宴。這場宴會中，他們不僅請了建康的一些權貴子弟，還相請了齊周兩國的幾位年輕使者。

這麼一來，春遊宴頓時少年雲集，俊彥成堆。張蕭兩府的主人靈機一動，便令挑一些姑子同去，好生相看相看。

姑子們各使神通，想要去湊這份熱鬧時，張綺安靜地站在角落裡練她的字。她知道，這種宴會，怎麼也不會有她的份。

下完課後，眾姑子依然聚集成堆，而張綺，則是靜靜地向回走去。

走到林蔭道時，一個小廝突然跑了出來，他朝左右看了一眼，見沒人注意這邊，便湊到張綺面前說道：「小姑子，我家郎君叫妳。」

見張綺睜著眼，一臉不明白，那小廝伸手朝自個兒後腦殼一拍，笑道：「都是我，話沒有說明白。我家郎君姓蕭，名莫。他說，妳識得他的，他要妳去那個妳去過的池塘邊。」

蕭莫找她？

張綺先是一怔，轉眼卻是一凜。

她想了想，低頭怯怯地說道：「小哥好意，阿綺知道了，可是，阿綺不能去。」

說罷，她不再多言，繞過那小廝，繼續向前。

那小廝卻是一笑，咧嘴嘿嘿兩聲，說道：「還是我家郎君了得，他說妳不一定相信我的話。罷了，我還是直接把話跟妳說了吧，我家郎君問，蕭府有宴，妳想不想去？」

張綺吃了一驚，詫異地看著那小廝，「我也可以去？」

那小廝點頭道：「我家郎君說了，小姑子所繡的畫卷被一個貴人買走了，前兩天，那貴人問起繡畫者。這一次，那貴人也會參加宴會。郎君說，正好藉此機會把小姑子推了去，免得小姑子身負大才，卻任人踐踏。」

是這樣？

張綺沒有想到蕭莫會如此替她尋思。

咬著唇尋思了一會兒，張綺低聲道：「我想見過你家郎君。」

那小廝又是一咧嘴，他嘿嘿說道：「又給我家郎君說中了，他說我就算這般說了，妳還是不會完全信我。如此，小姑子，請！」

面對這小廝的取笑，張綺只是抿唇一笑，於心裡不免暗暗吃驚：這個蕭莫還真是個有才的，自己的反應，他竟是都料中了。

兩人一前一後順著小道走去，彼此之間相隔甚遠。

不一會兒，張綺站住了，離她百步處的小池塘邊，蕭莫果然站在那裡，只是他正低著頭，與一個張府的小郎不知說些什麼。

那小廝快步走到蕭莫身邊，看到他出現，蕭莫便轉過頭向張綺的方向看來。

對上她，蕭莫促狹一笑。

張綺靦腆地回以一笑，放下心來。

她低頭向前走去，不一會兒，那小廝追了上來。張綺停下腳步，低聲說道：「多謝你家郎君好意，只是……」咬了咬牙，她壓不住哽咽地低泣道：「蕭郎心意，阿綺感激涕零。只是，我現在還不能……」她深深一福，在那小廝同情的目光中轉身便走。

她現在還不能，如果她天生只是長相清秀，藉這個機會出了頭，也許能得到張府重視，嫁一寒門高官為妻，或嫁給某個名聲清越，風度不凡的世家子為繼妻。

可，她不是……再過不久，她的容顏便會綻放，到那時，她這種拙劣的遮掩，騙不了那些久經女色的權貴。到那時，有了美豔外表，又有著卓越才名的她，只會是奇貨可居。

張氏會把她藏在那裡，找準機會，把她賣一個最好的價錢。屆時，她的命運她再也沒有半點主宰之力，將來的結局怕是連前一世都不如。

張綺走著走著，突然眼前一晃，一人擋在她面前。

她連忙抬起頭來，這一抬頭，對上了張錦。

張錦正抿緊唇，一瞬不瞬地盯著她，臉色複雜不明。

張綺一驚：莫非剛才那一幕她看到了？

正如此想來，張錦已昂頭問道：「他找妳做什麼？」厭煩地一蹙眉，張錦直接說道：「妳不要找藉口，剛才尋妳那小廝，是蕭郎身邊之人，蕭郎找妳做什麼？」

見張綺白著臉要辯解，張錦手一揮，又說道：「其實也不重要，便是他也歡喜又能如何？若是大夫人沒有開那口，我許能助妳成為蕭郎一妾，可現在，妳連妾侍也不夠資格。蕭郎說的對，妳這樣的人，我沒有必要在意。」

張錦咬著唇看向那小廝離開的方向，尋思了一會兒，轉眼看向張綺，「妳去準備一下，今天晚上，我要帶妳出宴！」

對上張綺瞪大的眼睛，張錦傲慢地一笑，「妳不必感激我，記得洗乾淨點，那樣的宴會，不喜歡鄉下泥躁之氣。」說罷，張錦驕傲轉身。

直到張錦的背影消失了，張綺才反應過來：我要去參加宴會了？

要參加宴會了嗎？

張綺眼珠子轉動了幾下，暗暗忖道：以這樣的方式去參加宴會，倒也不錯。

張綺回到房中。

阿綠正在裡裡外外地忙活著，口裡還哼著歌。直過了一會兒，見張綺自進門來便沒有吭聲，她抬起汗濕的頭髮，眨巴著眼看向張綺，喚道：「阿綺？」

張綺側過頭看向她。

阿綠笑道：「阿綺，妳在想什麼，聲也不吭的。」

張綺低頭摸索著腰間的玉佩，道：「我要去蕭府參加今晚的宴會了。」

「真的？」阿綠歡喜得跳了起來。

伸手向前一擋，抵住急衝而來的阿綠，張綺笑道：「妳別高興，我不準備帶妳去。」

「為什麼？」

張綺哧地一笑，食指抵在她嘟起的嘴唇上，輕聲說道：「我自有理由。」

這是不許她問，也不想再說什麼了。

阿綠悶悶地嗯了一聲，繼續去忙活，過不了一會兒，房中再次響起了她的歌聲。

張綺笑道：「別哼了，去提點熱水幫我洗浴吧，快去。」

沐浴更衣後，張綺坐在銅鏡前，端詳鏡中的自己。阿綠站在她身後，梳理著她那濕濕的長髮。

抓起一把秀髮放在掌心，阿綠突然感慨道：「阿綺，妳真美！」

她沒有注意到，提到這個「美」字時，張綺身子僵了僵，兀自嘀咕道：「阿綺，妳這頭髮，又黑又亮，光可鑑人，我還沒有見過這麼好看的頭髮呢。還有阿綺妳的肌膚，那般白嫩，那些時刻養著的皇妃定也沒有妳的好。還有阿綺妳的臉……」

張綺打斷她的話頭，忍笑道：「有妳這樣誇自家人的嗎？再說了，阿綠妳啥時見過皇妃？」

阿綠一噎。

她正要反駁，張綺已站了起來，她身上的裳服都是張府所發的。如張府這樣的世家，四季裳服自是製得精美，衣料更是不差。

退後一步，張綺遠遠地看著銅鏡中的自己。她的臉越發白皙粉嫩了，眼睛也是，於清澈中，染上一層若有若無的迷離，唇瓣越發粉紅微翹……時間真的很緊很緊！

拿起梳子，把額髮梳下，在阿綠不滿的嘀咕中，張綺說道：「不早了，我得去了。」她把新繡的手帕收入懷中，回眸看向阿綠，「我不在，妳謹慎一些。」說罷，她推門而出。

看著她漸漸步入西傾的豔陽下，阿綠直有點目眩，好一會兒，她喃喃說道：「我還忘記說了，阿綺長得越發高了，腰這麼細，臀這麼鼓，很好看呢。」

張錦沒有說，張綺在什麼地方等她。

當她看到通往側門的小路上，張綺低著頭，安靜而乖巧地候著時，不由詫異地挑了挑眉。

張綺小跑而來，來到張錦身邊。張綺福了福，輕聲喚道：「阿姊，我來了。」也不等張錦說什麼，她自動地站在張錦身後，與她的貼身婢子阿藍身邊。

阿藍是家生子，早就被張氏的先祖賜姓張。在下人中，也是個有顏面的。她與張綺，這已是第二次見面。

瞟了一眼張綺，見她雖然身著姑子們才能穿的蝴蝶輕綢，那打扮卻也素淨，低眉斂目得沒有半點小姑子的清貴，比自己還像一個婢子。阿藍嘴角一翹，不再理會張綺，而是向前走上一步，緊靠向張錦。

今晚前往蕭府參加宴會的，除了張錦，還有六個張氏嫡出姑子。她們早就坐在馬車上，只等張錦了。

見到張綺像個婢女一樣，亦步亦趨地跟在張錦身後，眾姑子瞟了一眼都不在意：嫡出的姑子，把同父的庶出妹妹當婢女使喚的，比比皆是。

張錦一到，便可以出發了。彼時夕陽正好，半邊絮狀的雲都被陽光染紅，直是豔了天空。

叁之章

蕭宴交鋒埋火花

張綺已經記不清建康城是什麼樣了。

坐在馬車中，透過掀開的車簾看著外面的人來人往，小河流水，聽著那熟悉的吳儂軟語，直是讓人恍惚。

張錦朝外面看了一陣，突然說道：「最討厭那些人動不動就『阿儂』、『阿傍』的，唯恐別人不知道自己是南人。」

她說得興致勃勃，可惜馬車中的兩個同伴，阿藍聽不懂，張綺要裝作聽不懂。話說出去，竟沒有人呼應，張錦大感無趣。她嘴扁了扁，悶悶說道：「跟妳們說這個幹麼？啥也不懂的。」

阿藍連忙陪笑，張綺則是頭更低了。

張錦不耐煩地看了她們一眼，頭一昂，不再理會她們。

蕭府在建康城的北邊，作為過江僑姓，王、謝、袁、蕭四大家族之一，蕭府占地極廣。隔著高高的青牆，可以看到裡面高大的樹木，聽到裡面飄出的笙樂。

張府眾姑子的馬車到來時，郎君們的馬車也趕到了。張錦緊走幾步，朝著幾個少年郎君嬌聲喚道：「七哥、九哥、十哥、十五哥、十九哥……」她才喚到第五個，另外幾個姑子已經一湧而上，圍著八個少年郎君又是嬌喚又是笑鬧的。

自家的姊妹圍著兄長們撒嬌，張綺這個張姓之女，只是站在不起眼的角落處羨慕地看著她們。

聞聲出迎的蕭莫便看到了這一幕。

盯了一眼張綺，他瞟向身後的小廝。那小廝一見自家郎君的眼色，馬上嘀咕道：「她明明說過不來的，那樣子不像玩鬧……」

蕭莫把目光收回，再次看向張綺。

不一會兒，他說道：「她是迫不得已。」瞟了一眼與阿藍站在一起，張錦走她們就走，張錦停她們就停的張綺，蕭莫眉頭一皺，嘆息道：「如此聰慧的姑子，卻被自家姊妹視為婢僕，著實可憐可嘆。」

頓了頓，他想著張綺先前拒絕自己的話，正要說什麼，一個笑聲傳來：「阿莫，你怎地現在才來？莫非不願意迎接我等？」

卻是一個張府的郎君向他走來。

見張府眾郎君姑子都向自己看來，蕭莫哈哈一笑，木履噠噠噠的脆響中大步走出，「豈敢豈敢，阿莫已候之久矣。」

來到眾人中間，他朝著張府大門一指，「大門已開，諸位貴客，請！」

這話分明帶著調侃，眾少年同時一樂，一湧而入。而眾姑子，則是提起裙裾，隨後入內。

蕭府門第比張府還高，也更加豪華……秦漢之世，上有聖明天子，世人最有錢，也不敢太過豪奢。到了魏晉就不同了，明明朝不保夕，可每個權貴豪富之家卻使著勁地折騰，使著勁地顯耀。當然，究其原因，也是君權不顯，皇帝最有能耐，也不敢輕易對士族動手，更不敢掠奪他們的財富之故。

張綺落後幾步，走在眾婢之側，一邊安靜地聽著，一邊打量著張府的景色。

這時，一個熟悉的聲音低沉地傳來：「阿錦，今日怎地帶著阿綺來了？」

說話的人，正是蕭莫。他站在張錦身側，嘴角微揚，目光似含情似含諷地看著她，見到張綺看來，他回眸略略一瞟。

張錦見到愛郎近前，心中羞喜，臉頰早就暈紅一片。

她也看了張綺一眼，輕聲回道：「阿錦知道蕭郎看重她，特意帶她前來……」頓了頓，她聲音更低了，「阿莫要是喜歡，就收用了吧。」人都到他府中了，隨便找個藉口，便可占了這個妹妹，把生米煮成熟飯。

至於被蕭莫占了清白的妹妹，能不能被大夫人容下，蕭莫願不願意在觸怒大夫人的前提下安置她，給她一個名分，張錦是一點也不在意。

階級分明，嫡庶天差地別的時代，張錦甚至沒想到自己這樣做，於本性上來說，不夠純善不夠美好。

張錦聲音很低，除了蕭莫，無人聽清。

沒有想到她是這般打算的，蕭莫嘴角一揚，清澈至極的雙眼，定定地看了一眼張錦。

張錦雙手絞著衣角，小臉上盡是羞澀和萌動的愉悅。她似乎不知道，自己正用一句輕飄飄的話，來決定同父妹妹的一生。

蕭莫低低一笑。

他的笑聲如此低沉，如此渾厚，直像寺中的鐘，又像午夜隨著春風飄來的笛音，綿厚而動聽。

張錦雙眸都滴得出水來。

蕭莫似乎沒有注意到張府的眾姑子郎君都向這邊瞟來，他湊得更近了，吹出的熱熱的呼吸，直通過張錦的耳膜滲入她的心跳中：「阿錦這麼不歡喜她啊？這麼迫不及待地想毀了她啊？」

「毀了她？」張錦詫異地抬起頭來，她看向愛郎，眸中盡是委屈，扁著嘴，難過地說道：「阿莫不是看重她嗎？我知道大夫人不允，害怕阿莫心中失落，才想出這個法子的。」她咬著唇，語氣中有著青春萌動的小姑子最純摯的真誠，「我只要阿莫快活。」

蕭莫聽到了她語氣中的真誠，壓著嗓子低低地笑了起來。

聽著他快樂的笑聲，張錦也跟著彎了雙眸。

處於愉悅和滿足中的她，沒有注意到，自己與蕭莫實是靠得太近了，而且，明明才被大夫人罰著跪了祠堂的，卻一轉眼又在大庭廣眾當中與蕭莫親熱，她的行為已與上次不同。上次僅只是私相授受，這一次，是在私相授受的前提下，挑釁大夫人的權威。

蕭莫又與張錦親密地耳語了幾句，一雙黑白分明，清澈到明亮的眼，略略向四周一瞟，轉眼，他十分燦爛地一笑，慢慢站直身子，在張錦失望的眼眸中，朝她悄悄眨了眨眼。令得佳人暈紅了眼後，蕭莫落後幾步，迎向後面來的袁氏眾人。

直到他走得遠了，張錦還時不時地回頭看去。

此時時辰還早，使者們還沒有到來，眾世家子也不必急著入席，而是三五成堆，在蕭府中遊玩起來。

走著走著，張綺已與張錦走散。來到一處亭臺前，張綺發現自己迷了路，連忙四下張望，準備找人相詢。

這時，一個小廝急急走來，看到他，張綺眼睛一亮，喚道：「小哥。」她上前幾步，脆脆地問道：「這是哪裡？我找不到出口了。」

「不忙。」這個張綺見過的小廝笑著搖了搖手，道：「我家郎君早看到了，他讓我帶妳出去。」頓了頓，他收起笑容，盯著張綺認真地說道：「小姑子，我家郎君問妳，直到現在，妳還是不想讓人知道那幅畫卷是妳繡的嗎？妳可知道，錯過了這次機會，也許妳以後再也無法出頭了！」

張綺對上這小廝慎而重之的警告，怔了怔。

她正要回話，一個清脆的聲音傳來：「蕭路，你怎麼在這裡？你家郎君呢？」一個肥胖婦人向這邊走來，一邊走，一邊拿眼打量著張綺。

那小廝蕭路眉頭一蹙，回道：「這小姑子迷路了，正求我帶她出去呢。」他朝著東邊一指，向張綺說道：「順著那條小路走出去，路過一個花園後向右拐便到了。」

「多謝。」張綺應了一聲，看到蕭路走向那婦人，便低下頭，順著他所指的方向走去。

彼時，使者們多半到齊，府中簫音笙樂、胡琴琵琶齊奏，酒香混合著脂粉香，四散飄揚。

張綺趕到時，張錦等人還散在花園裡，來自各府的姑子們聚在一起，正低低地說著什麼話。隔半間花園處，是一眾少年郎君，他們有的大聲念著自己作的詩賦，有的三五成群聚在一起喝酒談文。更多的，是頻頻向著姑子們看來的目光。

張綺看了看，只見左側處有幾個著異族服裝的少年郎君坐在一起，不過，除了著裝不同外，他們其餘的一切，都與建康本地的少年郎君無甚區別，似乎也是來相看的。

這初春的花園，鮮花不曾開，草葉還不曾轉為濃綠，可姑子和郎君們，一個個盛裝華服，脂白腮紅，實代替了春光，顯得美不勝收。

張錦與幾個蕭府的嫡出姑子靠在一起，正巧笑倩兮著，那樣子，倒不需要自己前去添堵。

張綺放慢了腳步。

前方亭臺處，十幾個長者聚在一起，一邊飲酒一邊欣賞著侍妾們的表演。彼時，夕陽漸沉，無數打扮精美的侍婢穿梭在花園中，點燃花園裡的燈籠，同時燃起一個個火堆，好驅走初春的寒意。

一看到那些侍妾，張綺便下意識地低下頭，連忙順著另一條小路向張府眾姑子的方向走去。

正在這時，一個聲音清亮地傳來，直直壓住了滿園喧譁：「齊國廣陵王到——」

這叫聲一出，所有的聲音都是一頓，刷刷刷，所有的目光都看向門口方向。

於難言的安靜中，一個黑衣帷帽的少年，在兩個黑衣侍衛的簇擁下，施施然而來。

天色剛沉，少年踩著夜霧，彷彿本是霧中人。

四下難言的寂靜中，蕭府的主人們、陳國皇室的兩個皇子，還有幾個建康權貴同時舉步迎去。

走在最前面的，是一個肥胖高大，年約三十二三，由兩個美少年扶著的權貴。他盯著廣陵王，扯著因肥胖而喉音被壓得尖細的聲音說道：「廣陵王好生難請！諸君都說，除了陛下面前，廣陵王會一露真容外，其他場所，廣陵王必定有所遮掩。蕭某不信，便與諸君打了一個賭，卻沒有想到，廣陵王來是來了，卻還是戴了這個勞什子。」

他慢慢停下腳步，側頭瞪著廣陵王，一字一句地說道：「都來赴宴了，廣陵王還是不願意給蕭某一個面子嗎？」

聲音一落，嘻笑聲四下而來，眾權貴都站在胖子身後看著頭戴帷帽的少年，看他如何回答。

站在一角，張綺聽到幾個壓低的聲音傳來：「這蕭策色膽包天，連齊國使者的主意都要打。」

這胖子就是蕭策？蕭策，張綺是聽過的。過江四大僑姓，王謝袁蕭這四家，那門第是一等一的矜貴，可也僅是門第而已。

數十年來，四個門第最高的家族，不曾出過一個有治世之才的子弟。亂世紛擾，雖然當官是「俗務」，治世是「庸人之事」。可一個家族，數十年間拿不出一個上得臺面的子弟，便是他們自己不承認，那沒落也是不可避免的。

如王謝兩家，雖然自稱是頂級世家，雖然他們在婚姻交遊上，依然高不可攀，可他們已經沒落是不爭的事實。

在這種情況下，蕭策這個世家子弟是唯一一個能拿得出手，能在朝堂上做點事的人。在世家子無人可用的情況下，蕭策被賦予重任，皇室也通過重用他、尊重他來拉攏各大世家。

也因此，這蕭策在很多時候，難免驕橫不可一世。

黑衣少年靜靜地站在夜風中。

通過點點飄搖的燈籠光，他目光靜靜地掃過眾人。

就在眾人以為他不會開口時，少年清潤優雅中，帶著幾分冷意的聲音緩緩響起：「蕭君盛邀長恭前來……長恭來了。至於其他的，蕭君不覺得自己要求過分了嗎？」

少年的聲音很動聽，非常動聽，透著幾分說不出的磁實。

他這句話一出，四下嗡嗡聲大作。姑子們興奮地向前擠去，低語聲不時飄入張綺的耳中：「廣陵王的聲音真好聽！」、「是啊是啊！」、「聽其音思其人，定是個極俊的！」

歡喜聲中，蕭策笑了。

因為不滿，他的笑聲有點尖嘎：「廣陵王真是名不虛傳，真真好傲氣好風骨啊！」嘲諷地說到這裡，蕭策右手一揮，喚道：「出來！」

右手一垂，笙樂聲頓止，十幾個剛才還或歌或舞的侍妾，扭著腰肢向前走去。不一會兒，她們便來到一側。

蕭策指著身邊的侍妾，胖胖的臉上笑得見眉不見眼。他盯著廣陵王，慢騰騰地說道：「我這些侍妾，個個都是絕色美人，不但精通琴棋書畫，於閨房之道，亦有妙處，遠非北地美人能比……她們得知廣陵王的名頭後，心生愛慕，求著我見王爺一面。」

頓了頓，他笑咪咪地說道：「若是廣陵王能摘下你那帽子，讓蕭某一睹真容，我這些侍妾，便送給廣陵王如何？」

這哪裡是送美人？

就在路上，帶著這麼多權貴堵他，甚至都不等他入席，語氣更是半陰半陽——分明是那帽子摘也得摘，不摘也得摘！分明是在給對方一個下馬威，接受了，下面就得按照他蕭策的步驟來行事；不接受，這個遠道而來的齊國正使，只能落荒而逃，威風大滅！丟了本國面子不說，說不定會被那個本不待見他的齊國國君懲治！

蕭策話音落地時，眾少年嘻笑聲大作。這嘻笑聲是如此愉悅，如此迫不及待——說真的，自從這個廣陵王到達建康後，已經有無數世家子想削他的面子了！

嘻笑聲中，廣陵王也笑了。

也許是他的聲音太過動聽，也許是他的氣勢本來逼人，他一笑，眾人的笑聲便是一止。

清笑聲中，廣陵王大步向蕭策走來。

不過五六步，他已走到了蕭策身前。停下腳步，定定地把這個肥胖的男人上上下下地打量了一遍後，廣陵王伸出手，輕輕地，優雅地拍上了蕭策的肩膀。

拍著他，廣陵王清潤的聲音悠然而來：「長恭倒是覺得，蕭兄應該減肥了。」他淡淡一笑，衣袂在風中飄搖，「如蕭兄這樣的體型，是上不得戰場，稱不得好漢的！」

他施施然越過蕭策，逕自走向那些美人兒，清越的聲音，更是絲毫不曾掩飾他的傲然：「當然，也許在蕭兄眼裡，丈夫的戰地不應在沙場中，而是在床幃間，哈哈……」

如此傲慢，如此尖刻，如此囂張，如此不屑，又如此不可一世！

嘻笑聲一止。

蕭策臉色鐵青。

他驀地回頭，狠狠地瞪向廣陵王。而這時的廣陵王，已背負雙手，那挺直的腰背，皎然如玉樹的風姿，說不出的飄逸，說不出的清貴。

他似是沒有感覺到蕭策的憤怒，朝著他的眾侍妾轉了一圈後，搖了搖頭，長嘆一聲。

「站住！」蕭策聲音一提，猛然暴喝出聲。

廣陵王果然停下了腳步。

他慢慢回頭，夜月中，他似笑非笑地瞅著蕭策，聲音微提，語調悠然卻又極為真誠地道：「久聞蕭兄乃是陳地無雙俊彥，長恭不才，願與蕭兄較量一下沙場上的本事。」他噙著笑，明亮銳利的眼睛在夜色中熠熠生輝，「大丈夫，口頭上爭利，床幃間稱雄，實算不得什麼本事。只有沙場上、馬背間，以命相搏，血濺五步，方稱得上真男兒。」說到這裡，他聲音驀地大響，厲聲喝道：「敢問蕭氏策郎，敢與我高長恭真刀真槍地幹上一場否？」

聲音實是洪亮，直過了好久，還在空中傳盪。

在陳地，在建康，士人從骨子裡便看不起武將，也不以為那打打殺殺的事值得羨慕。可是，廣陵王氣勢迫人，其說話行事，一句接一句，一步接一步，竟是在這麼短短的片刻間，便把蕭策逼得退無可退，也逼得眾人無話可說。

蕭策臉色微變。

在一陣難堪的安靜中，從蕭策身後走出了一個少年，這少年白衣翩翩，舉止斯文得體。他朝著廣陵王一揖，朗聲說道：「廣陵王來自齊地，可能不知道，於我南人而言，沙場上爭雄，馬背上拚殺，實是下等人喜歡做的事……」

這少年正是蕭莫，在一句話扳回局面，逗得四周建康世家子笑聲再起時，他呵呵笑道：「不過廣陵王初來南地，不知者不怪。這樣吧，剛才之事休得再提，廣陵王隨我等入宴，一睹我南人的美服美人美食如何？」

他笑容可掬，舉手投足間，頗有種讓人如沐春風的清爽。

廣陵王笑了笑。

他畢竟是客人，在這些南人的地盤上，逼急了這些世家子，惹出什麼事來，很沒有必要。而且，他實在不是一個喜歡做口舌之爭的人。

當下他點了點頭，笑道：「既然如此，那請吧。」

說罷，他優雅一禮，大步向前，已是反客為主地走向宴席。

他一走，眾權貴自是跟著提步。蕭策看向白衣翩翩的蕭莫，目光溫和，一側的中年漢子低聲說道：「策郎，咱家這個千里駒，還不錯吧？」

蕭策點了點頭，道：「反應倒是敏捷，舉止也得體，好好培養。」

「是。」

回過神的蕭策，深深盯了廣陵王背上，上前幾步，來到廣陵王身後。

微笑地看著廣陵王，似乎沒有發生剛才那一幕般，蕭策指著身後的那十幾個侍妾，道：「方才是蕭某唐突了。高兄，我這些美人兒著實不凡，正可撫慰高兄在建康的長夜之苦。」

「她們？」廣陵王回頭向眾侍妾瞟去，也許是他名頭太響，也許是眾女傾慕太久，當他看去時，眾侍妾一個個媚眼亂拋，又是羞澀又是期盼的模樣。

細細地盯了一會兒，廣陵王搖搖頭，負著雙手，慢條斯理地說道：「這種姿色也配稱絕色？」

在令得蕭策等人臉色微變時，廣陵王笑了笑，一臉嚮往地說道：「要說真正的絕色，我前不久倒是遇到了一個。」

聽到他這樣的絕世俊男說起美人，眾人還是大感興趣。

「哦？願聞其詳！」

廣陵王眺望著天空淡淡的彎月，道：「與我相遇時，那小姑子還太過年幼……對了，她也是你們建康大家之女。」

這話一出，眾人興趣大起，少年郎君們都豎起耳朵傾聽起來，便是蕭策幾個大權貴，這時也是色眼微眯，大露興奮之色。

廣陵王緩緩說道：「那小姑子雖是年幼，但高某自小眼力不凡，可以擔保，她長大後，必有傾城之色。」

蕭策興奮地問道：「不知那小姑子是何家之女？」

廣陵王皺眉尋思片刻，緩緩言道：「初遇她時，是在回建康的路上，那小姑子不過十二三歲，臉上仍有菜色……」他越是說得詳細，眾權貴越是聽得認真。一時之間，四下鴉雀無聲，只有廣陵王那清潤動聽的聲音如樂音般飄來。

張綺站在一側，剛才廣陵王與蕭策起衝突時，她因心裡擔憂，不知不覺中走得有點近。與眾姑子不同，她是躲在一棵樹後，雖然與廣陵王等人隔得甚近，本人卻是隱在黑暗中，很不顯眼。

在聽到廣陵王說起什麼年幼的絕色美人時，她起先也沒有在意，只是聽著。

可是聽到這時，她卻越來越心驚。到得那什麼「回建康的路上、十二三歲、臉有菜色」時，她的身子不可抑制地顫抖起來，整張小臉，更是蒼白得沒有半點血色。

咬著唇，張綺突然動了。

她走出黑暗中，朝著廣陵王的方向鑽去。

可廣陵王的四周都圍滿了姑子婢女，張綺這麼一鑽，哪裡容易？

在幾聲低低的斥喝後，張綺終於站在了前面，她的頭頂，紅紅的燈籠光照著，左側，騰騰燃燒的火堆映著，一張素白的小臉，在亮光下顯得格外明晰。

廣陵王說著說著，突然間，他眼睛一瞟，瞟到了一張似曾相識的臉。

那張臉，毫無血色，正用一種絕望又哀求的目光看著他。

這目光！

廣陵王瞟了她一眼，慢慢閉上了嘴。

眾人聽得正是有趣，哪知他卻是不說了？

一個少年郎叫道：「那姑子是誰？廣陵王怎地不肯說下去了？」

廣陵王笑了笑，帷帽下，他的聲音懶洋洋的，似有點疲憊，「南地姑子，名門閨秀，還是不說了吧。」

這話一出，嗤笑聲四起，一個怪聲怪氣的聲音說道：「建康哪個姑子絕色，我等怎會不知？廣陵王原來是唬我們來著！」

語氣不善，廣陵卻只是笑了笑，不置可否，繼續提步向前。目送著他入宴，張綺再次隱沒在黑暗中。她伸手按著自己的胸口，長長吐出一口濁氣。幸好，他如記憶中那樣，是個寬厚的……看到了自己的眼色，不管明不明白，都不再說下去。

幸好，自己參加了這場宴會，及時阻止了他。

彼時華宴剛起，所有的燈火在這一刻亮了起來，燈火和酒香，熏紅了美人的雙頰。原來安靜了的姑子們，不動聲色地展現著自己最美的一面。而一眾郎君們，也把注意力從廣陵王身上移開，眺向出沒於花園各處的姑子們。

張錦站在一角，一雙美目一直跟隨著蕭莫的身影。在她的身後，有幾個姑子時不時地朝她看上一眼，目光帶嘲。見張錦沒有心思注意自己，張綺咬了咬唇，來到花園中到處放置的几案旁。這種几案，建康各大家族凡是有宴必然備置。上面放著文房四寶，几案的旁邊，還擺了一些琴瑟胡笳。這些，都是供前來的郎君姑子興致大起時使用。

見四下無人，張綺拿起几上的一張帛紙，飛快地寫了一句話，然後捲起紙條重新退入黑暗中。

回頭望了一眼那繁華的所在，她安安靜靜地走出了蕭府。此時，蕭府中不時有人來來往往，張綺走出時，那些門房瞟也不瞟一眼。

來到離大門五百步處，停放馬車的所在，張綺終於找到了齊國使者的馬車。

正在這時，腳步聲傳來，同時傳來的，還有護衛壓低的齊語：「王，這些南人恁地囂張！」

另一個護衛冷冷說道：「這陳國占有巴掌大的地方，倒是一個個好大的口氣！」

過了一會兒，廣陵王平靜的聲音傳來：「南地漢人向來如此。他們致仕論婚，還在翻看族譜論著祖宗……這等人，怎能指望他們有自知之明？」

語氣中，是一種連批評都不屑的冷漠。

就在這時，一個護衛突然用建康話喝道：「誰？」

喝聲中，他緊走幾步，刷地一下拔出腰間的佩劍，「嘩啦」一聲挑開了廣陵王的馬車車簾。

車簾飄搖中，一張素淨的，小姑子的臉呈現在三人面前。

沒有想到是個如此小的南地姑子，兩個護衛都是一怔。隱隱的火光中，眼前這個小姑子雙眼水汪汪的，露出額頭的小臉白嫩嫩的，既靈秀又澄澈，說不出的可愛。

明明還沒有長開！

護衛們只是一愣，馬上蹙起了眉頭。

一個護衛冷聲喝道：「小姑子，妳還太小了，廣陵王不會歡喜的。」

見到這個護衛以為自己是來私相授受的，張綺臉孔一紅，她恨恨地瞪了那護衛一眼，轉眸看向廣陵王。

咬著唇，見四下無人看向這裡，張綺飛快地從懷中掏出一張紙條來。遞出紙條，張綺認真地看著廣陵王，壓低著清脆的聲音說道：「有人要對你不利，他們會在你離開建康的時候動手。我以為你不會這麼快回來，正準備把這紙條放在你的馬車裡。」

一個護衛接過她遞來的紙條，打開看了一眼後收入懷中，問道：「都是些什麼人？共帶了多少護衛？」

張綺搖頭，低聲道：「我不知。」

剛剛說到這裡，她的下巴一暖，卻是一隻大手伸出，抬起了她的下巴。

不知什麼時候起，廣陵王已站在馬車前，擋住了她下車的踏板。

他抬起她的下巴，就著月色和不遠處的燈火，細細端詳著她的臉。

他靠得如此近，呼吸都噴在了她的臉上。

張綺臉孔漲紅，又羞又怒的。她瞪著他，悶悶地說道：「你離我遠點！」剛說到這裡，她又感覺到不妥，便壓低著聲音，清清脆脆地說道：「剛才在花園裡，你沒有說出我來……阿綺無以為報，便將這個消息透露給你。」

說這話時，她那雙水靈靈的眸子，片波不動地看著他。

明明只是一個水靈得清透的小小姑子，可她此刻的眼神，卻有種讓人看不懂的冷和靜。

廣陵王卻還在盯著她。

慢慢的，他食指撫著她的下巴，絲毫不理會張綺的羞怒，他打量著她，低語道：「僅數月不見……比我想像中變化還大些。剛才妳額髮覆臉，倒是完全掩去了姿色，是個聰慧的姑子，可惜了……」他沒有說下去。

剛才滿場華豔，只有這個小姑子，卻打扮得如婢女般不起眼。固然是她想遮掩自己，也因為她在家族中並不得意之故吧？

她也是個不容易的吧？

他慢慢鬆開她的下巴。

一得到自由，張綺便連忙向旁邊挪了挪。她朝下面看去，想要跳下馬車，奈何去路被廣陵王堵住，只得作罷。

安靜地縮在一角，張綺抬頭看向廣陵王，就在馬車中向他福了福，低低地，清脆有禮地說道：「時已不早，阿綺得告退了。」

廣陵王還在看著她。

在張綺有點焦慮時，他微微一笑，向旁邊退出一步。

張綺連忙跳下馬車。

她剛要衝出，盯著她的廣陵王突然說道：「張氏阿綺？」

斷沒有想到他還記得自己的名字，張綺腳步一僵，猛然轉過頭來。

看著星月下，這個依然帷帽遮臉，不管今日如何狼狽，以後將名震天下的男人，她差點脫口說道：「讓我跟著你吧。」

不過這話，她終是沒有說出：眼前這個男人，這一生註定樹大招風，她不能靠得太近。

月色中，兩兩相望。

廣陵王深深地凝視著她，好一會兒，他說道：「去吧！」

張綺胡亂點了點頭，轉身便走。

廣陵王看著她急急忙忙的樣子，嘴角揚了揚，突然說道：「張氏阿綺，上次我說的話，到了兌現之時！」

他說的簡單，張綺卻是一陣心驚肉跳。數月前與這個男人初次相遇時，他對她說的話不由迸出腦海：「小姑媚色內鮮，長大後定是一尤物。不久後，我會來建康做客，到時令妳侍寢，如何？」

她白著臉急急轉頭，對上的，卻是揚塵離去的豪奢馬車。

瞇著眼避開灰塵後，張綺追上一步，又倉皇站住。

她咬著唇看著那越去越遠的馬車，暗暗想道：他定是唬我的，對，定然是這樣！

她出來有一些時辰了，張綺壓下心中的不安，急急朝蕭府內走去。她擔心廣陵王一走，眾人也會沒了心思。要是提前散席，張錦找不到自己，那就慘了。

幸好，回到蕭府時，府中還是燈火輝煌，樂音飄揚。抬頭看去，花園中人影綽綽，衣鬢飄香，正是宴慶最濃時。

張綺鬆了一口氣，悄無聲息地來到張錦身後。

此刻的張錦，正板著一張俏臉，緊緊揪著手中的帕子，不高興地對阿藍說道：「妳也看到那個阿萱與蕭郎在一起？」她恨聲罵道：「真是不要臉！」

看到這個情景，張綺向後縮了縮：張錦正在火頭上，她現在可不敢觸她的霉頭。

就在這時，張綺感覺到衣角被人扯了扯。

她嚇了一跳，就著夜色回過頭去。只見那個蕭路站在樹後，因背著光，面目有點模糊不清，見張綺看來，他皺著眉頭埋怨道：「剛才妳到哪裡去了？害得我好找！」也不廢話，他端起臉孔，認真地說道：「賣了妳繡畫的那貴人就要來了。妳好好想一想，要是想趁這個機會表現一番，我家郎君出來時，就給他一個眼色，或者，遞給我一句話也成。」

他顯然還有事，丟下這句話後，急急說道：「記著點，我去了。」說罷，他身子一矮，迅速鑽入樹林中，轉眼消失了蹤影。

而這時，張錦有點尖峭，有點怒意的聲音傳來：「阿綺呢？這一晚上怎地都不見蹤影？」她顯然正是怒火中燒時，隔這麼遠，張綺都可以聽到她喘氣時那呼呼的聲音。

張綺連忙從樹後鑽出，低著頭說道：「姊姊，我就在這裡。」

沒有想到她就在附近，還這麼快就鑽出來了，張錦和阿藍都是一驚。那阿藍瞪著她，低聲責怪道：「妳倒會躲！」

張錦怒瞪著她，也壓低聲音，沒好氣地說道：「敢情妳一晚上都藏在那背暗處？真是個見不得人的！」

罵到這裡，她想起一事，又上上下下把張綺打量一番，問道：「看到蕭郎……阿莫沒有？」看來是沒有，張綺這神色這衣著，不像個剛與男人私相授受了的。

果然，張綺搖了搖頭，有點詫異地回道：「沒有啊。」

「哼！」張錦哼了一聲，又待斥喝，只聽得一個響亮的聲音傳來：「陛下駕到！」

斷斷沒有想到陛下會出現在這裡，張綺、張錦都是一驚。

倒是旁邊一個上了年紀的婢女輕叫道：「莫非陛下也是來相看的？」

這話一出，倒有幾個姑子當了真。一陣衣裙移動聲傳來，包括張錦在內，十幾個姑子閃入了黑暗中——宮中已有皇后，就憑長興陳家那種寒門出身的皇帝，他的嬪妃之位，不值得她們這些世家嫡女露面相爭。

正在歡飲中的權貴們站了起來，與眾郎君一道迎了上去。此時雖有名士，也有論玄談道的風流之人，可魏晉遺風早已不存。那視君王如糞土，非孔孟而薄周禮，唾罵韓非的行為，再也不是主流。

燈火通明中，只見一個高大的華服年輕人，在一眾王孫的簇擁下大步走來。

這個年輕人，身材英偉，美儀容，雙目有神，顧盼生輝，龍行虎步。雖是一襲黑色常服，舉手投足，卻真有帝王之概。

他就是剛剛繼位不久的新帝陳蒨。

此時，蕭策搶上幾步，已迎了上去。

他深深一揖，恭敬地說道：「微臣不知陛下已到，竟不及遠迎，還請陛下恕罪。」

陳蒨呵呵一笑，上前虛扶一把，令得蕭策起身後，目光轉向蕭策身後的蕭莫，哈哈笑道：「這位便是建康蕭郎吧？果然好姿容！諸卿，請起，請起！」

陳蒨的語氣很平和，在提到蕭莫時更是平和而含笑。可是蕭氏眾人中，還是有不少臉色微變。站在張綺身前的張錦，更是恨恨地扯著手帕，嘀咕道：「蕭郎明明不喜歡那個慶秀公主，陛下還非要在這個場合提到蕭郎，真真可恨！」

新帝剛剛繼位，他的脾性眾人還不清楚。要是在慶秀公主的婚事上，蕭家得罪他太甚，只怕也是不妥。張綺目光閃了閃，暗暗忖道：陛下這句話，只怕會讓蕭家又要尋思幾日了。

在眾人的盯視中，蕭莫卻是一臉坦然，他深深一揖，朗聲道：「多謝陛下盛讚。」說罷，他自然而然地退後一步，與蕭策一道，簇擁著皇帝朝主榻走去。

皇帝到來時，眾姑子郎君紛紛後退行禮。

走著走著，蕭莫抬頭看來，他目光略略一掃，便收了回去。只是看那模樣，竟似在尋找某人？

張綺想了想，不動聲色地站到了光亮處。而她的身後，張錦已是臉頰暈紅，幸福而又滿足地看著愛郎，想道：他在尋我呢！定是剛才陛下說了那話，他怕我不安，想安撫我。尋思到這裡，她心中甜蜜至極。

就在這時，蕭莫再次抬頭瞟來，感覺到他的目光盯向自己的方向，張錦直是幸福得無以復加。這個時候的她渾然忘記了，自己本站在黑暗中，他哪有可能看得到？

張綺對上了蕭莫的目光。

他在問她，她知道。

可是……

張綺轉頭看向走在最前面的皇帝，果然是他買走了她的繡畫啊，與記憶中的一樣。

她知道，陳國皇帝，哪怕是草莽出身的高祖，都是喜歡繪畫樂音和詩賦的，陳家的子孫似乎從血脈中便喜歡那些東西。孜孜以求，永不疲倦。

自己的作品取悅了皇帝，正如蕭莫所說的那樣，趁勢而起就在此時。

可是，她還是不能。

張綺回眸，朝著蕭莫不動聲色地搖了搖頭。

在她搖頭的那一瞬，蕭莫眉頭微蹙，表情中，終於現出一絲不耐煩。

他也許是在想，她懦弱無能，不識好歹吧？這麼好的機會都不知道把握，受困也活該。

可她真不行，尤其是前一刻，廣陵王才向建康的權貴丟下那麼一句話。她現在，絕對不能把自己置於所有人的目光下。那樣，她無法掩藏的。

低著頭，張綺抿著唇，慢慢向後退去。

不一會兒，她再次消失在黑暗中。

無聲無息地走了一陣，張綺來到了花園的一處角落。

這裡，紅焰焰的火堆正散發著讓人溫暖的熱量，幾點燈籠在春色中飄搖。旁邊，有几有榻有文房四寶。張綺快步走到几案旁，迅速研著墨，在上面書寫起來。

她寫得很快，秀麗的字體如流水般宣洩而出。

以最快的速度寫完，張綺拿起宣紙，吹了吹上面的墨跡。她把宣紙移到火焰處，想把它烤乾。

「小姑子在寫些什麼？」一個發育期的鴨公嗓傳來。

陡然聽到人聲，張綺一驚。反射性的，她急急背轉身，舉步便朝黑暗中走去。

那人沒有想到她躲避，連忙說道：「別怕別怕，我沒有惡意！」他一個箭步衝到她身後，伸手抓向她肩膀，說道：「別怕別怕，便是妳在給情郎寫信，我也保證不說出去。」語氣中，卻是帶著調笑。

這人手掌炙熱而有力，一碰到張綺的肌膚便令得她哆嗦了下。就在他握著張綺的肩膀，高興地低下頭看向她手中的宣紙時，張綺突然右腳向後重重一踢。

她頭也沒回，這一踢卻踢了個正著。那人大腿中招，不由哎喲一聲，整個人向後一踉蹌。

趁這個機會，張綺頭一低，衝入了樹林中。

那人叫了一聲，急急也跑入樹林中，可到處黑暗一片，哪裡能看到得人影？

快快地回過頭來，那人悶聲悶氣地說道：「寫的什麼鬼畫符，一點也看不懂！」那宣紙上的東西都是一些古怪的符號，還真是一個也看不懂。

轉眼，這個年約十五六歲的少年看著自己的手，放在鼻端前嗅了嗅，嘿嘿一笑，喃喃自語道：「光看背影就知道是個美貌小娘，肌膚隔著衣裳摸起來都滑嫩滑嫩的，也不知是誰家小娘？」他重重一跺腳，懊惱地叫道：「都怪我，忘記看她的衣裳了。」各大家族，都有自己的特色裳服。衣冠識人，在這個時代是最普通的事。

正在這時，他的身後傳來一個叫聲：「陳邕！陳邕！」

少年連忙回頭，焰火下，一張俊秀靈動的臉帶著幾分不快，「在這裡呢，鬼叫什麼叫！」說罷，他嘀嘀咕咕地跑向那聲音傳來的方向。

張綺衝入樹林，走了一會兒後，宣紙也乾了。

剛才的事，對她來說是個小得不能再小的插曲，現在是一點波瀾也沒有留下。

重新回到宴上，張綺眺了眺，在一側角落處，看到正低著頭忙活的小廝蕭路。

她沿著黑暗處向他走去。

當張綺從黑暗中走出，來到蕭路身邊時，蕭路也發現了她。

見是張綺，蕭路皺了皺眉，終還是放下手中的活計，走到低眉斂目的張綺身邊，問道：「可是改變主意了？」

張綺搖頭，她抬起頭，明亮的眼睛看了蕭路一眼，人卻退入了黑暗中。

蕭路見狀，慢騰騰地向她走近幾步，問道：「有事？」

張綺點頭，她從懷中飛快地拿出捲好的宣紙，把它遞到蕭路手中後，壓低聲音，認真地說道：「這是一個樂譜，名《逍遙遊》，乃琴簫合奏之曲。你交給你家蕭郎，讓他以自己的名義獻給陛下。」

見蕭路一臉的不置可否，張綺十分認真地說道：「這個樂譜，說不定可以令得陛下對你家蕭郎改觀，不再過問他與慶秀公主之事。」

她過於認真的語氣，過於明亮的眼眸，令得蕭路怔了怔。他接過那宣紙，想到自家郎君也說過，眼前這個懦弱膽小的小姑聰慧異常，便點頭說道：「也罷，我去試一試。」

見蕭路終於同意了，張綺鬆了一口氣，她嘴角一揚，輕鬆地說道：「那我退下了。」

蕭路嗯了一聲，還沒有轉身，一個尖嘎的鴨公嗓傳來，「阿路，你家郎君呢？蕭莫那小子呢？」

蕭路轉身，見到來人，連忙嘿嘿笑了起來，他躬身一禮，擠眉弄眼嘻嘻笑道：「原來是陳家阿邕，稟郎君，我家蕭郎正陪在陛下左右呢。郎君你呢？可有相中一個美貌姑子？」

陳邕搖了搖頭，不無感慨地說道：「本是相中了一個的，可一個不留神，讓那姑子給溜了。」

蕭路大驚，他奇道：「你老人家相中了，那姑子還捨得跑？是誰家的？」

陳邕嘻嘻笑道：「要是我知道是誰家姑子就好了。她溜得賊快，臉都沒讓我看清就跑了。」

連臉也沒有看清，還好意思說相中了人家！

蕭路瞪大了眼，好一會兒他扁了扁嘴，決定不搭理這個無聊的人。

陳岜嚷了幾句，低頭看到他手中的宣紙，道：「你這是什麼？拿來給我看看？」

「這個？」蕭路漫不經心地把手中宣紙一揚，正想把它遞給陳岜，轉眼想到張綺的慎而重之，便又搖頭道：「不行，這是給我家郎君的。」

說罷，他貓著腰一溜，「陳家郎君，小的要見過郎君了，等有空了再來跟你老人家賠禮。」在陳岜的笑罵聲中，蕭路消失在黑暗中。

看到這裡，張綺鬆了一口氣，悄悄退向張錦的所在。

當張綺來到張錦身側，低眉斂目地受著她喝罵時，突然的，一陣琴聲混合著簫音飄來。如此靜夜，琴聲的清悅放曠，配上簫音的低沉寥闊，絲絲縷縷地飄來，綿綿地滲入黑暗中。如此清新，如此自在，又是如此的寂寞。

來到這裡的姑子郎君，有不少都是樂音上造詣深厚的，可他們哪裡聽過這支曲子？一時之間，一個個都不再說話，只是安靜地傾聽起來。

這種安靜，令得張錦不敢再吭聲。而低著頭的張綺，這時也是嘴角含笑，心情愉悅。

裡面彈奏的這首曲子，便是張綺送給蕭莫的。這曲子本是皇帝兩年後的作品，本名喚《子虛賦》，在記憶中，它曾傳遍建康城的大街小巷。

琴聲還在飄來，簫聲縷縷混在其中，於曠達中見無盡逍遙。這種逍遙，看不到半分憂思，也沒有家國殘敗之痛。有的，只有說不出的綺麗靡豔，盛世繁華。

這種樂音，帶著宮庭樂常有的雅和頌。張綺聽著聽著，也不由怔怔起來。以她的出身和心境，這樂音再好，也是難入心田。可她的記憶中，卻偏偏如此深刻，可見，有那麼幾年，她過得也是富貴安樂的吧？

慢慢的，樂音止息，張綺也垂下了眉眼。

嗡嗡聲四起，無數歌頌讚嘆的聲音油然而生。好些個權貴更是不由自主地衝入陛下所在之處，大聲地讚美著。

成功了！

這首曲子，應該能使蕭莫成為陛下的知音吧？

而曲譜上秀麗的，屬於自己的字體，也許能在關鍵時給予自己最需要的幫助。

她側頭看了看張錦，見她正扶著阿藍的手，興奮地說道：「方才吹簫之人便是蕭郎？他真是了得啊！」喜悅和得意暈染了她的眼，這時的張錦昂著頭，一派志得意滿，實是恨不得告訴所有人，蕭莫便是她的愛郎。

張綺見她暫時不會有心思理會自己，便向後退去。

來到花園的另一側小路上，張綺仰著頭看著天上的明月。

明月彎彎，浮雲淺淺，樂音依然混在酒香中飄來，真是今夕不知何夕。

如果這一生都能這般自在地看著明月，不用害怕夜幕降臨，不用擔憂太陽到來，多好啊？

一陣腳步聲從身後傳來，接著，蕭路壓低的聲音傳來：「小姑子！」

聽出是他，張綺迅速回頭。

蕭路跑到她面前，盯著她笑道：「總算找到妳了，跟我來。」他轉過頭，示意張綺跟在他的身後，朝右側叢林中走去。

張綺蹙著眉，不解地問道：「這是去哪裡？」

「到了妳就知道了。」

張綺尋思了一會兒，還是跟上了他的腳步。
走了幾百步，張綺問道：「你要帶我見什麼人嗎？」
蕭路還沒有回答，一個低沉的聲音傳來：「是見我。」
張綺一怔，抬起頭來，看到了月光下，負著雙手，白衣臨風的蕭莫。
大夥兒不是跑去圍觀他了嗎？怎麼讓他跑出來了？
張綺眨著大眼，一臉不解。
她怔忡的表情明顯取悅了蕭莫，他低低一笑，走上兩步，來到了張綺身前。
低著頭，盯著這個只及自己肩膀的小姑子，蕭莫明澈的眼中蕩漾著溫柔，「方才陛下問我那曲子的來歷，阿綺，妳猜我是如何說來？」
張綺仰頭看著他，低聲問道：「阿莫如何說來？」
蕭莫露出雪白的牙齒，笑得斯文而溫潤，他輕聲道：「我跟他說，這是我一個摯友所譜。然而，沒有得到她的允許，恕臣不能說出她的名字。陛下倒是個寬厚之人，他哈哈大笑，道：能譜出這等逍遙之曲，定是胸中有大自在之人。他既不願意領受這世俗虛名，朕又豈能擾了他的雅興？」
說到這裡，蕭莫低聲問道：「這樣，小姑子滿意否？」
滿意，怎麼會不滿意？
張綺連連點頭。
見她小雞啄米一樣地點著頭，月光下，那被額髮擋了一半的臉，直是白膩得誘人。
蕭莫看著看著已然怔住。
見到他對著自己癡癡地發呆，張綺不由小小地退後一步。
她的動作驚醒了蕭莫。他靦腆一笑，把俊臉側過去，讓春風吹冷那瞬間泛起的漣漪。

望著遠方的火焰，蕭莫一邊暗道慚愧，一邊又是不解。想他見過的美貌姑子不知凡幾，便是聰慧異常的，也不在少數。可他大好男兒，怎麼老是對一個毛也沒有長齊的小姑子有了想法呢？難不成，他前世欠她的？

收起胡思亂想，蕭莫轉頭看向她。盯著張綺，他輕咳一聲，認真地說道：「阿綺，妳還沒有告訴我，為什麼妳三番四次地拒絕我的提議，總是不願意出這個風頭？」

他目光灼灼，異常堅持，「告訴我妳的真實原因。」

張綺低下了頭。

她咬著唇，在蕭莫緊緊的盯視中，緩緩搖了搖頭。蕭莫眉頭一皺，還沒有開口，便見張綺紅了眼眶，一滴兩滴珠淚，在月光下拋出一個晶瑩的弧度，再濺落在草叢中。

萬萬沒有想到一句話便令得她哭了起來，蕭莫頓時慌了手腳。他手忙腳亂地從懷中掏出手帕，剛要幫她拭去淚水，那手遞到小臉龐，卻僵住了。

張綺似是被他難得的笨拙逼笑了，她噗哧一笑，嗔怪地白了他一眼。

明月如水，春風徐來，這一眼，宛如秋水橫渡，長空流霞，豈止是美不勝收？

明明還是稚嫩至極的一個小少女，其中風情媚態，實實難言難盡！

這一下，蕭莫真癡了。

張綺雙頰暈染，她迅速搶過他手中的帕子，胡亂抹了一下眼淚後，把帕子擲到了他懷中，然後轉身便溜……她不是故意要誘惑他的，實是不小心。有些動作，都成了這個身體的本能。

蕭莫呆呆地接過她擲來的帕子，呆呆地看著她轉身，眼見她就要離去，他不知從哪裡來的力氣，嗖地伸出手扣住了她的肩膀。

就在蕭莫把張綺拖向自己的懷中時，一個壓低的，忍俊不禁的竊笑聲傳來：「好你個蕭郎，滿堂的姑子都在找你，你卻扯著個這麼小的姑子你儂我儂。」

一個人影從樹林中躥了出來。他縱身撲到蕭莫背後，順便伸出手扣向張綺的手臂，嘴裡則嚷嚷道：「建康蕭郎何等人物，竟然被一個這麼小的姑子迷了魂魄！不行，我得瞅瞅！」

聲音帶著少年發育時特有的鴨公嗓，不是陳邕又是何人？

他這麼突然一叫一撲，蕭莫嚇了一跳。在陳邕撲到他背上時，蕭莫反射性地肩膀一甩，把陳邕重重甩出。

便是這麼一下，陳邕便沒有抓到張綺的手。就在他氣得哇哇大叫時，張綺腰一貓，如兔子般一彈一跳，轉眼便消失在黑暗中。

而這時，因陳邕的叫嚷，一群人迅速圍了上來。

來到張家眾姑子附近後，張綺決定沒有要事，再不離開。

此刻，花園中還在興致勃勃地談論著陛下和蕭莫合奏的那曲《逍遙遊》。新帝剛繼位，陳國一派欣欣向榮，不管是皇室還是各大世家，都對這種歌頌太平盛世，又顯得高雅自在的樂曲極為需要。因此這麼片刻功夫，蕭府的樂伎們已把《逍遙遊》掌握了，正在那裡演奏呢。

張錦衝入宴中，見到了皇帝，卻沒有見到心愛的蕭郎，心裡有點惆悵也有點惱火。看到張綺的身影兀自在黑暗中若隱若現的，不由瞪了她一眼，低喝道：「出去！這般鬼鬼祟祟的，沒得讓人厭惡！」

在已經挨過罵的阿藍同情的目光中，張綺走了出來。她低著頭，雙手緊緊地抓著衣角，一副任君打罵的模樣。

張錦見狀，重重一哼，附近這麼多人，她哪裡敢真教訓她？只是瞪了張綺一眼，咬牙切齒地低喝道：「給我安分點！」

這時，不遠處傳來一個蕭氏姑子的叫喚聲，張錦連忙擠出笑容，應了一聲，帶著阿藍走了過去。見到張綺亦步亦趨的還想跟著，便回過頭狠狠瞪了她一眼。

張綺應眼止步，目送著張錦遠去，忖道：這下可是妳不要我跟著的。

想是這樣想，她還是老實地退到黑暗中，靜下心等著散宴。

抬頭看了看天空的明月，張綺估算了一下時辰，想來再過大半個時辰便會散宴了。本來男女相看，自當挑選一個春花盛開、陽光燦爛的白日，或遊湖或遊園，徜徉於湖山之間，遠望美人之影，衣鬢飄香，車騎雍容，方不負心中期待。今兒這般夜間設了宴，雖然廣陵王和陛下都來了，還是有點遺憾。怕過不了多久，蕭府會再次相邀，以待白日重宴。

不遠處，齊地幾個使者已然離去。

這時，張綺目光一瞟，在人群中看到了蕭路的身影，他正朝自己這個方向走來，一邊走，一邊還在東張西望。

張綺一驚，連忙向旁邊移了移，另外換個黑暗處站著。

果然，蕭路一會兒便跑到了她剛才站的位置，尋了半晌，失望地走到了燈光下。

然後，他尋思了一會兒，竟是朝著張錦走去。

見狀，張綺咬住了唇。

真說起來，剛才她對蕭莫的挑逗，雖說是無意，卻也是對她有益無害的。

大夫人明令張氏眾姑子不可與蕭莫走得太近，這樣，蕭莫便對自己上心，也沒有辦法把自己納入他的屋裡。他得又得不到，放也放不下，自然便不會讓他人染指。自然會留意著張府諸人，如果有人對她不利，他就會出面阻攔。

這種關係，遠比他之前因憐憫而關照她更靠得住。

只是，他千萬不能太強勢。

蕭路走到張錦面前，也不知與她說了一句什麼話，張錦回過頭來四下望了望，然後，她朝著阿藍一呶嘴，不耐煩地說道：「去把那個賤丫頭找出來！動不動就不見了蹤影，真是不讓人省心！」

阿藍得了命令，馬上回頭尋來。

張綺見狀，只得暗嘆一聲，悄悄走到一隊姑子身後，背對著焰火，認真地傾聽著她們說話。

阿藍尋了一會兒，便看到了張綺，她走到張綺身後，低聲說道：「妳怎麼躲到這裡了？」

張綺聽到她的聲音，似是嚇了一跳，連忙喚道：「莫非是姊姊喚我？」

阿藍不耐煩地點了點頭，道：「正是，妳快去吧。」

「是。」

一看到張綺走來，蕭路便嘿嘿一笑，他向張錦道了聲謝，快步走到張綺身前，對著阿藍喚了一聲後，轉向張綺笑道：「小姑子，我家郎君有緊要事問妳，跟我來吧。」

張綺還沒有開口，後面的張錦已經提起聲音說道：「愣著幹什麼，還不快去？」

張綺只得低聲應道：「是。」

低著頭，張綺跟在蕭路的身後向前走去。

一邊走，蕭路一邊回頭向張綺看來，不無奇怪地想道：郎君今天是怎麼了？一整個晚上都在關注著這個不起眼的小姑子。

拐過一條小道，前方傳來幾個郎君的嘻笑聲。

張綺抬頭，只見五十步開外的火堆旁，陳邕正雙手叉腰，哈哈大笑著。

笑了幾聲後，他一眼瞟到蕭路，便右手一揮，叫道：「小路，過來過來。」

一聽到他的聲音，蕭路便苦了臉，他低聲對張綺吩咐道：「妳候在這裡，別動。」擠一個笑臉向陳岜小跑而去，「陳家郎君，你老有什麼事？我家蕭郎還在等著我呢。」

「好你個混帳，竟敢不耐煩？」陳岜重重在蕭路的肩膀上拍了一下，把他向前一推，伸腳一踢，笑罵道：「去，把那蘭花紙拿來，小爺要當眾賦詩。」

蕭路無奈，只得陪著笑臉連應幾聲，屁顛顛地跑向不遠處的几案。

見蕭路跑遠，張綺悄悄向後退去。剛退到黑暗中，一陣大笑聲傳來，只見蕭策等人畢恭畢敬地迎著陛下朝外走去，原來是陛下要走了。

送著陛下的隊伍中，一襲白衣的蕭莫赫然就在其中，他正含著笑，與陛下低聲說著什麼，說著說著，君臣兩人都是哈哈大笑。

目送著陛下消失在視野中，張綺聽到一個中年人喚道：「時已不早，我等也離去吧。」

說罷，率著一眾人也向外走去。

他們這麼一走，花園中頓時少了一小半。在一陣安靜中，一個姑子安靜的聲音傳來：「天色已晚，我們也走吧。」

那姑子一開口，眾姑子只得應了，一陣窸窸窣窣的聲音傳來，在眾婢收拾東西時，張綺連忙朝張錦的方向走去。

果然，此時張府也有人開了口，張錦便是再不願意，也得離去了。

來時高高興興，去時也是浩浩蕩蕩，張綺低眉斂目地跟在張錦身後朝外走去。

走著走著，她突然聽到張錦壓低了聲音，卻無法掩抑興奮的輕叫聲傳來：「蕭郎！」

卻是蕭莫送走陛下後回來了。

一襲白衣的蕭莫，正混在眾蕭氏郎君的中間。見到張錦朝自己看來，他點了點頭，揚起嘴角略略一笑，目光一轉，卻瞟向了張綺。

此刻的張綺，亦步亦趨地跟在張錦身後，嬌小的身影被眾姑子籠罩著。

她明明聽到了張錦的叫喚吧？可是，卻那麼安靜地低著頭。

……倒是會裝聾作啞！

蕭莫一笑，移開了目光。

回到張府時，已經夜深。張綺一進房便倒在了榻上。

阿綠早就等著她呢，現在，她便雙手撐著下巴，大眼巴巴地看著張綺，眨也不準備眨一下，就看她什麼時候受不了，主動跟她講故事。

張綺被一雙如此大又如此高亮度的眼睛盯著，哪裡還睡得著。

她白了阿綠一眼，翻了一個身，嘟囔道：「睡吧，很晚了。」

阿綠把頭搖得飛快，也不管她看不看得到。

張綺長長地嘆了一口氣，道：「其實也沒有什麼，就看了很多姑子。郎君們嘛，隔得太遠，看不清。廣陵王雖然來了……」聽到廣陵王三個字，阿綠明顯呼吸加粗，雙拳更是握得死緊。

張綺懶洋洋地續道：「卻還是帷帽遮面，啥也看不到。至於齊國的那些使者，更是隔得遠。陛下也來了，他太威嚴，我不敢看。」說到這裡，張綺雙手一張，道：「沒了。」

「就沒了？」

「當然沒了！」

「可是，可是……」

「別可是了，睡吧。妳想聽什麼，明天會有那些姑子說的。」

阿綠歪著尋思了一會兒，也躺到了榻上，「是哦，她們的故事肯定比阿綺的講得好。」

第二天醒來，又是一個大太陽天。

今天的第一堂課是書法。安靜中，不時的竊竊私語聲傳入張綺的耳中：「聽說昨天晚上一回來，阿錦就被大夫人關起來了。」

「聽說她還又哭又鬧的。」

「大夫人還派了人去警告蕭郎了。」

……

竊竊私語聲，夾著眾姑子幸災樂禍的笑聲。張綺專注地盯著示範的教習，心裡卻忖道：卻是一回來就受罰了？看來大夫人的態度十分強硬啊！

對她來說，大夫人的態度越強硬，便是越有利。

今天，姑子們對於廣陵王的興趣降低了些。畢竟，一個參加宴會也不願意露出面容的人，她們是不能指望看到他的真容了。

一堂課上完後，張綺習慣性地來到樹林中，就著粗糙的樹皮，用手指一筆一劃地練著字。看到她的動作，幾個庶出姑子湊在一起嘻嘻哈哈地笑了起來，「一個私生女，字練得再好又能怎樣？難不成她還想將來冶遊聚宴，過夫人的日子？」

「嘻嘻，她也是沒法子吧，大夥兒都不理她，不做點事她時間難過啊！」

「還不如縮在房裡練練刺繡，等年老被趕出後，還能混碗飯吃！」

這些笑聲，張綺充耳不聞。她知道，昨晚那麼有趣那麼重要的宴會，她卻參加了，惹得那些人妒忌了。

第二堂課結束後，張綺抱著一本教習發送的一本琴譜向房間走去。

在姑子們聚集的地方，她已習慣著低頭斂目，一副小家子氣地行走。現在也是這樣，她雙眼看著腳尖，走路尋的是靠近草叢處。走動時，身擺不動，碎步前行，一副無比安靜乖巧怯弱的模樣。

張涔遠遠地便看到了張綺，呆望著她，她的目光閃動著複雜的光芒。

一個三十來歲的婦人來到她身後，低聲說道：「阿涔，得學琴了。」

張涔點了點頭，目光依然沒有離開張綺。

那婦人順著她的目光瞟來，只是一眼，她便皮笑肉不笑地說道：「阿涔是在看那些姑子吧？她們可是張府中正經的姑子，將來是要與各大世家聯姻的，是一嫁過去便當嫡妻的……涔姑子還是別看了。」

張涔聽著聽著，臉色已越發白了。她咬著唇，倔強地不讓眼淚流下來。

看著她這模樣，那三十來歲的婦人嘆了一口氣，語氣轉為溫柔，「涔姑子何必傷懷？妳今番雖然是嫁去作妾的，可妳的夫君乃是蕭府中流砥柱的蕭策蕭郎君。若是將來有了蕭郎君的骨血，妳也就熬出頭了，何必傷懷？」

不聽這話也就罷了，聽了這些話，張涔的淚水掩也掩不住，她以袖掩臉，低低哽咽道：「這種話，妳何必拿來哄我？」

誰不知道，那蕭策的府中有妓妾百數？誰不知道，他雖然喜歡年幼未開的稚女，卻是弄回去淫亂的，能在他的欺凌下活下來的幼女只有半數。

她雖是姓張，雖然那蕭策多少會看在她的姓氏的分上，對她多一些尊重。雖然她是那蕭策自己相中求娶的，雖然她嫁過去，與那些妓妾不同，是個有名分的，比妓妾地位要高的妾室，可嫁給那種荒淫的肥豬，她這一生還有什麼指望？

哽咽到深處，張涔已是痛苦得恨不得立刻死了的好。她雙手捂臉，嗚嗚哭著掉頭便跑。

那婦人也不去追，只是冷漠地看著張涔離去的方向，輕哼了一聲，冷笑道：「身分卑微，就得認命！」

在同一時刻，也有人在說著：「身分卑微，就得認命！」

大夫人最信任的七嫂子倚在軟榻上，冷漠地看著一臉死灰的阿藍，淡淡地說道：「讓妳看好阿錦，妳是怎麼做的？當著張蕭數府的姑子郎君的面，阿錦都敢駁逆大夫人的命令，當眾與蕭莫親熱……妳說沒妳的事？哼！」她從鼻中發出一聲冷哼，懶得再說下去。

可她的話說到這個分上，便是不說下去，阿藍也完全明白了。現在大夫人震怒，阿錦是嫡出的姑子，她不可能懲罰太重，要打要殺還是要立威，只能衝自己這個貼身婢女下手。

七嫂子說到這裡，揮了揮手，示意婆子把阿藍拖下去。

不，不能這樣！那二十板子下去，自己不死也只會剩半條命！

阿藍猛然清醒過來，她掙脫兩個婆子，奮力向前一撲，伏在地上拚命地磕起頭來，砰砰砰的脆響中，阿藍啞著聲音嘶叫道：「不，不是我，與我無關！是那阿綺，是她，是她慫恿姑子的，她也喜歡那個蕭郎！」

「阿綺？」

聽到七嫂子問起，阿藍彷彿抓到了一根救命的繩索，她連連點頭，「是她，她是十二郎的私生女，三個多月前從鄉下接來的。也不知怎麼看中了蕭郎，便老是慫恿阿錦。」頓了頓，阿藍急急補充道：「七嫂子，妳要相信我，要不是她慫恿的，昨天晚上阿錦也不會帶她同去赴宴。」

「十二郎的私生女兒？」

「是啊是啊！」

七嫂子一笑，在這個時刻，她這聲嗤笑特別刺耳。

阿藍睜大淚水汪汪的眼，不解地向她看去。

七嫂子冷笑著，「阿藍，妳這是把嫂子當傻子啊！她一個私生女兒，地位不顯，又剛來府中不久，她憑什麼能慫恿妳家姑子？」這府中的姑子，不，應該說是建康城裡的嫡出姑子，對於庶出的妹妹都是白眼相加，何況是對一個私生女？張錦又向來是個高傲的，她那性子會容得同父的卑賤妹妹與自己喜歡同一個男人而絲毫不妒忌厭惡？

揮了揮手，七嫂子聲音一厲，喝道：「在我面前也敢信口開河，拖下去動刑！」

「是！」

張綺和眾姑子剛從學堂歸來，便看到兩個老嫗抬著一個血淋淋的婢女走了過來。

本來嘻笑著的眾人一靜，低聲議論起來，「那是誰？」

議論聲中，十郎府中的嫡出姑子張萱淡淡說道：「還能是誰？自然是阿錦的婢子。」一句話，眾人恍然大悟：現在這個時候，代阿錦受處罰的，除了她的貼身婢女還能有誰？

張綺一驚，馬上想到了阿藍。這時，兩嫗已經走近，張綺一眼便看到那擔架上血淋淋的，一動不動，也不知是死是活的婢女，可不正是阿藍？

兩嫗剛剛走近，一股血腥味隨風飄來。張綺向後一退，臉色白了白。

昨天晚上，她與張錦、阿藍同去蕭府，如今，張錦被關起來了，阿藍躺在上面生死不知，只有自己還安然無恙……

微微別過頭，張綺的視線不再看向這邊，直到阿藍遠去。

又是一天過去了。

天剛濛濛亮，張綺便醒了過來，她躺在榻上，傾聽著那鳥啼啾啾，蟲鳴唧唧。

又是一個美麗的清晨，今天，定當豔陽高照，天地間明媚得如同洗過。

躺了一會兒，張綺踏上履，踩著晨露，順著林蔭走去。

走著走著，一陣吟誦聲傳過來。張綺一怔，抬頭看去。看了一眼，她低下頭，慢慢轉身。

這時，吟誦聲頓了頓，一個少年的聲音傳來：「兀那姑子，回過頭來。」

喚的自然是張綺。

張綺回頭，低著頭遠遠一福，脆脆地說道：「阿綺見過郎君。」

五十步外，湖水中的亭臺上，一個少年低頭看向她。

見她似是有點害怕，少年聲音放溫柔，「妳是誰？我怎麼從來沒有見過妳？」

張綺張了張嘴，正準備回答時，一個婢女走到了少年身後，低聲說了一句。

那一句令少年恍然大悟，點頭道：「原來妳便是我那個新來的妹妹。不要怕，我是妳九兄。」

九郎是張蕭氏所生的第二個兒子張軒，一直在外遊學，最近才歸府。

張綺連忙抬起頭來，明眸渴望而嚮往地看了自己的同父兄長一眼，又慌忙低下頭，恭敬而慎重地一福，喚道：「阿綺見過九兄。」

九兄兩字，又糯又脆，少年想到了小時候的張錦，還是小女孩時，她便是喜歡跟在自己身後，這般糯糯地軟軟地喚著。

少年笑了笑，聲音放軟，「不必多禮。妳不用怕我，喜歡這裡，便多玩一會兒。」

「是。」張綺再次抬起頭來，衝著張軒燦爛一笑，這一笑，含著小姑子對親兄長的孺慕之情。

那婢女站在身後，把張綺的表情都收入眼底，表情淡淡。

十二郎納有三妾一通房，九郎的下面，庶出的妹妹也有那麼兩個。這些庶出的女兒，對於這種嫡親的兄長，總是嚮往的，渴望接近卻又不敢。張綺的表現，正常得不能再正常了。

讓那婢女想不到的是，聽了少年的一句話，張綺不但停了下來，還向亭臺走近。十三四歲的小姑子，提著裙套，小心而又歡快地踩過濕濕的草叢、滑滑的木廊，來到亭臺上。

見到九郎性子好，便想攀附他這個嫡親兄長嗎？

那婢女抬了抬眼，倒不阻止，反而退了下去。

張綺來到九郎面前，歪著頭，小心地瞅了一眼九郎手中的書卷，手背在有意無意間拂過額髮，微微翹開的額髮間，露出她瑩白的小半額頭。

張軒讀詩書時，向來不喜他人靠近，感覺到張綺不識時務地湊了過來，不由生出一股厭煩。他抬起頭來一瞟，目光卻是一頓。

站在他面前，年紀小小的姑子，正睜大一雙烏黑得泛了霧氣的水汪汪大眼看著他。那白嫩稚氣的小臉，小巧的紅唇，在晨光照耀下，嫩乎乎的，水靈靈的，實是可愛得讓人一見心便軟了。

張軒放低了聲音，彷彿怕嚇跑了她一般，極溫柔地說道：「阿綺也喜歡詩書？」

張綺歡快地點了點頭，長長的睫毛撲閃撲閃的，便如那春光中飛翔的燕子。

她脆脆地說道：「阿綺喜歡的……」她低下頭，雙手絞著衣角，聲音轉弱，「可我還不會作詩。」說到這裡，她急急抬頭，向張軒道：「可我才識字三個月，我、我不笨的。」語氣有點急，那是害怕被他嫌棄啊。

張軒看著她天真又怯弱的模樣，彷彿看到了山林間的一隻白兔。

他不由伸出手來，溫柔道：「過來，九兄教妳。」

「真的？」張綺扇動的密密的睫毛如同羽毛。

張軒喜愛地看著她，點頭道：「真的。」

「太好了，謝謝九兄！」張綺脆脆地喚著，眼睛都彎成了月牙兒。說罷，她小跑到張軒身側，不怕生地挨著他的肩，吐出的溫香氣息都撲到了張軒的臉上。

這是自己同父的親妹妹呢，樣子實在太可憐可愛了！

張軒也是笑彎了眼，他牽著她的手，打開詩卷，指著一個字問道：「阿綺識得它嗎？」

「識得，這是一個『春』字。」

「真聰明，這個呢？」

「這是色字。」

張軒笑了起來，「不錯，這是色字。這兩字合在一起，便是春色。它在這句詩裡，指的是有著嬌豔容顏的女子。阿綺，若要學詩，先得讀詩，讀多了，品多了，自然也會做出一二了。」

說到這裡，他感覺到張綺吹在自己臉上的，熱熱的呼吸，感覺到她倚在自己身邊的，軟軟的觸感，不由抬頭看她。

感覺到張軒的注視，張綺眨了眨眼，有點羞澀地問道：「九兄看我做甚？」

張軒一笑，輕聲說道：「我家阿綺長得讓人喜愛啊！」

這句讚美的話一出，張綺的臉更紅了。

張軒卻是聲音一沉，輕軟又而認真地說道：「以後阿綺還是把臉塗黑一些的好，見到外人，也不要像對兄長這般親近。」

聲音低低，全是關懷。

張綺一怔。

她呆呆地看著他。這些時日裡，她聽到婢女們數次提到了這個九兄，知道他是個心善正直之人。今日前來，也是有意想會他一會。

她知道，在這府裡，討好她的父親十二郎，都會惹得她那些同胞的姊妹妒忌，而討好這個兄長卻不同。

她只是沒有想到，這麼一會，九兄就替她著想了。

他真真是個溫柔心善之人！

張綺眨了眨眼，又眨了眨眼，悄悄地眨去眼間的酸澀，低下頭，朝他盈盈一福，低低說道：「阿綺多謝九兄。」

兄妹倆在這邊說說笑笑著，五十步處，那婢女則靜靜地看著。在見到張綺的靠近沒有引起張軒責罵時，她略略怔了怔。

這時，一個婢女小跑了過來，瞟到這一幕，那婢女有點氣惱地問道：「箐姊姊，這是哪來的騷蹄子？」

箐姊姊靜靜地說道：「她是郎主的那個鄉下來的私生女兒。」

那婢女放鬆了，笑道：「箐姊姊，我給妳帶了早點來了，妳餓不餓？」

箐姊姊笑道：「倒是餓了。」

那婢女笑嘻嘻地拿出兩盒糕點，遞給箐姊姊一盒，她自己打開一盒啃了起來。嚼著嚼著，她壓低聲音說道：「說是要關五天，夫人去求了大夫人，剛才怏怏地回來了。現在她找人去喚蕭莫了，我看錦姑子的婚事近了。」

❖ ❖ ❖

張軒教了不到一刻鐘，便發現這個妹妹聰慧過人，凡是他所說的內容，通通能舉一反三，一時大有成就感。

這時太陽漸漸高升，張綺學了一會兒，向著張軒福了福，脆生生地，小心地說道：「阿兄，時辰不早了，阿綺得去學堂了。」

她水靈靈的大眼眨巴眨巴地看著張軒，表情是那樣的小心。

張軒經她提醒，才發現時辰已經不早，自己居然教一個小女娃子教了這麼久？他呵呵一笑，伸手摸了摸張綺的頭，道：「那妳去吧。」

張綺應了一聲，轉身便走。

走著走著，她怯怯地回過頭來，生生地看著張軒，「阿兄，我以後，可以來看你嗎？」

張軒站了起來，走到她面前，伸手撫著她的臉，溫柔地說道：「怎麼不可以？阿綺是我親妹妹，隨時都可以來找我。」

張綺喜笑顏開，小臉如春花般綻放。她甜甜地，幸福地瞇著眼喚了一聲：「阿兄可不許賴！」在張軒的笑聲中，她朝他揮著手，快樂地說道：「那我去了喔！」轉過身時，她伸手把額髮覆下，擋住了大半眼睛。

隨著額髮一蓋，眼睛一擋，剛才還水靈靈嬌俏俏的小姑子，一下子變得平庸不起眼起來。張軒沒想到她還有這個本事，先是一驚，轉眼想到她剛才學詩時的聰慧，馬上明白過來。

他哈哈一樂，朝她眨了眨眼，悄悄聲地說道：「阿綺真聰明！」對上張綺變得得意的笑臉，他心情愉悅非常。

走出亭臺，太陽已然高照。這個時辰，不知有多少婢女來來往往過，想來那些婢女是看到了她與張軒在一起的。不過，兄妹相聚，她們看到了又怎麼樣？

走著走著，張綺回頭，看著站在遠處亭臺上的張軒。

有兄長的感覺，便是這樣的嗎？

這時，一個聲音喚道：「張綺？」
張綺回過頭來。
喚她的人，正是張蕭氏身邊的大婢女阿香。一看到她，張綺心下一凜，連忙福了福，怯生生地喚道：「阿香姊姊。」
阿香嘴角扯了扯，「阿綺是姑子，不可喚婢子作姊姊。」頓了頓，她嚴肅地說道：「夫人有事問妳，請吧。」
「是。」
跟在阿香的身後，張綺剛剛得到張軒的喜愛而生出的興奮已經消失。她低著頭看著自己的腳尖，不安地想道：夫人找我做什麼？
沉默中，兩人很快便來到了張蕭氏的院落。
阿香退後一步，說道：「夫人在裡面，妳進去吧。」
「是。」
張綺躡手躡腳走了進去。
堂房中，兩個婢女安靜地站在角落裡，張蕭氏正在翻看著幾封信件。見張綺進來，張蕭氏放下信件，抬頭看來，「張綺。」
「是。」
「前天晚上，妳隨阿錦去了蕭府？」
「是。」這次張綺一說完，馬上撲通一聲跪倒在地，顫聲道：「夫人，阿綺沒有……」
張蕭氏目光靜靜地盯著她，神色不動地等著她說下去。
張綺慌亂地說著：「阿綺沒有別的心思，錦姊姊叫阿綺去時，什麼話都沒有說的。」

「別的心思？什麼別的心思？」

張蕭氏聲音淡淡，聽不出喜怒。

張綺低著頭，害怕得臉都白了，她囁嚅地說道：「阿綺沒有想過蕭郎的……阿綺不會有這種非分之想。」

張蕭氏嗯了一聲，語氣依然平靜，「妳的意思是，阿錦帶妳前去蕭府，是因為妳喜歡蕭郎？」

張綺咬著唇，額頭伏地，沒有回答，可那表情，卻分明是承認了。

張蕭氏盯著她。

這時，一個婢女上前，低低說道：「阿藍說了，錦姑子帶著這個阿綺前去，便是想把她送給蕭郎。」

張蕭氏臉一沉：自己的女兒，這麼迫不及待地討好一個郎君，自己還沒有過門，便主動幫對方送女人，真是不爭氣！

揮了揮手，示意婢女退下，張蕭氏又盯向張綺。

她自己的女兒，她是知道的，一向心高氣傲，又向來對這個阿綺不喜。前晚帶阿綺前去蕭府，好心定是沒有的。

只是她不知道，女兒竟然陷得這麼深了。為了討好阿莫，連這種事也做得出。

氣了一會兒，張蕭氏這才記起自己喚張綺前來的目的，嘴一張便準備開口。

這時，阿香的聲音從外面傳來：「夫人，蕭郎來了。」

蕭莫來了？

張綺一驚。

張蕭氏收回盯著張綺的目光，「站起來，退到一旁。」

「是。」張綺站了起來，依言退到一側。

她剛剛站定，房門打開，一陣清風吹來，一個頎長的身影出現在張綺的視野中。

蕭莫來了！

蕭莫一進門，目光便是一凝：張綺居然在這裡！

他目光閃了閃，溫文俊秀的面孔轉向張蕭氏，向她行了一禮，蕭莫恭敬地喚道：「阿莫見過十姑姑。」

張蕭氏沒有吭聲，一向對他慈愛而溫柔的親姑姑，這一刻沉著臉，表情頗為不善。

蕭莫眼觀鼻鼻觀心，安靜地站在堂中，等著張蕭氏開口。

良久，張蕭氏才重重一哼，抿著唇，不高興地說道：「阿莫，你可是喜歡我家阿錦？」

蕭莫笑了笑，恭敬地回道：「阿錦表妹美麗可愛，阿莫自是喜歡的。」

張蕭氏又冷哼了一聲，虎著臉冷冷地問道：「那你可願意娶她為妻？」

蕭莫再次一笑，恭敬有禮地回道：「姑母忘了，這婚姻何等大事，豈會由阿莫擅自作主？」

「啪」的一聲，張蕭氏在旁邊的几上重重放了一掌，厲聲喝道：「你不敢擅自作主？你不敢作主，卻敢調戲你的親表妹？蕭氏阿莫，你好大的膽！」

蕭莫睜大眼，詫異地看著張蕭氏，他蹙了蹙眉，嚴肅地回道：「姑母此言差矣，阿莫與表妹自小一塊長大，何時有過調戲？」

蕭莫為人端方，張蕭氏是知道的。他這麼一說，張蕭氏不由一怔。她看著一臉嚴肅的蕭莫，忖道：難道是阿藍誤會了？

她女兒自幼便喜歡這個表哥，這個也是張蕭氏知道的。以前她想著，等他們長大了，再把這門親事說了便是。可哪裡知道，與她同樣來自蕭氏的婆母，張氏的大夫人，突然下令，不許姑子們接近蕭莫？

她就真不明白，這門親哪裡結不得？

張蕭氏瞪了蕭莫一陣，見他一臉端直，暗暗嘆息一聲，卻也不想過分責怪這個侄兒了。

就在這時，張蕭氏聽到蕭莫誠摯的聲音傳來：「姑母，聽說錦妹被送進了祠堂？阿莫願去向姑奶奶求情。」

蕭莫去求情？

張蕭氏心神一動，她清楚地知道，這一次婆母是何等震怒，也許蕭莫出面是個好主意。

她點了點頭，溫聲說道：「也好。」

見她同意，蕭莫笑了，恭敬有禮地說道：「那阿莫就先去了。」頓了頓，他瞟了一眼站在角落處，極不起眼的張綺，又向張蕭氏說道：「前日錦表妹帶著阿綺去我府時，說了一些話，我一直沒有想明白。難得相見，姑母，我想與阿綺說說話，順道由她帶我去姑奶奶處。」

有話一直沒有想明白，光是這句，便讓人胡思亂想了。

要不是張綺先前在張蕭氏這裡備了底，張蕭氏只怕眼刀都射出來了，此刻她也抬了抬眼，「哦，什麼事不明白？」

蕭莫一笑，他瞟向張綺。

到了這個時候，張綺依然低眉斂目的，既乖巧又安分，彷彿那一晚迸發的風情只是他的錯覺。

蕭莫目光再次閃了閃。

他意味深長地盯了一眼張綺，轉向張蕭氏斯文地說道：「表妹那日前來，說要送個禮物給我。可是後來事忙，阿莫便把表妹說的話給忘了。今日來了，正好問一問。」

這哪裡是不明白的樣子？

張蕭氏聽了，心中一陣窩火。這張綺雖說是丈夫的私生女，可她好歹也是張府的姑子。女兒都不跟大人提一下，便準備把自己的妹妹送人，當真是膽大妄為！何況還是大夫人剛剛警告過的？她真是被自己寵壞了！

張蕭氏忍著不舒服，向蕭莫嘆道：「阿莫，你表妹年少不知事，這話，你不要在大夫人面前提起。一提起了，那肯定是火上澆油，自己那個女兒，只怕是再也不會被她的奶奶喜歡了。

蕭莫一怔，似是不明白張蕭氏這是什麼意思，不過他是聰明人，很快便恭敬地應道：「是。」見他答應了，張蕭氏轉眼看向張綺，盯著她那張清秀的臉，她知道，這個私生女多半是無辜的。可就算如此，她對上張綺那張臉，也滿是不耐煩。

頓了頓，張蕭氏說道：「她哪裡知道去你姑奶奶那的路？」對上蕭莫明亮的眼，她馬上想道不能違逆這個有前途的侄兒太過，便又改口道：「叫上阿香一併去吧。」

「多謝姑母。」蕭莫轉過身來，溫溫和和地看著張綺，淡淡說道：「阿綺，走吧。」

「是。夫人，阿綺告退。」

目送著蕭莫和張綺離去的身影，張蕭氏臉色變了變，手掌在几上重重一放，喘起氣來。

兩個婢女連忙上前給她按撫，一個婆子靠近來，低聲勸道：「夫人，錦姑子經過這次，一定會懂事的，妳不要氣壞了身子。」

張蕭氏咬著牙，恨鐵不成鋼地說道：「平素我都縱著她，這以後，一定要管教了！」

她又道：「這個張綺怕是與阿錦犯沖。她以前縱是喜歡蕭莫，還是有幾分分寸的。這樣吧，去探探大夫人的口氣，如果可以，就把這個張綺送給蕭莫，算是全了他的心。」剛才在房裡，蕭莫雖然表現淡淡，那神態，分明是對那個鄉下來的賤丫頭感興趣的。蕭莫是個有大前程的人，一個私生女，他既喜歡，那送他便是。

「是。」

「順道派人盯著那丫頭，看她到底有什麼能耐，居然讓蕭莫這孩子上了心？」

「是。」

張綺躬身退出房間後，便安安靜靜地跟在阿香和蕭莫的身後。

她低頭看著自己的腳尖，想道：經過這麼一曲，只怕張蕭氏已經盯上自己了。早上自己跑到張軒那裡，與他相處甚歡的事，張蕭氏一旦知情，也會派人盯上自己。她早想好了，卑微得隨時會被人打殺的日子，她是不會過的。她要獲得更多人的保護，就不得不承受招風之虞。

正在這時，走著走著的蕭莫，突然腳步一頓。

張綺正在低頭尋思，一個沒留神，竟是生生地撞上了他的背。砰的一聲輕響中，張綺低叫一聲，向後倒去。

蕭莫連忙伸手扶住，就在他一扶一抹之間，兩泓可疑的血色出現在張綺的唇鼻間。在阿香的驚怔中，蕭莫皺眉說道：「竟流鼻血了？」他轉向阿香，命令道：「端盆水過來。」

阿香應聲就走，「且慢！」蕭莫喚住她，提醒道：「不要驚動他人。」

阿香點頭：碰觸了流鼻血本來就是小事，再說張綺又不是什麼高貴的，哪裡值得驚動他人？

目送著阿香快步離去，蕭莫一把抱起張綺，走向旁邊的假山處。

來到假山洞裡，他慢騰騰地放下張綺。

見張綺瞪著自己的衣袖，他笑了笑，甩了甩袖口，順便從中拿出一個布包，道：「妳想的不錯，那血只是一種染料，是我故意抹在妳臉上的。」

抬起頭來，定定地盯著張綺的雙眼，他斯文一笑，露出雪白的牙齒，「阿綺，妳不覺得應該向我解釋一些事嗎？」

見張綺垂頭不語，他聲音轉沉，「妳可以多想一會兒，我不急。」

他的語氣中，有著不高興。

張綺咬住了唇。

她算錯了，他就是個強勢的。

盯著低著頭，遲疑不語的張綺，蕭莫伸出手來。

他手指撫上張綺的臉，然後，緩慢而堅定地撫起她的額髮。

張綺緊張到全身僵直，蕭莫低沉的聲音傳來：「妳眼睛這樣罩著，看東西時不會不舒服嗎？」

他記得那晚上，那雙秋水長空般的眼眸給他的驚豔。而他現在，就想弄明白。

他慢慢拂起了張綺的額髮。

張綺沒有動，這個時候，她做什麼都是無用功。

終於，她的額髮被他完全拂開，她的小臉，清楚地出現在他面前。

張綺看到，這一瞬間，蕭莫眼睛大亮。

他緊緊地盯著她，良久良久，他呼出一口長氣，喃喃說道：「原來我那時沒有看錯。」他第一眼見她，便感覺有不對，那感覺果然是對的。

他從來沒有想到過，只是把額髮一罩，眼睛一擋，一張那麼靈秀可愛的小臉，便會變得如此普通。

他箝住了張綺的下巴。

好一會兒，他鬆開她，低聲道：「妳是對的。」她果然是個聰慧的！

在張綺詫異地抬起霧茫茫的大眼看向他時，蕭莫斯文俊秀的臉已盡是溫柔和肯定。他掏出手帕幫她拭去唇鼻間的染料，那動作，溫柔得宛如春風拂過。

他一邊拂拭，一邊低低說道：「以後還要把臉塗黑些。」頓了頓，他又道：「明天我會令小路給妳送來一樣東西。那東西溶入水裡，洗過臉後，皮膚便會變黑。妳放心用，它對肌膚無損。」

對上張綺怔忡的表情，他伸手拍了拍她的小臉，然後幫她把額髮放下，「走，我們出去吧。」

兩人剛出去，便看到端著一盆水的阿香急急走來。望著阿香，蕭莫道：「妳回去吧。」

見張綺眨巴著眼，他笑了笑，「妳可以回房了。」

張綺低頭，想了想後，她朝他一福，乖巧地應道：「是。」轉入樹林中。

肆之章

野中雙鳧巧應答

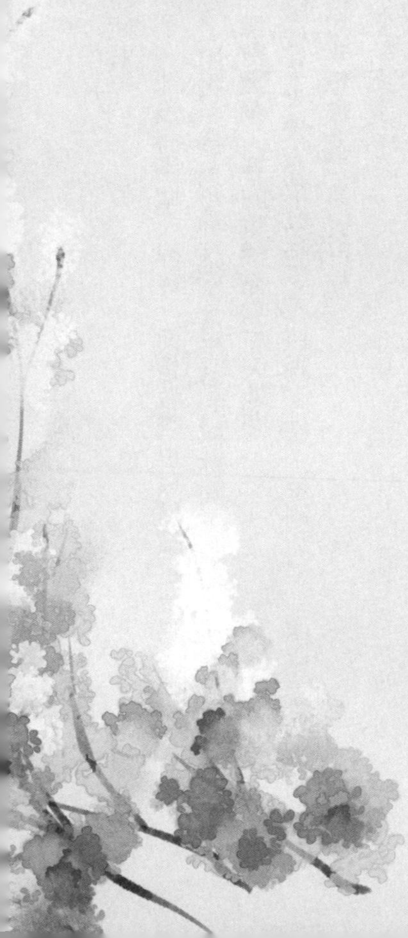

張綺回到學堂時，第一堂課已經結束。

她的到來，雖然所有人都注意到了，卻沒有半個人理會，便是教習也只是瞟了一眼。

休息時間到了，她順著眾姑子走了出去。一直來到她經常坐著的樹林間，張綺突然發現，原本光禿禿的樹木，彷彿一夜之間長出了無數嫩葉，春的生機充斥在天地間。

她的心一鬆。蕭莫強勢又能怎麼樣？大夫人都發話了。再說，她不是剛認了一個兄長嗎？如果，如果九兄能夠真心疼愛她，那她的夢想會更容易實現些。

在張綺的胡思亂想中，上午很快便結束了。

下午時，張綺哪裡也不敢去，她老老實實地待在房中，開始繡另一幅畫。

在專注中，時間過得飛快。不一會兒功夫，阿綠嘻笑的聲音從房外傳來。

在沉悶無比的大宅裡，阿綠那永遠愉快的笑聲，如陽光一樣明媚。張綺不由一笑，站了起來。

阿綠衝了進來，見到張綺，嘻嘻哈哈地說道：「阿綺，剛才我又結識了兩個很好的妹妹喔！」

很好的妹妹？張綺一笑，忖道：莫非是張蕭氏派來的？

便是張蕭氏派來的，也沒什麼不好的。她們光是把阿綠的性情稟告上去，在張蕭氏眼裡，自己也會落個懦弱軟善，不會御人的評語。

便是阿綠把她繡的畫說出去，也只會落個小聰明的評價。這樣一來，她的聰明都在才情上，不在心計上，可以利用而不用擔心反噬，張蕭氏就應該更放心。

阿綠纏著張綺嘰嘰喳喳地說了一陣後，突然道：「阿綺，聽說那個錦姑子被大夫人關了兩天後，終於放出來了。」

見張綺認真地傾聽著，阿綠快樂地說道：「聽說是蕭郎求的情。那錦姑子放出來後，明明人憔悴得很，卻還笑著呢。」

這個時候張錦還笑得出，看來蕭莫說了什麼話，令得大夫人和張錦兩人都滿意著。讓張綺沒有想到的是，第二天剛剛從學堂下來，張錦便帶著兩個婢女攔住了她。

看著張綺，張錦竟破天荒地露出笑容。她溫和地問道：「阿綺，妳還好吧？」

見到張綺低頭乖巧地行禮，她繼續擠著笑容，極為溫和地說道：「阿藍都被行了刑，姊姊一直擔心著阿綺，現在見妳沒事，姊姊真是高興。」

姊姊？她對她自稱姊姊？

張綺直覺得身上一陣發冷，連忙受寵若驚地回道：「勞姊姊關懷，阿綺真的沒事。」她眼眶中淚水汪汪，以袖掩臉，低低說道：「姊姊對阿綺真好，阿綺太高興了。」前世裡，她受了那麼多年的「妓妾」培養，那眼淚到現在都是想來就來，順溜得很。

見她如此，張錦昂了昂頭，心下大為滿意。她嗯了一聲，溫柔說道：「阿綺知道姊姊疼妳就對了。」頓了頓，她說道：「以後有什麼事，儘管來找姊姊，便是有人欺負妳，也盡可跟姊姊說，姊姊給妳擔著。」

「是。」張綺這時感動得眼淚止都止不住，聲音更是哽咽成一團。

張錦又勉勵了她兩句，得意地瞟了一眼四周看熱鬧的姑子們，這才帶著婢女離開。

一直到張錦走遠，眾姑子才清醒過來。她們交頭接耳地朝著張綺指指點點。剛才那一幕姊妹情深，著實把她們驚住了。

張錦一走，張綺繼續低著頭，安靜地朝自己的房中走去。

肯定是蕭莫說了什麼話！

張綺又驚又喜，暗暗忖道：如果張錦真的不再厭惡她、針對她，那她的日子就會更好過了。

回到房中，張綺拿起繡活，一邊低著頭刺繡，一邊忖道：也不知蕭莫使了什麼手段，居然能令得張錦高高興興地善待自己？

轉眼，她又忖道：蕭莫都能令得大夫人把張錦放出來，卻不曾有對自己的命令下達。看來，大夫人是鐵了心的不願意張府的姑子嫁與蕭莫。也不知是什麼原因？在她想來，但凡大夫人的命令有一絲鬆動，她自己已經被打扮好，坐在送往蕭府的馬車中了。

胡思亂想了一會兒，張綺有點累了，便趴在榻上沉沉睡去。

過不了多久，阿綠叫醒了她，「阿綺阿綺，有個叫蕭路的來找妳了！」

蕭路？張綺馬上站起，走了出去。

蕭路正站在五十步外的花園中，看到張綺走出，他略略點頭，卻沒有靠近。

張綺連忙向他走去。

蕭路看了一眼四周，從懷中掏出一個油布包，道：「這是我家郎君給妳的。」

「多謝。」

蕭路看著張綺，沒有忙著離去，而是問道：「張綺，郎君令我問妳，妳可與廣陵王相識？」

廣陵王？

張綺一凜，抬起頭來。

蕭路把她的表情收入眼底，略頓了頓，過了一會兒才繼續說道：「我家郎君說，他剛才聽到廣陵王說起一個喚張綺的美人。那時他恰好在側，便接過了話頭。現在，已有一名叫張綺的美貌小姑送到了廣陵王的身邊。」

蕭路盯著張綺，一字一句地說道：「我家郎君說，希望妳以後好自為之。」說罷，他長施一禮，低聲道：「告辭。」

以蕭路在蕭莫身邊的得寵程度，他完全可以不用向張綺行禮。可他想到自家郎君對這個小姑子如此上心，說不定什麼時候便納了去，成了郎君的寵妾，因此對她禮敬一些總沒有錯。

直到蕭路走出老遠，張綺還一動不動的。

她沒有想到，廣陵王那天的話，並不是唬她。

她更沒有想到，蕭莫居然敢隨便找個人冒充自己。

可是，蕭莫一定不知道，廣陵王是識得自己的，他見過自己的容顏。

想到這裡，張綺連忙向蕭路追去。

好一會兒，張綺才氣喘吁吁地尋到蕭路。見他正與府中一個管事說著什麼，她連忙躲到一側。

那管事一走，張綺便走了出來。蕭路看到是她，迅速走近，低聲問道：「怎麼了？」

張綺絞著衣角，低聲說道：「廣陵王識得我……」

一句話說出，蕭路臉色微變，他馬上說道：「我這就回去告訴郎君。」

廣陵王！

他居然不是唬自己的！

張綺在腦海中搜索著關於廣陵王的記憶。

也許是她的記憶中，廣陵王素有寬厚仁義的美名之故，張綺對他，甚至沒有對蕭莫那般防備。

她懼的只是廣陵王那註定風光而艱難的一生，做他的枕邊人，絕對不是一件容易的事。

她這一世只想安安靜靜地做個富人，在建康或類似的，極難經歷戰亂的地方度過一生。

雖然她的記憶、她的本能，刻下的都是魅惑男人的伎倆，可她真沒有打算嫁人。至少，是沒有打算把自己的一生、自己的生命，全部交到男人手中。

張綺在原地轉了一圈後，低著頭向房中跑回。

回了房中尋思一會兒，她記起了蕭路遞來的油包，連忙打開。

油包裡面，另有一個小包和一張紙。

她拿起那紙一看，頓時一驚。這張紙卻是一張房契，上面寫著一個三進的小院子。

再打開那個小包，裡面是一些褐色粉末。張綺看了看，把粉末收好，目光又看向那房契。

蕭莫把這東西給自己是什麼意思？給她一個院子，好在某一天把她接出去，然後當外室養起來？讓她見不得光地跟他一輩子？

難不成，他以為自己出身卑微，連帶的，連人也是卑微的？

冷笑兩聲，張綺扯著那房契，忍著把它撕了的衝動。好一會兒，她才拿起那油包把房契包好，再貼身藏起：她要扔到蕭莫的臉上。

快快地躺回榻上，張綺閉上眼睛：這個世間，哪有可以託付的男人？有的，只是可以通過算計而謀取的利益罷了。

睡了一兩個時辰，張綺還在迷迷糊糊時，阿綠的聲音從門外傳來：「錦姑子，我家阿綺還在睡呢，婢子去喚醒她。」聲音輕快跳脫中含著笑。

張錦的聲音傳來：「那還愣著幹麼？」語調中盡是不耐煩。

阿綠依然帶笑，她清脆地「誒」了一聲，蹬蹬蹬地向這裡跑來。

張綺連忙坐起，喚道：「阿綠，是不是我姊姊來了？」她連忙打開房門，喜笑顏開地看著張錦，快樂地說道：「姊姊，妳找我啊？」

所謂伸手不打笑臉人，張錦輕哼一聲，擠出笑容，點頭道：「妳梳洗一下。」

見張綺一怔，不解地看著自己，張錦沒好氣地說道：「馬車都在外面候著呢！快一點，只等著妳一個了！」

馬車在外面？難不成她還可以出門？

張綺雙眼一亮，興沖沖地應了一聲，便在阿綠的服侍中，快手快腳地梳洗好。

饒是她已經很快了，張錦還是一臉的不耐煩，見她終於出來，她狠狠瞪了一眼張綺，正準備發作，像想到了什麼似的，又壓低聲音，悶聲悶氣地說道：「真磨蹭，妳還真是不曉事！」

張綺連忙陪笑道：「姊姊教訓得是，是阿綺不曉事。」

「快點！」

側門外，停著二輛馬車，張綺和張錦坐上後，駛出不到一刻鐘，前方又出現了五輛馬車。其中一輛馬車車簾掀開，張軒正坐在裡面向這邊看來。

一眼瞟到張綺，張軒便是一驚。他跳下馬車，大步向張錦走來。

來到張錦面前，張軒壓著聲音說道：「阿錦，妳要幹什麼？」他瞟了張綺一眼，「妳都十五六歲，馬上就要議親了。這個時候，妳把阿綺帶出來幹什麼？」

他是在警告張錦，令她不要做出有損自己閨聲的事。

張錦氣得臉一白，瞪了張軒一眼，尖著嗓子說了一個字，又馬上把聲音壓低，「九兄，我帶她出來怎麼啦？」她心下氣極，不想理會張軒，便嗖地一下拉下車簾，悶在裡面賭起氣來。

張軒一怔，看了一眼臉色緊張不安的張綺，便向著車簾溫聲說道：「阿錦，是九兄不是，把話說重了，妳別惱。」

車簾晃了晃。

張軒想了想，又低聲說道：「阿錦，妳向來心軟易被人激，阿兄也是擔憂妳。」

馬車中，張錦哽咽的聲音傳來：「她有什麼好？你們一個個這麼看重她？」

張軒不解中，張錦氣惱的聲音又響起：「我還是你親妹子呢！你走！」

張軒愕了愕，搖了搖頭，返向自己的馬車走去。

車隊啟動，走著走著，又有十來輛馬車加入。這一下，馬車都快有二十輛了，已是浩浩蕩蕩，走在街道上，逼得路人連忙退向兩側。

張綺自上路後，一直坐在馬車中。直到一個熟悉的聲音飄來，她才掀開了車簾。

她看到了蕭莫。

他就在後面加入的十多輛馬車中，此刻，正掀開車簾，與張軒等人談論著詩文朝政。

蕭莫也在！

張綺忖道：張錦不會無緣無故把自己帶出府，定然是蕭莫交代了的，可是蕭莫這樣做是為了什麼？她伸手按向懷中的油包，磨了磨牙。

車隊繼續向前駛去。正是春光明媚，萬物萌發之時。一路上，不時可以看到高門大戶的車隊。便是從街道間川流不息的河水，搖晃而過的船隻，以及船隻上歌唱著的小姑，都給人一種勃勃生機。

張綺伸出頭去，靜靜地看著外面的景色。

蕭莫回頭看向張綺。

她正目不轉睛地盯著船隻上晃悠著白嫩雙腳，清唱著樂府舊曲的漁家女，那被額髮擋住的大眼睛中，竟滿滿都是嚮往？

蹙了蹙眉，一時之間，他有點不明白她了，那種三餐難繼的貧女，她為什麼會去嚮往？只是一瞟，他便收回目光，自失地一笑。

這時，車隊停了下來，卻是此行冶遊的河岸已經到達。

眾人紛紛走下馬車。此刻除了張錦，還有袁、蕭、謝府的幾個姑子。在郎君們湊到一塊說笑時，幾個少女不知不覺中也走到了一塊。

張綺遠遠地落在後面。

她知道自己的身分不討喜，便不想去受那份白眼。

這時，笑鬧聲大作，張綺抬頭，卻是幾個姑子和張軒等郎君陸續上了幾隻畫舫。也有一些郎君依舊站在岸邊，彼此低語著。

張綺靜靜地看著，她剛低下頭，卻是手臂一疼，一人把她重重一扯，帶入了樹林中。

張綺大驚，張嘴欲叫，一隻大手捂上她的嘴，一個低沉的聲音傳來：「是我。」是蕭莫的聲音！

張綺愕然，轉頭看去。

此時，蕭莫已把她拖入樹林中，見她傻傻地看來，他淡淡說道：「跟我來。」

說罷，他衣袖一甩，率先順著垂柳走向河中的一處迴廊。

張綺緊走幾步，訥訥問道：「這是往哪裡去？」

蕭莫回過頭來，定定地看著張綺，半晌，才慢慢說道：「去解決妳惹下的麻煩。」

她惹下的麻煩？

張綺一凜，馬上想道：廣陵王，他這是帶她前去見過廣陵王！是了，他隨意找個美人假冒自己，送給了廣陵王。這事不揭穿也就罷了，揭穿了，那對廣陵王是赤裸裸地打臉，是一種羞辱！因此，他現在帶自己去見廣陵王，是想當著他的面，表明自己是他的人。同時也是向廣陵王解釋，他的行為是情有可原。

以廣陵王的外使身分，和他的寬厚性格，蕭莫此舉，應是能夠消弭廣陵王的不滿。

兩人步入迴廊，迴廊的盡頭有個亭子，亭子孤零零地站在流淌的河水當中。靠著亭臺的，是一輛同樣孤零零的畫舫。

畫舫不大，繩索栓在亭臺上，正隨著風飄來盪去。

蕭莫來到亭臺上，逕自跨入那畫舫。也沒人伸手來扶，他便自顧自地鑽入船艙中。

張綺連忙跟上。

這個畫舫，只有兩個艙位，蕭莫推開第一個艙房走了進去，這艙房布置精美異常。張綺一進去，便看到一個黑衣長髮的少年，正手持酒斟，透過船窗，靜靜地看著遠方的青山漫漫。

他似是不知道蕭莫和張綺已經進來。

少年的身影還顯單薄，可那挺直的腰背，那飄逸的墨髮，在浮日陽光的映射下，卻有一種奇異的魅力。

直過了好一會兒，張綺才明白過來，這種魅力，叫做風華絕代！

只有那種天生不凡，那種風姿遠勝過世人，那種浮華塵世偶爾才可一見的絕代之人，才有這種魅力。

明明只是一個背影，可這一刻，不管是蕭莫還是張綺，都是氣為之奪，神為之懾，竟不由自主地安靜起來，靜靜地候在那裡。

這一刻，便是信心滿滿而來的世家貴介子弟蕭莫，也不由忖道：這樣的人，怎麼會在意阿綺這個小小的姑子？我卻是錯估了。

良久的沉默。

似是許久許久以後，卻是張綺率先開了口，她低低地，輕輕地喚道：「王爺。」

這一聲喚，驚醒了蕭莫。

蕭莫清咳一聲，也說道：「高兄，我把張氏阿綺帶過來了。」

聽著自個兒乾澀的語調，蕭莫眉頭蹙了蹙：怎麼只是一個背影，便讓我發揮失常了？

廣陵王沒有回頭，他依然看著外面的青山綠水。就在蕭莫等不及，正要說些什麼時，他低而清潤，動聽到了極點的聲音傳來：「張氏阿綺。」

「是。」

廣陵王清潤如流水的聲音傳來：「妳說這青山綿綿，綠水悠悠，如此美景，真如美人嗎？」

張綺從他的話中聽到了孤寂。

張綺長長的睫毛撲閃著，好一會兒，她才輕輕說道：「不是……青山萬載長在，美人卻只是一個笑話罷了。」

只是一個笑話而已。年少時，要付出比常人多幾倍的努力，才能得到世間的認可。年老時……沒有年老，她與他，都不曾有年老時。

自古美人如名將，不許人間見白頭！

紅顏薄命罷了！

「笑話？」廣陵王低低一笑。而一旁的蕭莫，見他自顧自地與張綺說話，而張綺回應時，更是吐詞雅致中，含著某種說不出道不明的意味。

這兩人似乎隔過他，有著某種彼此才知道的祕密……蕭莫回頭看向張綺。

張綺依然安靜地低著頭，還顯稚嫩青澀的小姑子，看來真不如外表顯現的那麼簡單啊！

這時，廣陵王慢慢轉過頭來。

突然的，蕭莫真覺得艙中光芒大盛，都灼花了他的眼，不由側了側頭。

張綺沒有，她在定定地看著，看著這個終於揭下了帷帽，露出真容的廣陵王。

甚至，她的眼神也如初見時那般，清澈平靜。

一直與廣陵王對視了好一會兒，張綺才陡然記起自己此行的目的。

她連忙低下頭，做出怯怯的樣子。

可這個時候擺出這模樣？廣陵王嘴角一扯，笑了笑。

他不笑已經是灼人眼，這一笑，更是光芒如日。

這時，蕭莫的聲音從一側傳來：「阿綺，給我和廣陵王滿上酒。」

語調平和從容，這是男人對自己的女人，主人對自己的侍妾的命令。

張綺抬起頭來，看向蕭莫。此刻，蕭莫還在盯著廣陵王，不曾注意她。

張綺想，如果她聽了，便是默許了蕭莫，默許了自己是他的人。

可如果她不聽從，那也是對蕭莫的直接拒絕，以及……對廣陵王的認同。

一時之間，她進退兩難。

尋思了一會兒，她笑了笑，伸手從懷中掏出那油布包，輕輕放在蕭莫身邊的几旁，細聲細氣地說道：「蕭郎之賜，阿綺愧不敢當。」

低下頭，她也不向蕭莫看一眼，自顧自地提壺斟酒，拔爐生火。

不一會兒，她提著酒壺走來，依然不曾向蕭莫看上一眼。張綺垂著眸，給兩人滿上酒，在酒水汩汩聲中，低低說道：「阿綺素喜宋時鮑照〈擬行路難〉中的一句詩：寧作野中之雙鳧，不願雲間之別鶴。」

清清脆脆，嬌嬌軟軟地念出「寧作野中之雙鳧，不願雲間之別鶴」。張綺閉緊了嘴，慢慢入下酒壺，向後退去。

她退到蕭莫身後，如一個婢子般，雙手交於腹前，低眉斂目。

她清楚地說出了自己的意思。

她說，她嚮往那美好的，成雙成對的情愛，寧願放棄榮華富貴的生活，也要找一個知心人。

這句話很文雅，很酸。
當然，這不是重點。重點是，蕭莫是個驕傲的，廣陵王更驕傲。
他們這樣的男人，在聽到自己這個不起眼的小姑子的志向後，定然不屑再作糾纏。
……本來也只是薄有興趣而已。這世間美貌姑子何其之多？她既不願意，那作罷便是。
船艙中安靜起來。
好一會兒，蕭莫哈哈一笑，道：「好一個『寧作野中之雙鳧，不願雲間之別鶴』！真看不出來，阿綺還有這等志向！」語氣中，帶著淡淡的嘲諷。
張綺抿唇低頭，沒有回話。
廣陵王沒有笑。
他只是靜靜地瞟了張綺一眼，然後端起她斟的酒一飲而盡。
張綺繼續低著頭，慢慢向後退去。
不一會兒，她便出了畫舫，跳到了亭臺上。
木製的迴廊，隨著人的走動，發出清脆而悅耳的「咚咚」聲，混合在流水中，彷若樂音。
張綺停下了腳步，慢慢的，那身後之人走到了她的旁邊，正是蕭莫。
蕭莫在定定地盯著她。
他的目光銳利，彷彿想把她看清看透。
張綺低著頭，陪了一個笑容，訥訥地問道：「蕭郎，廣陵王說了什麼沒有？」
蕭莫一笑，道：「妳想他說什麼？」
語帶不善，張綺頭更低了，也沉默了。
噠噠噠的木履聲遠去。張綺抬起頭，目送著漸漸離遠的蕭莫，頓了頓，也提了步。

不一會兒，兩人便來到了河岸邊。此時，還有五六個少年郎君坐在白緞鋪就的河岸草叢上，喝酒論詩著。

他們看到蕭莫到了，哄笑著把他拉了過去。

直到沒有人注意，張綺才悄悄走出。她沒有去人多的地方，而是來到停放馬車的地方，爬上來時的車輛，躺在上面，閉上了眼睛。

她應該睜開眼，四下遊蕩遊蕩的。

她與別的姑子不同，她難得出門一趟，這明媚春光，對她來說是如此的美麗。

單手支著頭，透過車簾看著外面，張綺有點失神。

如果那記憶都是真的，她為什麼會轉生？那樣死了不是很好嗎？乾乾淨淨的，再也沒有了掙扎，沒有了噩夢，沒有了絞盡腦汁的盤算……

她垂下眼眸。

正在這時，一陣腳步聲傳來。

張綺回頭看去，只見兩個黑衣漢子簇擁著一個同樣著黑裳的少年悠然而來。

那少年高大俊挺，戴著厚厚的帷帽，不是廣陵王是誰？

是了，那輛就是他的馬車。

就在這時，武藝高強的廣陵王感覺到了一束目光，他頭一轉，這一下，對上一雙水汪汪的明眸。那眼睛的主人見他看去，嚇得刷地一下拉下了車簾。

……還真被他嚇著了？

廣陵王一笑，腳步一折，慢悠悠地朝著張綺走來。

張綺把車簾緊緊拉起，縮在角落裡眨巴著眼。就在她大氣也不敢呼一聲時，「叮叮」兩聲，車轅被人敲了敲，一個清潤動聽的聲音帶著幾分戲謔地傳來：「拉開車簾！」

張綺咬了咬唇，一雙眼睛骨碌碌轉動著。就在她尋思著如何回應時，眼前寒光一閃，車簾一斷為二。

廣陵王施施然收回長劍，然後抬眸，對上也不知是傻了還是驚了的張綺的眼。

直過了一會兒，張綺才發出一聲低叫。轉眼，她伸手捂著嘴，低頭便向馬車下面瞅去。

見她不理自己，廣陵王奇道：「妳在尋什麼？」

張綺慌慌張張地尋到馬車踏板，胡亂跳下後，才抬頭看向廣陵王。

廣陵王還在望著她。

張綺暗嘆一聲，苦巴著臉說道：「這馬車是我嫡姊的。待會兒她回來看到車簾破了，定然饒不了我。我還是趁她不知道，早早離開此地的好。」

說到這裡，她好聲好氣地問道：「王爺，你不離開嗎？」

這是在催促了！帷幕後，廣陵王笑了笑。

他慢慢說道：「這裡甚好。」

這裡甚好？這鬼地方有什麼好？

見張綺雙眼睜得老大，眼珠子骨碌碌地望著自己。這個時候的她，哪裡還有剛才的老成？

廣陵王又笑了笑。

「張氏阿綺。」

張綺嗯了一聲，抬頭看向他。

廣陵王伸手把她額際的亂髮撫平，在張綺僵直得一動不敢動時，他開口了：「那個叫蕭莫的說，妳是他的人了。妳眉緊腰直，分明還是處子之身。」張綺刷地一下臉紅過耳，而廣陵王還在繼續說道：「此人戲我在前，現在，又想糊弄於我。張氏阿綺，妳說我當如何？」

張綺睜大了眼。

她傻傻地看著廣陵王。他當如何？她不是說得很明白嗎？她想要的是兩情相悅的生活，她不願意選擇他們兩個中的任何一個。怎麼不管是蕭莫還是他，都置若罔聞？

這時的她，渾然忘記了，不錯，這兩個人都是驕傲的，可她是什麼身分？不過一個隨手可取的，各大家族習慣當「妓妾」培養的私生女，這樣的她，哪配擁有什麼心願？同樣的話，若是堂堂公主或張氏的嫡女這種人說出，可能還會讓男人想一想。

大眼巴巴地看著廣陵王，對上帷幕下，他那模糊的，卻俊美得讓世人只可仰望的臉，張綺結結巴巴地說道：「我、我沒有那麼美的。」

她就算是個絕色，好似也沒有美到讓廣陵王為她一爭的程度。

真的沒有！

聽明白了她的意思，站在不遠處的兩個黑衣大漢同時咧嘴一笑，要不是忍著，只怕他們已經大笑出聲。

廣陵王也笑了。

他身子微傾，臉湊近了張綺的臉，在呼出的氣息輕輕扇到張綺的臉上，令得她僵硬如鐵時，他低笑的聲音傳來：「不錯，妳沒有美到讓我一爭的地步……不過，我喜歡妳的眼神，它很乾淨。」看向他時很乾淨，這在小姑子中，是唯一的。

隨著他年歲漸長，逼迫他娶妻納妾的聲音越來越多。隨便一個什麼人都想往他的院子裡塞幾個女人，他實是推都推煩了。最可恨的是，他只要一對那些花癡發火，剛轉背，便滿大街都是他喜歡男風的流言。

他的身邊，也是要有一個女人了。

還有，他不喜歡蕭莫那樣，戲他唬他，當真以為他好欺？

張綺這時已完全明白他的意思了。

她白著臉，想說些什麼，卻是舌頭打結。

廣陵王站直身子，垂下雙眸，修長的手指撫著寒瑩瑩的劍鋒，漫不經心地說道：「這兩年，妳還無須如此懼怕。」

直過了一會兒，張綺才明白他的意思。

他是說，自己還沒有長大，他現在不會動她吧？

原來他要她的話，真不是開玩笑的！

這一下，張綺直是臉白如紙。

她瞪著他，想說什麼，嘴唇翕了翕，卻是什麼話也說不出。

也不知過了多久，急得背心都滲出汗了的張綺，突然嘴一張，哇的一聲哭了出來。

張綺小臉蛋大眼睛，肌膚白白嫩嫩的，相當可人。這一哭，長長的睫毛上沾著大顆大顆的淚水，一滴滴滾落於臉龐，映著七彩陽光，甚是好看。

為了看得更清楚一些，廣陵王甚至伸出手，幫她把額髮拂開。

對上他的眼神，張綺哭不下去了。

她眨巴眨巴著眼，慢慢止住哭泣，小聲抽噎起來。

「不哭了？」

張綺哽咽著點了點頭。

「很好，」廣陵王道：「我不喜歡愛哭的姑子。」

真的？

張綺睜大了眼。

看到她亮了雙眼，廣陵王又有點想笑，他冷著聲音說道：「特別是假哭之人，我一見了，便想一劍砍殺！」

張綺眼中的亮光消失了。

廣陵王嘴角扯了扯，撫上她的臉，「回府後收拾一下包袱，到時可沒時間等妳。」

張綺的雙眼瞪得滾圓。

她的唇顫了顫，又顫了顫，終於無力地說道：「可是、可是……我不想。」

「我說了，妳的眼神很乾淨，而且妳容顏不錯，不至於讓我看了心煩。所以，妳不想也得想。」乾乾脆脆地丟下這句話，廣陵王從懷中掏出一錠金子扔給她，「回去準備一下，該打點的多打點。」

說罷，他施施然轉身，帶著兩個黑衣大漢上了馬車。

直到他的馬車走了一會兒，張綺才低叫一聲。轉眼，她便閉緊了嘴。

傳說中，他明明是個寬厚大度的，這樣的人，應該不喜強人所難，怎麼事實上根本不是如此？

她也不想想，廣陵王的寬厚大度，是針對他的屬下。她又算什麼？在天下男人的眼裡，如她這種身分的小姑子，鬧脾氣是小性子，說什麼心願也是小姑子愛做夢。反正不是給了這個，便是給了那個低微之人，自己撿去，等過上好日子她就會知道感激慶幸的。

張綺呆呆地站著，好一會兒才轉過頭。

這一轉頭，她看到了站在二十步開外，正冷冷地看著她的蕭莫。

蕭莫？他什麼時候來的？

見張綺終於注意到自己了，蕭莫大步向她走來。
盯了她一陣，他轉頭看向廣陵王那遠去的馬車。
回過頭，蕭莫看著低頭苦著臉，額髮早就被重新梳下的張綺，他聲音放緩，說道：「拿來？」
「啊？什麼？」
「金子。」
金子？廣陵王給的金子？張綺手顫了一下，好一會兒才咬著牙，把那金子遞到蕭莫手中。
剛把金子遞出，她便笑得雙眼成了月牙兒，歡快地對著蕭莫說道：「阿莫，這金子可以購進一些良田嗎？你幫我再買上一些好不好？」
腦子倒轉得很快！
蕭莫盯著她，聲音低而沉，「妳要那麼多良田幹什麼？難不成還怕沒了飯吃？」他把金子收入懷中，另外拿出一個油布包來。
把這個張綺熟悉無比的油布包遞給她，蕭莫道：「金子妳就別想了，收下這個吧。」
張綺接過。
她不必看，也知道這油布包裡面放的是一張房契。
她剛剛才把它送還給蕭莫，這一會兒，他又重新把它送到她手中。
張綺低頭看著它。
她想磨牙，想把它扔回蕭莫臉上，想……可她什麼也不願做了。
有什麼用？她的話說得再硬，也沒人聽進耳；她的志向說得再偉大，也被人權當笑話。也是，那些迎來送往的歌妓，那些生死輾轉的妓妾，怎麼可能會有男人願意聽她們說自己的心思？
便如那美人賦，只須把美人的衣物形貌寫得動人就可以，哪管美人的笑容底是淚還是恨？

張綺垂眸，把那房契收入懷中。

也好，她自己是沒有辦法反抗廣陵王了，看看蕭莫有什麼好法子。見她收起，蕭莫終於綻開一個笑容，他摸了摸她的臉頰，沉聲道：「把自己藏好一些，不可再有下一次了。」說到這裡，他又深深地凝視著張綺，從剛才她與廣陵王的對話便可以看出，這個小姑子藏了很多事。

他是說，她的臉，不能再讓他人看到了，他無暇一次又一次地應對她惹下的麻煩吧？

張綺垂眸，無心應是。她轉過身便想爬上馬車。

蕭莫瞟了一眼那車簾，向遠處的蕭路招了招手。

蕭路小跑而來後，蕭莫朝著車簾一指，道：「馬上令人做個同樣的車簾送來。」

蕭路一看，苦著臉說道：「郎君，怕是沒那麼快。」要趕在張錦發現之前，怕是不能。

蕭莫嗯了一聲，道：「慢也無妨。」

「是。」

蕭路走後，蕭莫雙手負於背後，靜靜地看著遠處的青山，只是不吭聲。

張綺縮手縮腳地站在他身後，也不敢吱聲。

過了好一會兒，蕭莫沉聲說道：「廣陵王剛才跟妳說了什麼？」

「啊？廣陵王？他給了我金子，還說要我準備準備。」

聽著她脆脆小小的聲音，蕭莫轉過頭來。

他盯著她，問道：「妳與他是怎生相識的？」怎麼對她如此關注？

張綺十指相抵，小小聲說道：「就是那日郎君府上有宴，我在塘邊洗了一把臉，給他看到了。他說，我眼睛很乾淨，看他時沒邪思，他喜歡。」

以廣陵王的姿色，倒是有這可能。

蕭莫臉色更沉了。

好一會兒，他才說道：「回去後安分些，這事我會處理。」

張綺沒有吱聲，見他盯著自己，她才低低說道：「阿綺還是喜歡那句詩。」

便是那句「寧作野間之雙鳧，不願雲間之別鶴」嗎？蕭莫盯向她。

他徐徐說道：「那是不可能的事，妳不用喜歡。」

張綺臉白了白，終是閉緊了嘴。

既然說話沒用，那就用行動的吧。

這時，後面傳來一陣嘰嘰喳喳聲，眾郎君姑子回來了。

張綺連忙朝著蕭莫一福，「阿綺告退。」一說罷，她貓著腰，幾個閃身，便躲在了一輛馬車後。

見她鬼鬼祟祟，那瞅向自己的大眼還眨巴眨巴地求著，一直有股鬱氣的蕭莫心下一軟。

他朝她點了點頭，回過頭去，斯文俊秀的臉上，布上一個讓人如沐春風的笑容後，迎了上去。

不一會兒，一聲驚叫令得張綺顫了顫，「這、這車簾怎麼回事？」

接著，一個郎君的驚嘆聲也傳來，「這分明是被利器所割！難不成有盜匪盯上了？」這話一出，四下嗡嗡一片。張錦的兩個婢子連忙爬上，不一會兒，一婢在裡面說道：「東西都在呢。」

議論聲越演越烈，眾人的想像力也越來越豐富。張綺見人到得差不多了，偷偷摸摸地鑽了出來，混在了人群中。

過了一會兒，蕭莫說道：「這地方還是不要耽擱久了，既然人已到齊，走吧。」一句話提醒了眾人，既然這裡可能有盜賊，還是速速離開的好。

眾人連忙鑽進馬車，張綺也順勢入了自己的馬車。

張錦剛坐下，便看到旁邊的馬車上，張綺上去了。她朝她一瞪，正要發火，瞅到蕭莫的馬車，終是放軟了聲音：「妳剛才到哪裡去了？」

原來張錦還是注意到自己了。

張綺不知道，張錦是一直在注意著蕭莫，這才發現張綺也不見了。

張綺低聲道：「我、我想如廁，走著走著，卻失了方向。」見張錦臉寒如水，她急得咬住了舌頭，「姊姊，妳別惱，我說，我說……是我沒有看過外面是什麼樣，一時貪玩便走失了方向。」

她這麼一說，張錦相信了。她瞪了一眼，壓低聲音喝道：「就是個沒見過世面的！」

正說著，感覺到一縷目光瞟來，她連忙回頭。

看她的，正是蕭莫。四目相對，蕭莫朝張錦溫柔一笑。這一笑，頓如夏日的一碟冰水，張錦通身皆涼，這次遊玩被他冷落的落寞一下子消弭無蹤。

本來這次冶游就是蕭莫提議的，當時張錦還以為自己可以與愛郎歡快地相處半天的。得了蕭莫一個笑容，張錦明顯心情好轉，看張綺時，也不再那麼橫挑眉毛豎挑眼的。

張綺看在這裡，不由忖道：難不成，大夫人已經同意蕭莫與張氏姑子親近了？

這樣一想，她直嚇了一跳，雙手緊緊地絞著手帕。張綺想道：如果大夫人的禁令解了，廣陵王的事一解決，自己便會被一輛馬車送入蕭府。

不行，不能這樣！

她咬著唇，尋思道：這般被動的感覺真是不好！

忖到這裡，感覺到有目光看向自己。張綺抬頭，這一抬頭，張軒衝她溫柔一笑，點了點頭。是九兄呢！

在他面前，張綺是放鬆的，她回以一笑。

馬車駛回了張府，一落地，張綺便感到疲憊非常。回到房中，她懶懶地躺在榻上，要不是以她的身分，沒有隨意沐浴的資格，她想泡在水裡好好冷靜一下。

側過頭，看著紗窗外的天空，張綺想道：只能等了。

是的，只能等了，不管是廣陵王的決定，還是蕭莫的動作，她只能被動地接受。

也許，有些人眼裡，能被這麼優秀的兩個男人索取，她得榮幸才是。可張綺深深地明白，他們索取自己，與索取任何一樣他們相中的物品沒有區別，不過玩物罷了。

記憶中，她都不是玩物，這一世，她更不可能是一個玩物！

想到疲憊處，張綺閉上了眼。

直到阿綠的笑聲從外面不時飄來，張綺才坐了起來。她從懷中掏出蕭莫給她的房契，咬著牙，趴在地上翻出先前的房契地契，然後放在一起。

這房子，權當是自己賺來的！

一天轉眼過去了。

這一天，張綺過得非常平靜。

第二天一大早，張綺尋到依舊在亭臺上讀書的張軒，偎在他身邊，跟他學了一會兒詩文後，張綺怏怏地垂下眼。

張軒看向她，關切地問道：「阿綺可是不適？」

張綺搖了搖頭，小小聲地說道：「不是。」她眨著大眼，想了想好，囁嚅說道：「我有一事，瞞著九兄。」她看向他，「九兄，你會不會怪我？」

張軒見她表情可憐可愛，不由伸手撫上她的髮，溫柔道：「九兄怎麼會怪妳？」

張綺燦爛一笑，道：「真的，九兄不怪我？」她瞅著他，悄悄聲地說道：「上一次，我繡了一幅畫放在外面寄賣，結果陛下看到了，給了我八十金……」

張軒不敢置信，驚道：「當真！」

對上一臉認真不似作偽的張綺，他站了起來，負著雙手說道：「當今陛下於詩畫之道，造詣極深，阿綺繡的東西竟然連陛下也喜歡？那定是極好極好！」

張綺被他誇得紅了臉，她從懷中掏出一個手帕，從睫毛底下瞅向張軒，又是歡喜又是羞怯地說道：「便與這個一般的。」

張軒伸手接過，把手帕一打開，便是一怔，不由嘆道：「阿綺真真聰慧！」轉眼，他想到她學詩文時的慧穎，也不奇怪了。

張綺又小心地掏出一個油包，朝四下看了一眼，見沒人注意後，她咬著唇說道：「這裡有兩套房契和一些地契，便是那金購來的，阿綺想求九兄幫我售賣了。」

她低下頭，左手絞著衣角，喃喃說道：「我原還想著，要是有一天能嫁出去，這些還可作嫁妝……眼下阿綺明白了，此身終是浮萍，說不定哪一日便給飄到了天盡頭，還是留些銀錢傍身的好。」

她語氣低弱，小小的身軀在春風中，不勝寒意地哆嗦著。

饒是張軒早已習慣，饒是他從骨子裡便認為，地位低微的庶女私生女，被人索了作妾是極正常的。這時刻，也浮起了一縷憐惜。

他看著張綺，似乎直到這時刻，才發現她也是一個活生生的，怕死怕孤單，怕欺凌的人。

張軒沉默著，從她手裡接過油包。

他剛接過，便看到張綺巴巴地望著那油包，那小臉上，除了希望，還有著緊張、害怕，甚至是惶惑……彷彿，他手裡拿的是她一生的依靠，是她立身存命的根本。沒有了它們，她就一無所有了！

張軒一陣心酸。

他把油包放入懷中，伸手撫著她的臉，低低說道：「妳放心，兄長必會辦得妥妥的。」

轉眼，他又關切地問道：「換了銀錢妥當嗎？」

張綺搖頭，低聲說道：「阿綺聽人說過，那些大府人家的妓妾姬侍離府和入門時，有些得了勢的奴僕，會搜身的。」

張軒皺著眉尋思了一會兒，道：「那全部換成金子如何？金小易藏。」

張綺大力地點著頭，嫩白的小臉又可愛又可疼，「好的好的，多謝九兄！」

張軒這時已打定主意，到時折成金子後，自己再添點進去，便說是售價提高了。

他伸手掐了一把張綺嫩嫩的臉，笑道：「不用謝。」頓了頓，他說道：「以後妳許人，九兄會看顧點，不至於讓那輕薄荒淫之徒得了去。」

這有什麼用？蕭莫是荒淫之人嗎？廣陵王更不是。關鍵是，她不能以妓妾或侍妾的身分嫁給任何人。

當然，張綺不會說出來。她調皮地朝著張軒一福，笑嘻嘻地說道：「那阿綺多謝九兄。」

張綺忖道：等金子拿到手，便是最終還得跟廣陵王走，也有了傍身之資了

正在這時，張綺瞟到一個婢女急匆匆向張軒走來，連忙一福，道：「九兄，阿綺得走了。」

張軒點頭時，她順手把額髮梳了下來。

那個婢女身後，跟著一個少年，少年大步走來，遠遠看到張軒便是喚道：「陳九，你小兒回來這麼久，怎地不來見我？」

他幾個箭步便衝到了張軒面前，眼一瞟，看到了走出五步開外的張綺，不由咦了一聲。

張軒問道：「你咦什麼？」

少年皺眉道：「這個背影好像在哪裡看過。」他轉向張軒，眼巴巴地問道：「她是誰？」

張軒嘆道：「是我的一個妹妹。」見少年眼睜睜地盯著自己，一副不說清楚不甘休的模樣，他無奈地說道：「她母親，是我父親在外面識得的，前不久才把這個妹妹從外祖家接回來。」說到這裡，他打量著少年，「陳岂，你見過阿綺？」

陳岂一時卻想不出來，他皺眉苦思中，張軒心神一動，暗想道：阿綺對自己的將來憂心忡忡的，若是能嫁與陳岂，倒能免了她的煩惱。

這個陳岂，雖然是皇姓宗室，可幼年喪父，家境只稱得上富裕。而且他家裡人口簡單，他父親沒有通房妾室，他母親對他也是管教甚嚴，陳岂到現在還沒有近過女人。若是把阿綺許給他，便是當不得正妻，也能有一席之地。

陳岂看起來臉嫩，實際年紀也有十七了，聽說他母親催促得厲害，這陣子明的暗的不斷相看。想到這裡，張軒喚道：「阿綺，回來。」

張綺才走出幾十步，便聽到身後兄長的叫喚。她怔了怔，轉過身來。

張軒朝著她揮了揮手，喚道：「過來。」

「是。」張綺應了一聲，小步走了進來。

隨著張綺走近，陳岂的表情也越來越失望。

陳軒看了好笑，張綺剛剛走到他面前，他便命令道：「阿綺，這位是陳世兄，你們見一見。」

張綺轉身，朝著陳岂盈盈一福，喚道：「陳世兄。」

陳岂連忙還以一禮，就在這時，站在張綺旁邊的張軒伸出手拂向張綺的額髮。

把她秀髮拂開，露出白淨的額髮。張軒轉過頭，對著看呆了的陳岂嘆道：「我這個妹妹害怕所託非人，一直用這種法子遮著面容。」

說罷，他重新把張綺的額髮梳下，對著羞紅著臉，手足無措的張綺說道：「好了，時辰不早了，妳去學堂吧。」

「是。」

張綺剛剛轉身，陳邑一把抓住張軒的袖子，雙眼放光，急急地說道：「阿軒，我今日方知，何謂亭亭似月。」

十三歲的張綺身段嬌小玲瓏，整個人於纖柔中帶著靈透，正是南人最喜歡的姑子類型。

他目眩神迷地看著遠去的張綺，低聲吟道：「白日黯黯，和風騷騷，有一美人，臉若霞染，光照左右。」

張軒笑了。

他伸手摟過陳邑的肩，湊近他低聲說道：「不止如此，阿邑，我這個妹妹，可是少有的聰慧之人。若不是出身不夠，建康第一才女定然輪不到王氏阿芫。」盯著陳邑，他認真地說道：「陳邑若想求娶，我或許能助一臂之力。」

這話已說得相當明瞭。

陳邑蹙著眉，認真地尋思了一會兒，轉頭向張軒說道：「我得回去問問母親。」

「好。」

別了張軒，張綺低著頭，急急向學堂走去。

她一邊走，一邊走著剛才張軒與那個陳邑的表情，以她的聰慧，自是能猜到，張軒是想把自己許給那個少年。

只是，那少年與張軒交好，在張宅中又是進出自如，只怕也是個有身分的。那樣的人家，怎麼可能允她做妻？罷了，便是做了他人之妻又怎麼樣？這世上的男人哪裡信得過！

張綺搖了搖頭。

她急著趕回學堂，又想著心事，便沒有注意左右。

直到眼角的餘光看到前方兩個人影，張綺才抬起頭來。卻原來，是一個婢女扶著一個衣著樸素的婦人迎面走來。此時，兩人離她只有五步遠。

只能容得兩人同行的林蔭道窄小，張綺收住腳步，向一側讓去。

主僕二人繼續向前，就在她們與張綺擦身而過時，那婦人腳下一滑，撲通一聲坐倒在地。張綺還沒有反應過來，她已雙手捂肚，白著臉大聲呻吟起來。

隨著婦人的呻吟聲，她的裙襦下，一縷可疑的血跡漸漸滲了出來，慢慢流到了草地上。

婢女大驚，她尖叫一聲，急急叫道：「來人，來人，女郎，女郎妳怎麼了？」

婢女的叫聲尖銳而響亮，在一陣兵荒馬亂的腳步聲中，她突然伸手，扯住想要離開這混亂場所的張綺，尖著嗓子罵道：「妳撞了我家女郎，還想溜了不成？」

什麼？

張綺赫然抬頭。

在趕來的人群中，婢女手指指著張綺的鼻尖，尖聲道：「便是她，便是她撞了女郎，嗚……」

在婢女的尖叫聲中，已有幾人撲到了少婦身上，一婆子看到她染紅的襦裙，臉色一白，尖叫道：「天殺的！女郎的孩兒……」

婆子的話，驚醒了眾人，五六雙目光齊刷刷低頭。這一看，她們同時臉色微變。再看向張綺時，已滿是指責和憤怒。

那婆子搖著嗚咽著，險些昏厥過去的少婦，急急問道：「女郎，妳這是怎麼啦？」

少婦睜開無神的手，伸出手，直直地指向張綺，只是淚流不止。
張綺向後退出一步。
而這時，被驚動了的張軒和陳邑也趕到了，他們正好看到那少婦指向張綺的這一幕。
在張軒皺著眉關切地看向張綺時，陳邑上前一步，朝著眾人問道：「到底怎麼回事？」
那婢女口舌流利，指著張綺，清脆地，尖銳地說道：「奴扶著女郎散步，突然這姑子急急而來，也不看人，便這麼撞上了女郎！」說到這裡，她淚如雨下，咬著袖抽噎道：「我可憐的小主子……」
陳邑迅速轉頭，盯著張綺。見張綺冷著臉看著那對主僕，臉上表情毫無愧疚，不由眉頭一皺。
張綺沒有看她，甚至這個時候也沒有心情去注意張軒。
陳邑搖了搖頭，朝著張軒一拱手，嘆道：「世兄，阿邑先行告退了。」
張軒點了點頭，陳邑大步離去。
事出突然，這件事從頭到尾，都沒有讓張綺有開口的機會。她每次剛要張嘴，那婢女便是一聲尖亮的嚎哭。
就在那婢女聲淚涕下地指責張綺的莽撞時，突然的，張綺聲音一提，清脆而響亮地說道：「靜一靜！」
這一聲喚，令得喧鬧的眾人同時一靜，那婢女也止住了尖叫。
張綺走向那少婦，來到她近前，那婢女一個箭步擋在主子面前，尖聲道：「妳還要幹什麼？」
張綺止步，轉向一側的張軒，朝著他福了福，清脆地說道：「還請九兄做主，派兩人上前。」她指著那少婦的腹部，「阿綺懷疑此中有詐！」
她聲音一落，那個婢女便尖叫一聲，「什麼？」她朝著張綺縱身撲來，尖利的指甲便抓向她的臉。張綺急急退後一步，她躲在張軒身後，扯著嗓子清脆地叫道：「妳家女郎的肚腹中，不是藏有血袋，便是藏有染料！」

這句話，不但聲音響亮，而且果斷無比。

眾人齊刷刷看向那少婦，四下安靜下來。

張軒走出一步，他皺著眉盯著臉色發白的主僕兩人，回頭朝著兩個貼身婢女喝道：「妳們上前查看查看。」說罷，他背對著少女大步走開。

當張軒避到一旁時，嗡嗡聲再起。而張軒的兩個婢女，已提步向那少女走去。

隨著她們走近，主僕二人臉色越來越白，越來越白。終於，那少婦尖叫一聲，真正昏了過去。看到自家女郎昏倒，那婢女再也扛不下去了，撲通一聲軟倒地，白著臉抽噎道：「不……」

到得這時，眾人哪有不明白的？一婆子走上前瞪著那婢女，指著她喝道：「殺千刀的賤婢！這種事妳也敢胡亂攀誣？妳好大的膽子！」

那婢女這時已沒有半點僥倖，她爬向那婆子，抱著她的腿哭道：「尚媪，我錯了，我錯了！」哽咽聲中，張軒的命令聲遠遠傳來：「在這裡哭做甚？沒得丟人現眼，拖下去！」

接著，他又命令道：「阿綺，妳過來。」

「是。」

張綺看了一眼狼狽離去的主僕兩人，碎步走向張軒。

張軒伸手撫著她的臉，愉悅地說道：「我家阿綺，當真是聰慧之人。」他好奇地問道：「妳怎麼知道她腹中有詐？」

張綺乖巧地說道：「我沒有碰到她她就倒了，後來她主僕二人異口同聲地指摘我。當時阿綺便想，她們是想賴我，那婦人定然是假意摔倒。然後阿綺便想到，她既是假意摔倒，那流出的血也定不是真血。」說起來，她還要感謝蕭莫，要不是那日他用染料冒充鼻血戲了自己，她也不至於反應那麼快捷。

張軒嘆道：「阿綺真真聰慧！」他還是第一次知道，內宅婦人也有這麼多的手段。還有阿綺這麼一個純真乖巧的小姑子，竟然也有人特意來陷害她。

嘆息一陣後，他連連搖頭。

一連得到他兩聲誇讚，張綺一點也不高興。

這數月來，所有人都忽略她無視她，特別是張蕭氏，已經認定她無須在意。可這一下，卻生生把她推到了張蕭氏等人的目光中。

與張軒告辭後，張綺朝學堂走去。

第一堂課結束後不久，一陣議論聲從旁邊傳來，伴隨著議論聲的，還有眾姑子時不時投來的，端詳的目光。

嗡嗡的議論聲中，第二堂課到了。

這一堂課，是張綺喜歡的刺繡。

可是，她現在一個字也聽不到，充斥在她耳邊的，是眾姑子不時的低語聲。

「真看不出來！」

「反應好生快速呢！」

「怪不得幾個教習都看重她，原來是個心機沉的！」

議論聲中，張綺的頭更低了。當這堂課結束時，張綺已從眾人的閒語中得知了情由。

那個婦人是九房的庶女，於兩年前嫁給江左羅氏為媳。新婚兩年無孕，她受盡了白眼。幾天前，她與新納了幾房妾室的夫君鬧脾氣，便回到娘家暫住。

住了兩天後，她身體出現不適，狀似風寒，羅張氏自行取了些族裡備好的丹藥服下，哪知這一服，下腹立刻流血不止。羅張氏這才發現，自己流產了。

羅張氏十分絕望，好不容易有了孕，卻因自己的不慎給流掉了。那個本來不喜她的婆母，不知還能不能容得下她。

無助之中，經過婢女的提醒，她注意到了在張氏最沒有倚賴和地位的張綺。主僕二人想著，如果把流產之事賴在張綺頭上，說不定夫家憐她無辜失子，不會怪責她，於是有了上面那一幕。

現在，羅張氏已被夫家接回去了，已經知道一切事由的夫家會有什麼決定，就不是張綺所能知道的了。

正如張氏所料，此時此刻，知道了事由的張蕭氏，實實大吃了一驚。

她瞪著站在下面的阿香，好一會兒才說道：「原是人不可貌相。」她瞇起眼睛，喃喃自語道：「我就說呢，一個卑賤的鄉下俗物，竟然使得阿莫和軒兒都歡喜……卻原來看走了眼！」

一個婆子在旁邊說道：「可不是呢，看起來這麼不起眼的一個小姑，心眼竟是賊多。仔細想想，錦姑子幾番惹惱了大夫人，未必沒有她作祟。」其實婆子也知道這話牽強，不過她對張蕭氏的心事摸得清，知道她這個做母親的，寧願相信自己的女兒是被人慫恿的，也不願意承認女兒愚蠢。

張蕭氏的臉色陰沉了。

她冷笑一聲，說道：「阿莫派的人還在外面等我信兒呢。他要我放出她去，說什麼萬一大夫人問起，便說是送給蕭策作妓妾，出了門後他自有安排。阿莫這孩子向來體惜，這次又做了一件讓我滿意的事，我原是準備順口應了的。現在看來，阿莫這孩子定是被那賤婢蠱惑了。」

她從案下拿出一封信，把它撕了，對阿香說道：「妳出去跟那個蕭路說，阿綺這個姑子居心叵測，姑姑不能讓她害了阿莫，此事不能應。」

「是。」

* * *

張綺不知道，她的命運差一點便回到原來的拐點。

躺在榻上，她對著一臉怏怏不樂的阿綠暗嘆了一口氣，低聲說道：「阿綠。」

阿綠抬頭看向她，圓臉上的一雙大眼眨巴眨巴的。

張綺坐直身子，盯著阿綠，她嚴肅地說道：「阿綠，夫人已經提防我了。不止是她，這府裡很多人都注意到我了。從現在起，妳也要改了改性子，以後不管見到什麼人，話只能說三分。不該妳管的事千萬不能管，不該妳說的話永遠不能說。還有，我說了什麼話，妳都不能說出去！」

阿綠對上一臉嚴肅的張綺，心也懸起來了。她點了點頭，認真地說道：「我都聽阿綺的。」

張綺嗯了一聲，又細細地交代了幾句。

讓張綺沒有想到的是，張軒做事十分俐落。一天還沒有到，傍晚時分，他便找到了張綺的住所，遞給了她一個布袋。

張綺伸手一接，哪知手下極沉，布袋砰的一聲掉落地上，發出一聲悶響，差點砸到了她的腳。

張綺嚇了一跳，她見房門依舊緊閉，阿綠也在外面守著，便蹲在地上打開了布包。

黃燦燦的金光耀花了她的眼！

張綺瞪大了眼，她猛然抬頭，看向張軒，結結巴巴地說道：「九兄，這裡有多少金？」

張軒寵溺地看著興奮得話都不會說了的張綺，溫柔道：「一百五十兩金。」一見張綺張嘴要說什麼，他咳了咳，認真地說道：「阿綺，妳沒有出門，所以不知道外面的行情。這幾天建康的房價突然漲高了不少，所以給妳撿了一個便宜。」
哪裡會是房價漲了？分明是九兄在裡面添了些！
張綺小巧的紅唇抖了抖，卻沒有再多說什麼，而是站起來，向張軒盈盈一福，低聲道：「九兄對阿綺的好，阿綺銘記於心。」
張軒呵呵一笑，伸出手揉了揉她的頭。轉眼他想到一事，說道：「對了，為兄遇到陳邑，把上午的事解釋了一下。他聽過後大為讚嘆，他問過他母親後，已決定拿出二十兩金聘妳為妾，妳可願意？」
在這個時代，妾也分等級。聘娶之妾地位較高，而購買所得者，地位較低。
生怕張綺不願，他又詳細地解釋道：「陳邑這個人為兄是知道的，他家規甚嚴，身邊又沒有通房歌妓，將來最多是娶一個妻室。阿綺，為兄想了想，妳嫁給他還是不錯的，將來夫妻三人，定能和和美美。」
張綺眨了眨眼，低下頭，對著張軒福了福，低聲說道：「阿綺累得九兄操心了。」頓了頓，她堅定地搖了搖頭，道：「九兄，那個陳邑，阿綺不想。」
「為什麼？」
張軒皺起了眉頭。
張綺抿緊唇半天沒有吭聲，在張軒有點失望時，她咬唇說道：「阿綺不歡喜他。」
這句話一出，張軒差點呵斥出口。可見到張綺抬起頭，濕漉漉的小鹿般的眼睛望著他，眼神中帶著說不出的憂愁，他又開不了口了。
張軒長嘆一聲，說道：「也罷，這事便放一放。」
張軒盯著張綺，欲言又止。

過了一會兒，他說道：「阿綺可是喜歡蕭莫？」他長嘆一聲，說道：「蕭莫是大家子弟，負蕭氏厚望。蕭氏對他的婚事關注頗多，便是公主尚他，蕭氏也不願。為兄想來，將來他的嫡妻，不是王謝便是袁氏嫡女。這等高門貴女，未必能容下阿綺啊。」

張綺聽到他話中滿是關切，心下很感動。她搖了搖頭，輕聲說道：「不，阿綺不喜歡蕭莫，更沒有想過要嫁他。」說到這裡，她咬著唇，大眼濕漉漉地看著他，道：「九兄，阿綺想求你一事。」

「說吧。」

張綺的唇咬得更緊了，雪白的牙齒直把唇瓣咬出了幾個牙印兒，「阿綺想求九兄，如果母親在旁時，有人問起你的學問，你可不可以說，有些學識，是與阿綺相識後，才更明白的？」

她雙手相互絞動著，因用力過大，手指都泛著白，那水汪汪的大眼中，更是裝滿了不安、緊張，還有乞求。

張軒本是聰明人，他一下便反應過來了。

唇動了動，又閉上了。好一會兒，他點了點頭，道：「好，我會讓母親知道，與阿綺交往後，我讀書更上進，學識上也更有體會了。」

話音一落，張綺喜笑顏開。在他面前，她露出的是本來面目。這一笑，便如春花綻放，浮雲散盡，於鮮嫩中透著華光，實在是靈秀可愛得緊。

張軒本來因她的要求，心裡有點不舒服，這一下也是心情大好。他伸手撫著她的頭，低嘆一聲，道：「阿綺，九兄會護著妳的。」

張綺大力地點著頭，腦袋在他的掌心蹭了蹭，直如一隻小鳥般依人。

張軒呵呵一笑，忍不住伸臂把她抱了抱，這才轉身走出。

目送著張軒遠去，不等阿綠走過來，張綺便走上前，順手把房門再次關緊。

她得把金子藏起來。

蹲在地上，一邊把早就準備好的藏金的地板扣出，張綺一邊忖道：八十金一轉手多了近一倍。

想到這裡，她唇角一揚。

轉眼，她眼珠一轉又忖道：要不是齊地國君荒淫殘暴，現在跟了廣陵王，也好過在蕭府中擔驚受怕。

廣陵王願意給自己兩年的時間，有了兩年的時間，也許自己的退路早就準備好了。可惜的是，齊地的暴君荒唐之君接連出現，在那地方混日子，實在沒有建康容易。

就在張綺胡思亂想時，外面傳來阿綠恭敬中透著諂媚的聲音：「錦姑子，我家姑子就在裡面呢，容婢子去稟告一聲。」

聲音響亮，足夠提醒房子裡的張綺。

張綺連忙把東西藏好，再把地板收拾好。

她站起來拍去裳上的灰塵時，聽到張錦的聲音傳來：「去讓她收拾好，隨我一道出門。」

出門？都傍晚了！

張綺正在尋思時，阿綠脆脆的聲音已從門外傳來：「姑子，妳可醒來了？」

張綺站了起來，推開房門，靦腆笑道：「錦姊姊，妳來了？」對上張錦不耐煩的表情，她低下頭，小聲說道：「這麼晚還出門，夫人知道了會不高興的。」

聽張綺聽到自己的母親，張錦也是一慌。不過，轉眼她便昂起頭說道：「妳怕什麼？不過是在門口會一會人，我母親才不會說呢！」

原來是在門口會人啊！張綺朝著張錦福了福，脆脆地說道：「阿綺都聽錦姊姊的。」

這話是強調給一旁的人聽的，免得傳到張蕭氏耳中說是自己的錯。

張錦沒有注意到這麼一會兒功夫，張綺的心思便轉了好多個轉。她皺著眉喝道：「那還愣著幹什麼？走啊！」

張綺應了一聲，提步跟上張錦時，一個婢女急匆匆走來。

她來到張錦面前，瞟了一眼張綺後，朝張錦福了福，「錦姑子，夫人喚妳。」

「母親喚我？」張錦臉色變了變，她遲疑一會兒，終是點頭道：「我、我這就去。」

這時，那婢女看向張綺，「夫人令綺姑子也一併同去！」

令她也去？張綺抬起頭來，看向那婢女。

見她看來，那婢女眸中閃過鄙夷和幸災樂禍的神色，還昂起了頭。

張綺心中咯噔一下，本能地感覺到了不安。

這時，張錦已走出幾步，那婢女見張綺不動，叫道：「走啊！」

張綺應了一聲，低著頭跟上了張錦。

與往常一樣，她還是低著頭，安靜乖巧的，可現在看到她這模樣，幾個婢女都低聲嘀咕起來：「真是個會裝的！」「這人心眼真多！」

張綺聽在耳裡，連忙抬起頭來走路。

這一下，嗤笑聲更甚。

可就在這時，張綺向側一跌，突然慘叫一聲，抱起左足慢慢蹲在了地上。

幾女回頭看來，張錦叫道：「出了什麼事？」

張綺疼得臉都扭曲了，眼中更是淚水汪汪，她啞聲道：「我扭到了……」一咬牙，她強迫自己站起，哪知道這一站，她更是不由自主地發出一聲痛哼，臉色更白了。

張綺低著頭，費力地想提步，卻怎麼也提不動。

這樣子，哪裡還能行走？

那傳喚的婢女見狀，眉頭一蹙，喝道：「妳去把綺姑子的婢子喚來扶她回去。」她緊走幾步，跟上張錦。

張錦這時也收回了目光，與幾個婢女提步離去。

當她們走得遠時，阿綠也趕來了。她見到臉色發白的張綺，驚叫一聲，衝過來扶住了她，急急問道：「姑子，妳怎麼啦？」

張綺道：「我扭到腳了。」把身體的重量放在阿綠身上，張綺疼得又悶哼起來。

主僕兩人這般攙扶著，一步一步地向房中挪去。

張錦一入院，傳喚的婢子便快走幾步，來到張蕭氏的房中低聲說了起來。

聽著聽著，張蕭氏哼一聲，道：「她倒是運氣不壞！」她聽說女兒要去赴蕭府的約，心下很是氣惱。派人截住女兒和張綺時，她想著把這兩人叫過來，再把張綺狠狠發作一番，也好藉機敲打一下女兒，卻沒有想到，張綺在這個節骨眼上扭傷了腳，真是便宜那個賤蹄子了！

這時，阿香的聲音在外面傳來：「夫人，錦姑子來了。」

一聽張錦來了，張蕭氏火氣騰地直冒，她沉聲道：「令她進來！」

這一邊，張綺被阿綠扶回了房。

房門一關，張綺便輕輕地推開阿綠，自己走到榻旁坐下。

看到她行走自如，阿綠瞪大了眼。

張綺抬頭看向她，招了招手，示意她靠近後，低聲說道：「我覺得，夫人想對我不利了。」

「那、那怎麼辦？」

張綺雙手交叉，慢慢搓動著。

好一會兒，她抬起頭來，說道：「暫時也沒有好的法子。」在阿綠一臉沮喪中，張綺又說道：「若是能與張錦走得遠些，她或許會不記得我。」只是或許，自己已經入了張蕭氏的眼，說不定什麼時候，便被她順手利用了，她得好生琢磨琢磨。

尋思良久，張綺輕嘆一聲，道：「睡吧。」

「誒。」

阿綠向來是個心眼粗的，這不一會兒功夫，已打起了輕鼾。張綺坐在紗窗前，看著外面明亮的月光，沒有半點睡意。

外面月明如水，清風徐來，實是操琴的好時刻。

張綺彈得一手好琴，可惜，不說她沒琴，便是她有琴，也不敢顯露自己的才華。現在還沒有被逼到需要奮力一搏的地步，到了再無任何退路時，她會把自己的才華完全亮出來，讓自己的才女美女之名在建康家喻戶曉，讓張府便是想把她送給哪個權貴作妓妾，也得好生比對比對。而她自己，更可藉著那個勢努力一把。

她現在，只想悄悄地張羅，等到籌備得差不多了，再悄無聲息地消失。

這個時候的張綺，一點也沒有想到剛對她揚過言的廣陵王。

坐了一會兒，張綺倦意上來，她縮在榻上，慢慢沉入睡夢之鄉。

張綺睜開眼時，發現太陽白晃晃地照在地面上，有好一些都照到了房子裡。

怎麼這麼晚？

張綺連忙爬起，看到房間水盆巾被都在，她連忙梳洗著。

這時，一陣腳步聲傳來，接著阿綠的聲音從外面傳來：「阿綺，妳醒了沒？」

張綺沒好氣地應道：「醒了。」居然都不叫醒自己，也不知道上學堂會不會遲到。

她天生嗓子柔細，雖然沒好氣地說著話，那聲音還是脆脆軟軟得讓人舒服。

阿綠推開房門，站在門檻上伸進一個頭來。圓眼骨碌碌地轉動著，阿綠小小聲地說道：「是錦姑子不讓我喚醒妳的！」

張錦？張綺一怔，手中的梳子掉在了地上。

她彎腰拾起時，阿綠的聲音繼續傳來：「錦姑子要妳在房中候著。」

張綺嗯了一聲，慢慢直起身，回到榻上坐下。

阿綠進入房中，「阿綺，妳餓了嗎？我帶了一些糕點回來了。」說罷，從懷中掏出一個手帕，小心地展開，拿出幾塊壓得扁扁的小糕點。

張綺一點也不餓，可她想，她是要吃些東西。

剛拈了一小片糕點放入嘴裡，外面一陣腳步聲傳來，緊接著，一個婢女走到門外，喚道：「綺姑子可在？」

阿綠脆聲應道：「在呢。」

房門是開的，那婢女走了進來。她朝著張綺福了福，道：「綺姑子，軒小郎喚妳。」

九兄喚她？

張綺應了一聲，道：「我就來。」

使了一個眼色給阿綠後，張綺跟在那婢女的身後走出房門。

走了幾百步後，來到一處林蔭道中，張綺甜甜笑道：「妳是哪個房間的？我好似沒見過呢。」

那婢女回頭說道：「婢子是錦姑子的人，綺姑子見過啊。」

張綺訝異地說道：「妳是錦姑子的人，可是，不是九兄喚我嗎？怎麼不是他的婢女前來？」

那婢女呆了呆，而張綺，這時也停了腳步。她警戒地盯著那婢女，腳步慢慢向後移去。

就在這時，一個低笑聲傳來：「妳倒挺警戒得很。」

是蕭莫的聲音！

張綺一時不知是鬆了一口氣還是應該更緊張，她回過頭去。

蕭莫輕裘緩帶，腳踏木履，從樹林中翩然而來。晨光下，他俊秀的臉白皙清爽，目光神采飛揚，帶張綺前來的婢女朝張綺投來一個妒忌的眼神後，又癡癡地朝他看去。

盯著張綺，蕭莫吩咐道：「過來這裡。」

他所在的地方，是一處花園。身周樹木高大，綠葉新發，不虞被人發現。

張綺低著頭向他走去。

看到她轉近，蕭莫轉身繼續向前，當他停下時，二人已來到了處兩面假山，大樹環抱的絕對安靜之所。

蕭莫看向張綺，見她還是低著頭，他走上前來。

望著她，他低笑道：「這兩日裡，有沒有想我？」

想他？張綺眨了眨眼，最後決定老實地搖了搖頭。

蕭莫笑容微斂。

他負著雙手，低聲說道：「妳別惱，我本想正經納妳入府的，奈何姑奶奶總是不肯，便連姑母說情，她也絲毫不曾鬆動，便是前日……」

前日他都說動了姑母，準備好了馬車，只等姑母用送給蕭策為妓妾的名義把她送出府，他就截了去。只是沒有想到，姑母臨時改變了主意。最讓他意想不到的是，他原本用來安置張綺的那院子，竟然給賣出去了。

好好的院子，他都派人布置過的，竟然讓張綺賣出去了！

想到這裡，蕭莫目光微沉。

他緊緊地盯著張綺，這個小姑子，真是好生大膽！

偏偏她這個時候還低著頭，雙手搓著衣角，那模樣要多老實有多老實，要多乖巧要多乖巧。是了，她要真是老實，怎麼那廣陵王亮出了佩劍，她都不慌不亂談笑自如？她要真是老實，也不會藉著替他獻曲，在皇上那裡留下印象。

只是奇怪的是，想到這個小姑子種種膽大包天、任性妄為的舉動，他竟然一點也不為意？

他伸手扯過張綺的袖子，隨著他用力一拖，張綺身不由己地向前一衝。

他手臂一攬，順手把她摟入懷中。

一瞬間，張綺便被他抱住了。

張綺還沒有長開，身形嬌小，而蕭莫的身形，在普遍身形瘦小的南人中算是軒昂的。這一倒，張綺實實地撲在他的懷中，頭頂堪堪及到他的嘴唇處。

猛然落入一個男人的懷抱中，張綺大慌，她想要掙扎，可腰上的手臂堅硬如鐵。動了幾下後，他摟得更緊了。

男人堅實有力的心跳，透過薄薄的春衫傳過來。那清爽的男子氣息，更是緊緊纏繞著她。

張綺僵得一動不敢動了。

蕭莫見她不再掙扎了，手臂微鬆。他低下頭看著懷裡的張綺，手指如梳，慢慢梳起她的額髮，露出她白嫩靈秀的臉和水汪汪，如籠罩著一層薄霧的眸。

他抬起她的下巴，靜靜地端詳著她。

修長有力的手指，輕輕撫過她的唇，感覺那紅唇在指尖的溫度，蕭莫的呼吸在漸漸轉粗。

張綺漲紅著臉，忍不住扭動了一下。這一扭，卻清楚地感覺到抵在自己腿間的硬挺。

她不敢動了。

可憐兮兮地抬起頭，張綺的眼中都是淚水，「蕭郎，會讓人看到的！」她忍著淚水，哽咽說出的這幾個字，既低啞又可憐，很容易讓人心軟。

蕭莫沒有心軟。

不但沒有心軟，他反而摟得她更緊了。

另一隻手撫向她的背臀，蕭莫低啞地說道：「讓人看到正好！」

張綺一怔，轉眼便明白了：被人看了，他正可以明正言順地帶自己回去！

張綺咬住了唇。

蕭莫低頭，他雙眼灼灼地盯著她的眉眼，好一會兒，才低低地說道：「那廣陵王……」

廣陵王？張綺一僵，動也不動地傾聽起來。

蕭莫盯著她的神色，慢慢說道：「他昨天晚上遇到刺客了。」

在張綺睜大眼看來中，他神色不變，依然是那麼斯文俊逸，「聽說他抓了幾個人，已打探出刺客是他國內派來的，這些人來意不善。估計現在他已經向陛下遞出請表，要求回國了。他的時間不多，想來也沒有精力去尋花問柳。」

張綺看向他，她聽明白了，齊國國內有變，廣陵王要急著趕回去，他顧不著她了！

她呆呆地看著蕭莫，忍不住問道：「這事，是你安排的？」

蕭莫一笑。

這一笑，雪白的牙齒在晨暉下發著光，說不出的俊逸斯文。

他沒有承認，卻也沒有否認。

張綺暗暗心驚。她竟是一直小看了這個少年，不知道他有如廝手段。

見她又低下頭，蕭莫抬起她的下巴，然後頭一低，唇吻上了她的紅唇。

張綺來不及掙扎，他已蜻蜓點水般一觸即分。移動唇，他在她耳邊喘著氣啞聲說道：「阿綺，我敬妳，所以現在留妳清白。等我張羅好，妳給我乖乖地嫁過來。」

是嗎？要是他不敬她，現在就扯了她衣裳，要了她清白？

張綺嘴角扯了扯，卻不敢說什麼，只是頭更低了。

蕭莫伸出大手，他撫著她的秀髮，手指在經過她如凝脂般的玉耳時，忍不住揉了揉。

這一揉，他似乎上了癮，手指如春風般，輕而柔地拂過她的下巴、頸，落在她的鎖骨上。

漸漸的，他的表情越來越滿意。

終於，他長嘆一聲，把她緊緊向懷裡一擠，他呻吟道：「妳這狡黠多詐的小娘……那院子既然賣了，銀錢可到手？去拿出來給我收著。」

要她拿出銀錢？

這怎麼可能？

張綺不敢再呆若木雞，她搖著頭，小小地，軟乎乎地說道：「才不給你呢！」

見蕭莫盯著她，她軟軟地，抱怨般地說道：「我要留著做傍身之資。」

傍身之資？是怕他以後棄了她嗎？蕭莫一笑，撫著她的頭說道：「好吧，妳要留就留著。」心情頗為愉悅的蕭莫低笑道：「我另給妳置一個院子，那房契我替妳收著，免得妳再拿了換銀錢。」

「那十畝良田，上次我可是用了手段才得到的。妳留著每年也有一些收成，怎地也賣了？也是託張軒動的手吧？看不出他還是個能做事的。」

他的語氣中已沒有惱意了。

張綺依然低著頭，他不放開她，她便乖巧地伏在他的懷中。垂著眉眼，張綺暗暗想道：以我現在的姿色，他便對我難以自制。真再長大一些，只怕再難逃脫他的手段。

她不敢想以後的事。對蕭莫這個人，她絞盡腦汁，也想不起記憶中是否存在過。當然，不止是他，便是張軒、陳邕等人，她都記不起來。

前世的記憶太過瑣碎而少，有時張綺都覺得，如果不是那記憶曾經靈驗過，她都會以為自己本就是個十三四歲的小姑子，而那些記憶，只是她的一場夢，一場以為自己長大過，活過死過的夢。也正因為前世的記憶太少，張綺在很多時候，她的行事和性格，都如她這個年齡的小姑一般無二。

正在這時，一陣輕細的腳步聲傳來，接著傳來的，還有張錦的貼身婢女細小的叫喚聲：「蕭郎可在？」

蕭莫眉頭微皺，放開了張綺。

張綺一得到自由，馬上伸手把額髮梳下，低頭向後退到一棵樹側，讓自己重新變得不起眼。

蕭莫轉過頭時，已是嘴角噙笑，面如春風，「什麼事？」

那婢女出現在兩人面前，她朝著蕭莫一福，輕聲說道：「我家姑子說，夫人看管她甚嚴，她無法出來與蕭郎見上一面。這是她繡好的帕子，還請蕭郎收下。」

卻原來是張錦在遞上信物，以安撫不曾見到她的愛郎的心。

蕭莫嘴角的笑容更深了，他挑了挑眉，道：「妳家姑子有心了。」也不知是不是張綺的錯覺，他在說到「有心了」三個字時，加重了音。

那婢女遞過帕子。

蕭莫伸兩指拈過，見那婢女盯著自己，他把帕子放入了懷中。

見那婢女還不動，他挑了挑眉，「還有事？」

那婢女垂下眼來，低聲說道：「沒，沒事。」

在蕭莫的盯視中，她怏怏退去。臨去時，朝躲在一側，像個隱形人不起眼的張綺瞟了一眼。

那婢女一走，蕭莫便把手帕拿出，順手揉成一團，反手便丟入林子中。

看到他這個舉動，張綺睜大了眼。

蕭莫看向她，勾手道：「過來。」

張綺咬著唇，小步走近。

走著走著，她眼眶一澀，低聲說道：「剛才那婢子看了我一眼。」

蕭莫挑眉看著她。

張綺訥訥地說道：「我怕她是夫人派來的。」

蕭莫等著她說下去。

張綺清清脆脆的，把昨日那婦人假裝被她撞得流產之事說了一遍。她說得很詳細，連自己當時的應對都事無巨細地說了。

她說完後，蕭莫笑了，「阿綺這是向我求助。」

張綺低頭不語。

蕭莫道：「妳既是我的人，向我求助也是應該。現在我知道了，會留意的。」

張綺向他一福，低聲說道：「多謝郎君。」

蕭莫攔住她，順便抬起她的下巴，朝著她細細欣賞了一會兒後，道：「時辰不早了，我得走了。」一笑了笑，他解釋道：「再耽擱下去，姑奶奶只怕會派人過來尋我。也不知我哪裡犯了她，怎地想納一個阿綺都這般不容易。」一提到姑奶奶時，他的聲音中帶著親近，顯然那姑奶奶對他是十分寵溺的。

張綺自是不會吭聲。

蕭莫又深深地看了她一眼，這才轉身離去。

蕭莫一走，張綺連忙轉身，急匆匆地鑽入樹林中。她尋了一陣，終於看到了被蕭莫扔掉的那塊帕子。

這帕子繡得相當精緻，上面還寫著一個錦字。

這東西若是落在別人手中，少不得又會鬧出一番風雨來。

張綺想了想，把帕子撿起放入懷中——暫且收著，說不定什麼時候，這個帕子便派上了用場。

然後，張綺轉身，迅速朝著自己的房間走去。她擔心有人在注意自己，她與蕭莫獨處的時間越久，別人的猜測便越對她不利。

急急回到房中，張綺把房門一帶，靠著它喘息起來。

蕭莫對她志在必得，幸好大夫人那裡阻著。

可是，這張府中，也只有這麼安全。她得想法子，得想法子……

她能借的力實在是太少了。張軒畢竟是張蕭氏的親兒子，便是對她同情喜愛，以他的性格，也不會幫太多，還有誰可以用一用？

張綺琢磨著，時辰過得飛快，見日頭不早了，她連忙梳理了一下，轉身朝學堂走去。

張綺趕到時，姑子們已來了大半。

看來她走來，姑子們如往常一樣，瞟了一眼便不再理會。

張綺重新站在了自己慣常站著的那個角落。

今天又是袁教習的課，張綺一站定，便有僕人專門擺好几和筆墨。

袁教習一進來，學堂裡的嗡嗡聲便是一止。

他的身分和才華，在姑子中有著絕對威望。這小小的學堂裡，便有好幾位姑子暗暗喜歡著他。

說起來，以袁教習的長相和身分，本來不應該來給姑子們授課的。可當時張氏長者安排他授課時，他一力推去了教授小郎們的事，說是要教姑子們。還直言不諱地說道：他是學畫之人，這些姑子綺貌華年，正是可堪入畫時。他得近距離與她們處一處，好畫出流傳千古的仕女圖來。

他說得振振有詞，張氏的眾位長者倒也信了。這個時代，各大家繪畫時，著實喜歡描繪女子的梳妝打扮起居言笑。凡擅畫者，無不是精於仕女圖。

當然，張氏長者一點也不介意把他安排到了這裡。最主要的緣故，便是因為整個建康的人都相信袁教習的人品，知道以他的高潔和自重，不會做那種勾引小姑子的沒品之事。

便如晉時的阮籍，便是睡在婦人之側，舉天下的人都信他敬他。

袁教習朝著眾人看了一眼，道：「今次依然是畫仕女圖，動筆吧。」

說罷，他掏出一壺酒，自在地品了起來。

眾姑子重新嗡嗡地低語起來。

站在角落裡的張綺，一邊展開宣紙，一邊想著如何下筆。

於繪畫一道，她算是出色，但她真正讓人眼前一亮的，還是繡畫。把刺繡和繪畫合在一起，她前世便練過許久。今世一入手，便感覺到靈感滔滔。

也因此，她繡的畫，才能把皇帝、蕭莫、張軒這等人都震住。

看著空白的宣紙，張綺在尋思，要怎麼才能引起袁教習的注意。

他是當今之世少有的名士之一，為人任性不羈，自有風骨。如果他能像張軒那般看重自己，願意出手相助，那他就敢無視任何人，大大方方護著她，大大方方地越過張家人，幫她找一個她想要的歸宿。

只是這種大家嫡子，世事早已經慣，婦人的手段也見識得多，要打動他，再得到他的看重，頗不容易。

在張綺的尋思中，時辰一點一點過去。直到一堂課結束了，張綺的宣紙還是一片空白，自然，更沒有令得袁教習正眼看她一下。

宣紙空白的也不僅是她，袁教習瞟了眾人一眼，漫不經心地交代一句：「拿回去畫好。」說罷，施施然走出了學堂。

轉眼，兩堂課都結束了。

張綺回到房中時，還在翻來覆去地想著。她越想，越覺得投袁教習所好這件事值得一做。可要怎麼做，她心裡是一點底也沒有。

記憶中，她便沒有與那些真正的名士打過交道。前世如她這種以「妓妾」為目的的女子，根本不可能了解真正的名士的內心。她們生活在一片浮華中，學的是化妝著衣，行的是魅惑勾引，想的也應該是如何留住男人，如何找到機會留下子嗣。至於名士們那種精神層次的高潔之人，哪裡是她們能夠知道的？

至於出了張府後的事，張綺尋遍整個記憶也所剩無幾。似乎下意識中她封去了相關的記憶，只留得最純粹的少女時的事。

咬著唇尋思來尋思去，張綺還是無策可施。

也不知過了多久，一個婢女的聲音從外面傳來：「綺姑子可在？軒小郎喚妳。」

什麼？又是張軒喚她？

張綺怔了怔，在阿綠的脆應聲中走了出去。

站在外面的，還真是張軒的貼身婢子。

張綺應了一聲，道：「稍候。」回房把頭髮衣服整理一番，張綺跟著那婢子朝外走去。

那婢子，卻是帶著她直入張蕭氏的院落。

越是靠近那個院落，張綺便越是緊張。她低著頭，腳步僵硬。

這時，那婢女跨入了院落。

走了一會兒，她轉頭道：「小郎在裡面候著，進去吧。」

「是。」張綺低頭跨入堂房中。

堂房裡，張軒手捧著書本，正坐在張蕭氏的下首與她說著話。看著兒子，張蕭氏眉眼都是慈祥，而張軒也是一臉的笑意。在右側角落，張錦低著頭，悶悶不樂地玩著自己的手帕，張蕭氏偶爾喚上幾句，她也一副沒有聽到的模樣。

看到張綺進來，張軒站了起來，溫柔地喚道：「阿綺，快來見過母親大人。」

他語氣中帶著親近，這是想幫張綺親近他的母親。

張綺連忙上前兩步，盈盈一福，脆脆地喚道：「阿綺見過母親。」

這母親二字一出，坐在角落裡的張錦便抬頭瞪了她一眼，發出一聲冷哼。

張綺叫喚過後，眼巴巴的，又是討好又是小心，又是緊張地看著張蕭氏。眼神中，帶著渴望親近卻又不敢的畏縮之色。

對上她的眼神，張蕭氏臉色沉了沉。她沒有應承張綺的叫喚，而是轉向張軒笑道：「我兒，你今日也累了，回房歇著吧。」

這是要支開張軒。

張軒搖了搖頭，笑道：「母親，孩兒不累。」

他看向張蕭氏，誠摯地說道：「母親，阿綺是個真聰慧的，孩兒與她說了幾次話，有些感觸。

到時母親幫她覓得一佳婿，以阿綺的聰慧，說不定是一幫襯。」

他聲音一落，張錦便在一旁叫道：「九兄，你說什麼胡話？我母親何等身分，怎麼會要一個私生女的幫襯？」她越想越荒唐，不由吃吃笑了起來。

張蕭氏也是臉色不好，她瞪了張軒一眼，怒道：「阿錦這話說得有理，軒兒，你雖丈夫，有些事還不如你妹妹想得明白。」

這話一出，張軒一臉沮喪，他慚愧地看向張綺。

張綺把他的表情收入眼底，暗叫不好：張蕭氏看到他這表情，多半會以為今日之事是自己慫恿他的！

果然，張蕭氏的眼神更陰沉了。

張綺暗嘆一聲，張軒此舉，真是弄巧成拙啊。她低下頭，朝著張蕭氏盈盈一福，轉向張錦脆生生地說道：「姊姊此言錯矣。阿綺聽過，便是那三品大夫之家，也有妾室當家的。阿綺雖然出身卑賤，可捨得用心，未必沒有出頭之日。」

她這是第一次理直氣壯地說一句話。

張蕭氏一怔，張錦沒有想到她敢反駁，更是一怔。

在安靜中，張綺咬著唇，認真地說道：「何況，阿綺也有一些才學，若是能嫁得一寒門之官為妻，說不定堪為臂助。」當然，最關鍵的是，要蕭氏捨得捧她推她，她才能有此造化。

張蕭氏盯緊了她，在張錦嗤笑出聲時，不屑地說道：「阿綺志向不小啊！」

張綺跪下，朝著她恭敬地磕了一個頭，認真地說道：「阿綺知曉一些事，姑子最緊要的，是嫁一個出身相當的夫君，再得到他的敬重，然後才能談及其他。」

這席話，她表面上說的是自己，實際上說的也是張錦。她想通過這番話告訴張蕭氏，自己是知道規矩的人，從來不願意慫恿張錦做那種與人私相授受之事。

張綺想，在張蕭氏面前，難得有開口的機會。這次便是得不到張蕭氏的喜歡，最不濟，也要與張錦和蕭莫撇清一些。

說到這裡，她又怕張蕭氏厭惡自己出頭，連張錦沒想過的事都想到了，便又從懷中掏出那幅手帕繡畫，恭敬地說道：「這是阿綺與婢子阿綠共同繡就的，想獻給母親。」

她這幅繡畫，與現今建康最流行的繡畫如出一轍，還更精美。如果給張蕭氏看到，肯定會大吃一驚，她的一些底牌也會徹底暴露，那不是現在的張綺想要的。

可她料到，張蕭氏定然不會來接自己這個手帕。

張蕭氏聽了張綺的話，又看了看她捧著的手帕，嘴角扯了扯。

一個姑子，與婢女沒個尊卑，她還好意思擺出自己知道規矩？哼，這般愚蠢之人，還稱聰慧？差我家阿錦多了！

她揮了揮手，皺眉道：「收回去吧。」

張錦也嗤笑道：「妳還是留著賣兩個銅子吧！我母親何等樣人，才不耐煩收妳一條帕子呢！」

張軒坐在一旁，眼看著事情朝自己不知道的方向發展，有心想誇張綺兩句，又擔心適得其反，乾脆什麼話也不說。

見張蕭氏瞟也不瞟，張綺低下頭，怏怏地收回帕子。

她現在，總算是在張氏這裡過了明路了。便是有一天張軒或者蕭莫說出了繡畫的事，被張蕭氏問責，她也有話可說。

這時，張蕭氏說道：「出去吧。」

「是。」張綺慢慢退了出去。

就在這時，幾個婢女恭敬地喚道：「婢子見過郎主。」

張十二郎過來了？

自那日過後，張綺已多時沒有見過他了。聽到腳步聲，她卻是頭更低了。

張蕭氏和張錦都在這裡，她不敢認這個父親。

張十二郎一入門，便看到嫡妻和兒女，他盯向施禮的張軒，溫聲問道：「這兩日可有寫賦？」

張軒朝著父親恭敬地說道：「前日兒子目腫眼赤，用過薄荷液後已然痊癒，為此事，兒子寫了一篇《眼明囊賦》，正準備請父親指點一下。」

聽到兒子為了這麼一件小事寫賦，張十二郎不但沒有生氣，反而點頭道：「不錯，你去拿來讓為父一睹。」

這個時代，以及這個時代的賦，都是纖柔的、瑣細的，便如這個南地的女子和文人一樣，天性中便少了一種剛毅和深弘博大，北地則恰恰相反。

張軒應了一聲，轉身走出。

在經過張綺時，他使了一個眼色，示意她退下。

張綺低頭退去，一直到她離開房間，張十二郎都沒有看到她。走了幾步，張綺聽到裡面傳來朗朗的笑聲，不由停下腳步，怔怔看去。

只是看了一眼，她便回過頭來。

張軒腳步略頓，過了院落，在四周沒有幾人看來時，他低聲歉疚地說道：「為兄考慮不周。」

張綺搖頭，低低地，弱弱地說道：「阿兄替阿綺在母親面前說了話，阿綺實感激不盡。」

她低著頭，怯怯弱弱的，嬌小的身姿如不勝春風。張軒看著她，暗暗忖道：我這個妹妹骨小肉腴，為著自己的身世，不知流過多少淚。想她倚於亭臺時，那水中倒影顯出的腰，是何等細弱。我近日感懷，給她也寫了一篇賦。雖沒言明她是誰，可我想我那賦也合了「性情卓絕，新致英奇」，改日倒要拿出來讓眾人品一品，定要不遜於蕭莫的《美人賦》才好。

尋思了一陣，張軒想起一事，突然喚道：「阿綺？」

張綺回頭望去。

對上她霧茫茫的眸子，張軒又在心裡暗讚一句張綺之美，琢磨著忘記把她的眼寫到賦裡了。

張綺半天不見他說話，不由喚道：「九兄？」

張軒清醒過來，走上一步，朝張綺低聲說道：「陳邕還想見見妳。」

在張綺睜大的不解的眼眸中，他輕聲說道：「我把妳的想法告訴了他。阿邑說，那是妳不識得他，妳如與他接觸了，定然會歡喜於她。他雖家境不是大富，倒也能夠嚼用。阿綺如入了大富之家，主母多半是大家姑子，能不能容妳還是個問題。他本人長相尚可，又真心看重妳，願意出金求聘，將來主母進門，也定不會讓她欺了妳去，他想妳多多深思深思。」

說到這裡，張軒問道：「阿綺，陳邕所言甚是有理，妳還是考慮下吧。」

張綺垂眸，她搖了搖頭。

見她如此，張軒暗嘆一聲，心裡卻是想著：有了機會，得讓阿綺與陳邕處一處，說不定她便改變主意了。

陳氏雖是皇室，卻是實實的寒門。陳邕做為宗室子弟，又不是一個非常得意的。因此，張綺的私生女身分雖低，可憑著她是張氏女，雖然不能嫁他為妻，給他當妾是完全夠。以後陳邕的妻室進了門，看在張氏的名頭，以及自己這個兄長在背後撐腰的分上，怎麼也不敢欺她太過。

伍之章 扮醜避選出偏差

兄妹倆告別後，張綺回到了房中。

一坐在房中，她便專心地刺繡起來。她的心有點亂，想藉由忙碌讓自己平靜下來。

在記憶中，她是一個世家子的妻。可現在，她卻覺得步步艱難。

想到這裡，張綺看向自己藏金的角落，不一會兒心又平靜了下來。

這麼短的時間內，她就有了這麼多金。既然廣陵王都走了，自己也不會再漂泊異鄉了，不如找個機會，讓九兄給自己另外置些地？一百五十金，除了置一幢小院子，也不知可以置多少良田？

可是，自己的樣貌最易惹禍，守在院子裡也不會安生，還得琢磨琢磨。

在張綺琢磨得昏昏欲睡時，一陣腳步聲傳來。

然後，阿綠有點慌亂的腳步聲傳來。隨著吱呀一聲，她急急閃入房中。

對上睜大眼看著自己的張綺，阿綠衝到她面前小聲說道：「阿綺，皇上派人來了。」

皇上派人？張綺大眼眨巴地看著阿綠，示意她說下去。

阿綠喘了一口氣，繼續道：「我聽那些人說，各國使者就要離開建康，陛下想賜一些美貌姬妾給他們。可不知哪個使者開口，說姬妾他們多的是，陛下要是願意，不如賜一些南地高門大戶的姑子給他們。陛下本是不高興的，可另有一人說什麼，南地女兒多柔媚，而那些傳承千百年的士族大家，更令那些北方人神往，若能得到一個血統高貴的士族姑子為姬，北地丈夫真真萬分榮幸。聽了這話，陛下便高興了。他已派人向各大家族下旨，令每個世家獻兩個姑子上去。說什麼不敢求嫡女名媛，只要是各世家血脈之人便可。」

說到這裡，阿綠急得眼睛都紅了，「阿綺，那太監都宣旨了，當時便有人提到了姑子。這、這可怎麼辦是好？」

在阿綠不安的詢問聲中，張綺站了起來。

揉搓著衣角，張綺低語道：「怎麼會這樣？」

這時，一陣腳步聲傳來。緊接著，幾個婢女同時喚道：「綺姑子可在？」

阿綠一下白了臉。

見到慌亂的阿綠，張綺搖了搖頭，示意她安靜後，張綺坐了下來。

阿綠吸了一口氣，轉向門口應道：「我家娘子在。」

一個婢女說道：「大夫人賜了些胭脂水粉和裳服來，綺姑子好生裝扮裝扮，今天晚上，皇室有宴！」

「阿綺聽到了。」張綺應了一聲，示意阿綠去把那些東西接過來。

轉眼，阿綠端著幾個木盒子走了進來，而門外的眾婢逕自離去。

把木盒子朝著几案上一放，阿綠悲從中來，竟是哽咽了。

她一向沒心沒肺的，張綺第一次知道，阿綠也會流淚。

她心下暗暗感動，走過去，張綺伸手撫著阿綠的背。隨著她的動作，阿綠長嚎一聲，撲到她懷裡痛哭起來。

張綺一邊拍著她的背，一邊低聲說道：「別哭了，妳怕什麼？妳家姑子這模樣，不會有人看中的。」

阿綠拚命搖頭，哽咽著說道：「才不是！姑子前面後面都好看，阿綠都時常看呆了去！」

後面好看？張綺一驚，不由伸手摸向自己的腰臀。

腰是細細，在一個優美的弧度後，是高高鼓起的豐臀。

張綺臉色一白，一直以來，她見自己的胸還不曾發育得豐隆，便以為沒事。卻原來，自己還是在不知不覺中長大了。轉眼，張綺笑出聲來。

聽到她的笑聲，阿綠詫異地抬起頭來。她睫毛上還滴著淚，眼睛卻巴巴地望著自己，實是說不出的滑稽。

張綺伸手拭去她眼上的淚，忍笑道：「妳放心，我自有對策。」

她看向几上的胭脂水粉，溫柔低語：「這些東西，不但可以把人變美，也可以把人變醜。」如她的肌膚和年紀，正是最水靈清純時。塗這種東西，完全可以掩蓋她天生的靈媚。裳服也是，她只須在腰上纏一些東西，便可以掩去剛剛長開的身段。

聽張綺這麼一說，阿綠慢慢鬆開了她。她好奇地看著那些脂粉，問道：「真的？」

張綺點頭，應道：「真的。」

她走到了銅鏡前，剛剛坐下，外面又傳來幾個婢女的聲音：「綺姑子，熱湯來了。」

連熱湯也來了？張綺嘴角扯了扯，示意阿綠把那些湯水接過來。

汩汩的倒水中聲，房中變得熱氣騰騰。眾婢離去後，張綺微笑道：「好久不曾用過這麼多水了，今日正好洗一洗。」

站在一側的阿綠，見她言笑晏晏，心中也定了下來。

她走過來，為張綺解下了衣裳。

衣裳下，肌膚瑩潤如水，似乎伸手一掐便能掐出一把來。少女的身材，在張綺的目光下還是十分青澀，可已經顯出美麗的雛影。

阿綠呆呆地看著她，由衷地嘆道：「阿綺真好看！」

張綺如往常一樣，在她誇獎自己美貌時，都面無表情。

她舉足踏入水中，慢慢地把整個身子沉入水中。張綺背對著阿綠，低聲說道：「這算什麼？」這種姿色算什麼？這次去建康的姑子，估計個個都有這種姿色。她真正怕的，是她完全長大後，那種妖花盛放的美。

洗髮、修剪指甲，足足花了大半個時辰，主僕兩人都完工。而這時，熱湯已冷。

穿上內裳後，張綺在腰間纏上一圈白緞，然後再穿上大夫人送來的錦裳，插上金釵花鈿，戴上羽佩明璫。這些東西，無一不精美。張府既然願意送姑子入宴，自不能在這種細節上落人話柄。

遺憾的是，張綺幼時營養不良，現在身量還顯嬌小，穿著這本不是為她特製的裳服，顯得格外不合身。她現在就像一個穿大人衣裳的孩子，再加上從腰到臀捆得一般大小，束也束不出美感，實在可惜了這般飄逸繁瑣的華服。

頭上也是，這些送來的金釵花鈿大大小小有十把，張綺本來髮黑如墨，光可鑑人，一洩如瀑。這樣的秀髮，不插東西最好，可她不但插了，而且把那些金釵花鈿全部插上了。

每一柄金釵花鈿，她都戴得恰到好處，細細看很美，便是最高明的宮婆子，也挑不出刺來。可這些東西合在一塊，卻生生掩去了她秀髮的優點，讓她整個人顯得庸俗無比，還俗得極是自然。

再加上依然覆在額頭上的厚厚額髮，薄施了脂粉的臉蛋，連阿綠都覺得，自己這個姑子看起來無趣得很。整個人只一個字可以形容：俗！明明面目清秀，明明墨髮紅唇，可就是俗得很。

見阿綠瞪大了眼，張綺歪著頭笑道：「如何？」

這一笑，哪裡還有平素那般明亮？

阿綠囁嚅了一陣，說道：「好似，鄉下來的。」

張綺格格一笑，眼睛成了月牙兒，「我本是鄉下來的嘛！」

她看向外面的日頭，低聲道：「時辰不早了。阿綠，妳再給我打點水來吧。」

阿綠應了一聲，走出門後，張綺連忙掩上門，把藏起的金子挖出貼身收起。

這是她的家當，萬一，萬一她還是被人看中，當場帶走了，她也不至於身無分文。

阿綠回來時，馬車已停到了外面。令阿綠把水放下，主僕兩人坐上馬車，駛出了張宅。

彼時，夕陽西下，霞光萬道，染得天空金燦燦的，紅豔豔的，美得讓人想落淚。

倚在車壁上，張綺閉上雙眼，心下忖道：蕭莫說廣陵王走了，也不知是不是真的？

如果非要跟哪個使者走，她真的願意選擇廣陵王。雖然齊的國君比周和陳的國君都要殘暴得多，一個一個換下去，卻一個比一個荒唐殘暴，可廣陵王本人，是個大丈夫！

可是，如果廣陵王在，他會直接開口索取，不需要通過這種方式。除非，蕭莫還使了別的手段，令得他無法直接開這個口了。

在張綺的胡思亂想中，馬車搖搖晃晃地駛在建康城裡。

建康城中一派繁華熱鬧，抬頭看去，一群少女嘻笑著打鬧而來。

張綺只是看了一眼，便收回目光，倒是旁邊的阿綠輕聲嘀咕道：「她們真快活！」

又走過一條街道，皇城已然在望。

就在這時，張綺的馬車一停。

她還沒有反應過來，只見車簾一掀，一個人出現在車外。

張綺抬頭，在對上刺目的陽光時，她反射性地閉了閉眼。

這時，那人低沉的聲音傳來：「打扮得不錯。」

是蕭莫的聲音！張綺睜眼看去。

蕭莫俊秀的臉上，薄唇抿成一線，眉間緊鎖，一股陰鬱之氣充斥其中，他很生氣。

張綺垂下雙眸，這一低頭，便把她在見到他的那一瞬間湧出的淚，給生生忍了下去。

蕭莫看到了。自己大言不慚地讓她放心，這一轉眼她又被人強迫著上了馬車，蕭莫心中大堵。

他伸出手，輕輕撫上張綺的臉，手指拭過她的眼，抹去一滴淚水，他咬牙說道：「是我無能。」

張綺只是搖頭。

她是如此無助，蕭莫更愧疚了。

他昂起頭，低聲說道：「我會想法子的，妳不用怕。」

緊盯著張綺，盯著經過她巧手施為後，變得俗不可耐的臉，蕭莫發現，自己對這個小姑子，越來越在意，越來越著緊了……

她是如此聰慧，又是如此堪憐。他不能讓她落入那些人的手中，一定要護著她。得了她後，也會維護她、寵著她，讓她一生衣食無憂，快快樂樂的。

廣袖下，他的手滑出，握住了她的手。緊緊把她的小手包在掌心，蕭莫溫柔地說道：「我無法隨妳入宴，不過我會想法子的。」

慢慢鬆開她的手，他向後退去，直到馬車走了良久，他還盯著那馬車無法移眼。

本來只是玩玩的，可什麼時候起，他已如此在意了？

這一路上，來的人很多，馬車排著隊駛向皇宮。

過不了一會兒，張綺看到了陳邕，他正從馬車中伸出頭，朝著她的方向定定看來。在張綺看向他時，陳邕眉頭皺了皺，轉眼，他雙眼一亮，朝著她擠眉弄眼起來。

他看到她這打扮，也滿是讚賞。

皇宮到了，馬車依次駛過護城河，進入御道中。隨著夕陽下層層疊疊，秀美華麗的宮牆一一入目，眾人漸漸安靜下來。

不一會兒，馬車停了下來。張綺抬頭一看，前方停滿了馬車。

在外面人的吆喝下，她走下馬車。在張綺的旁邊，也有一個張氏姑子，那姑子張綺是識得的，她與張綺還和張涔等人，在趙教習手下學過三個月的字，她的名字叫張洇。

張洇打扮得很美，雲鬢梳成斜月墜，脂粉恰到好處地塗在白嫩的臉上，顯得格外嬌俏。她本就比張綺年紀大，發育得又好，一襲與張綺同款式樣的嫩黃華裳穿在她身上，卻是腰小臀圓，肌膚晶瑩。

比起她來，張綺實是俗到了極點。

張洇也正看向張綺，她的表情帶著淡淡的憂傷，可是眸中無淚，顯然，她對自己的命運早就接受了。

除了張洇外，還有幾個張府的少年郎君和一個中年郎主，不過這些人張綺一個也不識得。

彼此寒暄中，隊伍向著前方的宮殿移去。走著走著，張綺看到一側角落，停著數十輛馬車。這些馬車格外寬敞高大，一看就是高大的齊周男兒所乘。

張綺抬眼看去，這時，她目光一凝。

右側最前方有一輛馬車，那馬車黑亮中透著神祕，馬匹神駿高大，正是她見過的，廣陵王的車駕。難道他沒有離開建康？

與張綺一樣，看向那些馬車的人不少。對於這些北地蠻子強行索要各家姑子的行為，眾世家是有些惱火的，可他們也僅僅只是惱火，建康雖有長江之險，應可偏安一隅，可奈不住陳國建國不久，北地人強悍善戰又不畏死啊。要是為了幾個小姑子便開罪了他們，令得大兵南下，那罪過，誰也受不起。

宮殿出現在張綺的眼前，她的頭，也越發低了。

直到一個太監尖哨的聲音傳來：「建康張氏進殿！」她才跟在眾郎君身後，亦步亦趨地向前走去。走著走著，她悄悄抬起頭來。

只是一眼，她便看到了坐在右側的那個少年。他依然是一襲黑裳，依然是厚帷遮面。想這濟濟一堂上千權貴的所在，他應該是不顯眼的吧？

可這個少年，彷彿是天生的吸光體。自然而然的，眾人第一眼便看到了他。彷彿感覺到張綺的注意，少年緩緩抬頭，向她的方向瞟來。

只是一個簡單的動作，張綺的四周還是起了小小的騷動。

與少年對視一眼，張綺便低下頭來。

蕭莫輸了，廣陵王沒有離開建康。

這時，眾張氏一一入座，張綺和張洇跪坐在張氏眾人最前面的榻几上。這個位置，平素是怎麼也輪不到她們的。輪到了她們時，卻是可悲的現在。

舉目望去，兩側面對面的榻几，第一排嫣紅翠綠，赫然都是各家姑子。數十個姑子梳扮得如花似玉，任由在場的年輕郎君們隨意相看。

嗡嗡聲四起，在眾郎君目不轉睛的打量中，張綺的頭更低了。

事實上，她也著實不起眼。幾十個近百個姑子中，是有比她長得更差的。可人家長相雖弱，渾身上下卻透著南地姑子才有的嬌弱堪憐，哪裡像她這般俗不可耐？眾人根本不用問，看就知道她是鄉下來的。

廣陵王還在看著她。

他旁邊的一個使者，順著他的目光看去，左瞧右瞧一會兒，那使者好奇地問道：「長恭，那方向有美人嗎？我怎麼沒看到？」

廣陵王一哂，修長有力，繭子微突的指節，輕而有力地敲打著幾面，冷冷說道：「美人是沒有，狡女倒有一個。」

說到這裡，他低低一笑，舉起榻上的酒杯朝著張綺的方向晃了晃，仰頭一飲而盡。

與廣陵王相隔不遠的位置，坐著周地的使者。這些周使中，一個著藍裳、一個著白裳的郎君特別引人注目。

這兩人都是皮膚白淨，五官挺秀的好男兒。此刻，張綺旁邊的張洇便正看向他們。看著看著，她低下頭，臉頰漸漸轉暈紅。張綺瞟了一眼，看到張洇雙手合十，嘴裡念念有詞，莫非，她在祈望菩薩保護，選她的人是一個俊俏郎君？

濟濟一堂的少年郎君中，齊周兩地的使者特別醒目。這些北人，身形個個高大異常，不管是廣陵王，還是周國的那兩個俊挺使者，都是身材高頎，坐在那裡便有玉山之姿。相比起他們，一側的南人顯得矮小得多，脂粉氣也重得多。

與雙手合十的張洇一樣，張綺也是十指絞動。

廣陵王當真在這裡！

他既然在這裡，那她今天晚上的裝扮，便是一個笑話。

自從見到廣陵王後，張綺的腦中便一陣空白。這時刻，她都沒有了半點主意。跪坐在她身後的阿綠，一臉緊張地看著張綺。

與阿綠一樣，還有個人也在盯著張綺，他便是陳邕。

張軒總是說，她這個妹妹極聰慧極可人，陳邕上次也見過，是他喜歡的長相，那麼的靈秀通透，讓人一見便放不下。

他向張軒說了，願意出聘金納她過門。他原以為，張綺會欣喜地應了，可他沒有想到，她竟是不願。他想，她定是不知道他的好。這兩天，他一直在琢磨著怎麼接近她，接近她後說些什麼話。

沒想到再相見時，她居然在這種宴會上。不過她真是聰慧可人，居然把自己打扮成這醜樣子。

在陳邑的尋思中，嗡嗡聲陡然大作，一個太監的聲音傳來：「陛下駕到——」

眾人安靜下來，一陣脂粉香中，十幾個或豔麗或嬌媚的宮妃，簇擁著新帝走了進來。

新帝坐下後，抬頭掃視了一眼眾姑子，轉向眾使者笑道：「王謝嬌花，盛於此刻，諸位使君，你們可比朕有豔福啊！」

這句話暗含骨頭，殿中各大世家的少年郎君們胡亂地笑了一陣，也不知他們有沒有聽懂陛下的不滿？

陛下也是個俊的，加之他珠冕金服，在燈火的照耀下，越發貴不可言。一時之間，倒有不少姑子朝陛下看去——姑子眾多，使者不可能選盡，若是能被陛下挑中，便不用背井離鄉，去那北方蠻地，而且為妃遠勝過當一個玩物般的姬妾，這誘惑不可說不大。

一側的張洇也朝陛下看了幾眼，終於，她微微側頭，朝著張綺低語道：「阿綺，陛下可會在我們中挑妃？」

張綺哪裡知道？她搖了搖頭，低聲道：「我不知。」

張洇細聲細氣地說道：「我想他定然會的。」

張綺沒有回答，又過了一會兒，張洇低低說道：「阿綺，妳這次定能平安回府。」是說沒有人會挑她嗎？

張綺頭更低了，她依然沒有回答。

這時，另一側傳來一個姑子聲：「若不能跟得廣陵王，生有何趣？」

這聲音不小，附近的十來人都聽到了。

張綺等人同時抬頭，順著那聲音看去。

說話的，是潁川王氏一個長相嬌豔的小姑，約莫十五六歲。她眼大鼻挺，眉目明豔得伶俐。一雙眼睛，正癡癡地望著廣陵王的方向。

聽到她說這話，她身後的一個中年郎君生氣地低喝道：「阿焰，妳莫要不識體統！」這個小姑子竟然動不動就把死掛在嘴裡，她以為廣陵王是誰？她想挑就挑的嗎？

那王焰顯然是個剛烈的，受了斥喝，頭卻昂得更高了。目不轉睛地盯了一陣廣陵王，在那中年郎君再一次斥喝時，她才低下頭。

見她低頭，眾人便移開了目光。

就在所有人都以為事情已經過去時，突然的，那姑子站了起來。

此時滿殿紛紛，正是熱鬧時。饒是熱鬧，因在場的都是世家子弟，倒也規矩得很。因此，王焰這一站，直如鶴立雞群，耀眼無比。

眾人一愣間，都轉過頭向她看來。

在千數人的盯視中，王氏等人急急的低喝中，那王焰用力甩開身後中年郎君抓著的手，大步走到了殿中。走到離陛下五十步處，王焰盈盈一福，然後抬頭，清聲喚道：「陛下，阿焰有事相求。」

聲音朗朗，在穹形大殿中遠遠傳開。

「哦？」新帝抬起頭來，似笑非笑地掃過有點急有點亂，頗顯狼狽的王氏眾人，轉向王焰和藹地問道：「阿焰想求什麼？」

王焰下巴昂得更高了，她清脆地說道：「阿焰自願跟隨廣陵君，還望陛下允許！」

這話一出，嗡嗡聲四起，直把陛下說的話給淹沒了。

站在新帝旁邊的太監重重一哼，喝道：「肅靜！」

在殿中重新回到安靜後，新帝哈哈一笑，道：「小娘倒是個性情中人！」他又瞟了一眼王氏眾人，轉向王焰，溫和地說道：「不過，小娘這話，跟朕說沒有用，妳得去問廣陵王才是。」話中的意思，卻是准了。

王焰低頭一福，恭敬地回道：「阿焰謝過陛下。」

她慢慢站直，轉過身子，走向廣陵王。走著走著，一串淚珠兒順著王焰的臉頰，緩緩滴落。

所有的目光都跟著她移動。與王氏眾人不同，諸多郎君此刻對王焰都是欣賞的，同情的。魏晉遺風尚在，王焰表現出的這種真性情，是時人推崇的。而且南地的文人，對於美女相思含怨的淚，有一種特別的喜愛，很多文人以為，這個時候的美人，是最美最動人的。此刻的王焰便是如此，美妙得讓人心疼，純粹得讓人崇敬。

這是一個為文則放蕩，唯美最動人，不為傳統道德所約束的時代。

張綺看著那王焰，暗暗忖道：王氏的這個姑子好高明的手段。若是廣陵王拒了她，只怕這宴中大多數郎君都願意納她，便是皇帝，也憐她惜她了吧？新帝雖然是武將出身，可他和南地文人一樣，最是憐香惜玉。

安靜中，王焰來到廣陵王身前。在離他五步處，她慢慢停下腳步。

王焰緩緩抬頭，淚眼濛濛地看向廣陵王，慢慢的，她垂下眼斂，朝著廣陵王盈盈一福，顫聲說道：「自十日前見到郎君後，思念至今。阿焰愚魯，只願與郎君廝守，比翼雙飛，此生不易。」

天下的男人，都是多情的。特別是面對如花美人時，很少有人捨得讓新鮮幼嫩，自願投懷送抱的她們失望。

眾人同時抬頭，看向廣陵王。嗡嗡聲中，好一些人在低叫道：「應了她！」、「廣陵王連面也不露，便有佳人傾慕，當真好豔福！」、「此番回去，我要寫一篇《相思賦》！」

萬眾期待中，廣陵王抬起頭來。

與他「比翼雙飛，此生不易」？

初初相識，一開口就要求他對她的感情負責嗎？

瞟了一眼王焰，廣陵王清潤動聽的聲音在殿中緩緩飄蕩：「妳的想法，與我無關。」他乾乾脆脆地丟下這幾個字後，又道：「回去吧。」

他的拒絕，令得王焰渾身一僵。她慢慢地，慢慢地低下頭來，以袖掩臉，低低而泣。

這時刻，她的每一個動作都精美得像設計過……

殿中惋惜聲四起，好一些郎君甚至對廣陵王怒目而視。至於王焰一開口便對廣陵王有所求，在座的南地郎君都聽到了，卻沒有幾個人在意：女人嘛，不就是喜歡要求這個要求那個的？不當真便是。

彷彿沒有察覺到滿殿的目光，廣陵王依然巍然而坐，身姿如山。

嗡嗡聲中，嘆息聲中，新帝的聲音突然傳來：「王太傅。」

那王氏的中年郎君站了起來，朝著陛下拱手說道：「臣在。」

新帝瞟向王焰，微笑道：「朕觀王氏阿焰甚好。」

他沒有說完，可在座的所有人都明白了陛下的意思。

王太傅站了出來，朝著陛下深深一揖，朗聲道：「臣遵令。」

說罷，他看向王焰，溫聲說道：「阿焰，還不謝恩？」

王焰似是被驚醒，慢慢抬起頭來。

她哭得梨花帶雨的眼，傻傻地看向新帝。然後，她低著頭，深一腳淺一腳地走到陛下殿前，盈盈一福，表情中帶著幾分迷糊幾分空白，哽咽著喃喃說道：「阿焰謝過陛下隆恩。」

新帝呵呵一笑，道：「阿焰無須如此，請起吧。」隨著他一個眼色，幾個宮婢走出。她們畢恭畢敬地扶起王焰，帶著她從側門出去。

張綺收回目光時，張洇的聲音從一側傳來：「聽說這個王焰也是私生女，生母乃是娼婦。我們這些姑子中，她的地位最低，沒有想到，她居然一步登天，成了皇妃。」聲音中不無妒忌。

張綺依然沒有回答。

這個王焰一看就知道是個心機深的，這樣的姑子，皇宮才是最適合她的。

她忍不住又看向廣陵王，尋思道：南地的丈夫，已經習慣了把女人的要求和想法當耳邊風，他為什麼會在意？

想到這裡，張綺突然有點惱。上一次，她都那麼明白地告訴他，她不願意了。結果他不是與蕭莫一樣的置若罔聞？她說的話，他怎麼就不在意了？

經過王焰這一曲，殿中的郎君們再次變得活躍起來。

新帝含笑欣賞了一會兒，轉向一側的齊周使者說道：「諸位郎君，這殿中所坐的，是我陳國最高貴最美麗的姑子，不知郎君們可有相中的？」

他顯然心情甚好，手一揮朗笑道：「如果諸君不願意下場挑選，朕可要替你們選擇了喔！」樂沒起，酒不上，新帝便輕飄飄地提到了正題。

四下郎君們嘻笑聲更響了，使者們向這邊望來。

而姑子們，都如張綺一樣，心懸到了嗓子口。

新帝既然開了口，周地的那個衛公直便站了起來。這個衛公直顯然是個好玩愛笑的，此刻他目光熠熠地看來，左頰笑出一個深深的酒渦，白淨得反光的俊臉，帶著幾分少年人的青澀。

他們這些北人身材高大，這衛公直也是。光看他的身材，眾人還以為他已二十有幾，現在一看，才陡然發現他還是一個不曾及冠的少年人。

施施然的，衛公直走了出來。

他朝著新帝拱了拱手，朗笑道：「多謝陛下美意。南地多佳麗，我等實是嚮往久矣。」說罷，他轉向不遠處的廣陵王，挑眉問道：「高長恭，你要不要先挑？」

廣陵王瞟了他一眼，目光掃過打扮得平庸至極的張綺，淡淡說道：「衛郎先請。」

周地靠近陳國，自入建康以來，陳國人對周使明顯要敬畏。這種事，按陳國人的安排，也是周人先挑，廣陵王自是沒有必要去搶這個先。

「那某就不客氣了。」衛公直哈哈一笑，大步走出。

讓眾人沒有想到的是，這衛公直還真是輕率得過分。他走到大殿中，竟是一個一個姑子的細細打量而來。坐在這裡的，都是大世家的人，他這般輕佻，眾人頓時臉色微沉。

衛公直渾然不覺，他把眾姑子細細看了一遍，信手指了五個姑子。他所點的姑子，倒不是南人覺得最漂亮的那些，而是濃眉大眼的姑子，最是明豔的。

看到他的選擇，眾南人的嗡嗡聲少滅：原來是個愛好不同的，由他先挑倒也無妨。

隨著他的聲音落地，十幾個宮婢走出，她們來到各家姑子面前，扶著她們向殿外走去。

一側的張洇看到被扶出的眾姑子，緊緊咬住了唇。慢慢的，她低下頭，朝著張綺輕聲說道：「阿綺，我很害怕。」

三個俊俏郎君，已有一個選了人，也不知下面兩人選的，有沒有她的份？張洇真不想嫁給那些肥大粗野的北地蠻子。

張綺依然沒有回答。

衛公直坐定後，笑嘻嘻地朝著宇文純，道：「宇文純，姑子濟濟一堂，你也挑一挑？」

宇文純一笑。

這個宇文純稍顯瘦削，長方臉型，眼睛極為深邃，配上白皙的挺秀的面孔，顯得十分沉穩。

他慢慢站起，朝著新帝拱了拱手，眼睛瞟向殿中眾姑。

隨著他的眼睛看來，張綺感覺到身邊的張洇渾身顫抖，緊張得都要哭出來了。

就在這時，宇文純開口了：「便是那幾個吧。」他信手點了四個。

這四個中，依然沒有張洇。

張洇的臉白得都沒了半點血色。

張綺擔憂地看向她，忖道：如果廣陵王再不選她，她多半要昏厥過去。

這時，皇帝的笑聲朗朗傳出，「周地的兩大正使都挑了，廣陵王足下，這麼多姑子，可有你中意的？」

聲音一出，張綺渾身僵直。

她一直在等，等著蕭莫所說的動作，可直到現在都沒有等到。

她不信命，可現在看來，再活一世，她不一定比得上前世。前世時，她好歹是正妻，好歹過了幾年安樂富足的生活。

她真不想再一次當了他人姬妾後，再費盡心機攀爬……想到這裡，張綺一怔，她怎麼會說是再一次，難不成上一世，她也是先當他人的姬妾，再成為那個男人的正室？

聽到陛下的問話，廣陵王抬起頭來。

隨著他抬頭，所有的姑子也都抬起頭來。

這是最後一次機會了，更是最重要的一次機會。天下第一美男高長恭，光是他那總是遮著的長相，就能讓這些情竇初開的少女們動心了。

只是，聽說他在齊地過得並不好，齊國的國君也不知怎麼的，總是不喜歡這個他。連這個廣陵王的封號，也是皇帝例行分封的。可不管如何，跟了他總比跟著那些肚飽腸肥的老男人好。

在姑子們屏著呼吸，郎君們竊竊低語中，張綺的手緊張得直顫抖。

從來沒有感覺過，每一息過得是如此之慢。

正在這時，一個太監從側門走進來，他朝著另一個太監低語了一句後，那老太監走到新帝身後，低低說起話來。那太監的聲音一落，新帝抬起頭，笑道：「誰是張氏阿綺？」

嗡嗡聲大止，萬萬沒有想到皇帝會叫出張綺的名字，張氏這邊都是一怔。而張綺，更是詫異地抬起頭來。呆了呆，她怯怯地站了起來，朝著皇帝一福，「妾是張氏阿綺。」

她的位置離皇帝比較遠，他瞇起眼睛盯了一會兒也沒有看到，便喚道：「過來。」

「是。」張綺走下榻，低著頭向前走去。

隨著她走動，一陣失望的低語聲和猜測聲響起。

張綺走到了殿下，在離陛下二十步處站定，盈盈一福，「阿綺見過陛下。」

「抬起頭來。」

「是。」

張綺抬頭。

對上她的面容，新帝閃過一抹失望，他慢吞吞地說道：「妳就是張氏阿綺？」頓了頓，新帝說道：「妳可以出去了。」

啊？

張綺一福，「是。」

這時，新帝看向廣陵王，笑道：「聽說廣陵王閣下不喜美色。要不，朕幫你指幾個？」

廣陵王笑了笑，清潤的聲音響起：「謝過陛下，臣確是不喜歡美色。」他盯了一眼張綺，輕描淡寫地說道：「我看這小姑子挺順眼的，不如陛下把她給了我。」
此話一出，嗡嗡聲四起。所有的人都詫異地看向廣陵王，看向張綺。
張綺的頭更低了。
突然間，她反悔了。有了今天這一幕，她不出名也出名了。以前的計畫已不可行，與其跟著蕭莫或南地別的郎君，不如跟隨廣陵王。
想到這裡，張綺輕輕移出一步。
她正準備說些什麼，上座間，年輕的皇帝輕笑道：「她可不行！」
他說得斬釘截鐵，把張綺想說的話、廣陵王要說的話，都給堵了回去。
新帝看向張綺，說道：「這小姑子朕已有了安排。」他對著廣陵王笑道：「這小姑子姿色如此平庸，廣陵王還是另擇他人吧。」
他是這個國家的君主，當著這麼多人的面，他把話說得這般堅決，任何一個人已不敢強求。
廣陵王更不能強求，再強求，便是國與國之間的衝突了。
慢慢的，廣陵王垂下眼，他淡淡一笑，道：「既如此，陛下安排便是。」
他退了，張綺一時之間，說不出是失望還是落寞。她低著頭，慢慢向殿外退去。
月色下，宮殿千萬間，樹木參差其中，樹影隨風婆娑，張綺慢慢地走到了臺階下。
就在這時，一個太監追上她，他手裡捧著木盒，笑道：「張氏阿綺，這是陛下賜給妳的。」
張綺一怔，傻傻接近。
那太監湊近她，低聲說道：「陛下對姑子很是看重，裡面足有五十兩黃金！」
這木盒裡面是五十兩黃金？
張綺一怔，馬上明白了太監特意告訴她的用意。當下打開木盒，從中拿出一錠金子塞在那太監手裡，低聲恭敬地說道：「多謝公公。」

那太監二話沒說地籠入袖中，朝著西側一指，低聲道：「姑子要找的人在那個方向。」說罷，他匆匆回到殿中。

張綺朝西側走去，走到林蔭處時，一個聲音低沉喚道：「過來。」

正是蕭莫的聲音。

張綺略頓了頓，還是順聲走去。

她得知道，他用了什麼手段，陛下又知道了什麼。

來到一棵高大的樟樹下，張綺仰著頭，透過稀疏的樹葉叢望著他。斑斑月光透射而下，在蕭莫白皙的臉上留下一點點亮光。夜中看這個人，越發難懂。

蕭莫伸手扯過她的手臂，摟著她低聲說道：「是陛下開口拒了廣陵王吧？」他頓了頓，冷笑道：「我倒是低估了他。那局布得如此真實，他都不上當。哼，也不知使了什麼手段，令得此次宴會我都無法參加。可我蕭莫豈是易與的？今次，我偏要在他開口之前，把他的算盤打亂。」

張綺一呆。

原來，他的人早就候著呢，只等廣陵王要開口了，才把那消息傳給皇帝。這個蕭莫，偏要用這種方式，當眾折下廣陵王的面子。

張綺勉強一笑，低聲問道：「你真厲害。你跟陛下說了什麼，他這麼信你？」

得到她的讚美，蕭莫意氣風發，咧嘴笑道：「我告訴他，妳便是《逍遙游》的作曲者。陛下一直把這首曲子的作者當作知己，聽了這話，哪有不對妳刮目相看的？然後我又告訴他，妳與我已私定終身，實不願意遠嫁北蠻之地。」

原來是這樣。陛下興沖沖地把她喚出來，是想看看她的面容吧？順便成全自己這個知音人吧？

看到她的長相，他顯然失望了。

是了，正是張綺的長相不好，陛下反而更看重蕭莫三分，覺得他是個至情至性之人。要不是他本是世家子弟，要得到自己這個地位不高的姑子是舉手之勞。再加上廣陵王在側，他不能太過於讓廣陵王沒臉，說不定陛下當場就要賜婚了。

月色下，張綺悄悄抬眸。

這個蕭莫，好有手段！

蕭莫摟著張綺，臉上笑容燦爛，要不是懷中的人把自己的臉塗得一塌糊塗，他真想摟著她好生親熱一番。

被蕭莫摟在懷中的張綺輕輕掙了掙，低低地，軟軟地說道：「我、我得回府了。」月色下，她的聲音有點啞，「蕭郎，你若納我，可否出一些聘金？」

她希望被他正式聘回家，這樣的妾室，地位會高些。

蕭莫聽到她低低啞啞的，彷彿有點靡酥的聲音，心上一軟，憐惜之心大起。

點了點頭，蕭莫溫柔說道：「好。如今陛下已知妳我情事，有他出面，大夫人必不會再阻攔。到時，我會抬著聘禮把妳迎進門。」

張綺似是喜極而泣，朝著他盈盈一福，「多謝蕭郎。」

趁勢，她退後一步，帶著幾分羞澀地說道：「蕭郎，日子天長地久，我、我先走了。」

蕭莫見她掙脫，正準備重新摟她於懷，聽到她這麼一說，不由一陣舒暢。他點頭道：「好，妳既然想以清白之身入府，為夫自是依妳。」

他微笑地負著手，看著張綺慢慢退遠。

也不知是勝了廣陵王，還是就要得到這個小姑子，他現在的心情非常之好。

張綺一步一步退出，慢慢的，她走到了月光下。

急急朝前走去，她倔強地抿起了唇。

現在，她與蕭莫的事等於是過了明路了。只怕過不了幾天，自己便是他的人了。

尋思到這裡，不知為什麼，張綺眼眶中已盛滿了淚水。

伸出衣袖，悄悄拭去臉上的淚水，張綺加快了步伐。

她記路還是不錯的，不一會兒功夫，便來到了停放馬車的所在。回到來時的馬車上，張綺蜷縮成一團，一動不動地躲在角落裡。也不知過了多久，她終於動了動。

車窗外，明月正好，春風如綿。

望著排列得整整齊齊的馬車隊伍，張綺昂起頭，看向齊周兩國使者的馬車方向。

慢慢的，她爬下馬車，朝著那方向走去，那輛黑色的馬車還在。

輕輕呼出一口長氣，張綺來到了馬車旁。

伸手撫著寬大結實的車轅，張綺低低說道：「北方野蠻之地，無道荒淫之君，方方種種，你都不可能是良人，可為什麼塵埃落定，我卻真怕了？」

沒有人回答她。回應的，只是嗚咽的夜風。

咬了咬牙，張綺伸袖拭了拭淚，轉過頭去。

剛剛轉頭，她便是一僵。

月色中，一個軒昂的身影站在十步處，負著雙手看著她。

稀疏的月色中，他的面容若隱若現。饒是模糊，也俊美得懾人心魄。

沒有想到他回來得這麼早，張綺連忙一福，低著頭從他的旁邊走過。

「妳剛才流淚了？」

低沉清潤的聲音如琴弦，帶著一絲不解。

張綺停下腳步，低低回道：「是。想到身如浮萍，風來風去，不由自己作主，心下難過。」

他似是笑了笑，聲音沉而實，「那為何在我的馬車前落淚？」

張綺一噎。

是啊，之前她百般抗拒，怎麼這個時候跑到他的馬車前落淚？

她不開口，他便等著。

好一會兒，張綺細弱的聲音飄來：「廣陵王是世間難得的真丈夫，阿綺不知應不應該悔時，那淚已經流下了。」

這話，誠摯而自然。彷彿她所說的，完全出自肺腑。

十八九歲的高長恭，出身沒有好過張綺多少。自幼小起，承受過的辱罵和輕鄙不知有多少。他都不知道自己原來是世間難得的真丈夫！

嘴角扯了扯，他想笑出聲，可不知為什麼，那笑容怎麼也擠不出來。

他回頭看向張綺。對著月光下，僅及自己肩膀的小姑子，對上她那張哭成了花貓的臉，廣陵王慢慢說道：「妳不用悔！」

張綺詫異地看向他。

對上她的目光，廣陵王笑了笑，這一笑，便如雲霞橫空，金日貫海。他盯著張綺，說道：「我這一生，最不喜被人戲弄。那蕭莫屢屢欺我，我豈能由他？張綺，我遲早會來帶走妳。」帶走她，成了他與蕭莫之間的博奕，輸贏關係著丈夫的尊嚴。最終誰是勝利者，現在還言之過早。

他提步朝馬車走去，扔下一句話：「先前覺得妳眼神清澈難得，如今，我更加不願甘休了。」

張綺直呆了一會兒，才慌慌張張地走向自己的馬車。

重新縮到馬車上，她十指相互絞動著。廣陵王的話，她不知是信好還不信好。

不管信不信，都與貞潔無關，也與他再來時，她是不是已成了他人姬妾無關。

在這個寡婦可再嫁當皇后，女兒們看到歡喜的人大膽求一夜之歡的時代，貞潔不是那麼重要。

就在她咬著牙一會兒想笑一會兒想哭時，一陣喧鬧聲伴隨著腳步聲傳來，定是散宴了。

來時是張綺和張洇兩女，回時，只有張綺了。聽說張洇被北地一個中年使者選了去。聽說那個使者是個好色的，一口氣挑了十幾個。

與張府眾人同時離席的阿綠，湊在張綺耳邊把事情說了一遍後，歡喜地說道：「阿綺，這下好了，連陛下也知道妳了！」她大眼閃了閃，「要是阿綺打扮得好一些，說不定陛下還有別的安排呢！」

張綺瞟了她一眼，蹙眉道：「妳忘了我說的話了？」

阿綠吐了吐舌頭，連忙閉上了嘴。她家阿綺，早就跟她說過自己的志向。

靜了一會兒，阿綠委屈地扁著嘴說道：「阿綺，我說錯了，妳別惱我成不成？」

張綺哪裡會惱她？連她自己也覺得自己的志向過於遠大，怕是難實現。

阿綠悄悄瞟向張綺，見她臉上真沒有惱色，不由鬆了一口氣。她眼珠子一轉，又說道：「阿綺，妳該高興才是。連陛下也注意妳、維護妳，我猜主母定會對妳好。」

張綺看向她，點了點頭，低聲道：「這也是。」

說起來，她也算是達到目的了。她這副醜樣子入了那麼多人的眼，短期內不會有權貴盯上她。皇帝又過問過，張府的人便不會隨意處置她。張蕭氏要動她，也會想了想，說不定她還會對自己好一些。

剛忖到這裡，張綺想到蕭莫，想到自己過幾天便會被抬進蕭府，又低下了頭。

正在這時，一輛馬車靠近過來，接著，陳邑那青春期的鴨公嗓響起：「阿綺可在？」阿綺？他倒叫得挺親熱。

張綺想了想，還是掀開了車簾。

車簾外，陳邑在盯著她。與上次不同，這一次他的眼神中，還帶著幾分熱烈。

見張綺看來，他咧嘴一笑，湊近少許，沙嘎地說道：「阿綺，妳真是聰慧過人。」頓了頓，他好奇地問道：「陛下為什麼對妳這麼好？」

陳邑的語氣相當熟稔，他又不是她什麼人！

張綺瞪著他，沒有回答。

她的眼神過於柔和，便是瞪人也沒有威嚴，反倒像是嬌嗔。

陳邑呵呵一笑，「別惱，不想說不說便是！」

話是這樣，可他還是心中癢癢，便說道：「阿綺，上次妳遇到了麻煩，我不該一走了之。」他歪著頭朝她直笑，「妳九兄已經訓過我了，阿綺就不要生氣了。」

張綺低下頭，半晌後突然說道：「是蕭莫，他說動了陛下。」

她的話沒頭沒尾，陳邑開始一怔，轉眼他便明白了。

這一明白，他臉色大變，盯著張綺也不吭聲了。

張綺也沒有吭聲。

這話她不說，陳邑也會很快知道。她便是要親口說出，便是要陳邑去與蕭莫爭一爭。

如果非要跟了蕭莫，她當小姑時，爭的人越多，蕭莫便會越看重她。男人都是這樣，爭來搶來求來的，總是會稀罕一陣。

陳邑木了一陣，突然想起，張綺跟自己說出這個，是她心中也喜歡自己。

他臉色變幻了一陣，抿唇道：「我去找妳九兄商量一下。」說罷縮回車廂，不一會兒，他那馬車便加快了速度。

張綺目送著他離去，也拉下了車簾。這時，一側的阿綠已在那裡打瞌睡了。

張綺從懷中掏出陛下賞賜的木盒，慢慢打開。隨著盒蓋一開，一片耀眼的金光迸射而來，刺得張綺眼淚都出來了。這時，旁邊傳來一聲小小的驚呼。

阿綠醒來了，她睜大眼瞪著一盒子的金錠，低叫道：「阿綺，這是？」

張綺壓低聲音回道：「這是陛下賞我的。」

「陛下賞的？真好！阿綺，這裡有多少金？」

「約莫四十兩金。」本來是五十兩的，給那太監二錠，便剩下四十兩了。

可四十兩金，對她已是意外之喜了。張綺嘴角噙笑，想著貼身藏著的那一百五十金，愉快地想道：待在張府還是好的，至少這金子來得容易些。

一側的阿綠，也是滿心滿眼的歡喜，她屈著手指數了數，歡喜地道：「女郎，這金子可以購三十畝良田呢。」

「沒有那麼多。」張綺笑道：「建康近郊的良田與你們那裡不同，你們那裡雖是很貴的，這裡還要貴得多。」

阿綠想一想也是，不過轉眼她便笑嘻嘻地說道：「可是女郎也可以回我老家購田啊！」

張綺一怔，倒是！阿綠的老家靠近建康，雖遠不及這裡繁華，可也是個難得見戰火的。

這時，阿綠低低地說道：「女郎，快把金子收起，別被人看到了。」

「嗯。」張綺連忙把木盒蓋上，收入懷中。

馬車回到張府時，天色已晚，張綺等人直接回到房中睡了。

第二天一大早，一個婢女便在外面喚道：「綺姑子可在？」

阿綠的聲音傳來：「在呢。」

「主母在南廂給綺姑子收拾了一個院落，要她住進去。」那婢女聲音微低，笑咪咪地說道：「阿綠，妳的好日子到了。主母這次還派了四個婢子給妳主子，這下妳也是大婢女了。」

阿綠連忙笑嘻嘻地應道：「真的？太好了。」她提起裙角便向房中跑來，人還沒有近，便脆聲叫道：「阿綺阿綺，妳醒了嗎？」

站在外面，那個張蕭氏派來的婢子看著大呼小叫的阿綠，暗暗冷笑起來：真是個沒見識的，連個姑子也不會喚！

張綺早就聽到了，她迷迷糊糊地應了一聲，打開房門。

房門一開，阿綠便嘰嘰喳喳地說了起來。在她的歡笑中，主僕兩人收拾收拾，便向南廂的小院落搬去。那院落不大，共住了三個庶女，加上張綺，便是四人了。

看著站在臺階上的庶女們，張綺垂眸想道：我也是庶女待遇了。

她所住的房間，位於廂房的最左側，一共五個房間。張綺把東西擺好，也不管那四個婢女是不是張蕭氏送來的，直接叫阿綠依舊服侍自己起居，四個婢女便在外面侍弄。

做好這一切，她得向張蕭氏謝恩了。

張蕭氏的堂房中，張十二郎也在，張綺一進院落，便聽到了他和張錦的笑聲。

垂下眉眼，張綺腳步略略緩了緩。

這時，張軒走了出來。他一看到張綺，便是一笑。走到她的面前，他低聲說道：「阿綺，幸好陛下開口，才沒叫那些北方蠻子得了妳去。」

張綺一笑，輕應道：「是啊。」

見她並不是特別開心，他嚴肅地說道：「妳別以為那高長恭長得美，便想跟著他。那北地的君王，胡鬧是出了名的。在那地方過日子，說不定什麼時候連家都抄了。」

張綺連忙一福，認真地回道：「九兄說的是。」

張軒這才滿意地點了點頭。

轉眼他想起一事，又說道：「聽陳岜說，妳是蕭莫弄出的？他真的中意妳？」

張綺低下頭，絞著衣角說道：「是。聽他說，這幾天便會接我過去。」

張軒眉頭大皺，好一會兒，他吭聲了，「走，我們去見過父親母親。」

看著一臉不愉的張軒，張綺暗暗想道：他應該會告訴張蕭氏，大夫人也會知道。如果大夫人一力阻攔張府的姑子嫁給蕭莫是有原因的，她們便會入宮把事情說明，我也就不用給蕭莫作妾了。

兄妹兩人，一前一後踏入堂房。

張蕭氏和張十二郎正坐在主位上，與張錦說著什麼話。看到張綺進來，他們同時抬頭，張蕭氏更是臉如春風，含著笑說道：「阿綺，坐吧。」

這是她第一次用這麼溫和的語氣跟她說話，而不是以前那般漠視。

張綺連忙上前一福，脆脆地說道：「阿綺多謝母親。」

見她知道改口，張蕭氏笑得更和善了。她轉向十二郎，笑容可掬地道：「夫君，你看你生的孩子，便是個姑子，也是個讓人憐愛的。」

張十二郎哈哈一笑，撫著鬍鬚道：「這是她的造化。」他抬起頭來，慈祥地看著張綺，問道：「妳做了什麼事，怎麼陛下特意提起妳？還拒了廣陵王的索要？」

張綺還沒有回答，一個小廝急急走來，他站在門口低聲稟道：「郎君，有人找。」

張軒應了一聲，回頭朝張綺看了一眼，朝她使了個不要害怕的眼神後，隨那小廝走了出去。

這時，張綺已從懷中掏出一塊手帕，雙手捧起，恭敬地送到張十二郎面前，脆脆地說道：「阿綺繡了一副，如這手帕一樣的畫，很大的。蕭家莫郎在幫阿綺拿出去代賣時，被陛下看中了。」這些事，不用人查也會傳到他們耳裡，她已遮掩不住了。

張十二郎接過她的手帕時，張錦在一側尖聲冷笑，「阿綺真有本事！」

聽到張錦語氣中的不滿，張綺臉色白了白，她的頭越發低了，雙手絞著衣角，唇蠕動了幾下，終是什麼辯解的話也沒有說。

而一側的張蕭氏，這時也是臉色變了變，在瞟向那手帕時，她目光滯了滯：這手帕有點眼熟。

張十二郎展開了手帕。一展開，他便是驚得「咦」了一聲。細細欣賞了一會兒，他抬頭看向張綺，溫聲說道：「這手帕真是妳一人所作？」

張綺低頭，「是。」

張十二郎臉上笑容綻放，他打量著張綺，說道：「我兒倒是個聰慧的。」

他把帕子遞給張蕭氏，道：「妳看看。」

張蕭氏拿過了手帕，瞟了一眼，便盯向低著頭，臉色發白，不安地扭動著的張綺，暗暗忖道：我竟是一點風聲也不知道。想這張綺在學堂上，如果表現出這樣的才華，那些姑子們早就傳開了，她倒是藏得好深。又想到那一天張綺在應對那個羅張氏時的聰敏，越發覺得眼前這個看起來乖巧老實的私生女心眼多。

雖然那一天她是捧著這個手帕說要獻給自己，可她小小年紀，便能把才華藏住不讓人知，完全不顯山不露水，著實不簡單。

張蕭氏把手帕放在一側，笑道：「確是個聰慧的。」在聰慧兩字上，她略略加重了音，令得低著頭的張綺臉色更白了些後，她把手帕遞給一旁的婢女，令她還給張綺，「不用人教便有這般聰慧，阿綺難得啊。」

她轉向張十二郎，「有了這本事，陛下看重她也是應該的，只是……」她轉向張綺，冷著臉喝道：「一個未嫁小姑，不得長者應允，就與郎君私相授受，這是誰給妳的膽？」

撲通一聲，張綺跪在了地上。她額頭點地，顫聲說道：「不，不是，阿綺何德何能？實是蕭郎看在姊姊的面子上，才出手相助的！」

張蕭氏哼了一聲，道：「真沒有私相授受？」

張綺拚命搖頭。

張蕭氏冷笑一聲，道：「沒有私相授受，他會為了妳這樣的姑子驚動陛下？」

張綺這時已不知道說什麼好，只是白著臉不停地搖頭，淚水橫飛。

這時，一側的張十二郎溫聲說道：「好了，那等小事就不要追究了。」正如張十二郎這話，張綺這種身分的小姑，與男人私相授受，實是小得不能再小的事。便是各大世家的嫡女，與男人私相授受的，也多的是，便如張錦。

張蕭氏聞言，轉向張綺淡淡說道：「起來吧。」

張綺連忙磕了兩個頭，這才小心站起。

在張蕭氏的身後，張錦一直下巴高高抬起，盯向張綺的眼神是說不出的複雜。她似乎到現在才發現，自己這個低賤的妹妹，比自己還要更被蕭郎關注。

剛尋思到這裡，張錦想到那一日蕭莫跟她說的話，心下怒火又是一消。

張十二郎盯向張綺，輕言細語道：「阿綺，昨晚陛下可有對妳說什麼話？」

張綺咬唇，低聲應道：「陛下說，阿綺是個才女。」

是個才女！

這話一出，張十二郎和張蕭氏都沉默了。

便是張錦，也赫然低頭，緊緊盯向張綺的眼中，再次盛滿著妒意。

他們都知道，當今陛下才華橫溢，目光頗高，極少讚人。他都讚美張綺有才氣，說明這繡畫是真真入了他的眼，怪不得他那麼果斷地拒了廣陵王的索要。原以為，陛下是見到蕭莫有這麼一個要求，張綺又長得不美，廣陵王應該不是真要她，便順口讓她出來。沒有想到，陛下對她卻是真心實意的疼惜。

雖然陳氏出自寒門，各大世家從心眼深處不是那麼尊敬他們。可不管如何，皇族畢竟是皇族，陛下畢竟是陛下。如今陛下看重張綺，還盛讚她是才女。若是嫡女，這種讚美不值一提，可她不過是一個小小的私生女，所以這讚美是值得驕傲的。

沉默了一會兒，張十二郎哈哈一笑，道：「好！」他轉向張蕭氏，「阿綺聰慧，以後便不要拘著她了，那些書籍古畫繡卷的，還有筆墨等物，都賞點給她。」轉向張綺，他溫和慈祥地問道：「綺兒可有所求？」

張綺搖頭，恭敬地應道：「父親母親對孩兒照顧周至，阿綺沒有所求。」

「那好。」張十二郎站了起來，「妳既然得到陛下看重，以後當把心思多多放在學業上。」這是要她少在男女之事上用心思了。張綺一喜，忖道：至少父親不會想我這麼早嫁出去。

張綺連忙應是。

張十二郎拂袖而去。他一走，房間立馬變得沉凝起來。

父親一走遠，張錦便站了起來，她居高臨下地盯著張綺，尖聲冷笑道：「喲，真長本事了，都成才女了！」

張綺不敢應，只是頭更低了。

坐在一側的張蕭氏，慢慢抿了一口茶。

見母親不阻攔，張錦氣焰更高，她走到張綺面前，咬牙切齒地說道：「陛下都這樣說了，看來我以後出門，得多多帶著阿綺，也好讓天下人好生認識一下妳這個大才女！」

張綺聽到了她話中的怒火，瑟縮了一下，腦袋都垂到胸口了。

張錦見狀，重哼一聲，又待說些什麼，一側的張蕭氏說道：「好了。」

她朝著張綺揮了揮手，「退下吧。」

「是。」

「好自為之。」

「是。」

慢慢的，張綺退出了堂房。一來到坪裡，她便悄悄地吐了一口氣，想道：我都說自己被陛下讚美是才女了。一個才女給蕭莫作妾，肯定會得到他真心愛重。張蕭氏不管把不把張錦嫁給蕭莫，便是為了留後路，也會出面阻攔此事。

她與張錦都是張氏女，如果是別的家族的嫡女，對付起她這個徒有才名卻無後臺的妾室，自然有的是辦法。可張錦卻不太容易，畢竟她們是親姊妹。張綺的名聲越大，越得蕭莫的喜愛，她要害張綺時，便越不會得到家族的支持。

張綺剛剛走到院子，張錦便趕了上來，喚道：「張綺！」

張綺回過頭，屈膝行了行禮，正準備喚她，見她臉色不好，被嚇得白著臉退後幾步。

張錦見她如此膽小，哼了一聲，昂起頭提步向她逼來，正準備開口，表情卻是一怔。接著張綺聽到她客氣地喚道：「九兄。」

卻是張軒來了。

張綺回頭，對上滿臉笑容的張軒，跟著喚道：「九兄。」

張軒朝著張錦笑了笑，問道：「怎地就出來了？」

張錦見他不時瞟向張綺，下巴一抬，冷笑道：「明明不想與我說話，何必假惺惺？」

見妹子如此尖刻，張軒暗嘆一聲，搖頭忖道：蕭綱說過，只有「高樓懷怨」、「破粉成痕」、「影裡細腰」、「鏡中好面」，才可稱得上「性情卓絕，新致英奇」。我這妹妹笑則大聲，恨成尖銳，淚則嚎啕，氣則怒目。這般的性情，著實差阿綺遠矣。

他勉強一笑，便不再理會她，轉向張綺說道：「阿綺，跟我來。」說罷，帶著低眉斂目的張綺，在青著一張臉的張錦的瞪視中走了開去。

張軒帶著張綺走到一側，見四下沒人，便低聲說道：「陳邑已派人找上父親了。」

張綺抬起頭來，輕叫道：「他找上父親？」

張軒點了點頭，見張綺怔怔的，他伸出手，關愛地撫著她的秀髮，低聲說道：「蕭莫本是個不錯的，可他不適合妳，阿綺還是跟著陳邑好些。」他雙眼明亮地看著張綺，關切地問道：「聽陳邑說，妳也歡喜他？這樣也好，嫁得心上之人，是一個姑子的福氣。」

張綺眼睛眨巴了幾下，最後還是低下頭來，絞著衣角問道：「父親可有說話？」

張軒皺起眉頭，「他許會跟母親商量吧。」轉眼，他又安慰張綺，「阿綺不必憂慮，為兄會替妳在母親面前多多分說。」他說到這裡，見張綺抬起頭看著自己，分明是有話要說，卻半天沒有吭聲，不由關切地問道：「怎麼啦？」

張綺搖頭，低聲道：「沒事。」

張軒看著她，沉默了一會兒，又說道：「昨晚……」頓了頓，他說道：「昨晚阿綺若是不曾掩去容顏，我家的門檻，怕是會被貴人們踏破。剛才陳邑盛讚於妳，他說妳聰慧內斂，不羨虛華，正是他心中期盼之人。」

他心中期盼之人？那是因為他家境一般，便想著有一個美貌又不貪圖榮華的好姑子，心甘情願地為妾為姬吧？真是貪心！

張軒長嘆一聲，道：「為兄卻是甚為遺憾，若是阿綺露出了真容，說不定還有更好的郎君會來求娶。」

聽出他語氣中的真誠，張綺抬起頭來，脫口而出：「會有寒門郎君嗎？」

張軒一怔。

張綺抬起頭，水靈靈的眸子瞅著他，訥訥地說道：「若是寒門毓秀，阿綺許能為人正妻。」此刻，她的表情特別的小心翼翼，那雙從睫毛底瞅向他的眸子中，有著一種他從來沒有見過的光亮——彷彿，她正在向他訴說著自己的夢想。

張軒完全呆住了，過了好一會兒才說道：「寒門子弟？」

張綺大力地點著頭，脆生生的，軟乎乎的，卻又藏著一種小心翼翼地試探說道：「寒門子弟中，若不是皇親，阿綺許能配得上。」

不知為什麼，聽到這「許能配得上」五個字，張軒突然聽出了一種疼痛。

他直直地看著她，好一會兒才問道：「妳不是歡喜陳邕嗎？」

張綺小小地搖了搖頭，她看著自己的足尖，低聲說道：「阿綺害怕，阿綺想當他人妻室。」聲音依然軟乎乎的，彷彿是一個小孩子在堅持著自己的要求。

「嫁入寒門，阿綺的子孫也只能是寒門子弟，出入京都，永遠被人白眼相看，阿綺不懼嗎？」還有一句話他沒有說下去，聯姻主要講究的是門當戶對，她便是一個私生女，也是姓張，也流著建康張氏的血，把這樣的她嫁給寒門子，讓寒門子的後代有著張氏的血脈，那是對家族血脈的不敬。

張綺看懂了他的神色，可是，她還想掙扎一下。

當下她搖了搖頭，低低說道：「子孫太遙遠，阿綺只想此時刻能過得踏實些。」

張軒完全沉默了，過了許久，低聲說道：「這是大事，阿綺容九兄想一想。」說到這裡，他朝張綺笑道：「好了，時辰不早，妳去上學吧。」

「是。」張綺向後退去。

其實她一直知道，張軒不是一個有魄力的人。而把她嫁給寒門驕子為妻，正是一件需要魄力和眼光的事。他不但要想辦法說服她的父親，還要說服張蕭氏，甚至要說服大夫人等當家人。

他現在猶豫，實在張綺意料當中，所以她不傷心，也不失望。

此時，太陽高高地掛在中天，分明快到中午了。

張綺提步朝自己的房間走去，阿綠不在，她關上房門，坐在榻上，撐著下巴靜靜尋思起來。

好一會兒，張綺站了起來，她想，她得跟父親撒撒嬌了。

對著鏡子梳理妝扮了一會兒，張綺推開房門走了出去。剛剛走出不久，走過林蔭道的張錦瞟過這邊，下巴一抬命令道：「去看看阿綺在不在，把她叫來。」

「是。」兩婢應命離去，不一會兒她們過來回話：「房中無人。」

張錦臉一拉，恨恨地說道：「看她躲到什麼地方去。」

正在這時，一個婢女走了過來。這婢女湊近張錦，朝她低聲說了一句什麼後，張錦馬上抬起頭，雙眼放光地說道：「蕭郎來了？我就去見他！」

剛說到這裡，她想起了什麼似的，無精打采地低下頭，喃喃說道：「可母親不允……」豈止是不允，此刻她身邊跟的婢女中，便有兩個是來看管她的。現在她只要一動，她的母親便會知道。

那婢女恭敬地說道：「蕭家郎君要奴傳四個字給姑子。」在張錦羞澀的期待中，那婢女低聲說道：「來日方長。」

張錦有點失望也有點甜蜜，她咬著唇，雙眼亮晶晶看向大門的方向，那表情分明是迫不及待。

那婢女又道：「蕭家郎君還說，姑子若是看到了張綺，記得把她使到東側正林院的書房去。他說，有一筆帳要跟張綺算一算。」

有帳要算？這話張錦最是愛聽，她雙眼大亮，興奮地說道：「我這就去叫。」

在張錦氣勢洶洶地朝張綺追去時，張綺剛來到張十二郎的書房外。

書房外面，寫著「悠然齋」三個行書，龍飛鳳舞的大字，猶有二王遺風，一勾一畫，在陽光下閃閃發光。仰頭望著它，張綺第一千次地幻想著：我若是一個丈夫，可有多好？

在她對著書房發呆時，一個婢女朝她看來。

張綺連忙收回目光，低下頭說道：「請問我父親可在？」

「郎主不在。」婢女的回答有點漫不經心。

當然，對張綺來說，態度一直不是重點。

「哦。」她失望地應了一聲，甜甜地說道：「那阿綺告退了。」這些婢女，雖然比她要得勢得多，可她是張氏姑子，所以對她們不能用敬語。

那婢女瞟了她一眼，轉身走開。

張綺返身走回。走在林蔭道上，心下琢磨著：如果這次沒有被送出去，我就得展現一些才華了。可是，這一次會不被送出嗎？

張綺心中完全沒底，可她能做的已經做了，剩下的，只能聽天由命了。

低著頭走了一會兒，一個清朗的聲音傳來：「阿綺？」

張綺抬頭。喚她的，是張錦旁邊的一個婢女，她朝張綺說道：「錦姑子正在找妳。」

張錦找她？張綺眨了眨眼，乖巧地應了一聲。

那婢女聲音一提：「走啊。」

張綺還沒有回答，張錦那清脆響亮的聲音傳來：「張綺！」

一聽到這含著煞氣的呼喚，張綺便是瑟縮了下。

見她腳步止住，臉帶惶恐。張錦不由雙眼一瞪：這個張綺最是沒勁。她都沒有怎麼著她，就這般害怕了。要是她膽大一些，自己許還能更感痛快。

張錦抬起下巴，命令道：「過來，有人要見妳！」

有人要見我？

定是蕭莫！

這個時候，他來見我做什麼？他完全可以請示之後，把自己直接抬到他房中去啊。

心思電轉間，張綺的頭卻更低了。她沒有過去，而是向後退了一步，低下頭，怯怯地說道：「我不能去。」

張錦大惱，喝道：「妳敢不聽我的話？」

張綺急了，連忙解釋道：「母親說過，要阿綺安守本分的。」

聽到她抬出張蕭氏，張錦心中一緊，不由向旁邊兩個婢女看去。

對上她的目光，一個婢女走了過來，低聲勸道：「姑子，主母剛才都說了……」

她沒有說下去，張錦也不需要她說下去。她想起母親不久前嚴厲至極的警告，想起大夫人那張陰沉的臉，不由一陣躊躇。好一會兒，她咬著牙一跺腳，道：「我不管！」

另一個婢女走了過來，說道：「姑子勿怪，實是主母有嚴令！」說到這裡，她朝張綺叫道：「妳走吧。」

張綺聞言，悄悄看了一眼張錦，遲疑了一會兒，這才慢慢向後退去。

看到她提步離開，張錦大惱，喝道：「張綺，妳敢不聽我的話？」

張綺腳步一僵，慢慢回頭，白著臉，低聲說道：「姊姊，母親乃是尊長。」說罷，她提步匆匆離去。不一會兒功夫，便來到了一處院落外。看著漸漸成蔭的柳枝，她暗暗忖道：張蕭氏有動作了，我應該不會被抬到蕭莫的房裡了！

轉眼她又好奇地想道：到底是什麼緣故？怎麼大夫人對張家女與蕭莫聯姻這般抗拒？

院落中，一陣琴聲飄然而來。那琴聲清雅中正，婉轉風流。聽著這技巧嫻熟至極的樂音，張綺不由止了步。接著，琴聲又是一轉，由婉轉變為舒緩，變為一種細雨纏綿的春意。

明明是動聽的，舒暢的樂音，可張綺聽著聽著，卻紅了眼眶，哽咽出聲。

琴聲戛然而止，袁教習的聲音從裡面傳來：「何人在落淚？」

張綺在院子外福了福，啞聲說道：「是我，是張氏阿綺。」

袁教習應了一聲，奇道：「我這曲音，怎地會讓妳落淚？」

張綺抬起頭，看著那在春風中飄拂來去的柳枝，好一會兒才回道：「教習的琴音如這春雨，綿綿而來，悠悠而去，絲絲繞繞，寸寸皆情。阿綺感懷，只是想這春光雖好，卻時日太短，而春雨雖暖，卻陰綿惱人。」

她這番話，不但指出了袁教習琴中的意境，還表達了她賞琴之後泛出的憂思。

在這個時代很多文人的眼中，傷春悲秋，惆悵黯然，是一種很美的意境。這意境不可太過，太過則悲，也不可沒有，沒有則無趣。也因此，張綺不管是在張軒，還是在蕭莫等人面前，時不時會表現出幾分淡淡的怯弱和傷悲——唯有如此，方能得到他們的感慨和憐惜。

張綺的聲音落下後，袁教習突然一聲長嘆，道：「我這琴曲原本歡愉，在失意人聽來，卻依然失意。」他像是被張綺提醒了，猛然把琴一推，道：「是了，是了，便是同樣的樂音，聽的人心境不同，那感觸也就不同！」

他於琴曲之道，本是有大才的。此次被張綺提醒，一些原先想不到的思路便豁然貫通。

他站了起來，朗聲道：「進來吧。」

張綺嗯了一聲，慢慢走了進去——在提步時，她悄無聲息地拂了拂額髮，露出她越發精緻靈透的面容。

吱呀聲中，她出現在院門口。

袁教習抬頭向她看來，這一看，他雙眼一亮。

直直地盯了她片刻，袁教習長嘆，「原來如此。」他朝著對面的榻一指，道：「妳能做出《逍遙遊》那等曲子，可見是個知音的。在天地樂音面前，妳我地位一樣，坐吧。」

張綺也不推辭，輕快地應了一聲是，提步走到他對面的榻上，慢慢坐下。

袁教習還在盯著她的臉，看著看著，他慢慢說道：「昨晚宴席上，妳那般裝扮，可是不願遠走他鄉？」

聽他這語氣，當時他也在宴中？

張綺一怔，忖道：自己當時全副心神都放在廣陵王身上，倒沒有注意到他是否在場。

在袁教習的詢問中，張綺低下了頭，几案下，她雙手悄悄絞動著——為了此刻能坐在他面前，她一直在尋找機會。現在，那機會終於讓她抓住了。

尋思了一會兒，張綺微笑地，安靜地回道：「此身雖是柳絮，卻不願意隨春風擺蕩。」她抬眸睨了袁教習一眼，輕聲說道：「可否借琴一用？」

她這一睨，極空靈。

袁教習一怔。

這個看起來總是卑微的小姑子，在骨子裡，真有著一種說不了的從容。彷彿她的卑微只是裝出來的，彷彿她的知進退，守規矩也是裝出來的。她像是一個看把戲的人，不過別人看的把戲，是外人演的，她卻是自己在出演。

驀地，袁教習想到第一堂課時，她那進退從容的態度。

袁教習把身前的琴放在了張綺面前。

張綺低眉斂目，食指慢慢一勾，一陣悠揚的琴聲便飄蕩而出。

袁教習開始只是聽著，可是，越聽，他的腰背便越挺得端直，臉上含著的笑容，也變得端凝。

緩緩的，張綺右手一抹，琴音止息。

琴聲剛止，袁教習便急急地說道：「怎麼不奏了？」他驀地伸手按在琴上，盯著她認真地命令道：「奏下去！」

張綺抬眸，嘴角蕩著笑，脆聲問道：「真要聽？」

袁教習哈哈一笑，道：「自然想聽。」

張綺搖頭，「沒了。」

她把琴推到他面前，慢慢站起，歪過頭，調皮地看著他，道：「真沒了。」說得煞有介事。

袁教習盯著她，哼了哼，「這首從上古傳來的《扈遊》之曲，妳彈得不但深得其中三味，還恰比傳下來的，最全的密譜還多了那麼一段。這樣妳還說沒了？張氏阿綺，妳不是想用這曲譜跟我談條件吧？」

張綺挑眸，眸光從她密密的睫毛下投來，令得那一瞬間，袁教習有種她很令人驚豔、很媚的錯覺。這種風情從她尚且稚嫩靈透的臉上折出，非常罕見。

在他不錯眼看來時，她垂下眸光，袁教習終於認定，剛才確實是他的錯覺。

張綺抿唇笑道：「是真沒了。若是還有，阿綺一定會請教習幫一個忙。」

在袁教習的盯視中，她自顧自地語笑嫣然，「阿綺一定會要教習幫我在寒門中挑一個人品好的毓秀。」她朝他福了福，軟軟地說道：「阿綺待得太久，得告退了。」她笑得端秀，語氣中也是大家閨秀的派頭，「今日晨時，母親便訓了阿綺，說是男女不可私相授受，阿綺不想被人指責，先告退了。」說罷，她轉身便走。

走著走著，她突然停下腳步，回頭一睨一笑，「《扈遊》於琴之一道，終是失之鏗鏘，與《鬼諾》和奏，方能顯出琴之大道陰陽。」說罷，她提步離去。

目送著她的背影，袁教習幾次想要喚住她，最後還是強行忍住：她把話都說到這分上了，自己要是強行留她，沒得跌了分！

被一個小姑子逗成這樣，實是不好看！

直到張綺走了，他才拿起几上的酒壺，仰頭一飲而盡。

把酒壺朝著几上重重一放，袁教習突然有點惱火：這個可惡的小姑子，明明知道他癡迷琴畫美酒，還這麼故意挑釁！她一方面說自己不曾有《扈遊》的殘譜，一方面卻奏出那麼一段不為世人所知的曲音，最後，連《鬼諾》都說出來了。看來，自己不給她挑一個良人，她那譜子就真不給了。

最可氣的是，便是自己真的給她挑了良人，說不定她手頭上還真沒有那樂譜。到時她一賴，自己還沒了辦法。

如他這樣的大家嫡子，平生要什麼有什麼，想得到的，別人會雙手捧著放在他面前。生平罕見的，袁教習感覺到心癢難耐起來。

他站在那裡，一時皺眉，一時眺望，一時尋思。似乎有五根手指在他的心臟上不時抓撓，真真恨不得把張綺扯來，把那兩個上古琴譜強行逼出來。

張綺走出了院落，一出現在陽光下，她剛才還靈動含笑的容顏，馬上又變回了原來乖巧普通的模樣，徑直朝新搬的院落走去。

此時，院落的另一側嘻笑聲不斷傳來。那些笑聲中，有幾個熟悉的，看來與她同位一院的庶女們都跑到那邊玩耍去了。

來到自己的房門外，看著半合的門扉，張綺一邊走一邊喚道：「阿綠？」

裡面沒人應和，想來那傢伙又在偷懶睡覺吧？只是，怎麼那幾個剛派來的婢女也不在？

張綺一邊尋思，一邊拉開房門走了進去。

剛剛跨入，她的手臂便是一疼，接著，一股大力把她朝裡面重重一扯。

張綺大驚，張嘴便要叫喚，一隻大手捂上了她的嘴，同時房門「砰」的一聲重重闔上。

張綺唔唔叫了一陣，身子扭了一陣，終於在來人的盯視中，慢慢安靜下來。

緩緩放下捂著她嘴的大手，來人低沉地說道：「不想叫了？」

張綺含著淚，乖巧地點了點頭，輕應道：「蕭郎，你怎麼在這裡？」

這人，正是蕭莫！

蕭莫負著雙手，沉靜地盯著她，聞言嘴角扯了扯，回道：「阿綺不願意來見我，我只好自己過來了。」他大步走到一側，在榻上坐下後，命令道：「備酒，焚香！」

張綺沒有動，她低著頭，怯生生地說道：「沒有。」

蕭莫一怔，慢慢向後一仰。

仰視著她，好一會兒後，他溫聲說道：「過來。」拍著自個兒的大腿，他的聲音如水般溫柔，「過來讓我抱一抱。」

張綺自是不動，她低著頭，喃喃說道：「我們、我們不可私相授受。」

這是逼他聘她了。

蕭莫嘴角一扯，冷笑一聲，道：「不可私相授受？阿綺不是不願跟我嗎？又何必在這裡假惺惺地裝模作樣？」

張綺臉色一白，頭卻越發低了。她咬著唇，倔強地轉過臉去看著窗外，眼中隱有淚光閃動。浮日陽光下，她那小臉雖被額髮擋了一半。剩下的一半細細看來，也是小巧明秀的。這樣的半邊臉，配上如珍珠般閃耀的淚光，真真說不出的可人。

蕭莫的心驀地一軟，長嘆一聲，道：「說吧，妳為什麼要勾引陳邑，令他向妳父母求娶？」見張綺睜大眼向自己看來，他冷冷說道：「別以為可以騙過我。妳那九兄和陳邑一道，心心念念想阻了我們，還勸得妳父母都意動了。這些，我一清二楚！」

他盯著張綺，一副等著她回答的架勢。

張綺沒有回答，她無法回答，蕭莫這個人太聰明，她根本糊弄不了他。

見張綺沉默不語，蕭莫重重一哼，怒道：「坐過來！」

見兩串珍珠般的眼淚兒順著她的臉頰流下，他低喝道：「叫妳坐到榻上來，妳哭什麼哭？」早說嘛，她還以為要坐在他的大腿上呢！

張綺低著頭，乖巧溫馴地跪坐在他對面的榻上。

望著低眉斂目，安靜又老實的張綺，蕭莫只覺得一口悶氣突然而來，直堵得他胸口發疼。

他一直以為她是歡喜他的！

他一直以為她是期待能跟著他的！

他什麼都想好了，什麼都準備好了，卻沒有想到，她一直在瞞他騙他！

她竟敢不喜歡他！

怒火伴隨著氣悶，令得蕭莫胸口堵得慌，臉色也越發青白得難看。想他從小到大，想要什麼總是能得到什麼，便有些難得之物，通過他的手段，也每每能如願以償。

只有她卻……真該死！

倚著榻，他沉沉地盯著她，呼吸在不知不覺中有點加粗。

聽到他的喘氣聲，張綺頭更低了。她瑟縮著，小心翼翼地透過眼睫毛朝他瞅去。

這般小兔似的可憐可愛的模樣，著實讓人心軟。蕭莫薄唇抿成一線，臉上的戾氣卻漸漸減緩。

好一會兒，他沉聲道：「今天張府有人見了陛下……」喘了一口氣，他陰鬱地說道：「他們去說什麼，想來阿綺是清楚的吧？」

張綺垂眸，沒有回答，卻只是在他喘氣加粗時，透過眼睫毛小心翼翼地瞅向他。

這模樣如此惱人！

蕭莫感到很難受，他想發火，看到她的模樣，那怒火卻一次次消弭。他想罵她幾句訓她幾輪，她表現乖巧實則什麼都沒有聽進。當然，他不會想到放手。在他的生命中，還沒有知難而退這個詞。事實上，正是因為有難度，他才越發志在必得。

蕭莫吞了吞怒火，靜下心，放慢語氣，「妳與陳邕是什麼時候見面的？現在我有閒，且把你們相識的過程全部道來。」

完全是丈夫的口氣！

張綺低著頭，她雙手相互絞動著，好一會兒才囁嚅地說道：「那日他來找九兄，九兄向他介紹了我……」她是真乖巧，因此，他要她說，她便真把自己與陳邕相識的經過說得一清二楚。

房間裡，只有她清軟的聲音婉婉響起，這聲音舒緩動聽，宛如音樂。聽著聽著，蕭莫發現自己的怒火所剩無幾了。他好不容易蓄起的惱怒，她都沒有說一句軟話，便消弭大半。

蕭莫壓下陡然升起的無力感，這時，張綺把事情已經說完了。說完後，她抬起水靈靈的眸子勇敢地看向他，那亮晶晶的雙眼中好有底氣，彷彿她做了一件多麼了不得的事。

蕭莫伸手捂上了自個兒的臉，好一會兒，才沉聲問道：「就這些？」

張綺大力地點著頭。

蕭莫冷笑一聲，道：「便這麼見兩次面，妳就歡喜上他？寧願捨我也要跟他？」

他的眼中又是怒火直冒，張綺瑟縮了一下。

她低著頭對著手指，小小聲地說道：「我沒說歡喜他。」

「什麼？」也許是他的聲音突如其來，驚嚇了她。張綺縮了縮身子，什麼也不敢說了。

蕭莫壓低聲音，道：「妳不歡喜他？」

張綺點了點頭。

蕭莫想冷笑，可不知為什麼，展開的卻是由衷的微笑。

他點頭道：「那妳九兄怎麼會說妳歡喜他？」

張綺沒有回答，只是撲閃著濕漉漉的大眼瞅著他。

蕭莫尋思了一下，冷笑道：「原來如此！」他抬起頭，命令道：「過來！」

張綺連忙搖頭，不但沒有上前，身子反而向後挪了挪。

這一次，蕭莫也不惱了。事實上，自她說出不喜歡陳邕開始，他的怒火便消了。

他垂眼盯著張綺，慢條斯理地說道：「想來妳也知道了，我求聘了，卻被妳父母所拒。」說到這裡，他抿緊薄唇，緩緩向後一倚，低聲道：「我明天會正式向妳姊姊求娶！」

張綺霍然抬頭。

蕭莫沒有看她，只是皺著眉，徐徐說道：「我還真不信這個邪！」頓了頓，他繼續說道：「若是明日妳父母允了，我會要求妳作陪嫁。若是不允，那就得從長計議了。」

他抬頭看向張綺，語調轉為溫柔，「總之，妳儘管給自己縫製嫁衣，我定會想法子帶妳走。」

張綺唇動了動，終於問道：「姊姊她……她知道嗎？」

她知道他明天要求娶的事嗎？還有，與張氏聯姻，是他個人，還是他的家族也有這個意願？

蕭莫自是聽懂了她的話，他淡淡地說道：「需要她知道嗎？」

張綺陡然明白了，明天的求娶，是他個人的意思，沒有驚動家族。

沒有經過家族的求娶，便是張氏同意了，將來張錦過門，那日子也不會太好過吧？

是了，他之所以求娶張錦，為的是得到她這個陪嫁的妹妹。他對她，真可謂用心良苦！

張綺唇動了下，最終什麼話也沒有說。

蕭莫盯了她一陣，好一會兒，他站了起來，「我得走了。」

「嗯。」張綺乖巧地應了一聲，站了起來。

蕭莫突然提步，走到她面前，右手一伸，把她重重帶入懷中。

摟著她的腰，蕭莫長長呼了一口氣。

感覺到他只是摟著自己，並沒有什麼動作，張綺也安下心來，乖巧地伏在他的懷中。

大手撫過她的秀髮和腰背，蕭莫低嘆道：「阿綺，要得到妳，怎地這般難？」最讓他無法想像的是，越是得不到，他的心就越是癢得厲害，他現在是巴不得天天都能見到她。

張綺溫馴地倚在她的懷中，什麼話也沒有說。

直摟了一陣，蕭莫才放開她，提步朝外走去。

走著走著，他陡然止步，回頭看向低著頭，安靜地送他出門的張綺，蕭莫突然問道：「妳沒有不捨嗎？」

張綺一怔，張著小嘴，不解地看向他。

這表情！

蕭莫臉色一沉，拉開房門大步走了出去。

直到他消失在視野中，張綺才急急把房門一關。身子朝著門板上一放，張綺閉上了雙眼。

她成功了！慢慢地伸出手，她捂著自己的臉，久久都一動不動。

她成功了！不管以後如何，至少這一刻，她是成功的。

不一會兒，張綺抬起頭來。她想起了一個人：陳邑！

她得想辦法完全阻了陳邑的求娶。

在張綺如此尋思時，外面一陣腳步聲傳來，伴隨著那些腳步聲的，還有姑子婢女們的笑聲。

蕭莫前腳剛走，轉眼她們就回來了，蕭莫真是好手段！

張綺抿了抿唇，提步走向房中。剛給自己倒了一杯茶，便聽到外面傳來一個婢女的輕喚：「姑子，錦姑子喚妳了。」

是張蕭氏新派來的婢女的聲音。

張綺打開房門，這個婢女是那種天生瘦小精實的，尖削的臉有點黑，五官十分平凡。她正張著一雙明亮有神的眼看著張綺，認真地說道：「錦姑子說，姑子如果不趕緊過去，她就派人強押。」

她說著說著，對上張綺那面無表情的臉，聲音越來越低。

等她說完，張綺冷冷說道：「知道了，退下吧。」

「是。」那婢女剛剛轉身，便聽到張綺在背後問道：「妳喚什麼？」

婢女臉色變了變，終是小心地回道：「婢子叫阿月。」

「阿月？」張綺點了點頭，靜靜地說道：「要記住自己的本分。」

「是。」

張綺越過低著頭的阿月，朝著張錦的住處走去。

她知道，張錦找她，無非就是為了蕭莫之事。現在蕭莫放了一個這麼好的消息給自己，她還真不怕張錦為難。

一路走來，各個房間都伸出好幾個腦袋來，低語聲紛紛傳入她的耳中：「聽說陛下很賞識她呢！」、「看不出來！」、「一起上學這麼久，都不知道她是個有才的！」、「所以說她心機深嘛！」

竊竊私語中，張綺低著頭，安靜地向前走去。

與她同院的三個庶女，都是同一個學堂的，張綺本是識得。不過，平素在學堂裡，她們連正眼也不向她看一眼。張綺現在心中有事，也沒有想到要與她們拉關係聯絡感情。

走到林蔭道時，阿綠蹦蹦跳跳地跑了過來。她看到張綺，笑嘻嘻地說道：「阿綺，剛才錦姑子喚我了呢！」她來到張綺身邊，湊近她咯咯笑道：「還給了我好多好吃的！嘻嘻，明明不喜歡我，還要端著笑，阿綺，她可真笨！」

張綺沒好氣地白了阿綠一眼，道：「她這是拉攏妳，想妳以後給她提供一些關於我的情報。」

「當真？」阿綠睜大一雙眼，興奮地低問道：「那每次向她彙報事情，有沒有賞錢？」

張綺哭笑不得，她倒是認真想了想，這才回道：「張錦倒不是一個刻薄的，賞錢應該會有。」

「太好了！」

聽到阿綠的歡呼聲，張綺悄悄瞪了她一眼，道：「我現在要去張錦那裡，妳先回去。對了，給妳兩天時間，把我們房裡面那幾個婢子的來歷調查明白。」

「好咧！」阿綠歡喜地離去，走了不遠，張綺甚至聽到了她的歌聲。

這個阿綠！

張綺有點想笑，事實上，她也笑出聲來。仰著頭，看著滿眼新綠淡蔭，她想道：春天真的來了！是的，春天來了。滿眼都是春光，滿地都是綠色。天地間，不再是淺淺的灰色上點綴著綠意，而是鋪天蓋地的綿厚枝葉。春天來了，她也快長大了。

張綺從來都知道，以自己成長後的樣貌，是不可能離群索居，不靠任何人就能得到安寧的。甚至，嫁給一個普通的平民，都保不住她。她最好的選擇，便是嫁給一個寒門出身的高官，做他的正妻。

如今時勢不比從前，世家子弟泰半無能。朝堂中，居高位的世家子弟多，而掌實權的，卻是寒門子弟。她一直夢想著，如果能嫁給一個掌有實權的寒門高官，雖說見了張錦照樣要執禮，雖說走到哪裡都要給世家子讓路，可他應該能保住她，應該能真心疼愛她。

而現在，她感覺自己離自己的目標已近了一步。

陸之章 婚願難遂猶掙扎

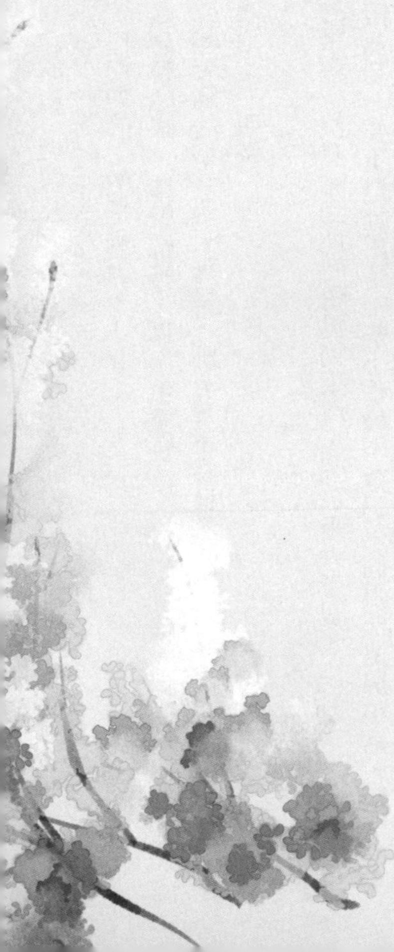

太陽掛在西天，映襯在藍天下，白灼灼的，煞是刺眼。

隨著張綺一路走來，西邊院落處琴聲陣陣，簫聲婉轉，透過重重院落，青牆綠樹，偶爾可以看到飛起的一只鞦韆和半形紅裳。笑聲琴聲隨著柳條漫天飛舞，別有一番春日滋味。

張綺走著走著，突然一個聲音喚道：「張綺。」

張綺腳步一頓，回頭看去。

叫她的人，是與她一道學習過的張涔。沒有想到此時會見到張涔，張綺睜大了眼。

她不清楚張涔曾經差點嫁給蕭策為妾，要不是她用了一些小手段，令另一個張氏遠房小姑，她曾經的好友替代了她，張涔根本不會還站在這裡。

對上張綺詫異的目光，以為她早就清楚了自己往事的張涔冷笑一聲。轉眼，她便抿著薄薄的紅唇一笑，道：「張綺，妳真聰明，張洇差妳太遠。」

張綺眨了眨眼，輕喚道：「涔姊姊現在可好？」

「自是好得很。」張涔笑得很燦爛，聲音宛如銀鈴，「不過沒有妳好，聽說妳現在都被陛下看中了？什麼時候入宮為妃？」

突然的，張綺不想與她說話了。這個張涔，開口說的每一個字都帶著刺，聽起來很不舒服。

她垂下眸，乖巧地朝張涔福了福，道：「涔姊姊，阿綺有事，得走了。」說罷，她轉身就走。

望著她離去的背影，張涔妝容明豔的臉上，毫不掩飾地露出一抹厭惡。她朝著地上輕輕呸了一聲，嘀咕道：「裝什麼裝？還真以為憑妳的身分可以攀龍附鳳？」

這時，張綺來到了張錦的院落外。人還在院落外，便可以聽到裡面嘰嘰喳喳一片，笑語聲不絕於耳。再一聽，裡面至少也有五六個女郎，全部是張氏嫡出姑子。

張綺腳步一頓，悄悄退向一側，她可沒有興趣在這個時候去給那些嫡女們增添樂子。

剛躲入樹林中，張錦清亮的聲音便傳來：「怎麼張綺還沒有到？妳們幾個去一下。」

「是。」不一會兒，四個婢女跨出了院門。

看到她們，張綺低下頭，越發退入花園深處。

她現在不能回房，怕被張錦派去的人逮個正著。順著小路走著走著，又到了她慣常與張軒相見的亭臺。此刻，那亭臺上，張軒手捧著書本，正與一個少年男子神色激動地爭論著什麼。

張綺瞟了一眼，便想轉身，這時，那少年男子一眼看到了她，便尖著鴨公嗓叫道：「阿綺！」是陳邑的聲音！

張綺回過頭來，看到張軒朝自己招手，便低下頭走向兩人。

噠噠噠的迴廊空響中，張綺慢慢走近。陳邑瞬也不瞬地看著她，見她低眉斂目，額髮深覆，卻少女風姿漸現，目光越發明亮。

張軒看了他一眼，暗嘆一聲，轉向張綺笑道：「阿綺，妳在逛什麼？怎麼呆呆傻傻的？」

張綺福了福，喚了聲「九兄」後，軟軟說道：「阿綺突然發現地面綠草菁菁，正感懷著呢。」

張軒呵呵一笑，一側的陳邑也笑道：「阿綺感懷什麼？」

張綺靦腆一笑，輕聲道：「昨晚夢見滿地繁綠，阿綺白轂、白紗、白絹衫行在草地上，正笑得歡呢！」

夕陽下，張綺明秀的小臉上含著靦腆的笑，眉眼間帶著淡淡的愉悅，似乎昨晚上那個夢，讓她到現在想起，還是愉悅而快樂的。她似是沒有注意到，陳邑此時臉色微變。

白轂、白紗、白絹！彼時名士娶婦，便喜歡令新婦著白色深衣。白色，在這個玄學盛行的時代，它代表了「以無為本，反璞歸真，追求清新淡雅」的風尚。

這個張綺，真是好有志向，她不但想嫁名士，還想成為名士之大婦！

陳岜笑了一聲，聲音粗嗄地說道：「阿綺想嫁名士？名士中，世家子雖多，可能娶阿綺的，怕只有寒門子了。」

在提到寒門子時，他的語氣不無嘲諷。不管是表情和神色，都透著一種從骨子裡的輕薄。

張綺迅速抬起頭來，大眼巴巴地看著陳岜，脆脆地、軟軟地，一派天真地說道：「阿岜怎麼知道我想嫁寒門子的？」

那表情極天真，看著陳岜的眼神簡直是有點崇拜。

陳岜的臉一沉，想說什麼，嘴動了動，還是強行吞了下去，只是板著臉，朝著張軒一拱手，二話不說轉身便走。

他一走，張軒便長嘆一聲，喃喃說道：「阿岜年少，氣量猶有不足。」

他轉頭盯向張綺，看了她片刻後，搖了搖頭，說道：「妳又何必……」頓了頓，他牽起張綺的手，「不說這個了。阿綺是個多才之人，且看看我這篇賦寫得如何？」

沒有想到陳岜如此簡單便被氣走的張綺，這時也是開心的。她連忙甜甜地應了一聲，湊到張軒的身邊，翻看起他手中的帛書來。

張軒側過頭，看著厚厚額髮覆蓋下，張綺那秀氣的小臉，道：「阿綺剛才實是多餘，母親剛才已拒了陳岜的求娶。」

什麼？張綺抬起頭來。

見她雙眸明亮，興奮之情毫不掩飾，張軒搖了搖頭。他把帛書一合，坐在亭中的石椅上，看著張綺說道：「阿綺，陳岜實是不錯，妳拒了他，以後會悔的。」

張綺心情愉悅，格格一笑，道：「才不悔呢！」她好奇地看著他，問道：「母親怎麼說的？」

張軒皺起了眉頭，「母親沒有多說，她只講了一句，」在張綺豎耳傾聽中，張軒道：「母親說，阿綺是個心氣高的。」

一句話吐出，張綺臉色變了變。

說她是個心氣高的？什麼意思？是譏諷她攀上了皇帝，還是準備把她送給某個大權貴為妾？見張綺眼神一黯，張軒又是一聲嘆息，「所以說妳剛才唐突了。跟著陳岜，不說別的，將來阿綺許能有個子憑母貴。」跟了別的權貴，只怕等不到她子憑母貴時……

在張軒的嘆息聲中，張綺勉強一笑，她低下頭，眼珠子骨碌碌轉了幾轉後，低低地，軟軟地說道：「阿綺貌拙，怕是入不了陛下和權貴的眼。」

張軒知道她的意思，點了點頭，道：「阿綺放心，為兄不會跟母親說。」他伸手撫了撫張綺的秀髮，溫和地說道：「也是考慮到這一點，為兄才沒有強求妳跟著陳岜。」憑張綺現在露出的容貌，沒有權貴會對她感興趣。她既不中意陳岜，他還能再幫她瞄一個可靠的世家子。

張綺心情大好，她倚著張軒，軟軟地說了一陣話，直到太陽西沉，這才告辭離去。

院落裡，燈籠在風中飄搖，幾個姑子的房間都只有淡淡的燭火。蠟燭非常貴，饒是張家富貴，也只有那些郎主郎君能使用，供應給庶出姑子的分量是有限的。

天上一輪明月，在飄搖的燭光中，張綺踩著洩了一地的銀白，輕緩地走向最裡側的，自己的房間。來到房外時，幾個婢女從陰暗的房中走出，朝她行禮道：「姑子。」這些婢女中沒有阿綠。

想來，今晚明月正好，她多半是與別的婢子們一起玩耍了。

「嗯。」張綺點了點頭，跨入房中。

一夜無夢。

第二天，起了大早的張綺，細心地把頭髮梳理好，用蕭莫給她的粉末泡水塗在臉頸等外露的肌膚後，朝外走去。

那粉末，她現在開始用了，準備每一次都比上一次泡得濃一些。想來時日一天天過去，眾人會漸漸忘記她原本的肌膚，以為她本來便是這般肌膚微黃，帶著幾分病弱。

院子裡，同院的三個庶女已經妝扮好，正準備趕往學堂。看到張綺走出，一雙雙目光同時向她看來。對上她們的目光，張綺低下頭來，怯怯地向她們行了一禮。

幾個姑子見她表現卑怯，心下滿意，便瞟了她一眼，結伴離去。

張綺等她們走了一會兒，才提步跟上。

不一會兒，張綺便來到學堂外。看到她走來，聚在外面的姑子們停止了議論聲，同時看來。關於張綺用才華驚動了陛下一事，她們是聽過的，也是好奇的。

在眾人的目光中，張綺踏入學堂。這時她才發現，在眾庶女的身後，有一個專門給她準備的几案。看來，她的待遇是從每一個地方都有改變。

咦，張錦呢？怎麼沒有看到她？

第一堂課學的還是譜牒。教授的人是一個精瘦的老頭，這老頭姓陳，與袁教習一樣，來自大世家。陳教習有三落長鬚，目光渾濁中透著冷漠，是個出了名的古板之人，與時人喜歡道家不同，他信奉的是儒家和法家。在這個普遍非韓非駁李斯，法家完全沒落的時代，他是寂寞的。

陳教習走了進來，一站好，便注意到座位有變的張綺，皺了皺眉，沉聲問道：「怎麼回事？」

一個僕人從門口走入，對著那老頭低聲說了幾句。

等他說完，老頭點了點頭。示意那僕人退下後，他轉向張綺，突然喚道：「張氏阿綺？」

「是。」張綺抬頭看去。

那老頭慢騰騰地誦道：「妓則有子可為妾，何解？」

張綺眨了眨眼，清脆地回道：「它是說，一個妓妾如果有了孩子，可以升為妾室。」

老頭精幹古板的臉上表情不動，他嗄聲說道：「既然如此，妳之母親，為妾乎，為妓乎？」

一句話吐出，四下先是一靜，轉眼哄堂大笑。

張綺萬萬沒有想到，這個以頑固不化出名的陳教習，竟然如此惡毒的羞辱她。

騰地一下，她一張臉漲得通紅。

大笑聲越來越響，越來越響。當眾人稍稍安靜後，張綺歪了歪頭。

她一派天真地看著瞅著陳教習，直直地瞅著，直到四下的笑聲稍息，直到陳教習眉頭一挑，怒意微現，張綺才清清脆脆地開了口：「我母親喜讀莊子，阿綺記得也是這樣的春日，她坐在窗頭，對阿綺誦著『世而譽之而不加勸，世而非為而不加沮，定乎內外之分，辯乎榮辱之境』，我母親對阿綺解釋說，這句話是講，全天下都讚美一個人，那個人卻並不會更加勤勉，全天下都責罵於他，他也不因之而沮喪。為什麼呢？因為這個人認請了內心和外物的分際，已經寵辱不驚。母親對阿綺說，她也是這樣一個人。」

頓了頓，張綺歪著頭，語氣越發天真，「教習這麼討厭我母親，是因為你不是那樣的人嗎？」她問，陳教習否定她的母親，是不是因為他把名利看得太重，是非分得太清。

她一派天真，語氣清悅動聽，娓娓道來如同樂音；她眼神明澈，神態自然，坦然坦蕩似真人。

這依然是一個縱談玄學，講究天真的時代！

這依然是一個辯論至理，尋求個性解脫的時代！

張綺用玄學課業上學得的《莊子》，來反諷陳教習的僵硬世俗，竟是尖銳而鋒利，直刺得陳教習臉色大變。

四周安靜下來，眾姑子齊刷刷地掉頭看向張綺。玄學雖然是一門重要課業，可她們只是一個姑子，平素學習時，都是姑且聽之，姑且忘之。她們從來想不到，張綺這個看起來乖巧怯弱的姑子，竟把玄學學得如此精通，還一口就駁倒了教習。

陳教習瞪大一雙渾濁的眼，氣喘吁吁地怒視著張綺，喝道：「妳、妳……」妳了一陣，他板著臉喝道：「好一個張氏阿綺，好一張利嘴！」

張綺依然歪著頭，故作天真地看著他，見陳教習惱得話都說不完整了，便眨了眨眼，脆嫩嫩地說道：「教習為什麼生氣？你無端辱罵阿綺的生母，阿綺都沒有生氣呢，教習為什麼會生氣？」

這是諷刺陳教習心胸狹小！

「妳——」陳教習中指指著張綺，氣得橫眉怒目，鬍子亂飛，整個人噎得轉不過氣來，卻辯駁不了。各大家族的譜牒源遠流長，張氏家族更是如此。他畢生精力都用在其上，雖然知道普世之士都念唱玄學，可他哪裡會？

真正要論所學博雜，他還真比不過張綺！

張綺站在後面，見到陳教習氣得臉紅耳赤，搖搖晃晃，嚇得縮了縮頭。她吐了吐丁香舌，自言自語道：「慘了，要是氣壞了阿翁，豈不是大慘？」

這話聲音依然不低，依然被陳教習聽入耳中。見他搖搖欲墜的，張綺一縮頭，連忙躡手躡腳地跑向門外，轉眼便消失在課堂裡。

直到張綺逃出老遠，陳教習才回過神來。他對上一室好奇地盯著自己的姑子，對上候在門外偷聽著的婢僕，突然記起，這學堂裡發生的事，總是會很快傳出去。

同樣，張綺剛才的那番話，也會以最快的速度傳播出去。

舉世都信玄學，她的話，會讓自己成為世人笑柄。

騰地一下，他的老臉再次漲得通紅。

張綺一溜出學堂，整個人便是一鬆。她跑到一側花園裡的池塘邊，在假山旁蹲下，吐了吐舌頭，悄悄想道：我正想一步步顯出自己的才名呢，你這倔老頭子就自己撞上來了！哼，一個個都拿母親羞辱我唾罵我！我雖然也以母親為恥，可萬萬不能讓你們白白罵了去！

張綺私生女的出身不知帶給過她多少困擾和羞辱，她常常想著，如果當初母親不曾把她生下，可有多好？

當初她在外祖家時，眾人都罵她是野種，長輩們經常把她藏起來，不讓她見人。至於種種苛待折磨，那更是常見。

在她的母親還活著時，母親怨恨著她，後來母親過去了，她更像多餘的。一個人處於長期的孤單排斥中，沒有怨氣，那是不可能的。張綺的怨氣還是少的，她只是永遠無法對她的母親產生孺慕之思。

想了一會兒，張綺從鼻中發出一聲輕哼。

她知道，各大權貴高官府中，也有一些或私奔或再嫁過的貴婦人。這些貴婦人一旦聽到她此番言論，也會對她另眼相看。

張綺沒有躲多久，因為第二堂課是袁教習所授，於是時辰一到，她便一副沒事人的模樣回到學堂中。這一次，她進來時，眾姑子都回過頭盯視而來。

張綺低著頭，乖巧地來到自己的几案旁。

一陣腳步聲傳來，眾人嗡嗡聲稍止。

不一會兒，袁教習的聲音從上面傳來：「上次的仕女圖，妳們可有畫好？」

眾姑子嬌嬌地應道：「畫好了。」

「好，都擺在几上。」

張綺低著頭，也把自己的畫作擺在几上。

袁教習慢騰騰地挨個看來。在經過張綺時，他只是瞟了一眼，便轉向另外一個姑子。見他毫不停留，張綺失望無比。

看來那兩張上古琴譜的誘惑還不夠大！

在她的失望和胡思亂想中，一堂課業很快便結束了。

張綺轉身走回，回到院落裡，她抱著枕頭倒榻便睡。也不知是倦了還是怎麼的，這一睡便是一個半時辰過去了。一陣腳步聲蹬蹬蹬地傳來，轉眼砰地一聲，阿綠衝入了她的寢房。

在幾婢好奇望來時，阿綠手忙腳亂地把房門帶上，再衝到張綺身邊，小小聲地說道：「阿綺，阿綺？」

張綺懶洋洋地睜開眼，「怎麼啦？」

「阿綺，妳好懶呢，怎麼還睡得著？那些婢女們都在說妳呢，她們說妳頂撞了陳教習，還說主母肯定會責罰你妳，妳不怕嗎？」阿綠的聲音有點慌亂。

張綺雙眼彎成月牙兒，「不怕。」她的臉在枕頭上蹭了兩下，「我為母親正名，乃是孝；我引玄據經，乃是才。又有孝名又有才名，張蕭氏不敢罰我。」

見阿綠瞪大一雙眼，一臉不解地看向自己。張綺想到跟她說這些有什麼用？她又聽不懂，便住了嘴，翻身坐起，輕聲道：「叫妳打聽的事，可有清楚？」

「知道了，那個阿月是府中的家生子……」張綺打斷她的話頭，低聲說道：「不是這個，是蕭郎提親之事。」

阿綠搖了搖頭，「還沒有聽到消息。」

還沒有聽到消息？蕭莫那個人做事不會有頭無尾，難不成他已經提了，只是消息被封鎖了？

張綺尋思了一會兒，道：「我們出去走走。」

兩女剛出門，卻見院落外迎面走來一隊婢僕。
他們看到張綺，齊刷刷一禮，恭敬地說道：「綺姑子，陛下有召！」
陛下有召？這四個字一出，本來躲在各自房中的庶出姑子們也跑出來了。
張綺呆了呆，目光看向一側的荷姊姊，這荷姊姊是張蕭氏的人，她既然來了，說明這些人是通過了張蕭氏的吧？
荷姊姊旁邊，一個婢女說道：「姑子休要遲疑，主母已經知道此事。」
張綺低下頭來，朝著眾人福了福，低聲道：「是。」咬著唇，她小聲問道：「現在就去嗎？」
「正是，姑子請。」
張綺胡亂點了點頭，小心地問道：「我可以梳洗嗎？」
「不必了。」說話的仍是張蕭氏院中的婢女，她嚴肅地說道：「姑子怎能讓陛下候得太久？」
「不敢。」張綺連忙福了福，示意阿綠退下後，跟在眾婢僕身後朝外走去。
在院中眾人的嗡嗡議論聲中，她來到了院落外。
能過側門，張綺上了一輛馬車。直看到候在馬車旁的宮中太監和兩個侍衛，她才真正明白過來：果然是皇帝有召。
怎麼是皇帝要見她？莫非是蕭莫又使了什麼招？
張綺尋思來尋思去，也得不出個所以然來。
馬車行進很快，轉眼間便過了護城河。河水從橋下流過，汩汩聲清脆遙遠。張綺掀開車簾看了看，見河水深不見底，不由縮了縮頭，又鑽入馬車中。
馬車載著她，沒有駛入正殿，而是朝著右側一個由十幾間石殿組成的道堂走去。
一入道堂範圍，馬車停下，一個太監在外面說道：「姑子，陛下在裡面候著，請進吧。」

「是。」張綺一下馬車，便被這滿眼滿眼的參天綠樹給迷了去。與宮城和各大世家的院子不同，這裡彷彿是原始森林，無數樹葉隨著春風招展，一眼看去，看不到房屋，也看不到人影，除了鳥鳴，便是樹影婆娑。

這道堂明明不大，可因為這重重疊疊的巨樹遮著擋著，便成了一個世外桃源。

這樣的地方，讓人緊張不起來。張綺開始還小心翼翼地走著，不時尋思著陛下所在，可走了兩刻鐘後，她已沉浸在這一片蔥鬱中。

又走了一刻鐘，一陣時斷時續的琴聲傳來，她順聲走去，終於透過重重樹影，看到那個坐在亭臺翠綠間的皇帝，便提步走去。

皇帝只是一人，她不敢走得太近，隔了二十步便是一福，恭敬說道：「張氏阿綺見過陛下。」

皇帝正在撥弄著琴弦，聽到她的聲音，頭也不抬，「是張綺？」

「是。」

一陣時短時長的弦樂過後，皇帝終於抬起頭來，「走近一些。」

「是。」

皇帝盯著她，半晌後，他說道：「今日的阿綺，比那一晚中看些。」雖說是中看些，也只是好了一點，根本入不了他的眼，

張綺似是被他誇得有點羞澀，頭都低到胸口了。

年輕俊朗的皇帝瞟了她一眼，微微蹙了蹙眉。他後宮佳麗無雙，整日對上那些美人，他的眼睛都刁了。又朝她盯了一陣，皇帝溫和地說道：「聽蕭莫說，《逍遙遊》的曲子是妳所譜？便是那副繡畫，也是妳所刺？」

張綺低頭，怯怯地應道：「是。」

皇帝畢竟是武將出身，他雖然有著文人的愛好，卻更有著武人的爽利。因此，比起張綺，他更喜歡那日宴會中當眾向廣陵王示好的王焰。此刻，見張綺這般怯懦遲鈍，皇帝有點不喜了。

他皺著眉又說道：「聽人說，妳識字不過數月？」

張綺再次規矩得過於老實地應道：「是。」

皇帝眉頭成結，終於不耐煩地揮了揮手，「沒事了，退下吧。」

「是。」張綺緩緩向後退去。

當她的身影消失在皇帝的視野中時，一個太監湊近來，低語道：「這個小姑過於內秀了。」

皇帝點了點頭。太監看了他一眼，又說道：「不過能作出《逍遙遊》和那等刺畫，倒也當得才女之稱。」

皇帝回過頭來，瞟了這太監一眼，冷冷說道：「阿綺一個小姑子，不知使了什麼手段，令朕的近侍也替她說話？」

那太監正是收了張綺十兩黃金之人，他沒有想到皇帝會這麼一說，不由嚇得白了臉，撲通一聲跪倒在地，連連磕頭，「奴才不敢……」

皇帝揮了揮手，打斷他的話頭，淡淡說道：「那話沒有傳錯，她確實是才女。」把琴弦重新調了調，皇帝漫不經心地說道：「張氏這個小姑，看起來怯懦，實則是個有主見的。她敢見人便說，朕說她是才女，便是料定了朕不會追究。」

笑了笑，年輕的皇帝不無遺憾地說道：「那一晚，連廣陵王也為她所動，蕭家莫郎更不用說了……朕還以為，此姝定是大有過人之處。」張綺的相貌實在無趣，與她的才智根本不相符，讓他看了很失望。

意興索然地說到這裡，皇帝站了起來，拂袖離去。

張綺一步一步退去，一直退到再也看不到皇帝的影子，方才悄悄呼出一口長氣。
她從皇帝的眼中看到了他的失望。讓他失望最好，她可不想入宮為妃。
這時，領路的太監尖聲叫道：「走快些。」
「是！是！」張綺低下頭，加快了腳步。
半個時辰後，張綺來到馬車旁。她爬上馬車時，錯眼瞟到一個人影，不由訥訥問道：「敢問公公，使者們還沒有離開建康嗎？」
那太監不耐煩地瞟了她一眼，尖聲道：「快了。」
原來真的還沒有離開，她一直待在張氏大宅裡，都不知道這個消息呢。張綺抬著頭，眼角的餘光正好瞟到幾個周地使者從正殿退出。
這時，馬車順著御道，慢慢駛向宮城外。待馬車駛出了大開的宮門，張綺剛把車簾掀開，伸出頭瞅了瞅，便聽到一個熟悉的，悅耳又低沉的聲音傳來：「張氏阿綺？」
這聲音？張綺迅速轉頭，一看到來人，她嗖地睜大了眼。
同樣坐在馬車中，玉冠束髮，身穿齊地官袍，卻照樣帷帽遮面的俊偉身影，可不正是廣陵王？
竟然與他碰了個正著！
廣陵王的馬車緩緩靠近。
張綺低頭行禮，「見過王爺。」
廣陵王盯了一眼她的小姑髮髻，又看向她微微顯黃的臉色，道：「那蕭莫還不曾求娶？」
張綺低著頭，「家中長者不願。」
廣陵王一笑，「費盡了心機，卻長者不允？」
張綺不知如何回答，便也笑了笑。

廣陵王盯著她，突然的，他湊近她，「他看到了！」

「什麼？」

對上張綺眨巴眨巴的眼睛，廣陵王沒有動，而是伸出手來，溫柔地撫向她的鬢角。他的手指微暖，與張綺的體質完全不同，在那手指劃過她耳邊時，張綺清楚地感覺到自己顫了下。

他撫著她的秀髮和耳際，低語道：「他過來了。」

低低一笑，他沉啞說道：「他都視妳為禁臠了！」

正在這時，一個清朗的笑聲傳來，「廣陵王好雅興，只是這建康街頭，可不是你們鄴京！」

正是蕭莫的聲音。

蕭莫沉著臉，陰鬱地說道：「真看不出廣陵王還有如此愛好。」

廣陵王緩緩直起身子，轉過頭去，靜靜地瞟了一眼蕭莫，以及四周朝這裡望來的人影。他居然點了點頭，沉靜地說道：「今日看來，這位張氏小姑更可人了！」

一句話落地，張綺睜大了眼。

廣陵王直接承認自己在調戲張綺。

此時剛出宮門，後面便是駐守宮門的侍衛，不遠處還有幾個太監。旁邊望來的，也是能自由出入此門的權貴，這些人都是可以上達天聽的。

廣陵王說過他不會放手，果然是真的！只憑著這一句話，傳到陛下耳中，便知道他對張綺記掛上了。下一次他再開口，只要她還是小姑，於情於理，陛下怕是不能拒他了！

當然，這兩個人的爭持，不會令得別的權貴對張綺感興趣。畢竟她的樣貌擺在那裡，蕭高之爭，爭的不過是丈夫意氣。

蕭莫也想到了這一點，他沒有想到廣陵王居然當眾認了。該死！自己就不該出來提醒他的！

不過，轉眼他又放鬆下來：這齊人馬上就要離開了，便是他有機會再來，那時，張綺也是自己的女人了。

想到這裡，蕭莫打了退堂鼓。此刻大庭廣眾當中，與他爭沒有好處。

可根本不等他退下，一側的廣陵王已然抬頭，看向那幾個隨著張綺入宮的婢女和張氏管家，微一頷首，命令道：「我與你家小姑走一走，你們暫且回家去。」頓了頓，他眯起了眼，「陛下已經同意了。」

誰都知道，這種情況，怎麼會是陛下同意了的？他分明是在撒謊。

可是，這種無傷大雅的情調小事，堂堂齊使相約的對象又是張綺這種地位低得只能當妓妾，日後不知要轉手多少次的小姑，便是陛下聽到了，也只是姑且聽之。

幾個張氏僕人低下頭應允，準備離去時，一側的蕭莫發難了。

他呵呵一笑，驅著馬車靠近，語氣中帶著為難，帶著責備地說道：「廣陵王殿下，你嚇著我表妹了。」說罷，他盯向張綺，命令道：「過來！」目光轉到了張綺身上。

從他兩人交鋒開始，張綺便低著頭。她這個頭低得都落到胸口上去了，任誰都看不出她的臉色。在張綺的宗旨中，她弱小如此，惱了任何一個男人，他們一伸手便可把她掐死，而且她知道，說不定因為什麼時候，她就落入了其中一人的手中，成為他們召之即來，揮之即去的姬妾。

因此，不管她心中有什麼主意，在對上他們時，她總是努力地讓他們知道，她很乖巧，她也對他們有好感。她求的，不過生存二字。

見張綺頭垂得如此之低，那肩膀還怯弱地抖動著，蕭莫皺起眉頭喝道：「綺表妹，過來！」

張綺不敢過來。她現在過去，就是徹底得罪廣陵王，令他在大庭廣眾當中下不了臺。當然，她也不能得罪蕭莫。當下她懦弱地挪了挪，似是想過去，也似是嚇得什麼都不知道了，只知道害怕和哭泣了。

廣陵王開口了：「蕭家郎君便知道為難婦孺嗎？」他手指撫過張綺的秀髮，聲音沉沉，「她一個小婦人，敢抗拒陛下嗎？」

他這是在告訴蕭莫，張綺聽說是陛下要她相陪後，已沒有抗拒的勇氣。

這句話，不知是不是為張綺開脫？

說到這裡，廣陵王瞟向張綺駕車的雙夫，低喝道：「走啊！」

聲音雖低，語氣也平常，可不知為什麼，已有一種震懾人心的威勢。這種威勢，不是駕馭過千軍萬馬的將軍，斷不可能有。

那雙夫一驚，慌亂應道：「是！是！」

連連甩動韁繩，驅著馬車向前衝去。

蕭莫站在原地，臉色難看地盯著兩輛遠去的馬車。

他不能與廣陵王在大庭廣眾當中過分爭持。這種爭持，對自己毫無好處。可對廣陵王，卻是好處太多，說不定陛下頭腦發熱，就真的把張綺給了廣陵王。可要他看著這兩人離去而不管，他又做不到。

想了想，他陰沉地命令道：「跟上去！」

「是。」

「慢一點，他們在看著。」

「是。」

兩輛馬車駛了一陣後，廣陵王突然說道：「他會跟來。」

張綺抬頭，大眼迷糊地看著他。

瞟了她一眼，廣陵王慢慢說道：「妳不錯，知道自保。」

是說她到了現在還裝迷糊嗎？張綺低下了頭。

廣陵王看著遠處的天空，望著聚聚散散的流霞，突然聲音一低，「鄴城也有這麼美。」

張綺順著他的目光望去，良久後，她低低說道：「美景很多的。」可做個欣賞美景的人，很難，很難……便是最尊貴最得勢的人，也時刻生活在憂患中，沒有一刻能享受這種大自然的恩與。

說到這裡，她微微側頭，看向廣陵王。

透過濃密的眼睫毛，她看著這個時代裡會風頭無兩的人物，不知怎地，心中閃過一抹悲涼。

正好這時，廣陵王回過頭，對上了她的眼。

張綺連忙垂眸，藏住眼底的悲憫。

見他還在盯著自己，她強笑道：「王爺會在這幾日離去嗎？」

「嗯，」廣陵王的語氣沒有起伏，他道：「我會來接妳的。」

她不是問這個！張綺頭更低了。

好一會兒，她喃喃問道：「你今天……」

「今天？今天恰好遇了妳，順便報個小仇。」廣陵王低低一笑。他的耳邊，已傳來馬車急促接近時的車輪滾動聲。

蕭莫來了！

為了趕上這兩人，自來到這個權貴們甚少出現的西城後，他便嚴令馭夫快馬加鞭。

慢慢抬頭，廣陵王盯了張綺一眼，突然一笑，「看好了。」

明明帷帽遮面，他這一笑卻如烈日升空，灼眼無比。

聲音落地時，廣陵王已掀開車簾，跳到地上。

這時，蕭莫的馬車在急匆匆衝來。

廣陵王轉過身，緩步朝著他的馬車走去。

馬車越來越近，越來越近。

透過車簾，蕭莫看到廣陵王徒步走來。不由冷笑一聲，道：「嚇他一嚇！」

如他這樣的世家子，身邊的馭夫都是個中高手。因此，蕭莫的命令一出，那馭夫馬上爽快地道：「是。」

他一揮馬鞭，馬車衝來的速度更快了。

張綺轉頭，正好看到蕭莫的馬車隆隆地衝向廣陵王。

他要撞死廣陵王不成？張綺大驚。

就在張綺驚駭至極時，那急馳而來的馬車，已捲起漫天煙塵，向著廣陵王生生撞來。彼此相距不過五步，以張綺看來，那馬車是怎麼也停不下了。

就在這時，廣陵王沉沉的聲音傳來：「不自量力！」聲音一落，他的佩劍已落在他的左手中。

他要幹什麼？張綺張開嘴就要尖叫。

說時遲那時快，就在那馬車生生地衝來，那煙塵沒頭沒腦地捲向廣陵王時，一直巍然如山的他出手了。

只見他右手袍袖，這麼施施然一拂。也不知是用了大力，還是那袍袖的袖尖如刀，恰好刺上了馬匹脆弱的鼻眼。那馬發出一聲狂嘶，生生地向左側一拐，然後衝過廣陵王的衣角，撞向左側的巷道圍牆。

那馬簡直瘋了，這一衝撞之勢，完全會把牠撞成肉餅。而馬車的人，只怕討不了好去。

張綺已駭得發不出聲音了。

那馬車風一般掠過廣陵王，撞向牆壁時，廣陵王出劍了。

劍如銀蛇，於烈烈白日中，折射出冰寒的死光。

只聽得「滋」的一聲輕響，那劍從蕭莫的頭上一閃而過。

廣陵王的動作很慢，慢得張綺也看得清。可他的動作也很快，快得只在一眨眼間。

一眨眼間，那劍已生生劃上蕭莫的頭顱。於張綺的尖叫聲中，只聽得「噗噗噗」聲不絕於耳，卻是蕭莫的冠和束冠的玉碎成了數塊，跌落在車轅牆壁間。

一個轉眼，蕭莫已是頭冠被削，墨髮散了一頭一臉。而此時，他的馬終於撞上了巷牆。

「砰」的一聲巨響傳來，蕭莫那千萬裡挑一的神駿的馬，已頭骨破裂，血流滿地。而那馬車也是撞得散了架，馭夫頭部被轅木擊中，撲通倒在地上，也不知是死是活。

於一地凌亂中，蕭莫從馬車中滾了下來。他披頭散髮地滾了好幾滾，這才慢慢止住。

這個時候，廣陵王依然是片塵不染，衣袂翩翩，彷彿，那出手的人不是他，彷彿，他從來都是如此風雅如玉。

他緩步走向蕭莫。

蕭莫顯然沒有傷著，只是形容特別狼狽。在他掙扎著坐起時，廣陵王來了。

他居高臨下地看著蕭莫，低沉地說道：「陰謀，長恭不屑耳！」

丟下這七個字，他衣袖一甩，轉身便走。

他來到了張綺身前，望著她，淡淡說道：「回去吧。」

「是！是！」回答他的，不是張綺，而是明顯嚇得語無倫次的張氏馭夫。

廣陵王瞟了那馭夫一眼，命令道：「今日之事切不可洩。」他嘲諷地回頭看向蕭莫，淡淡續道：「一旦洩了，只怕你小命難保。」

他這是在告訴馭夫，他如果把蕭莫如此狼狽的一面宣傳出去，不說別人，蕭莫便容不下他。

那馭夫也是大家族中生長的，哪裡不知道？當下連聲應是，感激地說道：「多謝廣陵王。」也不再跟張綺說什麼，他驅著馬車，轉身便走。

馬車中的張綺，依然白著一張臉，呆呆傻傻地似乎沒有回過神來。

——她實是，不知要怎麼面對蕭莫的好。

陡然，她想到了什麼，悄悄回頭盯向廣陵王。此時，廣陵王正走到蕭莫身邊，也不知和他說了一句什麼，披頭散髮的蕭莫艱難地站起，一步一步挪向廣陵王的馬車，看來廣陵王要送蕭莫回家了。

忖到這裡，張綺不由絞著手指：廣陵王這次當著自己的面，狠狠地削了蕭莫的顏面！是了，他就是要讓蕭莫難堪，讓他這種驕傲的，不可一世的世家子，再不敢面對自己！

——只要看到自己，他就會想到他那麼狼狽難堪的一面。

是了，是了，廣陵王是用這招逼著蕭莫放手。

張綺的馬車越駛越遠。

馭坐上，她的馭夫還在發抖。牙齒相擊中，他忍不住向張綺這個小小年紀的姑子訴起苦來，「姑子，蕭家郎君怕是不會放過我們。」馭夫絕望地說道：「我們看到了他這個樣子，他會恨的，會發洩的。說不定什麼時候，他就令人把我們打殺轉賣了。」

他用的詞是我們，相比起他這個得了張姓的老僕，張綺的地位高不了多少。

就在他以為張綺不會回答時，車廂中，飄來張綺溫柔的低語聲：「他不會。」

馭夫一怔，「啥？」

張綺靜靜地說道：「蕭家郎君本身不會做這等事，而且廣陵王也會想到這一點，會逼迫他不敢做這種事。」

「姑、姑子，此話當真？」

「當真。」

也許是張綺話中的平靜和鎮定，也許是她語氣特別堅決特別自信，馭夫平靜了。他喃喃說道：「不會就好，不會就好……」

馬車越來越平穩，而張府大宅，也越來越近了。

此時夕陽正好，火紅火紅的一線由淺到深抹在天上。張綺望著天邊，低低吟道：「白日黯黯，春風騷騷。」語氣中，或多或少有了些是喜悅是放鬆，是失落也是不安的患得患失。

經過這一次，蕭莫應該會對自己放手了吧？只是，沒有他護著，自己要更小心了。

馬車從側門駛入府中，張綺來到院落時，同院的三個姑子從各自房間伸出頭來，好奇地打量著她。她這一走，可是整整半天，也不知陛下跟她說了什麼，竟然耽擱了這麼久。

不止是她們，便是張蕭氏也有疑惑吧？張綺垂著眉，想著怎麼應對張蕭氏。

按她的估計，今天已晚，張蕭氏應該不會過問她了，要問，也是明晨的事。

房間裡，阿綠正與另三個婢女嘰嘰咕咕的。看到她到來，四婢都站了起來。張綺瞟了她們一眼，對阿綠喚道：「進來。」

「是。」阿綠蹦蹦跳跳地跑了進來，張綺令她把房門帶上，低聲問道：「蕭莫今日不曾跟錦姑子提親吧？」

「不曾聽到呢。」阿綠說道：「阿綺，剛才錦姑子還派人來問妳了。」她蹙起眉，「阿藍語氣不好，阿綺，錦姑子怕是發火了。」

張綺點頭，她疲憊地說道：「打點水來，我要沐浴。」

「是。」

與以前那熱湯限時限量供應不同，現在張綺一開口，不到兩刻鐘兩桶熱湯便提到了她房間。望著熱氣騰騰的湯水，張綺慢慢解去衣裳，一泡入湯中，她便吐了一口長氣，閉上雙眼。

真累，今天真是感到累！

一夜轉眼就過去了。

讓張綺詫異的是，一早上，張蕭氏都沒有派人喚她過去問話。她既沒有開口，張綺便按時來到了學堂。自上次與陳教習辯過一場後，滿堂的姑子在看到張綺時，不會再如以前那麼漠視，而是下意識地打量幾眼。

現在也是一樣，直到她在自己的几後站定，好一些目光還在盯著她。

張綺如往常一樣，低下了頭。

可與往常不同的是，這麼一會兒，幾個姑子低聲說了什麼後，一個九房的姑子向張綺走來。

在張氏，郎君們還按族中排行，姑子們則是各房排各房的。這個庶出姑子叫張淇，張淇的生母是她的父親高價聘來的，主母雖是大家姑子，個性卻偏懦弱，因此張淇在九房中有點得勢。

張淇走到了張綺面前。

她一走近，張綺連忙福了福，喚道：「淇姊姊。」

張淇沒有回答，而是打量著她。盯了一陣後，她突然問道：「聽說昨天陛下召妳了？」

「是。」

張淇尋思了一會兒，又說道：「陛下都跟妳說了什麼？」

陛下跟她說了什麼，需要向她這個外房的庶出姊姊稟報嗎？

張綺愕然抬頭，傻呼呼地看著張淇，似是不明白她的意思。

見張綺如此，張淇的臉上閃過一絲惱意，瞪著她，「妳不說？」

「我、我……」張綺白著臉，唇顫了顫，身子向後縮去。

她這模樣一擺，學堂中嗡嗡聲大作。聽著四周傳來的質疑聲，張淇臉孔一紅，接著怒氣騰騰而來：我還沒有怎麼呢，她就委屈成這樣！

張淇朝著張綺一瞪，正要說什麼時，張錦的聲音從前方傳來：「阿綺，有些人妳不想理便不要理。」身為嫡女的張錦高高昂起頭，尖聲說道：「不過是寒門出身的皇帝要立兩個貴妃，就急成這樣！張淇，妳便是個庶女，也不待這麼沒出息！」

這話恁地直接！

張淇的心思被她生生點破，不由氣得眼淚都出來了。

皇帝要立貴妃？張綺抬起頭來。

不止是她，這裡還有一些沒有得到消息的姑子也嗡嗡議論起來。張氏把她們這些嫡出庶出的姑子整在一起，設這種學堂，便是為了應對這件事。現在終於來了，事關終身，眾姑子都有點激動。

嗡嗡聲中，氣得臉孔又青又紅，又羞又惱的張淇，已跺著腳回到自己的几案。

這時，一個低語聲傳入張綺的耳中：「聽母親說，只待陛下選過妃後，這個學堂便撤了。」

「當真？」

「自然是真的。嫡出庶出天壤之別，哪有同堂學習的道理？更別提那種私生女也混在這裡了，她怎麼夠資格？」

「她雖是私生女，可陛下都見過她兩次了。」

「咦，妳吃味了？嘻嘻，她見過陛下兩次又怎麼樣，生得這般模樣，陛下哪會要她？」

「也是。」

直到教習進來，嗡嗡聲才漸漸止息。

這一堂課，張綺老是走神。陛下要選貴妃？看來他是與各大世家達成協定，會在其中選擇了，只是身分好的嫡女必是不去的。

知道陛下對自己不感興趣，張綺也不擔心。她只是想著，等陛下選妃完畢，這個學堂便會撤去，以後再有學堂讓她去，也不會有袁教習、陳教習這種來自世家的人。

沒有這些有身分的人授課，她要顯露才名便不容易。畢竟，要踩人，也得踩個子高的別人才看得到，她得抓緊一些了。

就在她胡思亂想中，一堂課轉眼便結束了。

張綺朝外走去，一直走到林子中，低著頭，手指無意中在樹皮上寫著字，心裡還在尋思。

「姑子，她在那呢。」東張西望的張錦身邊，是憔悴了許多的阿藍。

她終於康復了，也回到了張錦的身邊。

張錦順著阿藍的手一看，果然找到了張綺。

「去，把她叫過來。」

「是。」阿藍顯得乖巧很多。

張綺正在發呆時，旁邊傳來一個熟悉的嗓音：「綺姑子，姑子喚妳。」

張綺回頭，一見是阿藍，馬上朝她甜甜一笑，喚道：「阿藍。」

阿藍沒有笑，不但沒有笑，反而陰著臉說道：「綺姑子，讓姑子等久了不好。」

張綺連忙應了一聲，跟著阿藍向前走去。

她看著走在前面的阿藍，腳步遲疑，心中微有不安：這個阿藍，對自己懷有敵意！

她雙手交叉在裳前，心思電轉著。

有一些人在注意張綺，她現在一動，便有人目光追隨著。這些人中，有些是嫡出的姑子。如張氏這樣的大家族，嫡出的姑子比一國公主沒有差多少。她們是矜貴的，也是驕傲奢華的。這一點上，她們與張錦不同。

張錦有個以名士自詡，行事風流不羈中，又沒有章法的父親，也有一個自幼失母，教養略有欠缺的母親。繼承了父母缺點的張錦，與她們有點格格不入。

當然，魏晉遺風尚在，如張錦這樣行為有些出格的嫡出姑子，不但張府中有，各大家族中也有不少。比她更膽大更荒唐的也多的是，特別是皇族公主，那種放蕩荒唐簡直令人髮指。

這時，阿藍行了一禮，「姑子，綺姑子過來了。」

張錦自是看到了，她轉過頭盯向張綺，臉色在慢慢變青。

她派人兩次傳喚張綺，她都沒有到。

好啊，一個小小的私生女，這麼快便翅膀硬了！

張錦越看張綺，那怒火越甚。這陣子她一直克制自己對張綺的厭惡，可能是忍得太久了，這一爆發，那怒火直有騰雲之勢。

低著頭的張綺無意中一瞟，赫然發現張綺的右手都握成拳了。接著，那拳頭慢慢展開，可那手指，已全力張開，因為用力，她的手腕都是僵直。

她要扇自己耳光！

這是學堂，不知有多少姑子多少婢僕盯著自己。張錦這巴掌扇下去，雖然她會惹來一些閒話，張綺自己，卻會被所有人輕視。只要張錦這個耳光落在自己臉上，那些婢僕便會逢高踩低，對她使盡絆子以討好張錦和張蕭氏。而她前些日子的努力，會全部落到空處。

不行！張綺抬頭，看到變了臉的張錦，連忙一福，討好地，甜甜地喚了一聲：「姊姊。」不等張錦動作，她更是上前一步，湊近張錦小聲說道：「姊姊，昨日蕭郎來了，他說要跟姊姊提親呢，姊姊知道嗎？」

一句話！

只是一句話，張錦的怒火便像冰水一樣消融得一乾二淨。

她張大眼，狂喜地，顫抖地說道：「妳說什麼？」

張綺雙眼亮晶晶的，天真地說道：「姊姊不知道啊？」

她自是不知道！

張錦激動得都想跳起來了。她紅著臉看著張綺，看著看著，突然一個旋身跑了開去。

望著張錦迫不及待的，遠遠跑開的身影，張綺轉過身。對上阿藍，她雙眼彎成一線，甜甜地說道：「阿藍，妳不去追嗎？」

阿藍抬頭看了她一眼，轉頭朝著張錦的方向跑去。

望著阿藍的背影，張綺還在尋思：我怎麼得罪她了？

她在阿藍的身上，真的感覺到濃厚的敵意。

雖是不明白，不過張綺已暗暗警戒起來。在她的記憶中，一個女人要對另一個女人出手，有時理由相當簡單，甚至都沒有理由。

這時，第二堂課開始了。

張錦走了，她的位置便空了下來。看了那空位一眼，張綺無精打采地低下頭。

這一堂課是禮儀課，教的內容對她來說沒有新意。

低著頭想著心事的張綺，聽到一個腳步聲傳來，學堂中嗡嗡聲大作，接著，一個清悅的男音傳來：「這堂課由我來。」頓了頓，那聲音微微一提，「張氏阿綺？」

啊？張綺猛然抬頭。

她對上了袁教習那雙美麗的眸子。此刻，那眸子正微笑地，暗藏得意地看著她。見她抬頭，袁教習慢悠悠地說道：「張氏阿綺，妳且說說尊卑之別。位卑者見到位尊者，當如何行禮？位尊者若有所求，位卑者當如何應對？位尊者若有命令，位卑者又當如何？」簡直是得意洋洋。

張綺瞠目結舌地看著袁教習。

她曾經設想過，袁教習再見到自己，會說什麼話，他是直接答應自己的要求呢，還是令她重換一個條件？或者，他已經放開了？

她想來想去，就是沒有想到袁教習會這麼賴皮。自身是一個名士，卻準備以禮儀規矩來令她就範。看他這樣子，這辦法還是他尋思了兩天才尋思到的吧？

在袁教習得意洋洋的笑臉中，張綺也是朝他一笑。

這是一個極天真、極純潔、極可愛的笑容。

袁教習還沒有反應過來，笑過之後的張綺，突然伸手捂著肚子，低低地呻吟起來。她白著臉，大眼眨巴地看著袁教習，痛苦地說道：「教習，阿綺腹痛難忍，請容我退下。」說罷，也不管袁教習同不同意，張綺雙手捂著肚子，便跌跌撞撞地朝學堂外走去。

袁教習瞪大了眼。

這個張氏阿綺好生賴皮，竟敢裝病遁逃，哪裡還有半點丈夫之風……是了，她不是丈夫，她是小姑子，真、真是唯婦人與小人難養也！

一口氣猛地升起，直直地堵在袁教習的胸口，可憐他想了幾天才想出的好法子啊！

張綺跌跌撞撞地衝出學堂不久，估計姑子們再也看不到自己，而講臺上的袁教習卻可以看到後，她佝僂著的身子猛然挺直，精精神神地，爽爽利利地，大搖大擺地走出兩步，然後，她悄悄回頭，對著兀自瞪著自己的袁教習舌頭一吐，做了一個大大的鬼臉。
狠狠地嘲笑了他一番後，張綺輕快地走回自己的房間。
房中，幾個婢女都在。看到張綺過來，一個婢女上前行禮，道：「姑子，主母說，妳一回來便去她那裡一趟。」
果然來了！張綺嗯了一聲，也不回房，折身便向張蕭氏的院落走去。
張蕭氏坐在堂房中，看到她進來，端著笑說道：「阿綺來了？坐。」
「謝母親。」
朝她打量一番後，張蕭氏抿了一口茶，輕悠悠地開了口：「昨日阿綺見到陛下，可有所得？」
張綺低頭，恭敬地說道：「太監把阿綺帶到陛下所在的道堂。」聽到道堂兩字，張蕭氏更專注了，「在一處亭臺，阿綺見了陛下。陛下讓阿綺走近去，他看了一會兒阿綺後，問了幾句繡畫方面的事，便令阿綺退下了。」
「妳退下時，陛下可有說什麼？」
張綺搖頭。
張蕭氏坐直身子，她明白了，皇帝必是看中了張綺的才氣，又想在白日裡看看她的長相，可惜她的長相沒有讓皇帝滿意。
點了點頭，張蕭氏又問道：「然後，阿綺便回府了？」
這話一出，張綺心中咯噔了一下。
想了想，她低聲道：「剛出宮門，阿綺遇到了廣陵王，後來還遇到了蕭家郎君。」
果然，張蕭氏早就得到了消息，一點也沒有意外，她命令道：「說下去。」
「是。廣陵王說，那一日他信手指上阿綺，卻不意被拒。當時他推了陛下所選的姑子後，越想越是不甘，今日見到，便想好生看一看。後來蕭郎來了，他要阿綺跟他回去，可廣陵王不肯。他帶著阿綺朝西城走去，最後還是蕭郎追來，與廣陵王低聲說了一通話後，廣陵王才放了阿綺。」

張綺感覺得到，雖說張蕭氏和大夫人不許張氏女與蕭莫在一起，可她們兩人對蕭莫卻是由衷地疼愛。這種疼愛，甚至比她們的親生子女不差幾分。因此，她在這番話中捧高蕭莫，貶低廣陵王，純是投張蕭氏所好。

張綺知道，饒是張蕭氏十分神通，也不會知道最後蕭莫是狼狽不堪的。如蕭莫這樣的世家子，要遮住這樣一個對自己不利的消息，輕而易舉。

張蕭氏沉吟了一會兒，又問道：「聽說，蕭莫跟妳說了，他會向阿錦求娶？」

張綺怯生生地看向張蕭氏，低聲道：「是。」

「他可有說原因？」

張綺低著頭，咬著唇，「阿綺隱隱聽到蕭路跟人說起，他說他家郎君說了，慶秀公主想做他的心上之人。不過他家郎君何等樣人？他的正妻已許了自家表妹，便是心上之人，也會有一個，他家郎君身邊，沒有公主的位置。」

張蕭氏抬起頭來，定定地看著張綺，對上泫然欲泣的她，心中的怒火消得一乾二淨。

她的女兒是個傻的，聽到蕭莫要娶自己，便喜得不知東西。可這麼重大的事，蕭莫為什麼不跟別人說，偏要跟張綺說？這不明擺著，張綺比自己的女兒更重要嗎？

那時刻，張蕭氏甚至下定決心，如果真到了那個地步，在女兒出門時，她會給張綺餵一點藥，以除後患。可現在聽了張綺這番話，張蕭氏陡然明白了蕭莫的用意。他真心喜愛的，應該是自己的女兒吧？至於對張綺百般寵愛，那是做給公主看的，為的是把公主的怒火，轉移到張綺身上去。

張綺，不過一靶子而已。

點了點頭，張蕭氏說道：「我知道了，妳回去吧。」

「是。」張綺緩緩退後。

低著頭，張綺走出了張蕭氏的院落。

正如張綺所料，一連數天，蕭莫都沒有半天消息，更不曾在張府出入。

張錦開始還急盼著他上門提親，可通過她多番打探，在知道大夫人根本不打算鬆口後，她又盼著蕭莫慢點來提親。好等她想到了法子，令得大夫人和母親完全同意後，他的人再上門。

至於張綺，她計畫的重點是親近張十二郎和張軒。在張綺想來，蕭莫和陳邕已被解決了，她只要再顯露些才名，更得到張十二郎和張軒的認可，說不定他們會被她打動，一時心軟便幫她相看那些寒門高官。

在這個時代，世家和寒門之間涇渭分明，彼此都無交際。張綺一個深閨姑子，想要結識一個寒門毓秀，根本無處結識。可她算不到的是，張十二郎早兩天便交遊去了，不知何時才歸。張軒也是，一連十數天，都不曾在那處亭臺看到他的身影。

一個月晃眼就過去了，桃花開了。

粉紅的花朵，開滿了枝頭，遠遠望去便是一片紅霞。間中有幾樹雪白的梨花。風一吹來，粉紅的雪白的花瓣撒了一地，人踩上去，連鞋履都帶香。

張府中，便有一個專門的桃園。不過這桃園建在西邊院落裡，與張府從各地搜羅而來的美麗歌妓和幾個專門培育出來的，有著張氏血脈的遠房姑子混在一起。

因此，這地方雖美，卻只是郎君們喜歡流連。

張十二郎和張軒都回來了。

張綺手中已攢了五塊帕子，這些帕子都是時下最流行的繡畫。有著與陛下最喜歡的，也是第一幅出現的繡畫同樣的繡法和字體。

現在售出去，這五塊帕子一定能賣個最高價，她得抓緊這個機會。

張綺走在張錦身後，心中暗暗盤算著。

這時，前面的張錦不耐煩地叫道：「怎地這麼慢？」

張綺連忙哎了一聲，跟上張錦。見張錦跑得太快，臉孔紅紅地滲著汗，平添幾分美色，張綺由衷地讚美道：「錦姊姊好美。」

張錦昂起下巴，「要妳多話？」話是這樣說，眼中卻有掩不住的喜色。

她回過頭，朝著前方瞅了瞅，道：「桃園快到了？」

「是。」回答的是阿藍。

「快點走。」說罷，張錦又小跑起來。

今日春風如錦，張錦一大早便把張綺叫起，也沒說什麼，便令她跟著同去桃園。

看她這麼迫不及待的樣子，莫非今天蕭莫會來？

三女還沒有靠近桃園，一陣爽朗的笑聲便順著春風吹來。接著，琴聲簫聲胡笳聲飄然而起。

張錦放慢腳步，認真地傾聽了一會兒，嘀咕道：「人好多。」

從這些笑聲判斷，桃園裡的人少年郎君不少。

轉過一條走廊，一片爛漫的粉紅梨白嫣桃色，滲入三女的眼眶。

張錦張著嘴，欣喜地看了一會兒，輕叫道：「好美……真美！我要去踏春！」

確實是很美，蔚藍的天空，潔白的雲霞，入目又是一片紫紅嫣綠的，真真說不出的賞心悅目。度過一個冬天，又看著樹木一點點復甦。這一轉眼，怎地天地間便繁華一片，美得如此耀眼？

正當張綺看得目不暇接時，張錦喜道：「在那呢。」

張綺順聲望去，這一看，呆了呆。

離她不過百步遠的桃樹林中，一個白衣少年正仰頭而笑，他衣袂飄飛，長袍廣袖，俊秀斯文的臉上，因為長年的養氣和自信，有著一種正經世家子才有的從容和氣度。這氣度這相貌映在漫天花瓣中，越發襯得他唇紅齒白，挺拔溫潤，可不正是蕭莫？

他竟然真來了！

而且看他這氣色、這表現、這笑容，哪有半點沮喪落寞陰鬱之相？分明一個處於極度自信和自在中的如花少年。

張綺有點怔住了，她覺得，這蕭莫她越發看不懂了。

她還在呆怔間，張錦已歡喜得連蹦帶跳，衝過彎彎曲曲的花間小路，出現在眾郎君面前。人還沒有到，她已甜甜地喚了一聲：「九兄！」

嘴裡喚著張軒的名字，她的眼睛，卻在癡迷歡喜地望著蕭莫。

蕭莫向這邊看來。

對上張錦的目光，他燦爛一笑，露出滿口雪白的牙齒。得到他的笑容，張錦刷地紅了臉龐。

這時，蕭莫的目光越過張錦，看向張綺。

張綺依然低著頭，穿著不甚合身的張氏庶女裳服。見他看來，她也抬頭迎上。

蕭莫笑了笑，毫不猶豫地轉過頭去，不再向張綺看第二眼。

張綺從他的眼中看到了陌生。

他放開她了。

是了，本來只是少年情懷，本來只是被她的姿色所動。如今，她的臉色泛黃，眼睛又被額髮罩住，便是她自己，也會忘記她本來的相貌，何況是一個月不見她的蕭莫？

一個月的時間，天地都可以改變，何況是人心？

張綺輕鬆地一笑。

她輕鬆了，一側注意著他們兩人的張錦，也得意了。她歡快地衝上去，抱著張軒的手臂嘰嘰咕咕地說了起來。張錦雖纏上了張軒，目光卻時不時地悄悄看向蕭莫。她以為她做得隱晦，可在旁人看來，分明看得出張錦那滿眼的相思。看她這模樣，直恨不得旁人走盡，只剩下她與蕭莫了。

笑聲不斷傳來，桃花中，到處是美麗如花的歌妓們。這時刻，沒有人注意張綺，張軒也罷，蕭莫也罷，目光不是追隨著桃花美姬，便是忙著與同伴嬉遊。

張綺感到很自在。

又等了一會兒，見真沒有人在意她是去是留，她輕提蓮步，朝著一側的桃林中鑽去。

不一會兒，她來到一處小溪旁。汩汩溪水從幾塊巨石中流出，春風吹來，一瓣瓣的花朵從枝頭吹落溪水中，溪水又那般清澈，幾條巴掌大的魚冶遊其中，特是逍遙。

張綺看了歡喜，便在石頭上坐下，彎下腰，伸手抓向那游魚。

魚滑溜得很，饒是她從小便在鄉下長大，可哪裡捉得到？

魚從掌心鑽過，癢癢的甚是有趣，張綺不由抿著唇，小小聲地笑了起來。

正當她笑得歡快時，突然一個人從桃林中竄了過來。那人衝到她身後，也不知是有意還是無意，右手便那麼一推。

張綺哪曾注意到？當下她哎喲一聲，整個人向下一滑，撲頭撲腦地坐倒在溪水中。在她被溪水濺了一頭一腦，連眼睛也蒙住了時，一個有點熟悉的，帶著譏諷的笑聲飄來，然後很快便消失了。

張綺濕淋淋地從溪水中站了起來。

她閉著眼睛，伸袖用力地拭去臉上的水珠。溪水混合著她塗臉的藥水入了眼，十分刺痛，她直拭了幾次，眼中才舒服些。

張綺的眼睫毛扇動幾下，費力地想睜開眼睛。可每次才睜開一點，便又是一陣刺痛澀痛，淚水長流，令得她不得不瞇起眼睛。

無奈，張綺只得低下頭，雙手掬起溪水，認真地洗了幾把臉，這才抬頭。

剛剛抬頭，手臂便是一暖，接著，她整個人被人橫抱而起。張綺尖叫著，掙扎著想要睜開眼。可她的臉被按在一個懷抱裡，她睜開了眼，又哪裡看得到？

那人抱著她快速奔跑起來。

張綺又怕又驚，不停地手打腳踢的，那人硬扛了幾下，一生氣，把她的手腳都重重挾住。他跑了一陣後，進入一個黑暗的所在，然後放下了張綺。

張綺一得到自由，便急急退後幾步，抬頭看來。

這一看，她呆住了。

背對著她，正彎腰從山洞裡取出一件裳服的白衣少年，可不正是蕭莫！

怎麼又是他？

背對著她的蕭莫，把一套姑子穿的上裳下服中衣褻衣一件一件拿出，低沉斯文的聲音有點沙啞，在洞中徐徐響起，「我長到十七歲，見過的美人不知凡幾，怎麼就被一個小姑子給迷了魂魄？明知道大庭廣眾當中與廣陵王爭持，對我有百害而無一利，卻還是跟了上去。這種蠢事，我蕭莫是第一次做來！」

他從一個肚兜中拿出一條毛巾，把它扔給背後的張綺，還在說道：「這一個月裡，我養傷，我深思再三。直到今日，我想自己放開了，便來到張府。」

聽到這裡，張綺明白過來，她用毛巾緊緊地包著自己，喃喃說道：「剛才是你的人把我撞到水中的？」

蕭莫一笑，沒有否認，只是說道：「我想看看，完全露出面容的張氏阿綺，是不是會讓我再一次癡迷！」

他轉過頭來，靜靜地看著張綺。

此刻的張綺，墨黑的長髮濕淋淋滴著水，白得純淨。白得通透的巴掌小臉上，雙頰隱有暈紅。

蕭莫上前一步，伸手把她濕得黏在一起的額髮拂到一旁，完全露出她精美的小臉。

是真的精美！眉如遠山，大眼霧茫茫的，於靈秀中透著幾分慵懶，而小小的紅唇因為寒冷在哆嗦著。整個人於通透中有著靈秀，靈秀中隱藏媚色。

竟是比以前更美了兩分！

蕭莫一隻手抓住張綺的手臂，另一隻手，扯去了她裹著身子的毛巾。

濕淋淋的，兀自滴著水的裳服下，少女剛剛發育好的曲線如山巒起伏，美得讓人喉頭發乾。這樣的姿色，又豈是那些脂粉堆出來的女子能比？

蕭莫把張綺從上到下，從下到上，直直地打量了好一陣後，慢慢地閉上了雙眼。

他的雙眼閉得很緊，緊得眉心成結。

張綺手臂被抓，無力從他的掌握下逃脫，只能這樣呆站著迎上他。

見他如此模樣，她眼神中閃過一抹詫異。

就在這時，蕭莫睜開眼來。他突然雙臂一伸，把張綺緊緊摟在了懷中。

他摟得如此緊，如此緊，直緊得張綺低聲叫痛。

蕭莫手臂放鬆了些，把她摟在懷中，一隻手撫著她的腰背，低啞地說道：「我卻是高估了自己。」只是一句，他又加重了力道。

被他強行摟在懷中，被春水冷得直哆嗦的張綺感覺到了溫暖。她牙齒停下叩叩聲，垂著眉眼。

這時，一隻手抬起了她的下巴。

接著，她的唇瓣一暖，一個溫暖的唇覆在其上。就在張綺緊張得身體僵直時，吻著她的少年停止了動作。他只是覆著她的唇，只是這般摟著。

過了一會兒，他低啞的聲音再次響起：「佛家總是說劫數，我原先不懂……」聲音苦澀莫名。

他慢慢放開了她，讓她得到自由，又拿起毛巾，溫柔地說道：「來，把水拭乾，衣裳都給妳備好了。」

拭乾水？在這裡？當著他的面？

張綺牙齒再次叩叩地相擊起來。

她的牙齒叩得很歡快，臉也白得很可憐。

蕭莫只是看著她，一雙幽黑的眼直直地看著她，毫不動搖。

張綺低下了頭。

不行，不能這樣下去，她會失身的！

於是，她一把拿過毛巾，緊緊地捂著自己，帶著哭音說道：「蕭郎，你出去。」

大顆大顆的淚珠掛在她長長的眼睫毛上，真個哭得梨花帶雨。見蕭莫還是那般盯著自己，她哽咽著說道：「你出去我才換。」一邊說，一邊狠狠地打著寒顫。

她已下定決心，這次便是把自己折騰得生了病，也不能讓他再看下去。

蕭莫低低一笑，伸出手，溫柔地搭上她的肩膀。哪裡知道，他剛剛碰到她，張綺便是向下一滑，接著，她像個孩子一樣一屁股坐倒在地，嚎啕大哭起來。她一邊哭得眼淚鼻涕大把飛，一邊嘶聲叫道：「你出去！你出去！」

蕭莫陡然驚醒，是了，今天她可是著實被自己驚住了。又受驚又著涼的，可別弄出病來。他不敢再相強，便溫柔地說道：「好，好！我出去，我出去！」

無奈地苦笑著，他慢慢退出了洞中。

這是一個假山，他背對著洞口叫道：「我出來了，妳快點換上衣裳，免得著涼！」聲音當真溫柔無限。

張綺抽噎著止住哭聲，悄悄朝外瞅了一眼，見他面對著外面，不曾偷看，便連忙貼著角落處。三兩下脫去衣裳，快速抹乾身上的水漬，然後換上蕭莫早就備好的裳服。

這些裳服十分合身，不但合身，而且舒服無比，顯然布料很好。可仔細看來，這裳服不管是式樣還是料子，看起來分明就是張氏庶女們常穿的那種。

張綺垂下眸，把裳服整理好後，又把濕淋淋的頭髮打散，細細抹乾。她低下頭，眼珠子骨碌碌地看著地面，想尋得一些泥灰什麼的抹在臉上，卻又覺得在蕭莫面前，有點多此一舉。

就在她猶豫之時，一個輕細的腳步聲傳來。接著，一隻溫熱的大掌接過她手中的毛巾，轉到她的背後，他給她拭抹起濕髮來。

男性的，溫熱的手掌拂過她的秀髮、頸項。他的動作輕細如春風，力道不輕不重，真真給人一種被呵護的感覺。

張綺垂下了眉眼。

蕭莫一邊細心地幫她拭著水珠，一邊放低聲音，溫軟地喚道：「阿綺。」

張綺沒有應他。

蕭莫苦笑起來，「還真生氣了？」他低下頭，在她的秀髮上輕輕印上一吻，低聲問道：「嫁衣準備好了嗎？」

嫁衣？她有資格著嫁衣嗎？

張綺想冷笑，最終，卻只是低著頭，一動不動地站在那裡。

身後，蕭莫還在有一下沒一下地撫著她的濕髮，他低沉的聲音含著笑，宛如春風，「我明天就向妳家主母提親。阿綺，若是她們執意不肯，妳隨我出逃，好不好？」

他的聲音低低的，啞啞的，充滿著誘惑。他撫著她的手，那緊靠她的身軀，更是無處不散發著濃厚的男性魅力。

「阿綺，我一定會對妳好的，會對妳很好很好，比誰都好。妳先在我準備好的院子待著，等生了孩兒，木已成舟，再把妳迎進府中，讓我們的孩兒有一個姓氏。」他伸臂從背後摟著她，低低地，靡靡地說道：「阿綺，妳我的女兒，一定很美很美，比所有的貴女都美。若是男娃，定也是極聰明極可愛，便如阿綺妳一般讓人喜愛。」

聲音真真如春風，吹得人一蕩一蕩的。

張綺茫然地看著前方，竟是想道：父親當年也是這般騙母親的吧？騙著她與他一道歡愉，騙著她懷了孩兒……騙著她沒了青春，沒了性命！

她垂下眼來。

見她低頭不語，蕭莫低低一笑，把她反轉過來摟入懷中。緊緊抱著她，他幸福地吁出一口長氣。

又過了一會兒，他輕緩地，溫柔至極地笑問道：「阿綺，妳還沒有回答我好不好呢？」

張綺慢慢抬頭，眸子晶瑩一片，看著他，兩滴珍珠般的淚水滾落於面頰。迅速地低下頭，張綺用力拭去臉上的淚水，低啞地，卻又冰冷地說道：「阿綺便是私生女！」

蕭莫一怔。

張綺慢慢的，卻又堅定有力地推開他的手，越過他，朝外走去。

「阿綺！」蕭莫抓住了她的手臂。

張綺沒有回頭，只是喃喃地說道：「我母親當年也是這樣……」

她啞聲一笑，又低聲說道：「我母親當年便是這樣，蕭郎不知道嗎？」

她甩開他的手，逕自朝外走去。走到洞口時，一縷陽光照耀在她白透得靈秀得驚人的臉上，而一滴又一滴的淚水，正順著她那美麗的小臉緩緩滑落於地。

他傷了她的心了！

蕭莫連忙上前一步，他緊緊握著她的手，低聲道：「阿綺，我……」他的聲音有點澀，「我不是故意的。」

說到這裡，他薄唇抿成一線，有點焦慮地看向蕭府主院的方向。

好一會兒，他堅定地說道：「我今天就去求娶妳姊姊。」

張綺沒有說好，也沒有說不好，只是低著頭朝外走去。走著走著，蕭莫把她一扯，一手扳住她的下巴，另一手在她的臉上抹了幾把，塗了點什麼上去。然後，他低聲溫柔地說道：「好了，快點回去在臉上重新上過藥。」他鬆開她的手。

張綺低下頭，向他福了福，緩緩退後。看到她要走，他突然伸手握住了她的手。

張綺回頭，詫異地看著他。

蕭莫卻又慢慢地鬆開了手，「去吧。」

這一次張綺腳步加快，很快便消失在他的眼前。

走了一陣，張綺回頭看了看。原來蕭莫抱她前來的這地方，還是蕭府西院。

東拐西拐轉了一陣，張綺終於走出西院。

她回到房間時，張錦還沒有回來。揮退婢女們，把自己重新扮回原來的樣子後，張綺趴在几上，無精打采地看著外面的天空。

如蕭莫懷疑的那樣，她也懷疑他是她的魔障。明明一切都了結了的，怎麼卻牽扯得更深了？

胡思亂想了一陣，張綺迷迷糊糊地睡著了。

她是在阿綠的搖晃中清醒的。對上睜著迷糊大眼的張綺，阿綠一疊聲地說道：「阿綺，錦姑子叫妳過去。」

「哦。」張綺坐起，她隨意拔弄了幾下頭髮，「我就去。」

柒之章

身世飄零任拖沓

來到張錦的房間時，張錦正呆呆地坐在几前，望著銅鏡中的自己，嘴裡念念有詞的。
看著她時喜時惱的模樣，張綺傾聽了一會兒，也沒有聽清她到底念的是什麼。
看了一眼旁邊的阿藍，張綺壓低聲音，陪著笑臉問道：「阿藍，錦姊姊怎麼啦？」
阿藍瞟了她一眼，冷冷說道：「不知。」
受了一個白天眼，張綺笑了笑，低下了頭。
這時，張錦回過頭來。
她看到張綺，雙眼一亮，興奮地說道：「阿綺，蕭郎剛才向母親提親了，他要娶我了！」
可憐的張錦，這種無上的喜悅，她除了與張綺分享，已找不到第二人。
她站了起來，衝到張綺旁邊，握著她的手說道：「他來求親了，妳聽到沒有？阿莫前來提親了！他要娶我為妻！」
見張綺渾渾噩噩，她端起笑，拍了拍她的肩膀，溫聲道：「妳放心，我出嫁時會把妳帶過去。如果妳表現好，我會把妳抬為妾室的。」語氣中，滿是居高臨下的施捨。
張綺垂下眉眼，她沒有說謝，更沒有露出感激涕零的表情。
張錦正處於狂喜中，也沒有注意到她的無禮。倒是一側的阿藍，見狀多看了張綺幾眼。
張錦放開張綺，伸手捂著紅透的雙頰，喃喃說道：「蕭郎提親了，他要娶我了！」
這個時候，這個少女是如此快活，那是一種恨不得全天下都知道，恨不得狂歌狂舞的快樂。
張綺看了她一陣，突然好奇地問道：「錦姊姊，母親如何回答的？她答應了沒有？」
一句話，把張錦由天空拉到了人間。
張錦回過頭來，看了張綺一眼，搖頭道：「我不知道，母親不許我聽，把我趕出來了。」不止是這樣，她記得，當時母親的第一句話是：「如此大事，怎麼是你自己開口？你父母可知道？媒人何在？」她聽得出來，母親的語氣是不快的，那表情，更是少有的嚴厲。

怔了怔，張錦發現心中那無邊的狂喜在飛快地逝去，取而代之的，是一種難以形容的憂慮和不安。咬著唇，她突然說道：「我去看看母親。」說罷，她已一陣風般衝出了房間。

張錦一走，阿藍自也是跟上，張綺連忙跟著走了出來。

在兩女衝向張蕭氏的院落時，張綺走向自己的房間。

走著走著，她腳步一頓，臉色微變。

她的濕衣裳和那幾塊手帕都落在那山洞裡了。她知道，以蕭莫的能幹，那些東西他肯定會妥善處理掉。可問題是，那裡有她精心繡了一二個月的手帕啊，她還指望著換一些金銀呢！

呆了一陣，張綺苦著臉，無精打采地回到院落裡。

一看到張綺無精打采地進來，幾婢相互看了一眼，張綺懶懶地倒到榻上。

不一會兒，阿綠破門而入，衝到張綺身邊，關切問道：「阿綺，妳怎麼啦？是不是出事了？」

張綺抬眸看她，搖了搖頭，道：「沒事。」

阿綠瞪大眼看著她，壓根兒不信的樣子。

張綺抱著頭呻吟一聲，「只是掉了些錢。」

「啊？」阿綠比張綺還痛，圓臉都皺成一團了。不一會兒，卻聽得她蹬蹬蹬地跑入側房。

當她再回來時，手裡捧著一個手帕，把那手帕小心地交到張綺手裡。阿綠皺著包子臉，依依不捨地瞅了一陣後，極為堅決地說道：「阿綺別傷心，這個給妳。」

張綺一怔，看向手中的手帕。

嗯，手帕上繡是的一幅梅花，繡得有點慘。

張綺打開了手帕，裡面是一些散碎的銅子和金鈿等小首飾。見張綺不解地看著它們，阿綠說道：「這是阿綠得的賞金月供，阿綺，妳就別傷心了。」

這孩子！張綺感動莫名，輕聲一笑，把手帕包好，輕輕放在阿綠的手裡，嗔道：「癡子！我才不少這個呢！」

阿綠不解地看著她，奇道：「可是女郎剛才不是說……」

張綺搖了搖頭，向後倒回軟榻上，望著屋樑喃喃說道：「我只是……」她沒有說下去，而是拉過阿綠，在她耳邊低語道：「沒事去錦姑子的院子外轉一轉，看看蕭家郎君提親之事結果如何。」

這個也是阿綠感興趣的。她雙眼大亮，笑嘻嘻地一躍而起，「好啊好啊！」二話不說，轉身便衝了出去。

半個時辰不到，阿綠便回來了。她跑到寢房，小心翼翼地把房門關上，湊到明顯有點緊張的張綺身邊，低聲說道：「錦姑子在哭呢，很傷心。」

張錦在哭？看來是不成了。

張綺笑了笑，慢慢站了起來，低聲道：「原來還是不行。」

昏暗的寢房中，她的雙眼清亮得驚人。

見她心情甚好，阿綠也是咧嘴一笑。

正在這時，外面傳來一個婢女的聲音：「姑子，有人送來一個木盒。」

「誰？」阿綠打開了房門。

阿月站在房外，對上依然笑呵呵的阿綠，卻不敢像最開始那般輕視了。低下頭，她雙手捧過一個木盒來，「說是軒小郎送的。」

阿綠接過那木盒，重新把門帶上，走到張綺身邊。

張綺接過盒子，在阿綠睜大的好奇的雙眼中，打開了盒蓋。

盒中空空蕩蕩，只有一張摺成雙飛燕的帛紙。

伸手拿過這紙燕，只聽得「叮」的一聲，一粒老蓮子從燕腹掉了下來，滾落在几上。

帛紙上乾乾淨淨，什麼也沒有，這麼大一個盒子，只有一隻雙飛燕、一粒蓮子。

看到張綺斂了眉眼，嘴角掛起一個笑容。只是那笑容，怎麼看怎麼有點嘲諷，阿綠好奇地問道：「這是什麼？軒郎君為什麼送這個來？」

張綺搖頭，低低說道：「這不是九兄送的。」

在阿綠不解的眼神中，她慢慢站了起來，輕輕說道：「它是蕭莫送的。」

「蕭郎？這是什麼意思？」

張綺回頭，朝阿綠笑了笑，輕細地說道：「蓮子，憐子也。他送我一顆老蓮子，是告訴我，他憐我愛我，願白頭偕老。那雙飛燕也是如此，他的意思是說，他雖是富貴人家，卻願與我像民間有情人那般，成為雙飛燕。」

燕子擇窩時，不挑剔富貴與貧窮，民間相愛的男女，常以燕子作喻，願同雙飛。蕭莫這意思，是在告訴她，他雖不能給她榮華富貴，卻有一顆真摯的心吧？他還是想著，她放棄一切，與他一道雙宿雙飛，不圖名分和富貴地做個外室吧？

阿綠扁了扁嘴，道：「這麼難懂。」

「不難懂。」張綺低聲說道。

是不難懂，至少進過學堂的姑子們都懂得。南北朝與漢不同，與後面的唐宋亦是不同，這個時代的文人墨客、相思男女，都愛用雙關的隱喻來表達心境。他們喜歡曲曲折折地抒發自己的情懷。那曲折越多，意思越隱晦細緻又精確，便越為人稱道。

低下頭，張綺把那帛紙丟入炭爐。彼時還是春日，天氣薄寒，張綺的房中一直備有炭爐。

紙入火中，騰地一聲火焰升起，轉眼便把那白亮乾淨的紙燒成了灰。

阿綠在一側輕叫道：「這麼貴的紙，阿綺真浪費！」

張綺嘴角扯了扯，低聲說道：「貴又如何？一捅便破，一燒便成灰，輕薄得很！」

語氣中，終是有著濃濃的鬱怨。

剛準備把那蓮子也扔進去，轉眼張綺想道，現在還是春天，這蓮子分明是去年存貨。現在自己弄沒了，萬一蕭莫問起，想找個替代的都沒有找處，便又順手扔給阿綠，道：「幫我收起。」

「嗯。」阿綠收好蓮子後，湊到張綺身後，還是好奇地問道：「阿綺，妳剛才不是很開心嗎？」

張綺回頭看向她，低聲道：「蕭莫剛被拒了婚事，這一轉眼便送給我這個。他既是想安我的心，也是不死心。」

雖然她已經知道蕭莫不會輕易對她放手，可看到自己在假山洞裡那一番眼淚和哭訴，根本沒有打動他，他還是想把自己變成他的外室，她就煩躁起來。

在房中踱了一陣，張綺咬唇道：「外面明月剛好，阿綠，我們走走吧。」

「好咧。」

外面確實明月剛好，今天正是十五，一輪圓月掛在天空，照得天地間一片透亮。走在月光下，春風吹來時，一股花香隨風而溢，讓人說不出的舒坦。

走了一會兒，張綺心情明顯好轉。阿綠見狀，也咧開嘴歡笑起來。

正在這時，一陣若有若無的笛聲幽幽而來。張綺側耳聽了聽，尋著那笛聲追去。

那笛聲是從張軒慣常待著的亭臺處傳來。此刻的亭臺上，站著四五個少年郎君，其中一個郎君手持玉笛，正對著明月吹奏。笛聲悠悠，春風蕩蕩，水波綿綿，這美景，真是華麗得讓人想要落淚。一時之間，張綺竟是癡了去。

阿綠沒有察覺到張綺的愁思，她碰了碰她，低聲說道：「阿綺奏的才叫好聽呢。阿綺，我們要不要過去？」

確實，張綺於琴棋書畫之道，比一般人有天賦得多。

聽到阿綠的話，張綺從失神中清醒過來，她低低一笑，自嘲地說道：「是啊，我奏的可動聽多了……也許是上天覺得，以我的外表，不做個傾倒眾生的伎子太可惜了，因此在我的記憶中，很多東西都忘記了，這些東西的記憶，卻深入骨髓……」她的聲音很低很低，阿綠根本聽不清。

笛聲還在幽幽傳來，傾聽了一陣，張綺低低地嘆息一聲，道：「走吧。」

聽到要走，阿綠呆了呆，有點失望。

以張綺的身分，是很少有接觸異性的機會。在這個男女大防並不嚴苛，女性的約束相對較少的時代，她走過去，順便展示自己的才華，博得一二個郎君的另眼相看，是很正常的舉動。

可是，在張綺想來，以張軒的身分，他的朋友必同樣是世家大族的人。這樣身分的郎君，便是看上了她，給她的也不過一妾之位，她又何必去湊這份熱鬧？

轉過身，張綺長長的裙裾在月光下，拖曳出美麗的陰影。

非為妾多事，實是此身難。

張綺知道，她成長後的樣貌，沒有一點手段和權勢的人很難保有她。所以，她找丈夫，一定要找個有權勢有手段能護得她的。可是，那樣的丈夫，如是世家貴子，必有門當戶對的好姑子相配為妻，輪不到她。而她如果不是為人正妻，只是做了妾室和姬侍，也難被正室所容。

這樣一來，她便陷入了僵局。除非找一個寒門高官，張綺竟不知道，自己的活路在哪裡。

圓月通徹，照得大地如此明亮。張綺剛走出幾步，一個發育期的鴨子嗓音便嘻笑而來：「明月亭亭，湖風沁沁，何方小娘？徘徊於花月之下，斷腸於亭湖之畔？」

聲音響亮，含著調侃含著少年人的得意，卻是陳岜的聲音。

張綺沒有想到被他這般喊住，還給調戲了去。她呆了呆，只得在眾郎君的笑聲中，緩緩回首，遠遠一福後，清聲道：「九兄，是我，是阿綺。」

陳岜的聲音消失了，倒是張軒驚喜地喚道：「是阿綺啊，過來過來！」

張綺遲疑了一會兒，清聲回道：「時候不早了，阿綺得歸去了。」

張軒的聲音中有著醉意，聽到她拒絕，想也不想便叫道：「天才入晚呢，過來過來！」

他說完後，環顧左右，竟是得意洋洋地朝著眾郎君說道：「我這妹妹啊，又可人又多才，不差班昭謝道韞的。你們見了，一定會刮目相看。」竟然當著同伴的面，便誇張起她來。

吹噓完後，張軒見張綺遲遲不動，竟是腳步一提，便向她走來。

他三步併兩步，便跑到了張綺面前。他湊近張綺，低聲說道：「今日妳來得正好，這些郎君中，有個是汝南袁氏的庶子，雖被嫡母踩踐，卻是個有才的。妳見一見他，要是願意，為兄會說服母親，讓妳嫁他為正妻。」

張綺抬眼看向他，有點好奇也有點天真地問道：「他很有才？什麼才呢？」

張軒笑道：「自是作得一手詩賦。」

張綺繼續問道：「可任有官職？」

張軒笑了，伸手撫著她的秀髮，哂道：「傻阿綺，為官乃是俗務，世家子弟只要作得好詩賦，通玄善辯，便能受人看重。」

張綺低下頭來：可是，我就是俗人啊！

想了想，她抿唇含笑，輕輕說道：「可是，今晚有陳岜在。」在陳軒尋思中，張綺聲音輕細，

「阿綺與陳郎終有嫌隙，此等場合，終是不妥。」她向他福了福，緩緩向後退去。
張軒放任她離去。
張綺走了一會兒，還可以聽到亭臺中，眾郎君的打趣和責罵聲。
又是一夜無夢。
第二天上學時，沒有看到張錦的身影，第三天也是。
低著頭看著几面的張綺有點走神，都沒有注意教習已宣布下學。
當她回過神時，學堂中已沒有幾個人。張綺收拾了下，看了看外面的日頭，忖道：左右無事，且回去睡一個中覺。
正在這時，一個僕人走了過來。
他來到張綺身前，低聲道：「張氏阿綺，我家郎君喚妳。」
見張綺看著自己，僕人解釋道：「我家郎君便是妳們的袁教習，他叫妳過去一下。」
袁教習喚她？張綺心跳漏了一拍，連忙應道：「我就來。」
兩人一前一後走去，不一會兒，便來到了學堂不遠處的花園中。
袁教習正坐在一個石桌前，手執白子，皺眉看著眼前的棋局。
見他出神，張綺兩人都沒有驚動他。
直過了一會兒，袁教習才把手中白子重重一放，拊掌而笑。笑著笑著，他眼角瞟到了張綺。
揮了揮手，示意那僕人退開些後，他轉向張綺，朝她上下打量了一番，說道：「樂譜呢？」
張綺雙眼大亮，顫聲道：「我心中記著呢！教習你可是？」
她的表情，有太多渴望太多期待。
袁教習搖了搖頭，在張綺黯下來的眼神中，他輕緩地說道：「我問過妳家大人，他說，世家女焉能許給寒門子？」

張綺急道：「可是我如此卑微……」

袁教習輕聲說道：「妳家大人還說了，張家的姑子，寧為世家妾，不為寒門妻。若真是才華出眾的，便是生母不堪，也可入宮為妃，哪能墮落而為寒門婦？」

張綺猛然向後一退。

看到她臉色蒼白，袁教習同情起來，嘆息道：「阿綺何必想這麼多？姑子們都已習慣，阿綺又何必想這麼多？」

關於這件事，他是真的很認真地詢問過張氏的主人。因為他也覺得，以張綺的才華品性，適合為人正妻。可惜，張氏子遠比他想像中的還要固執。

張綺沒有聽到他的安慰，她眼神茫然地看著袁教習，已是失了神。

見狀，袁教習摸了摸下巴，那向她索要琴譜的話便說不出口了。呆了一陣，見她還在出神，他扔下棋子，負著雙手離開。

張綺深一腳淺一腳地回到房中。一進入寢房，便倒在榻上，捂著臉，一動不動的。

好一會兒，她終於動了動，撐起上身，慢慢坐起。張綺一抬頭，便對上門口處探頭探腦，臉上不無擔憂惶恐的阿綠。

朝著阿綠笑了笑，張綺正要說話，外面傳來一個中年婦人的聲音：「妳家綺姑子可在？」

一個婢女連忙應道：「是應嫗啊，我家姑子在呢。」

「大夫人有請。」

大夫人？這三個字一出，小小的院落裡立馬變得安靜無聲。張綺迅速坐起，用手在臉上搓了一把，又朝銅鏡中打量兩眼，匆匆走出，低頭斂襟的，「勞煩應嫗了。」

應嫗是個三四十歲的白胖富態婦人，雖不著首飾，卻透著一種富家子氣。放在外人眼裡，那必是難得的貴人。事實上，在這張府裡，也不過是大夫人跟前一得寵的僕婦罷了。

見到張綺出來，應嫗溫和地笑了笑，「綺姑子請跟老奴來。」

聲音平和，看不出喜怒。

張綺強行按下心中的不安，她朝阿綠使了一個眼色，制止她的跟隨後，帶著另外三婢，跟在應嫗身後朝前走去。

自回到建康以來，張綺從來沒有見過這位大夫人。真要稱呼，她也是張綺的祖母呢。

低頭走了一陣，張綺唇張了張，又張了張，還是忍不住問道：「不知祖母喚阿綺為了何事？」

應嫗卻似沒有聽到般，只是朝前走去。

張綺討了個沒趣，心下更不安了。

走了近半個時辰，幾人來到一個院落外。這院落裡，種滿了高大的松柏，在這整個張府都是桃開梨豔時，這一院青翠的松柏，給人一種遮罩了春天的感覺。

走過幾道迴廊，應嫗來到一個精緻的木屋前。木屋極精緻，松柏極高大極繁茂，小屋坐落在其中，只有片牆浮簷露出，初初一看，倒似來到了山林隱居的高人家。

人還沒有靠近，張綺便聞到一股清香。這香味不屬於桃花梨花，也不是脂粉所有。

聞了幾下，張綺驀然明白了，這是檀香味。

眼前這個一連三間的小屋，從屋樑到門框到牆壁，赫然全是由檀香木所造。

竟是奢華到了這個地步！

她知道張氏富貴，蕭氏更是豪奢，可她從不知道，這豪奢竟然到了這個地步。這些檀香木，建康本地無產，光是把它們弄回來，便已是耗財無數，更何況，這種木材本身便昂貴無比。

只是，張綺腦海中突然浮現一句話：檀香者，陰虛火盛者勿用之。

這話，似是一個人在說，將來要做一幢檀香木屋給她住時，站在旁邊的一個老僧隨口說出的。

張綺收斂起表情，走上臺階，朝著裡面恭敬地說道：「綺姑子到了。」

「讓她進來。」是一個年輕婢女的聲音。

「進去吧。」

張綺應了一聲，提步上前。走了兩步，一個中年婦人從裡面走出，這婦人圓白的臉上盡是笑容，舉止十分隨意，竟然是張綺的熟人，溫媼！

迎面對上張綺，溫媼也是一驚，她嚴肅地看著張綺，在她經過時，低聲說了句：「膽大些。」

這是提點！

張綺感激至極，她沒有回頭，只是頭微微一傾，無聲無息地行了一禮，便掀開細小圓潤，大小相當，任何一個都可以換來數十兩黃金的珍珠簾，提步入內。

房中的軟榻上，睡著一個頭髮銀白的老婦人。在老婦人的身後，一個二十五六歲的年輕婢女正給她扇著扇。另外，靠近窗棱處，還有兩個小婢女。

看到張綺進來，她們都抬起頭打量了一眼。

張綺走到那軟榻前五步處，盈盈一福後，清聲喚道：「阿綺見過祖母。」

老婦人睜開了眼。

兩個婢女上前，小心地扶著老婦人坐直。

張綺悄悄抬頭，見到老婦人還真是形容微瘦，雙頰泛紅的。

她偷看的目光被老婦人發現了，老婦人瞟了張綺一眼，側過頭去。看到她的動作，一個婢女馬上拿過一個痰盂來。老婦人對著痰盂咳了幾下，吐出一小口黃痰後，轉頭看向張綺。

她木著臉，緩緩地問道：「妳就是阿綺？」

「回祖母，孫女正是阿綺。」

也許是聽到張綺自稱孫女不高興了，老婦人板著臉哼了一聲。

而在她的身後，一個婢女已厲聲喝道：「跪下！」

在張綺撲通一聲跪下時，那婢女喝道：「張綺，妳是怎麼勾引蕭氏莫郎，令得他沒了體統，不顧尊卑的，且從實招來！」

早在聽到張錦痛哭，而後又兩天沒有出現在學堂時，張綺便猜到有今日。

想她長相如此「平凡」，又還年幼青澀，任誰一看，也不會相信她能勾住蕭莫吧？

方方種種，張綺聽到那婢女的喝令，心中沒有慌亂。

她規規矩矩地跪了下來，也不慌亂，只是抬起頭，睜著一雙錯愕的，也有點天真的眼看著大夫人，大聲說道：「祖母，阿綺沒有勾引蕭家莫郎。」

話一說出，剛才開口的婢女便是一瞪。張綺嚇得連忙低頭，只是低著頭後，還忍不住嘀咕道：「阿綺長得又不美，他才沒有喜歡呢，莫郎愛的明明是錦姊姊……」嘀咕聲透著少女特有的清亮，明明白白地傳到了房中幾人的耳裡。

大夫人低下頭，認真地盯著張綺。眼前這少女，五官清秀，仔細看還透著一份精緻，雙眼也有神，膽子更不小，可惜皮膚微黃，使得整個人少了一種容光。

在這個時代，無論男女，他們論美，論的從來不僅僅只是五官。在一個脂粉還很簡單，化妝只是偶爾點綴的時代，一個人由內透出外的容光照人，才是美的關鍵。

這樣的長相，實連府中的婢女也有不及，大夫人微微蹙眉。

這兩天，張錦尋死覓活地鬧得厲害，那一頭，蕭莫又不死心，還令得蕭策都為他說合。

想到這裡，大夫人生生地恨惱起來。她以前找的理由，可以說過陛下，也可以說動蕭家其他人。可對於蕭策這種人，是完全沒用。再則，一次又一次的解釋，她都詞窮了，總感覺有很多眼睛懷疑地盯著她。

想到這裡，大夫人的臉色陰沉了幾分。

這時，那婢女冷笑起來，「妳沒有勾引？那妳做了什麼，能令得一個大家郎君對妳念念不忘，堅持要納妳為妾？」

張綺咬著唇，小小聲地爭辯道：「阿綺有才呢。」

聲音一落，那婢女已冷笑著重重一哼。她的聲音很大，直把低著頭的張綺嚇得哆嗦了下。

接著，張綺臉色一白，含著哭音說道：「阿綺是真的有才，阿綺繡的畫，還有獻的琴譜，都得到了陛下的歡喜。那一日陛下把阿綺召見宮時，阿綺便聽到有太監在說，阿綺長得雖普通，可著實是個有才的。」

一口一個「阿綺」，清清脆脆間，便把她有才華，還有陛下覺得她長相平凡的事說了出來。

這些，大夫人有的知道，有的不知道。聽著跪在地上的小姑子嚶嚶抽噎著，大夫人閉上雙眼。

看到她這個動作，眾婢便知道大夫人正在尋思。一個個肅手而立，也不敢打擾。

良久後，大夫人開口了：「把她帶下去。」

這是張綺第一次聽到大夫人說話，微帶點痰濁音。

大夫人坐直身子，淡淡說道：「和錦姑子關在一起。」

「是。」兩婢上前，拖著張綺的臂便向外走。張綺也不掙扎，被拖出幾步後，她像是想到了什麼，便回過頭來，清清脆脆地，帶著幾分天真和率性地叫道：「祖母，阿綺在鄉下聽過一僧人說，陰虛火旺者，不宜靠近檀香木，說是容易導致咳痰動血。」

大夫人抬頭，對上了張綺清清亮亮，猶有稚子天真之氣的雙眼。

轉眼，張綺被拖了出去。

大夫人扶著一個婢女站起，威嚴地命令道：「把東蓮苑收拾一下，今天便搬過去。」

一婢湊近來，低聲道：「大夫人，不過一個幼女稚……」話還沒有說完，大夫人已轉過頭盯了她一眼，道：「姑且聽之。」

眾婢齊刷刷一禮，「是。」

關押張錦的院子，在離此不遠處。一進院落，一陣幽幽的哭泣聲便斷斷續續傳入張綺的耳中。這哭聲很悲很絕望，聽著聽著，張綺垂下眉眼，第一次對張錦同情起來。

兩婢快速上前，打開房門的鎖後，把張綺推了進去。直到「哐噹」一聲落鎖，張綺才回過神。這裡有三間房，一間堂房、一間寢房，還有一個放著淨桶和浴桶的小房間，小房間中另有一扇被鎖的門通往外面。張錦正倒在寢房的床榻上，用錦被捂著頭，嗚嗚地哭著。開鎖落鎖，張綺進來，都沒有驚動她。

見她哭得絕望，張綺走到她身後，唇動了動，卻是什麼話也勸不出。

沒有誰比張綺更清楚，蕭莫這個人，對張錦毫無感情，嫁給他，未必是張錦之福。

停頓了一會兒後，張綺轉過身朝外走去。

這時，張錦停止了哭泣，她回過頭，淚眼矇矓地叫道：「妳是誰？」

「錦姊姊，我是阿綺。」

直過了一會兒，張錦才回過神來，她瞪大一雙紅腫的，盡是血絲的眼，沙啞地問道：「阿綺？妳怎麼來的？」

「是祖母，她問了我幾句話，便把我與姊姊關在一塊了。」

「別叫她祖母！她一意孤行，寧可逼死我也不願意我與蕭郎在一塊，她不是我祖母！」張錦聲嘶力竭地叫了起來。她坐直身子，伸出手扯住張綺的手臂，淚眼汪汪地說道：「是不是阿莫跟妳說了什麼？他可有什麼交代的？他知道我被關起來了嗎？」

一句又一句，目光中滿是期望。張綺哪裡回答得出，只是傻傻地搖著頭。

張錦見她搖頭，心下大惱，她把張綺重重一推，令得張綺向後一個踉蹌，一屁股坐倒在地後，又嚶嚶地哭泣起來。看著涕淚橫飛，一臉絕望痛苦的張錦，張綺猜不到大夫人把自己也關在這裡的目的。既然想不通，她便不想了。

回到堂房中，張綺靠著榻，懶懶地打起瞌睡來。

過了一會兒，一個婢女的聲音在外面響起：「綺姑子，可有什麼需要的？」

一聽這話，張綺馬上站了起來，叫道：「我要上等的繡線，還有……」剛說到這裡，寢房裡的張錦便是嘶聲罵道：「誰讓妳們說話的？難聽死了！」

張綺連忙閉上嘴，而那婢女的腳步聲也逐漸遠去。

出乎張綺意料的是，在她以為不會有下文時，約莫小半個時辰，窗戶外遞進來一個包袱。張綺連忙接過，打開一看，果然是滿滿一包袱最名貴的繡線和錦繡帛面。

這些，都比她平素託張軒得來的還要名貴。

閒著無事，張綺便開始刺繡起來。

她知道，窗外不時有人在觀看，她也知道，自己的所作所為都會傳入大夫人的耳中。

她不知道大夫人是什麼性情，不過溫媼既然要她表現得「膽大些」，說明這老人喜歡直接明瞭的說話方式，也喜歡理智有定性又不膩歪的人。

身居暗室，這般靜靜地刺繡著，是張綺喜歡做的事。這個時候的她，可以屏棄那些揮之不去的擔憂，也可以忘記自己的出身，自己一天比一天長大的事實。

到了傍晚，張錦哭得累了，已睡過一回，而張綺，也繡出了一角景物。

門鎖打開，兩個婢女走了進來，分別在房間裡布上飯菜，放上乾淨的水後，便退了出去。

張錦坐在床頭，冷眼看著她們的動作，她顯然前兩天與她們歪纏過，這時的表情有著憤憤然。

「哐噹」一聲，房門再次被鎖上，院落裡外又恢復了絕對的安靜。

看著那簡陋得令人髮指的飯菜，對上沒有花瓣熱水，沒有舒適乾淨衣裳，無法洗沐的房間，張錦突然拿起榻上的玉枕，朝著張綺重重砸來。

事出突然，張綺避之不及，肩膀被重重砸了一下。她向後一倒，口中發出一聲悶痛，卻只是向後退出一步，沒有指責什麼。

張錦朝她白了一眼，罵道：「賤貨！」

張綺退到角落處，低頭看著自己的腳尖，沒有吭聲。

張錦的怨氣還沒有消去，她衝到几案上，把張綺的那份飯菜重重一掃，「哐噹哐噹」幾聲碎響中，飯菜碗筷撒了一地。張綺依然低著頭，沒有動作也沒有吱聲。

這時，張錦明顯有點累了。她坐下來喘了一會兒氣後，突然轉向張錦，尖聲叫道：「賤貨！蕭郎這兩天與妳聯繫了沒有？」

漸漸昏暗的光線中，張綺搖了搖頭，低聲道：「沒有。」

「沒用的蠢物！」房間中，又開始響起張錦的抽噎聲。

許是哭得累了，一刻鐘後，張錦一邊流淚，一邊把她那份飯吃了個乾淨。

夜深了，張錦發洩了一通後，又昏昏沉沉地倒在寢房的榻上。

張綺縮在堂房的榻上，肚子開始咕嚕直叫。

不過這不算什麼，她在外祖家時，被餓被關那是常事。

轉眼一晚過去了，又被張錦摔了早餐，還被她撕爛了繡帕的張綺，被兩個婢女悄悄帶出院落。

她再次見到了大夫人，不過這一次不是在那檀香木屋，而是在一個遍地蓮葉的美麗院子裡。

望著恭敬地跪在自己腳下，被餓了兩頓又被打得手臂都抬不起，卻依然神清氣爽，臉上看不出半點憔悴和怨氣的張綺，大夫人的聲音居高臨下地傳來：「阿綺是吧？妳年紀小小，倒是能忍！」

大夫人的聲音剛落，一個中年婦人也在旁冷笑道：「小小年紀，便藏得如此之深，怪不得能迷住蕭家莫郎！」

張綺抬起頭來，失落地看了大夫人一眼，慢慢低頭，喃喃說道：「阿綺四歲時，母親便故去了……外祖家雖然有地有人，衣食無憂，可阿綺是個沒姓沒父的，被打得頭破血流還被關起來，再餓兩餐，那是最尋常的。」她知道，如大夫人這樣的大人物，是不耐煩聽她這樣的人長篇大論的。

用一種平靜而尋常的語氣說了這句話後，張綺低下頭來，「錦姊姊只是個直性的，她人才不壞。」這句話，她說得異常堅決果斷，深信不疑。

大夫人也不知是不是相信了她的話，瞟了一眼後，朝一婢點了點頭。

當下，那婢清聲叫道：「去把蕭家郎君請過來。」

蕭莫過來了？張綺一驚。

一直盯視著她的大夫人見狀，神色微動。

噠噠噠的木屐聲中，一個白色的裳服下襬出現在張綺的眼前。那人也看到了她，微微一頓後，提步走入，朝著大夫人持手一禮，聲音略有點沙啞：「大夫人喚我？」

語氣低沉而啞，可不知為什麼，大夫人聽了卻是有點惱，她側過頭，猛然咳嗽起來。

幾婢連忙上前，拍背的拍背，餵水的餵水，唯有蕭莫靜靜地站在那裡，表情疏遠。

咳嗽了一會兒，大夫人啞著聲音說道：「莫郎，你惱我了？」

不等蕭莫回答，大夫人沉著嗓子又喝道：「你便是惱，不允便是不允。」

喝到這裡，她向張綺怒道：「站起來。」

張綺老老實實地站了起來。

大夫人指著張綺，對蕭莫說道：「莫郎，姑奶奶今日跟你明說了吧。只要是張氏女，不管你娶妻還是納妾，一概不可！」她站了起來，指著張綺顫巍巍地說道：「姑奶奶知道你看重這個賤蹄子，今日姑奶奶便把話放在這裡，如果你再四處託人說合，姑奶奶便把這阿綺送給薛子執作妓妾！」

這話一出，蕭莫臉沉如水，四周的婢女們也同時一啞。

至於張綺，更是臉色大白。要說這世家中，哪個世家子在姑子心中最聲名狼藉，不是蕭策，而是這個薛子執。他虐人成性，便是一個天仙兒到了他手中，活得過一年的也沒有幾個。他還有一個讓人難以啟齒的愛好，那便是把美人弄死後，再與之歡愉。

因此，薛子執這個名字，才是真真讓姑子們談之色變的。

大夫人今日拿他出來說事，那是明明白白地告訴蕭莫，她不可能允，而且，再不許他向任何人提起與張氏姑子的婚嫁之事。

一時之間，房中安靜一片，只有蕭莫的喘息聲不時傳來。

大夫人盯著俊臉有點扭曲的蕭莫，心下終是不忍，她聲音一低，沉聲安撫道：「莫郎，你還小，再過個兩年，便不會對女人這麼執著了。阿錦是你表妹，你便是為了她的名聲考慮，也不能再耽擱於她，至於這個阿綺……」她頓了頓，「姑奶奶還是那句話，再聽到她與你有半點牽扯，姑奶奶馬上把她送給薛子執！」

在蕭莫木然的一動不動中，大夫人苦口婆心地說道：「剛才聽這個小姑子說了，她幼時寄養外祖家，因無父無婚，經常被人打得頭破血流還給關起來，還要挨餓。」

見蕭莫怔怔轉頭，怔怔地看著張綺，大夫人嘆息道：「這孩子是個天生命苦的，哪裡有福氣承受莫郎你的看重？」她的聲音有種特別的沉冷。

蕭莫轉頭看向大夫人，看著看著，他突然明白了。

如果不是大夫人顧念自己的感受，如果不是大夫人還不想與自己徹底鬧絕，以大夫人的手段，只怕等候自己的不是這麼一番話，而是被強行灌下鴆毒的張綺。

是了，大夫人這兩年信了佛，信了地獄輪迴之辯，心慈手軟了。要是兩年前，她怕是會當著自己的面，強行把鴆毒灌到張綺嘴裡。她會通過這種方式來告訴自己，一切她說了算。

對大夫人這樣的上位者來說，蕭莫對張綺是不是真在意並不重要，張綺有沒有與他私相授受，蕭莫是更在意張錦還是更在意張綺，通通不重要。重要的是，如果蕭莫執迷不悟，她就會使出這種手段落他的臉，讓他知道怕。

蕭莫向後退出一步，緩緩的，他低下頭，朝著大夫人執手一禮，啞聲道：「阿莫，不敢了。」

大夫人慈祥一笑，道：「好孩子。」她看向張綺，道：「阿綺，妳送莫郎一程。」

張綺兀自沉浸在大夫人的恐嚇中，白著臉顫聲道：「是。」應罷，低著頭向蕭莫走去。

來到蕭莫面前，低著頭看著腳尖的張綺喃喃說道：「蕭郎，請。」聲音很低，猶有點顫抖。

大夫人看了一眼臉色很是難看的蕭莫，慈祥一笑，溫聲道：「阿綺。」

張綺回頭，「是。」

「妳這孩子是個聰慧的，昨天說檀香木屋住不得，祖母信了，今日果然舒坦了一點。」

「是祖母福澤綿厚。」張綺恭敬地回道。

看到舉動中規中矩的張綺，大夫人點了點頭，「送蕭郎出去吧。」

「是。」

蕭莫終於提步了，張綺跟在他身後，兩人一前一後，慢慢向前走去。

張綺一出房間，便呼了一口氣。大夫人最後兩句話，既是誇獎張綺，更是讓蕭莫和她放心，只在他們聽話，安守本分，大夫便不會處置張綺。

蕭莫走得很慢很慢，腳步還有點不穩。

一直低著頭的張綺，這時雙手緊緊交叉。

一個婢女走到兩人身後，對著張綺說道：「送走蕭郎後，妳回自己的房間吧。」

「是。」

兩人終於走出了蓮苑。

無聲地走了一陣後，來到一處林蔭道中，濃厚的樹葉層層疊疊，完全擋住了陽光。一路上，也難得看到一個婢僕。蕭莫開口了：「妳當心。」他的聲音低啞得很，「大夫人是個說一不二的人，妳小心行事。」

「嗯。」

這時，蕭莫停下了腳步，猛然回頭，瞬也不瞬地盯著張綺。

盯著盯著，他的眼中閃出一泓晶瑩的光芒。微微側頭，讓風吹了一陣後，蕭莫的聲音低啞似嗄：「阿綺，我很難受。」

啊？張綺想要抬頭，卻又不敢。

蕭莫側頭吹著風，低低地，艱澀地說道：「我是真的想寵妳憐妳……我辨法用盡了。」

張綺唇瓣動了動，終是什麼話也沒有說。

風聲嗚咽中，蕭莫低低地說道：「阿綺，禮物可收到了？」

張綺想了想，點頭細聲說道：「收到了。」

「我的意思妳可明白？」

這一次，張綺很純潔地搖了搖頭。

蕭莫回頭看了她半晌，輕輕說道：「都到這個時候了，阿綺妳還……」頓了頓，他壓低聲音，一字一句地說道：「那是最後的機會了。阿綺，妳回去好好想一想，也準備一下。」

什麼？張綺的唇哆嗦了一下，終是沒有抬頭。

蕭莫朝左右看了一眼，道：「我以前不知道你們大夫人態度如此狠決，有些地方還安排不周，妳得等一些時日。不過，阿綺放心，我的安排斷斷不會有失敗時，便是敗了，也絕不會讓妳落入大夫人的手中，更不可能落到那個薛子執的手中。」

張綺不答。蕭莫伸出手，想要撫向她的臉，手伸到一半，卻又垂了下來。

良久良久，就在張綺以為他已提步離開時，蕭莫低啞的，溫柔的聲音輕輕飄來：「別怪我……一想到阿綺會睡在別的丈夫懷中，我心便悶得疼……」說到這裡，他毅然轉身，大步離去。

望著他的背影，張綺木木地站著，久久都沒有動一下。

張綺回到了房中，在渾渾噩噩過了一天後，第二天又來了。

無精打采地坐在學堂裡，張綺只覺得整個人就是一個字：累。累得手指都不想動一下。

學堂中，眾姑子還是往日一樣，笑嘻嘻地說個不停。

「聽說朝庭下令徵有才之士。」

「這有什麼好說的？」

「妳懂什麼？陳國剛立，現在的陛下又是個有大志向的。這一次徵士，可能是陳國歷史上最重要的一次取才。它關係著陳國和家族的基業，不止是皇室看重，各大家族也是看重的。」

那女聲微微一嘆，「想當年世家最盛時，喚的是『王與馬，共天下』，這說明什麼？說明掌控天下權柄，對世家來說一樣重要。別的不說，沒有了權柄和扈從，世家雖是世家，可有個什麼動亂暴民的，世家子再嬌貴，作的詩賦最動人，能在刀槍下保住性命嗎？」

那女聲頓了頓後，總結道：「總之，這一次徵才，於各大家族來說都極重要。」

張綺聽到這裡，抬頭朝那說話的女子看了一眼。

這女子是五房的一個嫡女，平素裡沉沉靜靜的，沒有想到見識還勝過尋常丈夫。

又安靜了一會兒，另一個嫡女說道：「聽說便是這幾日，皇宮會設宴，到時各大家族的姑子們都會與席。」

另一個嫡女好奇地問道：「難道陛下要選妃了？」

她們的聲音在嗡嗡笑鬧中並不低，因此這句話一出，起先只是附近的姑子停止了喧譁，到了最後，所有的姑子都安靜下來。寂靜中，一個嫡女回道：「陛下是要選妃了。這次將從世家姑子中選兩個貴妃、一個淑媛。聽說如果有中意的，可能還會多選幾個。」

聽到這裡，那個九房的庶女張淇瞟了張綺一眼，突然說道：「咱們府中不是有一個連教習也給駁了，通玄善辯的才女嗎？這樣的才女不入皇宮，作個與班婕妤一樣的妃子，豈不是太可惜了？」

皇帝召見過張綺，卻因她長相普通而又送了回來的事，眾姑子早就知道了。張淇說這話，純是諷刺。一陣低笑聲傳來，張綺看了一眼張淇，突然明白過來。那個因為流產，陷害自己而不成的羅張氏，也是九房的庶女啊，怪不得這張淇對上自己總有點怪怪的。

庶女們這樣相互攀咬，實是上不得檯次的事。這時，一個嫡女輕笑著打斷了眾庶女的嘲諷，「這麼說來，我們也有樂子了。」

在幾女的詢問中，那嫡女說道：「陛下要選妃，各大家族也會趁此時機聯姻啊。既有聯姻，那各種宴會冶遊的必不可少。」

張綺聽到這裡已經明白了：既然朝庭要廣大徵才，少不了皇室和各大世家又要進行一次利益分配。各大家族要麼通過聯姻來彼此拉攏，要麼會有打擊分化的舉動。這陣子，建康城還真的會變得熱鬧起來。

在這個學堂的姑子，都是沒有訂親的。陛下的選妃，讓庶女們著緊，而各大家族的宴會，則讓這些嫡女也有點上心。一時之間，她們連課也沒心上了，三三兩兩地聚在一起閒聊著。

從這些閒聊中，張綺不止一次聽到了蕭莫的名字。世家子弟沒有幾個成才的，蕭莫是其中少有的俊彥，這次陛下取士，他肯定會在其中。以他的家世門第，只怕一入仕便是顯宦。

說到蕭府，前有蕭策，後有蕭莫，一時之間，連張氏的這些姑子們，語氣中都帶著酸味。

第二天，張錦放出來了。她一出來，便令人傳喚張綺。

她找張綺能有什麼事？還不是為了蕭莫。張綺記起大夫人的警告，生生打了一個寒顫。不過，她也不敢拒絕張錦，當下低著頭，跟在阿藍的身後，朝著張錦的院落走去。

剛走到一處花園，旁邊的桃樹下，便傳來張軒的叫聲：「告訴你，袁之煦，我張府也有才藝絕倫者。」說到這時，他叫道：「去把綺姑子叫過來。對了，讓她帶上一張手帕，我倒要讓這幾個庸才見識一下，何謂繡畫奇絕。」

他這「庸才」二字一吐，四個少年郎君同時哇哇大叫起來。叫聲中，一個清秀的少年說道：「快去快去，我倒想看看你家軒郎常掛在口裡的阿綺是何方綺秀！」

一僕人應了聲，轉過頭來。這一轉頭，他便驚喜地叫道：「郎君，綺姑子在那呢！」他伸手朝著張綺一指，好幾雙目光同時看向張綺。

沒奈何，張綺轉過頭，屈膝福了福，喚了一聲「九兄」後，在張軒得意的笑聲中慢慢走近。她來到了眾少年之前。張軒大步走了過來，伸手握著張綺的手臂把她一扯，道：「阿綺來了更好，這幾個人膽敢小看我張氏子。對了，妳手帕帶了沒？」

不等張綺回答，一個少年已大聲叫道：「這個阿綺，妳且抬起頭來。」

年少的郎君，看到同樣年華的姑子，哪有不想看看對方長相的？

張綺抬起了頭。她這一抬頭，四個少年同時失望了，朝著張軒笑的笑，踢的踢，一少年怪叫道：「才不知如何，可這相貌，差班婕妤遠矣。」

這聲音一落，又是一陣怪笑聲。

張軒大惱，嘴一張剛想辯解，看到張綺便又閉上了嘴，只是那唇角，不免輕蔑地扯了扯，鼻中還發出一聲不屑的哼聲。

他這動作，別的幾個人沒有看到，那個面目清秀，身材瘦長的袁之煦卻是看在眼裡。他好奇地盯著張綺打量兩眼，沒有向張軒直接質問，而是問道：「小姑子，妳的繡畫呢？拿來看看。」聲音中帶著些許熱切。

另外幾個少年見狀，同時大笑起來。他們推著袁之煦，怪叫道：「好你個之煦，張軒唬你的，你還真上心了？」一邊說，一邊看著張綺和袁之煦擠眉弄眼的。

張軒哼了一聲，懶得理他們，而是轉向阿藍命令道：「去阿綺房中把她繡的手帕拿一塊來。」

「是。」阿藍應了剛想退下，一側的張綺已清脆地說道：「九兄，不用的。」她眨動著長長的睫毛，對著張軒伸出手來，「九兄，借笛一用。」

「去，拿支乾淨的笛子來。」

「是。」

轉眼，一支嶄新的笛子便送到了張綺手中。看著張綺接過，張軒低聲問道：「妳真會？」

張綺朝他眨了眨眼，低聲笑道：「自是會的。」說罷，她側過身，面對著隨著春風簌簌落下的桃花，嗚嗚咽咽地吹了起來。

而這時，一個少年正笑了起來，「小姑子也想吹笛？這妳可錯了，之煦便是大行家……」才說到這裡，他的笑聲一啞，旁邊的眾郎君，嘻笑聲也是一止。

遠處的西苑，還有胡笳子幽幽傳來。右側近處，更有幾個年少姑子的嘻笑聲。可這所有的聲音，他們都聽不到了。笛聲如春風，飄蕩而起，飄蕩而過，飄蕩著，掉下了一地的花雨和淚。

張綺於此道本有天賦，技巧方面毫不遜色於他人。與眾不同的是，她的心思曲徑通幽，早已知悉了世間歡樂愁苦。饒是如此，這曲子還是清越的。它是一隻單薄的病弱的飛燕，一次又一次地歡舞於春光中。它的美、它的生命，只有這個春天的燦爛。它是無力衝向天空的，可它依然一次又一次，非要在這一地的春風春雨中流下一道綺豔的霞光。

遠處的嘻笑聲也越來越小。

就在眾郎君聽得如癡如醉時，笛音止息。她緩緩回頭，把笛子交給旁邊的僕人後，朝著張軒和眾郎君一福，低聲道：「阿綺心有愁緒，難免風月同恨，惹得郎君們不快了。」說到這裡，她向張軒道：「九兄，錦姊姊還在等著阿綺呢，告退了。」

直到她退出老遠，眾郎君才清醒過來。

一個少年叫道：「好曲！」他搖頭晃腦，兀自陶醉曲音中，「春風春雨與春愁，當真好曲！」

另一個郎君則喃喃念道：「心有愁緒，風月同恨，好曲！」

面目清秀，身材高瘦的袁之煦則轉向張軒問道：「你這個妹妹年紀小小，哪來的愁思，還風月同恨了？」

愁思？想到張綺要嫁寒門毓秀的夢想，張軒便直搖頭，道：「不知她哪裡來的愁思。」

袁之煦嘆道：「不管如何，你家阿綺這笛，著實吹得好。」讓他聽了，那顆心忽憂忽喜，忽而飄蕩於天空，忽而沉寂於寒夜。他自己也是個會吹笛的，可比起這小姑子，還是差得遠了。

等有了機會，待要問一問，她的愁思由何而來。

正在這時，一個少年郎嘿嘿笑道：「阿軒，你這妹子著實有才。這笛吹得，可比之煦強多了。可惜長相次了些，不然我都要求娶了。你說是吧，之煦？」

袁之煦看向張軒，直笑，「是有才，長相也可以。」

這話一出，怪叫聲一片。張軒則是哈哈一笑，道：「還是之煦有眼光。」他沒有想到憑張綺現在這樣子，袁之煦都能覺得她可以。心下暗暗嘀咕著：看來今年便可以把阿綺的終身給定下。

袁之煦一直在看著張軒，見到他的表情，心中越發明瞭。

張綺跟在阿藍的身後，朝著張錦的院落走去。

走著走著，阿藍突然冷聲冷氣地說道：「恭喜綺姑子又展才藝了。想來不用多久，整個建康的少年郎君，都知道綺姑子是個大才女。」

張綺抬頭看了她一眼，沒有理會。她的身分再卑微，也輪不到阿藍這樣的婢女含諷帶刺的。

不過，她有一點說的對，自己的才名會更響亮些了吧？

從昨天姑子們的對話便可以知道，自己上次駁倒了陳教習後，那通玄善辯之名在權貴圈中，少有流通。那個名頭，再加上今日這曲，張氏有個才女的事，怕是會傳開。

自袁教習告訴她，張氏的郎主不可能把她許給一個寒門子後，張綺對於自己的前途已然迷茫。她現在只想著，自己的名頭越大，張氏便越不可能隨便處置了自己，哪怕是大夫人也不能！

房裡，張錦失魂落魄地癱在那裡，見到張綺過來，她縱身一撲，撲到張綺面前，伸手握著她的手，急急地問道：「阿綺，妳見到阿莫了，他怎麼說？」

見張綺低著頭，她尖聲道：「快說，他是怎麼說的？」

張綺搖頭，「他沒有說。」

「妳騙人！」張錦猛然退後一步，右手一揚，便想甩張綺一個耳光。見她靜靜地盯著自己，那手掌又猛然一放。她瞪著張綺，恨道：「妳騙人，妳騙人！嗚嗚，妳騙人……」聲音越到後面，越是軟弱。

其實她知道了一切，只是還不死心罷了。

張綺低著頭，任由張錦一會兒哭一會兒尖嚎的。大夫人既然不想她提起蕭莫的事，張綺便打定主意，從現在起，絕不在人前提半句。

張錦絕望至極，這一哭便沒完沒了。

張綺呆了一陣後，見沒人注意自己，便悄悄地溜出了房門。阿藍看到她要離開，正準備叫住，卻又住了嘴。張綺沒有回房，而是逕自向她的父親，張十二郎的書房走去。

書房中，讀書聲朗朗。

張綺站在庭中，傾聽著父親清朗有力的讀書聲，突然間湧出一股恨來。

她想問，你為什麼要勾引我母親？

她想問，你為什麼勾引了我母親，卻不給她一個名分？

她想罵，為什麼母親死了，你卻依然風流快活著？

可她什麼也不能做，不但不能做，還要擠出笑容來。

張綺剛走到臺階下，一個童子走出，他看到張綺後，皺眉喝道：「郎君說了，讀書時不許俗人打擾，姑子回去吧。」

張綺一怔，好一會兒才低頭應道：「是。」

她緩緩向後退去。

轉眼，又是兩天過去了，今天下午，蕭府有宴。

正如學堂裡眾姑子所說的，這一場宴會，彙集了各大家族中的年輕姑子和年輕郎君們。

這將是一個姑子們爭鮮鬥豔，郎君們才情飛揚的宴會。

讓張綺沒有想到的，不但是她，連同張錦，也得到了參加這場宴會的資格。

大夫人的警告言猶在耳，這一轉眼，便放她們去蕭府與蕭莫見面？

相比於張錦的欣喜若狂，張綺不由自主地警戒起來。

稍稍妝扮一番，眾姑子坐著各自的馬車出發了。張綺沒有馬車，與院子裡的另三個庶女擠在一輛馬車上。午後陽光灼灼地掛在天空時，馬車駛出了張府大門。

蕭府外，馬車排成了長隊。來往這裡的馬車，不是世家姑子，便是屬於世家郎君，身分貴重，馬車也被裝飾得極盡奢華。有的飄拂的車簾用的是朱砂塗染的朱紅羅曲，有的則是純用昂貴的，大小一致的珍珠為簾，間中還鑲嵌著大小不一的碧玉寶石。

張綺等人的車一靠近，一陣淡雅的龍涎香便飄入鼻端。至於各輛馬車的車轅車身，最差的也是使用沉香木，更多的，則是用紫檀為料。

這些世家嫡子，還沒有一個露出面容，光那陣勢，便能把世人震住。如現在，張綺四女便給震住了。原本竊竊而笑的聲音，這時都消失了，取而代之的，只有馬車整齊前進的聲音。

等到前面的馬車一一駛入蕭府，一個姑子才吐出長氣。

張綺的馬車也駛入了蕭府，馬車停下後，眾姑子郎君絡繹出現。被他們的氣勢所震，眾庶出的世家子，這時都安靜得很。與張綺同車的幾個，更是低著頭靠著道旁行走。

張綺也低著頭，在道路的中間，各世家嫡出子弟們，一個個昂著頭，神采飛揚地行進著。隨著他們的動作，噠噠噠的木履聲參差不一地響起。飄飛的廣袖大袍、裙裾羅衣，在滿地桃花中，散發著奢華的貴族氣息。

前來的世家子越來越多，而張綺，也越來越靠向路旁，幾乎被擠進樹林中了。

這時，一個姑子低聲說道：「我要入宮。」

這個與張綺同院落同父親的姑子張秀，悄悄抬眸，羨慕地看著來往的世家子們，堅定地說道：「我要入宮為妃！若能寵冠後宮，可不輸她們多少！」

她的豪言壯語沒有半個人回應，另外幾個庶女已連與這些嫡子嫡女們一比的勇氣都沒有了。

同是世家子弟尚且如此，何況寒門子？張綺看著一個個神采飛揚，談吐既雅致又風姿卓越的世家子們，突然明白了張氏的郎主們為什麼寧願女兒給世家子作妾，也不願意與寒門子為妻。

這是一種高高在上的傲氣，這是一種與生俱來的貴氣。千百年的歲月遷延，使得他們相信，富貴貧窮都是上蒼註定，而他們的血脈，註定了他們從生出的那一刻起，便高高在上。

這種高高在上的感覺是如此美妙，如此根深蒂固，所以，他們寧願把女兒嫁給同樣血脈高貴之人為妾，也不能容忍自己的血脈外流，不能忍受自己的血脈與低賤骯髒的寒門子混在一起。不能容忍寒門子的後代中，夾雜著自己高貴的血脈。

他們相信，那是一種對祖先、對自身高貴血脈的褻瀆。

道路中，來自各大世家的嫡子嫡女們越來越多，越來越多。間中，也有一兩個被擠在道旁的庶女生得美貌無比，可饒是如此，一路行過的世家子，都不曾正眼看上一眼。在身分、貴賤面前，外表實在太不重要。

舉行宴會的蕭家花園終於到了。花園中，眾世家子或倚榻而坐，或倚婢而站。有的扶琴而歌，有的醉臥於青草桃花之間。每一個世家子的旁邊，都是奴婢成群，侍衛成群。

花園中很安靜，這些世家子沒有大聲喧譁，旁人便不敢多話。站在角落處，張綺看看這裡，看看那裡，饒是以她的閱歷，也有眼花繚亂之感。

魏晉重美色，眾世家子一生下來，指甲都有人專門精心修剪，肌膚更是保養得水潤細白。到得如今，凡是世家中人，無論男女，罕有長得不清秀美貌的。

不一會兒，與張綺同行的庶女們陸續散去，各自尋找相熟的人說話。而張綺，在欣賞了一陣後，便低下頭。她在想著，要不要與張錦混在一塊。

與她在一起吧，張綺怕張錦一個控制不住，又逼著她帶著她纏上蕭莫。

可不與她在一起吧，萬一張錦做出什麼出格的事，只怕大夫人會把帳算到自己頭上。

不對，是一定會算到自己頭上！

想了想，張綺提步，朝著張氏的嫡女群中走去。不一會兒，來到了張錦身後。

張錦無精打采地坐在鞦韆上，一邊隨著鞦韆晃蕩，一邊神思恍惚地看著前方。

目前看來倒是安靜，張綺鬆了一口氣，在不遠處尋了一塊石頭，靜靜地坐了下來。

幾乎是剛坐下不久，突然一個清朗的聲音傳來：「誰是張氏阿綺？」

聲音並不大，可那聲音中，屬於世家子的高高在上，還是令得眾人回頭看去。

一個著朱錦、廣袍大袖，散髮飄拂，面目俊朗的世家子走了過來，向著張氏眾女問道：「敢問張氏阿綺何在？」

一個張氏女答道：「原來是謝氏子彥。以郎君之貴，令一僕來傳訊便是，何必屈尊？」

那著朱錦的謝子彥笑了笑，溫潤有禮地說道：「聞張綺有才，直追謝道韞，我等想見一見。」

嗡嗡聲大作，張綺聽到這裡，也是張大了小嘴。她料到了自己才名已然傳出，可她沒有想到，那才名會傳得如此之廣，直把這些目空一切的世家子也驚動了。

隨著謝子彥聲音落地，刷刷刷，好一些目光同時轉來，看向了張綺。

張綺站了起來。知道今日有宴，她在梳妝時，已把臉上的藥水少少去了些。在這個重美色的時代，她光有才名卻無容止，那才名會被世人理所當然地遺忘。所以，她五官可以只是清秀，那容光必須照人。

在那謝子彥回頭看來時，張綺緩緩走出了樹林。她身上著的，只是張氏發給庶女們的統一衣袍。這種衣袍，在如此場合裡，別的庶女都不會穿。可張綺沒有製衣，只能穿上。

她只是減去了包著腰身的布料，本來質地不錯，式樣是建康新潮的衣袍穿在她身上，便顯得飄逸繁華，靈氣外溢，一點也不比別人特製的衣袍遜色。

張錦瞪大眼看著她，幾乎是第一次發現，原來張綺也長大了，成了靈秀可人的小娘子了。

在張綺緩緩走出時，一陣喧譁聲響起，幾個世家子同時喚道：「阿莫！」

卻是一襲白衣，渾身上下素淨至極，風姿卻不比任何人遜色的蕭莫來了。

蕭莫施施然走近，他嘴角含笑，目光明潤，渾身上下無一奢華之物，卻渾身上下無處不奢華。自身如碧玉，無妝最動人的風采，正是世家子中最推崇的。

蕭莫瞟了張綺一眼，便收回目光，走向眾世家子身邊。也不知他說了什麼，一陣笑聲飄來。

看到張綺腳步停頓，那謝子彥朝她看來。

這一眼，令得張綺腳步再動。她走到眾人之前，微微一福。不等她開口，另一個世家子已朝她上下打量一番，道：「倒不是一個俗物。」

看，容光有與否，意味著俗物與清雅之別！

張綺屈膝一福，清聲回道：「郎君盛讚了。」

「此間有樂，小娘子，請。」謝子彥也不廢話，逕自朝著放置一旁的樂器一指。

「是。」這般唐突地要求別人，謝子彥做得大大方方，張綺也是應得自自然然。這種要求，不是上位者對下位者的頤指氣使，而是一種隨心所欲的灑脫。魏晉以來，便是貴為帝王，一個路人也可以唐突地要求他展示自己最擅長的才藝，這是人性本天真。

張綺提步，走向一側。一側的榻几上，放置了琴瑟胡笳笛簫等物。眾人以為張綺會選擇笛子時，她卻抱起了那個古琴。嗡嗡聲暗起。這張綺，能在諸多世家子面前不拿笛而拿琴，難不成她在琴上的造詣還要勝過笛子？

張綺在琴上的造詣，確實出類拔萃。

琴，自古為君子之樂，代表著雅和正，還有高尚。

不管是前世還是現在，張綺一直是一個想法，只有在這君子之樂上震住眾人，才算是成就。

橫琴於几，跪坐於榻。張綺低下頭，素手一撥一拉，悠揚動聽的琴聲飄然而出。

這場宴會，世家子濟濟，聚在這裡的，不過數人。不遠處，喧囂聲笑鬧聲，猶自在耳。可隨著這琴音娓娓而出，四下已是越來越安靜。

張綺奏的，正是如今大街小巷中流傳的《逍遙遊》，也是她前不久獻給陛下之作。

《逍遙遊》本是琴簫合奏之曲，此次，張綺只是一面琴、一個人，便生生地把那合奏的繁華熱鬧、雍容雅致，流淌而出。

琴為心曲，心自在者，琴自在。

張綺不自在，可是，她與任何人不同，她經歷了世間的繁華，經歷了卿卿我我的愛和慾，也經歷了萬念俱灰的恨和苦。這所有的滄桑，混在她今世稚嫩的，對陽光對春光濃烈的渴望中，便成了一種獨特的心聲，獨特的韻味。

純粹的甜，只是甜；簡單的繁華，也只是繁華。

只有在嘗過苦和澀之後的甜，以及對甜的嚮往。只有經歷過滄桑和混亂絕望後見到的繁華，以及對繁華的珍惜，才更韻味。

現在，張綺的琴聲，便有這種韻味。

琴聲如雲，絲絲縷縷推進，最後匯成了橫貫天地的萬丈霞光。

極綺麗，卻也因為滄桑而極豪闊，一陣建康人從來沒有聽到過的豪闊。

四周再無聲息，只有琴聲如月。

遠處的張軒，愕然站在那裡，怔怔地看著張綺。他原以為，昨日那曲，張綺所奏已是極限，現在才知，她一直深藏著，此刻所展的，才是她的絕技。

蕭莫垂下眼來，謝子彥走到他的身側，低聲說道：「此曲一出，你的可憐兒便是人盡皆知的才女了。阿莫，把她捧得如此之高，是不想你將來的妻室欺凌她嗎？」

蕭莫嘴角扯了扯，沒有笑。他不是防他將來的妻室，讓她家喻戶曉，只是逼住張氏的那個大夫人，讓她不敢隨意處置他的阿綺。

捌之章 峰迴路轉只緣他

一曲終了，張綺慢慢站起。

這時，回味的還在回味，看熱鬧的也在冷眼盯著她，四下安靜至極。

張綺朝著眾人盈盈一福。就在這時，極為突然的，眾世家子同時動了，他們紛紛摘下身側的桃花，朝著張綺扔去。花瓣落如雨，不過轉瞬，那桃花便遮了她一身一地，有幾片還黏在她巴掌大的小臉上，令得蕭莫剎那間目光滯了滯。

花雨中，謝子彥走上一步，以大世家嫡子之尊，朝著張綺深深一揖，清朗地說道：「曲風清越雍奇，堪稱大善。」

這是評價！

這是一個名聲彰顯的世家子給出的評價。

有了這個評價，有了這一身花雨後，張綺的才女之名正式確立，琴曲大家之名，亦彰顯於世。

四周笑聲不斷傳來，無數目光亦向張綺看來。見到幾個張氏女也摘著桃花扔向張綺，張錦把目光從蕭莫身上移開，咬著牙嘀咕道：「哪有這麼好？分明難聽得緊！」

這話一出，幾個張氏嫡女同時朝她瞟來，也同時移開了幾步。

身為世家子，輸不起可以使人殺了對方，也可以尋個機會把人徹底壓得抬不起頭，這般口頭上說幾句刻薄的話，是市井俚婦所為。張錦這話，降低了她自己的格調。

花雨飄落一陣後，漸漸止息。聚起的世家子也在散去。張綺才華再好，也不過是個比他們地位低得多的私生女，不可能讓他們關注太久。

又回歸到寧靜中的張綺，看著四周好奇向自己看來的各府庶女，想了想後，腳步一提，準備向她們走近。正在這時，阿藍跑了過來。她來到張綺身後，低聲道：「綺姑子，錦姑子說，蕭郎便在那邊，令妳去見他一見，約個地方，姑子待會兒就來。」

張綺回頭，看著阿藍，溫軟地說道：「大夫人有令，不可再與蕭家郎君牽扯的。阿藍，這事我們不能聽姊姊的，我怕挨打……」

挨打兩字一出，阿藍臉色一變，不由自主地伸手按在屁股上。

她抿緊唇，臉色變幻了一陣後，二話不說轉身跑回張錦的身邊。張綺抬頭看去時，正好看到張錦朝自己狠狠地瞪了一眼，同時右手向下一掐，準確地掐在阿藍的手臂上。看阿藍強忍著淚水的模樣，這一掐還不輕。

張綺迅速低頭，裝作沒有看懂張錦的憤怒。

這時，一個王氏的庶女走了過來，「張氏阿綺？可以過來說說話嗎？」

在她的身後，一堆庶女都在看著她。

張綺應了一聲，含著笑走向王氏眾女。

與爭鮮鬥豔的嫡女們不同，在陛下選妃結束之前，所有的庶出姑子都不會談及婚嫁。因此，今天的宴會沒有庶出姑子什麼事。

與皇帝打過兩次交道後，張綺已知道他喜歡的便是明豔爽利、敢愛敢恨的姑子。張綺今天便是大顯身手，也不擔心陛下會選了她。

張錦站在一側，氣呼呼地瞪著與眾庶女交談正歡的張綺，恨道：「她以為自己彈了一手好琴，便了不得了？阿藍，去，再把她叫來！」

聽到張錦氣急敗壞的喝令，阿藍腳步提了提，朝身後看了一眼，說道：「姑子，蕭郎在看向這邊呢。」

這話一出，張錦急急轉頭。她看到的，是背對著她的蕭莫，他哪裡有看向她？

張錦惱從中來，又是手一伸，掐住阿藍上臂的嫩肉便狠狠地扭動。在阿藍的淚眼汪汪中，她看了一下左右，惱怒地低喝道：「把眼淚收回去！」

阿藍嚇了一跳，連忙垂下頭，真的不敢再抽噎了。

這時，她聽到張錦失落地低喚道：「蕭郎……」

阿藍悄悄看去，卻是蕭莫與幾個世家子一邊說一邊笑，已經越去越遠。

蕭莫一走，張錦便像丟了魂魄，過了一陣，她壓低聲音叫道：「去把張綺叫過來，要她去找蕭郎，聽到沒有？」

這一次，阿藍不敢拖延，便找到了張綺。

張綺卻也應了。

她看了一眼瞪著自己的張錦，又看了一眼阿藍，轉過身，朝著蕭莫離去的方向尋去。

張綺這一尋，便足足尋了小半個時辰。這邊張錦望眼欲穿時，張綺正站在另一個花園的柳樹旁，與幾個莫氏的庶出姑子談詩論畫。輕笑著的張綺，臉色紅潤，眉飛色舞，那明亮的雙眸中，有著少見的快活。

林蔭道旁，蕭莫負著手，靜靜地看著張綺。

蕭路從一旁走來，湊到他身邊說道：「郎君，附近沒人。」

蕭莫點了點頭，突然笑道：「她倒是膽子大得很，嫡姊令她來尋我，竟敢陽奉陰違，在這裡說笑得歡？」

蕭路看了張綺一眼，道：「這個小姑倒真是個膽大的。」

聽他這麼一說，蕭莫又是一笑，慢慢的，他收起笑容，低聲說道：「她是聰慧……今日大夫人把她們放出來，未必沒有考驗之意。」說到這裡，他想起今日張綺出的風頭，唇角一扯，露出一個譏嘲的笑容來：只是那結果，怕不在大夫人的掌控之中了！

他看著看得張綺目不轉睛，一側的蕭路暗暗嘆息。他一直覺得，自家郎君在這個小姑子身上放了太多精力。

張綺說笑一陣，又識了幾個手帕交後，時辰已經不早了，估計過不了多久，便得散宴。

她連忙提步，朝著張錦走去。走著走著，感覺到有人在看自己，張綺回過頭來。

她看到了站在樹蔭下，靜靜朝自己望來的蕭莫……樹多葉繁，彼此的面目神情都不可見，能見的，不過身影罷了。

張綺看了一眼，便收回目光，低下頭朝前急急走去。

早等得已經絕望的張錦，看到張綺一人前來時，連詢問的力氣都沒有了。她狠狠瞪了一眼張綺，終是傷心地低下頭，雙手捂臉，一動不動著。

不一會兒功夫，宴席終了，眾人開始絡繹散去。張綺跟在張錦身後，低著頭亦步亦趨，四周依然是噠噠噠的木履參差聲。那些風采過人的世家子們，已驕傲地率先離去。

走著走著，一陣竊竊私語聲傳入張綺耳中：「三日後，皇宮有宴呢。」

「也不知會是哪家的姑子被陛下看中。」

這邊，張綺她們剛回府，那一邊的東蓮苑中，與張綺同院的兩個庶出姑子的婢女們，正跪在大夫人面前，向她稟告著宴中發生的事。

在聽到張綺一曲琴藝，令得世家子們紛紛擲花相賀，那謝家郎更是說出「清越雍奇」的評語時，大夫人慢慢坐直了身子，睜開了眼，「她奏的是什麼？」

「稟大夫人，便是當日陛下與蕭郎合奏過的《逍遙遊》，聽說那曲譜還是綺姑子譜寫的。」

「哦？說下去。」

一個婢女連忙接著說起來，當她說到張綺和蕭莫兩人，隔著數十公尺的桃樹梨花遠遠相望，卻不曾走近時，大夫人嗯了一聲，道：「出去吧。」

「是。」幾人退了出去。

七嬸走到大夫人身後，低聲道：「看不出來還是個真有才的。」

那些世家子，在琴曲上，每一個都極有見識。張綺的琴曲能博得他們的共同認同和折服，說明她是真有才，還是有大才。

七嬸看了沉默的大夫人一眼，說起兩人在沒有外人的情況下，也只是遠遠地看著對方，並不曾走近，又道：「倒是個心存敬畏的。」

「心存敬畏？」大夫人冷笑道：「真怕我，就不會弄出什麼才女的事來。」這才女之名遠播，各大世家都知道張府有個叫張綺的私生女，她們這些主事者，還真無法像以前一樣，想打就打想殺就殺了。

在七嬸不解的目光中，大夫人揮了揮手，「罷了罷了，只要他們不再惦記著私情苟且，其他的事我也懶得管來。」

大夫人這裡發生的事，張綺毫不知情。大有收穫的她，紅光滿面地回到了院落裡。

一入房間，阿綠便撲了過來。她抓著張綺的衣角上下打量了一番後，見她氣色甚好，不由笑得見眉不見眼，「阿綺，妳很高興對不對？一定是發生了極好的事，才讓阿綺這麼快樂。」

張綺正是歡快時，聞言格格一笑。她使出那三個婢子後，把房門一關，帶著阿綠坐在榻上，把今天發生在蕭府中的事細細說了一遍。

在阿綠一連串的驚叫歡喜中，張綺手撐著下頷，愉悅地說道：「以後我出門的機會會多些呢。」能夠走出張府，意味著她有更多的機會見到外面的世界。說不定哪一次外出時，便給她抓住了機會，從此後不再日日擔憂。

想到一事，張綺湊近阿綠，低聲說道：「我今天聽到一件事哦，妳知道廣陵王的母親是什麼人嗎？」

在阿綠好奇的連聲追問中，張綺壓低聲音說道：「她母親啊，也是一個世家姑子喔。當日城破時被抓，轉賣到了齊地後，成了當時還是皇子的高澄的妓妾。聽說他母親生得極美，高澄當時也極寵愛她。高澄當了皇帝後，還一度想封他母親為妃，可他沒有料到，廣陵王的母親在一次遊玩時，竟和人私奔了。當時高澄的封妃旨意已下，人卻不見。高澄氣得很，從此不許人提起廣陵王的母親。」

在阿綠骨碌碌轉動的大眼中，張綺輕聲說道：「我今天聽說啊，他母親現在還活著，就在建康附近呢。當時她私奔後，便回到了故土。」

說到這裡，張綺怔了怔，不由想到第一次與廣陵王見面時的情景。那時的他又不是使者，卻莫名其妙地出現在敵國都城。他，應該是來見母親的吧？

轉眼她又想道：這麼說來，指不定什麼時候，廣陵王還會出現在建康了？

陛下選妃在即，各姑子要留在府中準備準備，學堂在授過一堂課後，便宣布休學一陣。雖說是休學，張綺和眾姑子一樣，案頭上多了一本譜牒。這陣子，她們要努力把這上面的內容背熟。

時值亂世，說不定哪天便國破了，家敗了。

國可以敗，家可以沒落，可她們高貴的血統必須記住。所以，每個姑子都應該把自己的族譜背得滾瓜爛熟。

如果有一天，一個姑子流落數年甚至數十年後，再次找到家族，她便需要背誦這些東西，以證實她的身分。如果是郎君，便是你終生無法回到故土，無法找到家族，你也要牢記這些，以傳承給自己的子、自己的孫，讓他們謹記他們的血脈、他們的祖先是何等的高貴。

各庶出姑子不管願不願意嫁入皇宮，都開始張羅起來。而大顯才藝，又被陛下單獨召見過的張綺，更被張氏看重。這兩天，錦服華裳流水般的湧入她的房中，金釵花鈿、羽佩明璫是一樣又一樣地擺在她面前。

張綺站在房中，一邊任由幾個婆子量著身形，裁製為她個人準備的新裳，一邊聽著兩個婦人不厭其煩地告訴她，如果被陛下選中，她要如何才能在後宮立足，如何得到陛下的歡心。

這些事現在來做，顯得很倉促，可沒有辦法，直到張綺在蕭府宴會上大出風頭，她才得到張氏和眾人的正眼相看。

一連三天，都被關在房中接受教導，眼看再過兩個時辰皇宮要開宴了。那兩個授課的婆子才開始退去。眾婢女們抬著浴桶，端著上好的脂粉，拿著為她特製的衣裳來到房間。

阿綠站在一側，望著那熱氣騰騰的浴桶，不由向張綺擔憂地看上一眼。

這陣子，張綺用一種粉末泡水，以掩去那瑩潤的肌光。更一直把額髮罩著，以擋住她那明秀的小臉的事，阿綠都清楚。眼下這麼多婢子，她們定會服侍阿綺沐浴，那阿綺再也遮不住了，怎辦是好？

忍著泛起的焦慮，阿綠又看向張綺。

張綺一直很嫻靜，她靜靜地站在一側，直到眾婢女把一切張羅完畢，開始向她簇擁而來時，才開了口：「妳們出去吧。」

幾婢一怔，她們同時看向朝著浴桶裡撒下花瓣的婢女。

抬起頭，張綺異常堅定地說道：「我不慣被生人服侍，這裡有阿綠就可以了，妳們出去吧。」

那婢女停下動作，略想了想，朝著張綺福了福，「謹遵姑子之意。」帶著眾婢女向外退去，來到門檻時，她又向張綺福了福，道：「婢子們便候在外面，姑子沐浴完畢，叫喚一聲便是。」

「知道了。」

幾婢一退，阿綠便迫不及待地關上了房門。看到這主僕兩人的動作，一個婢女扁了扁嘴，不屑地嘀咕道：「不慣被生人服侍這話都想說就說，真不像個世家姑子。」

另一婢低聲道：「妳管她呢，她本就是一個私生女。」

約莫半個時辰後，房中傳來一聲輕喚：「進來吧。」

「是。」房門打開，眾婢魚貫而入。那領頭的婢女一進去，便看向張綺著了木履的小足。那足，白嫩水靈，幾根可愛的小巧的足趾俏皮地緊緊拘著，指甲粉紅，倒是洗乾淨了。

又把她其他地方打量一番，確定張綺著實洗得乾乾淨淨後，那婢女才含著笑，領著眾婢上前，開始為張綺穿裳，梳理秀髮。

玉梳晶瑩，慢慢從烏髮間穿過，那婢女看了一眼銅鏡中張綺姣好明透的五官，忍不住說道：「綺姑子無處不精緻。」她抿著嘴笑道：「若是膚色能再好一些，眼神能更明亮一些，定能更美麗。」

好眼力！自己特意「妝扮」過的兩個地方，都被她指出來了。

張綺靦腆笑了笑，似被她誇得羞澀了，下巴都落在胸口上了。

那婢女手指拂過張綺的頸項，被它細膩的觸感所驚，又感慨地說道：「姑子若能再白亮些，定可以美過旁人。」她說的旁人，是旁的姑子。各大世家的姑子，哪怕是庶出的，也無一不美。她這句話，本身便是極大的誇讚。

瞟到那婢女不無遺憾的表情，張綺頭更低了。

大半個時辰後，髮髻高挽，脂粉略施，穿上最適合身材膚色的新裳的張綺，在阿綠的扶持下，緩緩站起。在她的身周，幾婢同時眼睛一亮，目不轉睛地看著她。

好一會兒，一婢女才讚道：「今日方知綺姑子之美。」

張綺依然是靦腆地笑了笑，在阿綠的扶持下，向外走去。

林蔭道上，張府的庶出姑子們都妝扮一新，正在婢女的扶持下，向馬車停放的地方走去。看到張綺時，好一些人目光都滯了滯。

以前的張綺，總是額髮罩臉，低頭不語，穿的裳服也是老舊的制裳。她們這是第一次看到盛裝打扮的她，竟是個美人了。

竊竊私語聲中，眾姑子沒有把注意力放在張綺身上太久。畢竟，便是盛裝打扮了，她的長相也只是與她們不差多少。

姑子們坐上馬車時，張軒等郎君的馬車也到了，隨著一聲喝令，車隊緩緩駛動，出了府門。

張軒示意馭夫加速，馬車來到張綺身邊時，他看向額頭露出，上面還貼著花鈿的張綺，含笑說道：「阿綺這般模樣甚好，以後便這樣吧。」以前那種土土黯黯的模樣，他都看不下去了。

張綺俏皮一笑，道：「是，謹遵九兄之意。」

在張軒的笑罵中，她歪著頭向張軒說道：「九兄，我們妝扮得如此認真幹麼？貴妃只有兩個，定是王謝的姑子，再要挑，也會從蕭府中選兩個，輪不到我們張氏女啊！」

這話一出，張軒抬起頭，詫異地看著張綺。

直過了好一會兒，他才問道：「阿綺怎麼知道的？有人跟妳說了？阿綺好聰慧！」

這還用說嗎？陛下與世家聯姻，當然會選最有影響力的幾府。

張軒之所以這麼驚訝，實是這個時代的南方貴族，因生活方式所囿，先天地少了對大局的判斷和眼光。他們看到的、想到的，全部是纖柔瑣細的小事。張綺所說的事雖然簡單，可絕大多數姑子的郎君都不會，也不屑去尋思。

張綺因那模糊的記憶，對於時事政治，有著本能的認知。可她不會說出來，也不能說出來——

郎君姑子們都對這種事表露出不屑，你卻背道而馳，只會把本來便融入困難的自己，徹底隔離於眾人之外。

讚了一句後，張軒便不再以為然，他笑道：「輪到輪不到都不要緊，今晚陛下選過妃後，阿綺便可以訂親了。今晚上的郎君，妳也要好好相看相看喔。」

「嗯。」張綺剛應了，張軒朝後面看了一眼，突然道：「蕭府的馬車來了。」

見張綺沉默，張軒朝著張綺認真地說道：「阿綺，蕭莫再好，妳以後也不要想他了，他與妳是不可能的。」

張綺連忙應是。

見她乖巧，張軒笑了笑，把頭縮了回去。

進入宮門，御道上擠滿了各大家族的馬車。車馬川流不息，卻無人聲喧譁。

在夕陽落下地平線時，張綺等人也來到了陛下設宴的大殿。彼時，大殿燈火通明，酒香飄香，各大家族正在一一入席。張綺坐後不久，便感覺到有一束目光正盯向自己。她抬頭看去，看到的，卻是側過頭，倚柱而立，正與旁邊一郎君低聲談笑著的蕭莫。

是他呵！

張綺又低下頭，知道今晚的宴會沒有自己什麼事，便表現很輕鬆。在她的旁邊，幾個張氏姑子卻有點緊張。陛下年輕俊偉，心儀他的姑子不知凡幾。

嗡嗡聲中，各大家族還在入席。又過了兩刻鐘，喧囂聲大作，一陣整齊的腳步聲傳來。

錦服華服的年輕皇帝，在一眾太監的簇擁下大步走來，在正中入了座，

直到陛下落座，那些閒閒散散站著的年輕貴族們才施施然走來，於各自的榻几上坐下。

這一次設宴，與上次宴請使者不同，皇帝便是看中了哪個姑子，也不會當眾選出。而是會在她

們歸府後，再發聖旨前來。當然，也有相同的地方，那就是，姑子們依然坐在最前面，可以讓陛下清楚看到。

喧譁中，皇帝的目光轉了幾轉後，輕咦一聲，「那是誰？」

他指的，正是張綺。

一個對各家姑子情況都瞭若指掌的太監看了看，湊到他旁邊說道：「是張氏的那個私生女，陛下見過的。前幾天她奏了一曲《逍遙遊》，聽說技驚四座。」

皇帝應了一聲，道：「原來是她，裝扮一番倒也可人。」

「那陛下要不要……」

皇帝搖了搖頭，那太監打了一個手勢，讓身後的書記官把張綺的名字劃掉。

又瞟了幾眼張綺，皇帝的臉上露出一個意味深長的笑容來，他突然說道：「周國宇文邕上位，我陳國將派使相賀。張綺既有大才，自當顯耀於世，把她也列入出使名單吧。」

那太監聽到這裡，先是一怔，轉眼明白了：齊國高演近期氣焰囂張，頗有取代高洋之勢。若是高演成了齊帝，那高長恭必被重用。上次宴會時，張氏阿綺那般模樣，都能入了高長恭的眼，現在她的模樣，怕是更會讓他上心……陛下一直想與齊國結成同盟，共抗周人。陛下這次派張氏阿綺出使，怕是有這方面的思量。

皇帝的嘀咕，張綺自是不知道，她只是低著頭，安安靜靜地坐在那裡，該笑的時候便笑，該說話的時候便說話。

過了兩刻鐘不到，皇帝率先離去。他一走，殿中嗡嗡聲大作，不一會兒，世家子弟也走了大半。見到張軒也起來了，張綺連忙站起跟上了他。

見到她靠近，張軒笑道：「不待一會兒？」轉眼他又笑道：「現在走也可以，反正陛下見都見了，這皇宮又大又悶，沒趣得緊。」

正是沒趣得緊，不然那些世家子，怎麼一個個走得歡？

兄妹倆先行回了張府。

第二天，阿綠起了個大早，太陽剛升起，她便帶著一身潮氣衝入了張綺的房中。

被寒風吹醒，張綺睜開迷離的雙眼，啞聲問道：「怎麼啦？」

阿綠哼著歌，聞言回頭笑道：「今日是阿綺的生辰啊，我摘了好些桃花梨花放在屋子裡，阿綺聞聞香不香？」

生日？是了，她滿十三足歲，虛歲是十四了。

娉娉嫋嫋十三餘，豆蔻梢頭二月初。在江南的男人的眼裡，十三四歲的女孩嬌小秀美，是妙齡丰韻，極為動人的時候。

這幾個月裡，張綺的身材像柳條一樣抽高了不少，身段兒更是漸轉豐盈。她竟都忘記，自己十四歲了。

阿綠一邊忙活一邊說道：「阿綺，妳說陛下會不會選漪姑子為妃？」

漪姑子？那個赴蕭府宴會時，說要成為陛下妃子，與嫡女們一較長短的張漪？

她搖了搖頭，道：「可能不會。」

「可漪姑子正高興著呢，剛才我聽到她在說，陛下向她看了好幾眼。」

昨晚的宴會上，張漪與張綺坐在一塊，張綺尋思了一會兒，也記不得陛下是否看過自己那個方向，便搖了搖頭，「我沒有注意到。」

她從榻上爬起，在阿綠的服侍下穿好裳服，低聲道：「妳聽聽就是了，別到處說。」

「誒。」

主僕兩人走出院落，踩著朝陽漫步在桃花叢中。

一邊穿梭而過，張綺一邊伸手摘下一根根好看的桃花，倒也忙得快活。玩著玩著，阿綠輕叫道：「荷姊姊。」她朝著向兩人走來的婢女行了一禮，快樂地笑道：「荷姊姊起得真早。」

那荷姊姊應了一聲，快步走近兩人，對上張綺的目光，她從懷中掏出一封帛書，道：「這是給妳的。」說罷，她匆匆跑了開去。

張綺一怔，見四下無人，便把那帛書展了開來。

上面只有四個字：籌備已周。

赫然是蕭莫的手筆！

只看了一眼，張綺便白著臉把帛書一捲，低聲朝阿綠說道：「我們回去。」

主僕兩人匆匆回到房中，把房門一關，張綺便把那帛書扔到了炭爐上。

看著火焰騰地升起，又迅速化成灰燼，阿綠不安地問道：「阿綺，怎麼啦？」

張綺抿了抿唇，沒有回答。

蕭莫這是告訴她，他那裡已經準備好，要她隨時把貴重物品帶在身上，免得到時措手不及。

外室？外室！哼！

張綺在房中轉了兩圈：他既然這麼說，必定也會這麼做，才不會管她願不願意。

咬唇尋思了一會兒，張綺眼珠子轉了轉，忖道：我不能生氣，我得問清楚他準備在什麼時候，用什麼方式來把我接過去。

琢磨了一會兒，張綺決定找到那荷姊姊，看她知不知道詳情。

這時，太陽高高地掛在天空。因為學堂歇課的緣故，姑子們沒了去處，便三五成群地坐在花園中，一邊欣賞著枝頭的鮮花，一邊談論著昨晚的宴會，猜測著陛下看中的是哪幾個姑子。

張蕭氏的院落外，傳來一陣低語：「那個綺姑子過來了。」

「夫人正尋思著逮她呢，她倒先過來了，哼！她若是來尋阿荷，便由著她……大夫人都下了嚴令，她還敢私相授受，真是活膩了！」

「可她有才名……」

「妳怕什麼？這些主母自會顧慮周全！」

……

主僕兩人來到張蕭府的院落外，張綺對阿綠說道：「妳去看看阿荷在不在。」

「誒！」阿綠清脆響亮地應了一聲，身子一矮，便躥出了樹叢。

哪知阿綠一躥出去，又馬上跑回來了。她衝到張綺的面前，氣喘吁吁地說道：「阿綺，阿綺，聖旨來了！」

什麼？張綺駭然抬頭。

驚駭的不止是她一個，主僕兩人一路急急趕回，所到之處，所有的姑子和婢僕，都詫異地看向張綺。

來到院落時，剛才還容光煥發，言辭滔滔的張漪，這時已白著一張臉。她瞪著張綺，不敢相信當時陛下看的是她，而不是自己。

看到她走近，四下嗡嗡聲一片。倒是站在院落中間的張十二郎和張蕭氏等人，看到她時，表情溫和帶笑。在他們的身後，張軒也是含著笑的。

入皇宮為妃雖然辛苦，卻也比嫁到一般世家子為妾要好。

張綺碎步走近，頒旨太監等張綺行完禮後，朝著她上上下下打量片刻，尖著嗓子問道：「張氏阿綺？」

在看到這太監的一刻，張綺的臉色終於變了。她不敢相信，那個明顯不中意她的陛下，會突然決定讓她入宮？

她的唇顫了顫，在那太監逼來的目光中低下頭，「回公公的話，正是阿綺。」張綺的身後，把她的表情收入眼底的張蕭氏，這時笑容更溫和了。

那太監笑咪咪地看著張綺，尖聲說道：「陛下有旨，張氏阿綺錦心繡腸，穎悟絕人。今周國新君繼位，張氏阿綺可為使節，壯我鼎盛國風。」

他把聖旨交到張綺手裡，溫和地說道：「綺姑子還有二十餘天時間，好好張羅吧。」說罷，那太監轉身便走。

直愣了一會兒，張十二郎等人才清醒過來。而手捧著聖旨，癡癡呆呆走出十幾步遠的張綺，終於在眾人的喧譁聲，驚叫聲中清醒過來。

陛下竟是要她出使周地？

這、這是什麼意思？

她傻傻地看向張軒的方向。

張軒見狀，大步向她走近。看著臉色發白的張綺一會兒，他擠出一個笑容，低聲道：「只是讓妳出使，沒有必要多想。」

派一個青春年華，可以許人的小姑子為使，怎麼看都有與外邦聯姻之嫌，她怎麼可能不多想？

張綺深吸一口氣，真正事到臨頭，反而不慌亂，「陛下之意，可是要我嫁到周地，成為那宇文邕的妃子？」

見張軒皺著眉搖頭，張綺小聲地提醒道：「九兄不是有朋友經常出入宮闈嗎？何不問一問？」

張軒清醒過來，也是，皇帝有什麼算盤，他的近侍總是會知道的。這事不用猜測，直接令人問一問就知道了。

「好，九兄馬上去問。」說罷，張軒急忙忙走了開來。

在眾人的簇擁下，走出老遠的張蕭氏，這時回過頭來。她朝著張綺看了一眼，轉頭道：「傳令下去，不用太拘著綺姑子了。還有那蕭家郎君若是想找她，讓他們見面便是。」緩了緩，她又命令道：「去放了那個阿荷。嗯，順便把我上面的話也傳給她聽。」

剛才抓到私下裡替兩人傳遞消息的婢女阿荷時，張蕭氏是著惱的。她一時恨得咬牙切齒，都想把張綺抓起來灌了藥。正在她顧念著張綺的才女身分，尋思著怎麼處置才妥當時，聖旨下了。

這個時候，她倒是想著：聖旨一下，張綺命運已定，何不順著蕭莫，讓他盡了興？免得那張綺遠嫁他鄉後，他還念念不忘，鬱結於胸，終身不快？

在張蕭氏看來，現在這個情況，蕭莫便是與張綺滾到了一塊，便是懷了孩兒也是無妨的。畢竟那些北方的蠻子隨便得很，他們都不在乎女兒家的貞潔，自家又何必拘著？這男人啊，都是得不到的便想得到，等蕭莫得了張綺的身子，又玩了她十幾日，也就完全放開了。

「是。」

張綺低著頭，在房間裡待了半天，眼看外面陽光燦爛，歡聲笑語不斷，不由走了出去。

藍天碧瓦，桃紅柳綠，這天地真是美不勝收。張綺深深吸了一口氣，然後吐出一口濁氣來。

在她與阿綠靜靜地走向花園時，身後傳來嘰嘰喳喳的議論聲：「聽說陛下取了王謝的姑子為貴妃，淑媛立的是蕭府的姑子。」

「不僅如此，汪氏、孔氏、嚴氏、潘氏四家，也有姑子被陛下看中，將要入宮呢。」

「便沒我們張府的。」

「有人要失望了。」

「便是失望，總比那個要遠嫁他鄉的好。」

「是呢是呢。」

嘻笑聲中，阿綠擔憂地看向張綺。

見到她臉上不見愁苦，阿綠一怔，奇道：「阿綺，妳不怕嗎？」

張綺回過頭來，「我不怕。」她輕聲說道：「以我的身分，不拘嫁給誰，都得費盡心力才能過上好日子。在建康如此，到了周地，也是如此。」

說到這裡，張綺溫柔地看著阿綠，低聲道：「阿綠，我這次遠赴周地，前途難測，妳就不用跟著了。我記得妳的老家還有舅舅在，明日我便給妳八十兩金，妳去家鄉購一些良田，再找一個樸實的夫君……」

她才說到這裡，阿綠大慟，拚命地搖著頭，哽咽著說道：「不不，我不走！阿綺，妳到哪裡，我便跟到哪裡！不拘妳是生是死，我都跟著！」

這是自己唯一的親人呵！

張綺眼圈有點泛紅，見阿綠情緒激動，便拖著她躲到桃樹林中，急急掏出手帕幫她拭著淚。手帕一抹到臉上，阿綠便悲從中來，忍不住放聲大哭。可她又不敢發出聲音來，便把拳頭緊緊塞在嘴裡。張綺見了，心中大傷。她伸出手，緊緊地抱住阿綠。

張綺私生女的身分，註定她到哪裡都受人排斥，便是張軒對她好，那好也只是淡淡的，是要她費盡心機經營的。她走了，他最多傷感幾天，作幾篇賦便會好，而蕭莫呢，她不知道，也許與張軒一樣。

只有阿綠，對她是真心的好。

這一晚，阿綠睡得一點也不踏實，頻頻從夢中驚醒，有一次她甚至尖著嗓子大哭道：「阿綺，我攔住他，妳快跑！」最後從夢中哭醒過來。

張綺安慰了她一陣後，又疲憊睡去，再次醒來，天已大亮。

梳妝時，張綺透過銅鏡看著雙眼紅腫的阿綠，暗暗想道：待會兒見到九兄，一定要他幫我挑個日子，把阿綠送回她的老家。九兄辦事還算穩重，購置給阿綠的良田，由他派人出面，便能不吃虧。

銅鏡中，張綺自己雙眼明亮，竟是一點也沒有被聖旨所擾。

梳洗後，張綺走到水盆前。她手裡有些粉末，和水調勻塗在肌膚上，便能讓肌膚顏色昏暗。她的肌膚天生白嫩豐腴，宛如掐得出水來，這些粉末，可以恰到好處地掩去她五分瑩光。

張綺垂下眉眼，想了想後，把那粉末減少了一些分量。

細細地抹勻之後，她換上張府為她置下的一襲雲白新裳穿上，又把她那烏黑油亮，光可鑑人的長髮梳好。秀髮如雲，上面再無一絲飾物。

只是這麼打量一下，銅鏡中的少女便真如豆蔻花兒般，秀美靈透，可憐可愛中透著一種丰韻。

張綺牽著阿綠的手走了出來，一路上分花拂柳而過，倒令得好一些與她日常相處的姑子又驚奇了一陣。不一會兒，張綺看到了張軒慣常在的那個亭臺，吸了一口氣，她昂起頭來。

此次一去，也許她這一生，都不會再回到建康。

人在人心在，人不在，心自然也不在。

可她就是盼著，身為張家嫡子的張軒，能夠多多照顧一下阿綠。將來阿綠成親，嫁的必然是一個普通的庶民。如果她那個夫家，知道上品世家的嫡子在關注著阿綠，就會對她很好。因此，她特意把自己的美顯露幾分。她要讓張軒記得自己這個可憐可愛的妹妹，記得這個妹妹的囑咐。

轉過身來，張綺溫柔地說道：「阿綠，妳待在這裡，我去與九兄說說話。」

「嗯。」

張綺提步，朝著亭臺走去。

她腰肢纖細，不盈一握，這般行走迴廊時，自然而然地在扭動間，帶上了少女特有的韻味。噠噠噠的木履清脆地響起，隔過重重木廊，她可以看到亭臺間，正搖頭晃腦地清讀著的張軒。

就在這時，一個低沉的聲音喚道：「阿綺？」聲音有點懷疑，似是不相信是她。

張綺回頭。

在她右側，離她不到五十步處，站著一個白衣少年。春光明媚，和風徐來，那風，拂起少年披散在肩膀上的墨髮，拂起，又吹落。又一陣風旋轉而來，捲起一片花瓣，慢慢地落在他的髮梢上。

春光如此燦爛，靜靜地站在那裡，臨風而立的少年，抿著的唇間、眉眼間，卻鎖著一股愁鬱。

那愁鬱如此之濃，濃得讓人覺得他是如此寂寞。

彷彿，這世間雖大，他卻孑然一身，

卻是蕭莫！

沒有想到會看到蕭莫，張綺怔住了。

蕭莫提步向她走來，走到離她五步處，又停下了腳步，微微側頭。少年讓風吹去眼中的澀意，無意識地折下一根柳條，低啞地說道：「怎麼會有聖旨？」他的聲音很啞，明明想笑，可笑容浮出，卻帶著苦澀和鬱恨，「阿綺，怎麼會有聖旨呢？」

張綺怔怔地看著他，她第一次清楚地感覺到，他在乎她，真的在乎她。

她慢慢垂下眼來，好一會兒，低聲說道：「蕭郎，多多保重。」她本想說，你不要掛念我，她又想說，我會一切安好。可話到嘴邊，她便在想著，不過是少年情懷而已。他心心念念想著擁有她，哪怕是讓她脫離家族，作他外室……可見，在他心中，對她從來是有慾無情，她從來都不值得他敬重。這樣，她說出那樣的話，未免自作多情得可笑。

張綺轉身。

「阿綺！」蕭莫喚住她。他倔強地抿緊薄唇，眼中有水光在閃動，「我要去求見陛下。」

張綺回過頭來，看了蕭莫一眼，又習慣性地低著頭。

蕭莫看著墨髮如雲，身影娉婷中，已有少女嬌美絕麗之姿的張綺，心中堵得慌，又說道：「妳別怕。那北方蠻地，我不會讓妳去。我會見過陛下的，我會求他的。」

這個一向從容，處事極有自信的少年，已是語無倫次。

張綺低低地說道：「沒有用的。」

是沒有用的，若是陛下對她這個小小的私生女都沒有處置權，君威何在？

張綺轉身便走。

「不！」蕭莫突然伸手，緊緊抓住了她的手臂。他盯著她修長纖細白皙的頸項，盯著她秀麗姣好的側面，低啞地說道：「阿綺，別忙著走，跟我說說話。」他輕輕解釋道：「這種情況下，沒人會再拘著妳我。阿綺，我們可以說話的。」

張綺回過頭來，她永遠也不想完全得罪他。

因此，她低著頭，乖巧地嗯了一聲。

蕭莫卻收回了手，低著頭，雙手捂著臉。

安靜了許久後，他沙啞地說道：「阿綺，我自小到大，第一次這般難受。我這心，揪得緊。」

張綺低頭看著自己的腳尖。

蕭莫似是有點脫力，他慢慢前傾，額頭抵上了廊柱。

一動不動地木立良久，他艱澀地說道：「阿綺。」

「嗯。」

「我的心很苦。」

張綺沉默著，沒有吭聲。

「阿綺。」

「嗯。」

「我怕妳走了，我這一生都不會再快活……」

張綺抬頭，看了一眼蕭莫，低低地，喃喃地說道：「不會的。」聲音雖細，語氣卻是極堅定。似乎她從骨子裡便認為，沒有哪個男人，真會因為失去她，而一生不快活。

蕭莫沒有聽到她的回答，他又一動不動的，用額頭緊緊地抵著廊柱。

良久都一動不動。

就在張綺張著嘴，想要說些什麼的時候，突然間，蕭莫抬起頭，旋風般的轉過身來。

他額頭上殘留著一抹紅印，眼睛卻由剛才的紅澀變得明亮。

他雙眼明亮地看著張綺，「我有法子了。」他一眨不眨地看著張綺，認真地說道：「阿綺，我有法子了！我馬上就進宮，自請為使，我要把妳完完整整地帶回建康！」

說到這裡，他語氣都變得清亮起來，他興奮地說道：「對了，我這個要求，陛下必定不會推拒的！我要把我的阿綺完完整整帶回建康，絕不讓北地蠻子得了去！」說罷，他身子一轉便向外衝。衝出幾步，他又陡然止步，回過頭來，深深地看著張綺，朝她溫柔地，明亮地一笑，低聲說道：「她們說，北地蠻子不在乎貞潔，我可以得了妳……這怎麼可以？」

他清亮地一笑，再次提步，急匆匆地走出了張綺的視線。

蕭莫走後良久，張綺才回過神來。

亭臺處，張軒早被這邊的動靜給驚動了，正向這裡看來。

記起自己此行的目的，張綺吸了一口氣，提步向前走去。

噠噠噠的清響中，她如一朵剛剛開苞兒的蓮花一樣，向著張軒走去。

果不其然，當她走到張軒面前時，張軒的眼中還有驚豔。

他伸出手，輕輕地撫著她的秀髮，輕嘆道：「我家阿綺長大了。」頓了頓，他苦笑道：「若是面聖時，阿綺是這番模樣，陛下必捨不得讓妳出使。」

如此佳人，豈能便宜了北方蠻子？

得到張軒的誇獎，張綺笑了笑。雖是笑著，眸中卻帶著淡淡的憂傷。這種強顏歡笑，讓張軒的心一揪，不由又嘆出一口長氣。

張綺低下頭，朝著他盈盈一福。

張軒連忙伸手扶起，連聲道：「阿綺怎地行起禮來？」

張綺吸了吸小巧的鼻子，抬頭給了他一個努力綻放的，卻難掩憂愁的笑容。她現在的容顏，清靈剔透又嬌美無倫，這般帶愁帶苦一笑，真個俏生生的，楚楚可憐的，直讓人的心口發酸，恨不得摟她在懷中，替她擔了一切風雨去。

張軒也摟了，他把她抱在了懷中。

偎在嫡親兄長的懷裡，張綺哽咽地說道：「九兄，阿綺要走了……阿綺想求你一件事。」

「妳說，妳說。」

「阿綺的婢女阿綠，與阿綺情同姊妹，這些時日裡，若不是有她伴著，阿綺都不知道變成什麼樣了。這一次，阿綺遠赴周地，也不知這一生有沒有回來的機會。阿綺想求得九兄幫我把阿綠送回她的家鄉，阿綺這裡還有八十兩金子，也請九兄拿著，幫阿綠置一些良田。還有，以後我不在建康了，望九兄能對阿綠照拂一二。」

自己前程如此，還惦記著一婢！

張軒又心疼又感慨，被張綺哭得心都軟成一團了，連忙點頭道：「好，好！一切依妳，一切依妳！」伸手接過張綺掏出的黃金，張軒尋思道：阿綺這麼著緊，那我就親自去一趟，順便也吩咐一下那裡的鄉老，讓他們幫著照看那個什麼阿綠。

得到張軒的肯定，張綺心神大定，她從他的懷中退出來，紅著臉瞅著張軒，靦腆地說道：「阿綺失態了。」

見她恢復正常，張軒長吁一口氣，當下笑道：「只要阿綺不流淚，叫九兄幹什麼都可以。」

「九兄！」張綺被他的調侃氣得嬌嗔一聲，伸著小拳頭捶了他兩下後，張綺又是噗哧一笑。

她這一打一笑，張軒心情大好。當下他坐好，低聲問道：「剛才蕭莫說什麼了？看他的樣子，好似很悲傷？」頓了頓，他嘆道：「平素裡看那蕭莫，舉止雍容，談笑倜儻，渾然君子如玉。沒有想到那樣一個人也會這麼失態。阿綺，看來他是真愛妳啊！」

張綺低下頭，沒有回話。

張軒又嗟嘆道：「如我們這樣的嫡子，身邊美婢多的是。這蕭莫偏對阿綺上心，可見不是色能傾人，實是情不自禁！」

聽到張軒的感慨，張綺笑了笑，依然低著頭。

兄妹兩又閒話一陣，敲定了送回阿綠的日期後，張綺告辭離去。

阿綠正在道旁等著她，看到張綺，她連忙上前，輕聲說道：「阿綺，剛才蕭郎傷心了。」

「嗯。」張綺應了一聲，道：「阿綠，妳舅舅對妳好不好？」

阿綠清脆地應道：「舅舅還是好的，就是舅母不好。」剛說到這裡，她警戒地瞪著張綺，道：「阿綺，妳不會還想把我送走吧？我不走，我死也要賴在妳身邊！」

張綺本來還有話要說，被她這麼語氣堅決地一拒，便閉上了嘴。既然勸不通，那就直接行動。

主僕倆回到了房間。

出乎張蕭氏等人意料的是，蕭莫自那天來過之後，便沒有了音信。再得到他的消息時，已是半個月後，而這時，使團都要出發了。

這一天，張綺用過早餐後，便聽到外面喧譁聲大作。

「阿綠？阿綠？」張綺喊了幾聲，沒有看到阿綠的身影，便自己走了出來。

一走到正院處，她便是一怔。只見數十人簇擁著一個白衣翩翩，宛如美玉的少年。那少年正含著笑與張蕭氏等人說著話，可能是感覺到她過來了，便回過頭來。

俊臉含笑，眉目間清朗自信，舉手投足間一派雍容，今日的蕭莫，哪有半分上次模樣？

見張綺看向自己，蕭莫微笑著向她走近。他剛走出一步，突然的，張錦尖聲叫道：「蕭郎！」她從側門衝入院落，後面還追著幾個氣喘吁吁的婢子。

張錦的臉上帶著淚水，朝著蕭莫急衝而來。

張錦一出現，張蕭氏便是臉色大變，她急喝道：「攔住阿錦！」

「是。」

「把她押回房間！」

「是。」

被兩個老嫗強行拖住，張錦掙動不得，她奮力地反轉身，朝著蕭莫嘶聲叫道：「蕭郎，便為了這麼一個賤人，你不惜以身犯險，置性命與家族親人於不顧和？蕭郎，你好狠心，好狠心……」叫到最後，她已嚎啕大哭。

張錦的聲音中帶著恨。

一直以來，她都以為蕭莫是愛著自己的，他對張綺，不過是逢場作戲。

一直以來，她都以為蕭莫把她刻在心中，時刻記著。

可直到最後，她才發現這是一場笑話。

為了張綺那個賤人，他居然不顧千金之軀，自請為使。

再加上，在張錦還想自欺欺人的時候，張蕭氏安排了幾個婢女老嫗，從各個方面分析蕭莫的所作所為，用一種尖銳的語氣告訴她，蕭莫對她無情。

幻想破滅的痛苦，是如此的讓人絕望。要不是日夜有人守著，張錦不知道會做出什麼事來。

轉眼間，張錦便被拖出了院落。她一走，院落裡便立刻恢復了歡聲笑語。

剛才張錦的出現，她的嘶叫痛恨，似乎對蕭莫毫無影響，他含著笑，白衣飄飄地走到了張綺身前，低頭俯視著她，低沉說道：「阿綺，我是此行第一副使。」頓了頓，他微笑道：「我已派人前往妳的房間，從現在起，妳的貴重物事、洗漱衣物，全部交給我來攜帶。剛才姑母說，想給妳派幾個婢女的，我給拒了。」

他的聲音壓低，似笑非笑，「有我在，阿綺盡可後顧無憂。」

見張綺傻呼呼地看著自己，蕭莫呵呵一笑。

他負著雙手說道：「早就聽說周地繁華，周人恢弘，這次機會，蕭莫求之久矣。」語氣清朗自傲，斯文的臉上帶著說不出的雍容快意。

張綺木了一會兒，突然記起，「你說已派人替我收拾房間？」

張綺抿緊唇，低低說道：「不是出使還有些時日嗎？」

「不必了，明兒便是黃道吉日，明晨便出發。」

這麼匆忙？張綺看了一眼又向蕭莫團上的張氏眾人，想到阿綠的事，便向他福了福，低聲道：「蕭郎事忙，阿綺先行告退。」

「去吧。」蕭莫毫不在意地轉過身。

張綺走著走著，聽到身後傳來一陣大笑聲，不由回頭看來。那麼多人，蕭莫站在其中，如鶴立雞群。此刻的他，容光煥發，談笑朗朗，令得張綺又傻了一會兒。

張綺急急趕到亭臺，見張軒不在，便提步向張軒的院落走去。

房間中，張軒也不在。張綺有點急了，問了婢女，也說不知道他的去向。便留了一個口信後，怏怏不樂地回到房中。

房間中果然收理過，可她的房間哪有什麼可收拾的？左右不過一些衣物。張綺不動聲色地看了看，見到自己藏金的地方沒有變亂，暗中吁出一口長氣。

這時，阿綠歡喜地衝了過來，她顫聲道：「阿綺，蕭郎剛才派人收拾妳的東西了。」頓了頓，她歡喜若狂地問道：「聽說蕭郎也會出使？太好了，阿綺，真是太好了！」

她緊緊抓著張綺的手，喜得語無倫次。

張綺回她一笑。

傍晚時，張軒終於回來了。得到他派來的婢女傳信後，張綺匆匆走了過去。

回來後，她手裡多了一個紙包。

把那紙包裡的粉末灑在茶水裡，張綺喚道：「阿綠。」

阿綠樂滋滋地跑了進來。

張綺端起那茶杯，溫柔地說道：「看妳瘋得滿頭是汗，喝口茶吧。」

「誒。」阿綠接過茶水，仰頭一飲而盡。把茶杯放下，她轉身又衝了出去。

不到一刻鐘，阿綠頭重腳輕地走了進來，一邊走，一邊喃喃說道：「好暈，好想睡。」聲音一落，人便倒在自己榻上，轉眼輕鼾聲漸起。

看著熟睡的阿綠，張綺低眉說道：「去告訴九兄，成了。」

「是。」

聽著那遠去的腳步聲，張綺坐在阿綠身邊，輕輕撫摸著她的臉，低聲說道：「阿綠，妳知不知道，一個人如果能在沒有戰亂的地方，守幾畝良田，伴著夫君孩子一直到老，那才是天大的福分！阿綠，阿綺只願妳那家鄉，永遠永遠都沒有戰火，也希望妳家夫君，是個老實平庸，只會守著幾畝拙田度日的普通漢子……這天下太亂了，這人心也太亂了，妳千萬別想著讓丈夫謀個出身，要知道，悔教夫婿覓封侯啊！」

自言自語過後，張綺只是低著頭，望著夢中還笑出聲來的阿綠出神。

不一會兒，一個婢女說道：「綺姑子，軒小郎來了，還有馬車。」

「嗯。」她站了起來。朝著迎面走來的兩個高壯僕婦交代道：「輕一點，別弄疼了她。」

「姑子放心。」

目送著阿綠被抬上馬車，張綺走到張軒的馬車旁。迎上他的目光，她輕輕地拿著他的大掌，把自己的臉貼在他的掌心。依戀地貼了一陣，張綺喃喃說道：「九兄，你要好好的。」聲音落下，兩行清淚滾落臉頰。

張軒也紅了眼眶。他要護送阿綠，明天，是沒有辦法給張綺送行的。

喉中哽了哽，張軒含著笑低聲說道：「傻阿綺，別哭了……剛才家族給了蕭莫一千兩黃金的儀程和一些錦緞，那些東西中有妳的一份，遇到難處，莫要忘記向他索取。」

「嗯。」

「戰亂雖多，姑子總比丈夫活得容易些……真有那一天，莫在乎他人怎麼說，活下去再講。」

「嗯。」

「到了周地，陛下若有旨意，妳且應著便是。不管怎麼說，妳是我陳國皇帝親賜的，他人會珍惜些。」

「嗯。」

張軒直到現在才發現，自己似有千言萬語要說。可再多的話，也有說完的時候。馬車啟動，看著張綺站在那裡，孤零零的身影，張軒發現自己流淚了。

這個時候，他突然對蕭莫感激起來。

幸好，他也是使者之一！

張軒一走，張綺便被張十二郎喊到書房裡安撫了一番後，又來到了張蕭氏的房中。

被各位長者安撫來安撫去，等張綺回到自己的院落時，太陽已然落山，月亮冉冉升起。

這一晚，張綺一直翻來覆去，直到凌晨才淺淺睡去。

她是在一陣喧譁聲中驚醒的。在婢女們的服侍下，張綺換了新裳，梳好髮髻，貼上花鈿，娉娉婷婷地走了出來。院子裡，除了一輛馬車和少許看熱鬧的婢僕外，再無他人。

張綺上了馬車，馬車駛出了張府。

馬車沒有停留，徑直駛向皇宮。在殿外接受了陛下一番慰勉後，吉時已到，使隊出發。

因名動建康的蕭郎是使者之一，建康城中，姑子少年們成群結隊地送著他們出城。

眼看著那白衣翩翩的俊俏郎君就要出城了，突然間，一陣清雅的歌聲響徹雲霄：「爰居爰處？爰喪其馬？於以求之？於林之下。」

這歌聲開始只有一個，漸漸的轉為數十，再漸漸的變成數百、數千。再漸漸的，歌聲中帶上了幾分傷悲。……這不是太平盛世，這個時代，每一個男兒離開家鄉，可能就永遠也不會回來。

車隊駛出了城門。城門外，依然有人相送。長亭裡，與蕭莫交好的世家子，長袍廣袖，令歌姬們載歌載舞地為他祝福。

一路相送，一路歌舞，直到走出建康百里，才不見人影。

張綺慢慢回過頭來。她看向蕭莫所在的馬車。他喝多了朋友們敬上的離別酒，現在已醉得不醒人事。慢慢垂眼，張綺突然發現，自己有點妒忌他。他有那麼多朋友，自己卻是形隻影單。像那天上的孤雁，飛來飛去都只是孤單。

落寞了一陣，張綺自失一笑，就在這時，她目光一凝，目瞪口呆地看著越來越近的兩輛馬車。

馬車捲著煙塵一衝而來。在看著瞪眼不語的張綺時，張軒先朝幾個正使副使打了個招呼，轉向張綺苦笑道：「阿綺，九兄沒法子了，妳這婢子是個真倔的！」話雖如此，語氣中卻帶著讚賞。

張綺轉眼看向另一輛馬車。此刻，那車簾掀開，阿綠一跳而下，已旋風般的衝到她的馬車旁。抬頭看到張綺臉色不善，她嘻皮笑臉地擠了一個鬼臉，扁嘴說道：「阿綺使手段，不好玩！」

張綺別過頭，最後還是忍不住笑出來，澀聲說道：「妳……上來吧。」

阿綠連忙響亮地應了一聲，爬上了她的馬車。

張軒的馬車駛了過來，他看著張綺和阿綠，道：「阿綺，她是一個忠僕。」

不是忠僕，是家人！

張綺自不會糾正他，只是溫柔地說道：「九兄，勞煩你了……」

「別如此見外。」這時，前方傳來蕭莫的叫喚聲，「軒郎？」

張軒連忙吩咐馬車趕過去，聽著前方傳來的說笑聲，張綺回頭瞪向阿綠。

阿綠縮了縮頭，轉眼又嘻嘻笑道：「阿綺，我就是怕妳孤單。」

張綺一哽，半晌才從鼻中發出一聲重濁音：「哼！」

張軒與眾人寒暄一陣後，揮手告別，而隊伍，又重新出發了。

渡過長江，便屬於周國範圍，比起偏安一隅，國境狹小的陳國，周國要大得多。雖被陳國人也稱為北方蠻子，周國半數地方，還屬於長江流域，魚米之鄉。

進入周地容易，到達周地的都城卻遠得很。周地建都於長安，彼時，周國的明帝被宇文護毒死，國柄被宇文護把持，先上任的小皇帝，地位不穩得很。

因為政權不穩，現在的周地有點亂。不過，此次陳國來使也代表了周國的體面，一路上，都有官員派將士護送。如此花了四個月的時間，倒也平平安安地得入長安範圍。

來時桃花盛開，到時已是銀河夜貫天宇，織女與牛郎一年一次的約會剛剛結束時。

看了一眼對著前方官道出神的張綺，蕭莫示意馬車靠近，低聲喚道：「阿綺。」

張綺回過頭來。

對上她越發秀致，甚至已秀致得瀲灩的眉眼，蕭莫低聲說道：「阿綺快十五了吧？長大了。」

他的目光瞟過她越發婀娜多姿的身段。

張綺臉一紅，側過頭低聲說道：「是，長大了。」

蕭莫朝前方眺了一眼，道：「再過一天就能進入長安城了……阿綺，這周地我們人生地不熟的，妳千萬不能任性，一切都聽由我安排。」

張綺乖巧地應了一聲：「是。」

蕭莫嚴肅起來，「妳莫要信口應承，我所說的這些事至關重要。」他蹙眉道：「我已吩咐下去，如果周人問起妳，便說妳是我的姬妾。」

姬妾？張綺愕然抬頭，這豈不是說，到了周地，她就得與他同起同落，住也是……

見張綺咬著唇垂著眼，蕭莫耐心地說道：「周地當權的，不是那個什麼小皇帝，而是宇文護。如果讓他知道妳是我陳國陛下單獨派來的，定會生出事端來。阿綺，妳越大越美，得小心！」

張綺不知道怎麼回答他。她自是知道，自己應該小心，蕭莫找的這個藉口，也可以說是極妥當的。可她怎麼覺得，他不懷好意？

明明不懷好意，還這麼嚴肅斯文地向她解釋著事情的重要性。這個蕭莫真是可惡，虧她看到他這一路上對她溫柔有禮，還以為他成了君子呢。

交給張軒的八十兩黃金，又被阿綠原封不動地帶回，交到張綺手中。張綺把黃金收好，車隊再次出發。走出一天，人馬已倦，當下擇了一處紮營的地方。今天休息過後，明日早起，應該可以在日落之前抵達長安。

帳中，阿綠大眼虎虎的，瞪著倚榻而坐的蕭莫。自從白日裡宣告張綺是他的姬妾後，蕭莫立馬便付諸了行動，現在更是堂而皇之的與她同一個帳篷。

蕭莫沒有理會她，他逕自打開一封剛由飛鴿傳來的信件，越是看，眉頭越是皺得緊。

張綺被阿綠護在身後，見狀伸出頭來輕聲問道：「發生什麼事了？」

蕭莫低聲道：「建康發生大事了。」

對上主僕兩人驚愕的表情，他把那信件丟入炭火中，說道：「在一些事上，陛下與各大世家發生了爭持。一夜之間，建康城各大世家的府第都被兵馬圍上了。好一些世家的郎主和郎君，更被陛下斬殺……王、謝、蕭氏入宮的幾個姑子，也都自盡了。現在立的貴妃，分別是汪氏、孔氏的姑子，淑媛是嚴氏的女兒。」

在一些事上發生了爭持？能出現斬殺各大世家的郎主和郎君的，豈止是一些事？應該就是前不久提過的利益分配吧？

張綺一直知道，現在這個皇帝是很英明果敢的。可這樣一個明主，自上位後，便對世家們不停地讓步，直到那步子讓得各大世家的姑子提起皇室時都帶著不屑，世家的嫡女們提到皇室的妃嬪時都帶上了嘲諷，他才突然出手。

這一下出手，形勢迅速逆轉。雖不說把世家完全鎮壓下去，卻也使得他們氣焰幾無。

蕭莫繼續說道：「這一次死的人中，都是各大世家中得力的，蕭策他，也被殺了……」

他的語氣中帶著憂傷和失落，卻並不意外。

好一會兒，蕭莫又低聲說道：「經此一役，世家實力大削，怕是數年之內，都無可用之士。」

蕭莫苦笑起來，低低說道：「戰亂剛過，各大世家是太猖獗了……他們見到新帝喜愛書法樂器等玩物，便把他當成了紈絝子弟，可誰知道，他是一直忍而不發。」

怕不止是如此吧？陳國建國多久？不過數年罷了！新帝才上位多久？不過一年而已！是這些世家子聲色犬馬慣了，高高在上慣了，自以為陳霸先出身寒門，又一直沒有對世家動過手，新帝又雅好琴棋書畫，便把他們看低了。

說起來，真正可笑的是這些世家子，更替了那麼多朝代，滅亡了那麼多世家，卻一個個還活在昔日的榮光裡，眼光短淺得得志便猖狂。

便像陛下這一次選妃，他不選王謝蕭氏的女兒，哪裡能麻痺各大世家？

當時張綺雖是想到了這一點，可事情與她無關，她便不會去費神。再則，擅長揣測男人心理，擅長察言觀色的她，一直銘記的便是四個字「和光同塵」。沒有人需要她敏銳時，她會安靜地做她那有著小聰明的小姑子，而且會做得連一丁點的睿智也不露出。

突然的，蕭莫問道：「阿綺，妳不擔心張府？不擔心妳那九兄？」

張綺垂眸，低聲說道：「九兄性情瑣細，雅好寫賦，陛下不會殺他。」

蕭莫一笑，「妳倒會說話……明明是妳那九兄沒有大才，不會被陛下放在眼中。」頓了頓，他說道：「妳那五兄被陛下殺了！」

五兄？是張蕭氏的大兒子。張綺沒有見過他幾面，對這個兄長連印象也沒有。聽到蕭莫的話，她眨了眨眼，似乎想了好一會兒才想起五兄是誰。

蕭莫別過頭，又說道：「我卻低估了陛下……」

聲音無比悵惘，張綺暗暗忖道：你也高估了他。這一次，他把世家中的有才之士和後起之秀全部殺了，對皇族的勢力鞏固是有好處。可數百年來，重要職位一直由世家把持，這些是世家的立身之本。新帝不可能動它，因為一動，便會是國本動搖的大亂。可不動，那麼多重要職位上，全部是尸位素餐的無能之徒。在這種外敵環伺的情況下，一旦有外敵相侵，陳國是不打先亂啊！

帳中沉默起來，好一會兒，張綺輕聲說道：「你這次出使，是安排好的？」

蕭莫驀然回頭，直直地看著張綺，直直地看著她，直到她低下頭，他才抿著唇，淡淡說道：「不錯。」

他還在盯著張綺。

整個建康的人都以為他是為了她而出使，可他現在卻告訴她，他是為了避禍。

她應該失望的。

他想看到她失望！

張綺沒有生氣，她垂著眸，目光晶瑩。

好一會兒，蕭莫忍不住說道：「妳不惱？」

張綺抿唇一笑，溫柔地說道：「以蕭郎千金之軀，若不是因為這個緣故，你的家族又怎會允你離開建康？不管如何，蕭郎是為了護我而出使，我又怎會氣惱？」

蕭莫心頭驀地大暖，他站了起來，在阿綠瞪大的雙眼中，低沉而溫柔地笑道：「還是我的阿綺聰慧可人。」

張綺卻低著頭，似乎沒有發現他在步步逼近。她長長的睫毛撲閃著，喃喃地說道：「可在蕭郎眼中，阿綺雖然可人，也不過一玩物罷了。」

這話有點重，硬生生地把蕭莫逼停了！

蕭莫唇動了動，想要解釋，張綺卻是盈盈站起，抬眸含笑，目光如水地看著他，軟軟地說道：「時辰不早了，蕭郎不去歇息嗎？」

她溫柔地看著他，目光如此明潤。

她是如此的誘人，直令得蕭莫的心頭癢癢的，暖暖的，直讓他恨不得伸出手，就此緊緊地抱住她。可是他不能，她剛剛都說了，他不過是把她當成一玩物。現在自己再做任何親近之事，都會讓她心冷。

他不想這張如花笑靨，從此染上冰寒。

癡癡地看了她一會兒，少年終是忍不住說道：「妳放心，我不會……」語氣鏗鏘的話才說到一半，他又悔了，其實，他真的很想占了她去。

呆了呆，最終蕭莫長袖一甩，毅然決然地退出了帳篷。

隨著他一走，一陣風捲過帳門，捲著黃塵呼呼而入。

他一離開，阿綠便埋怨道：「阿綺太好說話了，都這樣了，還不罵他！」

罵他便是最妥當的做法嗎？

張綺長長的睫毛扇動，沒有人比她還知道，對付這樣的男人，應該如何做來。

第二天，天還沒有亮，使隊便起程了。走了一半，已有當地的官吏前來迎接。

緊趕急趕著，日落前的一刻，使隊進入了長安城。

北方的丈夫，果然個個高大，便是小娘子，也是亭亭玉立，渾不似南方兒女那般纖柔。阿綠透過車簾縫，興致勃勃地看著外面的人流。

與她一樣，長安的兒女，也在好奇地看著這支由安逸富裕出了名的建康來的使隊。

對上他們的目光，阿綠好奇地說道：「阿綺，他們真的好高，好多都比蕭郎還要高。」在南地丈夫中，蕭莫算高的，可在這些北人裡，他只能勉強說是不矮。

又過了一會兒，阿綠低聲說道：「不過這裡的姑子，都沒有我家的阿綺美。」

張綺白了她一眼，輕笑道：「胡說什麼？真正美貌的都是大家女郎，都藏在府裡呢！」

「可她們不像阿綺一樣，水水的，溫柔溫柔的。」

「好了好了，別說這個了。」

一提到外表，張綺總是不高興，阿綠悄悄地吐了吐舌頭。

正在這時，前進的車隊緩了緩，一個聲音傳來：「齊國的使隊也來了。」

「陳國和齊國同時進入長安，倒是巧。」

喧譁聲剛起，便被整齊的馬蹄聲給淹了去。聽著那轟隆隆的，令得地動山搖的聲音，張綺悄悄掀開一角，好奇地朝著北門方向看去。

這一看，卻只看到黑壓壓的一片，轟隆隆的悶響中，如烏雲一樣緩緩推進的隊伍。看到四周的長安人紛紛退到路側，阿綠吐舌道：「這些齊人，恁地張揚！」

比起陳人來，這些齊使的出場，也確實是張揚。

可便是如此，這些長安人又不是沒有見過世面的，用不著這麼安靜啊！

就在張綺納悶時，那支隊伍越來越近，越來越近。

原來，統共也就是百來個著墨甲騎黑馬的重鎧騎士。騎士們的後面，是浩浩蕩蕩的馬車隊。

原來百來個騎士也可以造成這麼驚人的氣勢，直把上千人駭得發不出聲音來。

就在張綺如此想來時，那些騎士轟隆隆地一馳而過，露出了奔馳在他們身後，黑衣束褲，精幹英武的一個少年。

陡然，張綺明白了，為什麼所有人都安靜如斯。

一側的阿綠，更是張口結舌地看著那少年，呆呆地看了一陣，她陡然轉向蕭莫的方向看了一眼，又回頭看向那少年，才嘀咕道：「世間竟有俊美如斯的郎君！」

世間竟有俊美如斯的郎君！

蕭莫在陳國，那也是玉樹瓊花般的美少年，可與眼前這黑衣少年一比，卻渾然一個天一個地，在這灼灼明月般的少年面前，蕭莫這碧玉，已是渾然無光，黯淡得毫不起眼。

那少年一衝而過時，無意中朝這邊瞟來。

便是這一瞟，令得他把坐騎一勒，一聲馬嘶後，他輕踢馬腹，來到了眾陳使之側。

彼時，齊國的使隊還在源源不斷地向前湧去，只見黑衣少年手揮了揮，使隊便稍稍放緩速度。

兩國使隊都是人數眾多，車馬如龍，黑衣少年雖然耀眼，身形被擋，能看到他舉動的人不多。

少年徑直來到了蕭莫身側，盯著臉色大變的蕭莫，少年叫道：「蕭家郎君，好久不見了。」他嘴角噙笑，優雅地問道：「張氏阿綺呢？她現在可好？」

這黑衣少年，正是高長恭！

與在建康時不同，此刻的他，意氣風發，眉宇間自信飛揚，這般的風姿配上他的絕世容顏，直讓人氣為之奪，神為之消，逼迫得人都說不出話來。

聽到高長恭的詢問，看呆了的阿綠下意識地應道：「我家阿綺在這裡呢。」

清清脆脆的聲音突兀地響起，高長恭回過頭來。

他對上了一晃而過的車簾，以及車簾後，那雙明潤溫柔的眸子。

再不理會蕭莫，高長恭驅馬駛近，他右手伸出，嗖地一聲掀開車簾，望著馬車中，眼睛濕漉漉地望著自己的張綺。他目光閃了閃，眉頭微蹙。極為突然的，他右手繼續前伸，一把握住張綺的手臂，在眾人的驚呼聲中，便這麼堂而皇之地提著張綺放到了自己的坐騎上。

高長恭這個動作，太突兀，太霸道，太不可思議。是性格從來溫軟，行事瞻前顧後的建康人萬萬想不到的。

就在眾陳人目瞪口呆地看著，根本反應不過來時，高長恭朝著眾陳人一拱手，嚴肅地說道：「此姝在建康時，便與長恭訂有鴛盟。奈何上次來去匆忙，不及把她帶走。蕭郎心意，長恭感激不盡。」

說罷，他厲喝一聲，策馬揚長而去。

蕭莫這時反應過來了。

他一張臉氣得紫漲，剛要動作，兩隻手同時拿住了他的手臂。在蕭莫的怒目而視中，正使楊大人低聲說道：「蕭郎，陛下也有此意。」另一使者更是高興地說道：「莫小郎有所不知，陛下令張氏阿綺出使，便是想把她送給高長恭。」

這話不說還好，一說，蕭莫氣得差點背過氣來。

而張綺萬萬沒有想到，高長恭一見自己，便直接把自己擄上了他的馬。

她渾渾噩噩，糊裡糊塗地被他摟著走了一段後，直到無數雙目光灼灼地看來，她才陡然清醒。

這一清醒，張綺便臉紅耳赤，氣惱地低叫道：「你、你這是幹什麼？」

水潤的眼睛氣呼呼地瞪著身後的人，雙頰更是鼓得高高的。

高長恭低頭看了她一眼。

然後，他抬起頭來，嚴肅地看著前方，沉聲說道：「妳一個世家姑子，怎麼會成為使者？是你們那皇帝想把妳獻給宇文護吧？張氏阿綺，妳可知那宇文護是什麼人？他心性殘忍，狠辣之極，屠人如屠狗，妳落到他的手中，活不過半年！」

說到這裡，他聲音一淡，理所當然地說道：「剛才我一見妳便想著：與其便宜了那等禽獸，不如讓我得了去。」

這話有理，可是不對……

一時之間，張綺也想不出是什麼不對，她只是氣呼呼地瞪著高長恭。

她長相太柔，氣得雙眸冒火，雙頰通紅，咬牙切齒，卻不見其怒，倒在那通透的美貌上，染了幾分火熱的色彩，使得人又嬌豔了幾分。

看到她氣得實在不行，高長恭忍不住哈哈一笑。

笑著笑著，他溫柔地說道：「妳放心……如今在齊國，我還是有話語權的，護著妳一個張綺，應該不是難事。」轉眼，他又引誘她道：「妳不是想要寧靜安穩的日子嗎？我可以給妳！」

（未完待續）

漾小說 106

蘭陵春色 1

國家圖書館出版品預行編目資料

蘭陵春色 / 玉贏著. -- 初版. -- 臺北市：
麥田, 城邦文化出版：家庭傳媒城邦分公司發行,
2013.12
冊； 公分. --（漾小說；106）
ISBN 978-986-344-014-7（第1冊：平裝）

857.7 102021630

作者	玉贏
封面繪圖	畫措
責任編輯	施雅棠
副總編輯	林秀梅
編輯總監	劉麗真
總經理	陳逸瑛
發行人	涂玉雲
出版	麥田出版 城邦文化事業股份有限公司 104台北市中山區民生東路二段141號5樓 電話：（886）2-25007696　傳真：（886）2-25001966
發行	英屬蓋曼群島商家庭傳媒股份有限公司城邦分公司 104台北市中山區民生東路二段141號2樓 客服服務專線：（886）2-25007718；25007719 24小時傳真專線：（886）2-25001990；25001991 服務時間：週一至週五上午09:00~12:00；下午13:00~17:00 劃撥帳號：19863813；戶名：書虫股份有限公司 讀者服務信箱：service@readingclub.com.tw
麥田部落格	http://blog.pixnet.net/ryefield
香港發行所	城邦（香港）出版集團有限公司 香港灣仔駱克道193號東超商業中心1樓 電話：852-25086231　傳真：852-25789337 E-mail：hkcite@biznetvigator.com
馬新發行所	城邦（馬新）出版集團【Cite (M) Sdn Bhd】 41, Jalan Radin Anum, Bandar Baru Sri Petaling, 57000 Kuala Lumpur, Malaysia. 電話：(603) 90578822　傳真：(603) 90576622 Email：cite@cite.com.my
美術設計	洸譜創意設計股份有限公司
印刷	鴻霖印刷傳媒股份有限公司
初版一刷	2013年12月05日
定價	250元
ISBN	978-986-344-014-7